缘来是缘

孙启玉 著

山东文艺出版社

图书在版编目(CIP)数据

缘来是缘 / 孙启玉著. —— 济南：山东文艺出版社，
2021.2
ISBN 978－7－5329－6281－5

Ⅰ. ①缘… Ⅱ. ①孙… Ⅲ. ①长篇小说－中国－当代
Ⅳ. ①I247.5

中国版本图书馆 CIP 数据核字(2021)第 018763 号

缘来是缘
孙启玉 著

主管单位	山东出版传媒股份有限公司	
出版发行	山东文艺出版社	
社　　址	山东省济南市英雄山路 189 号	
邮　　编	250002	
网　　址	www.sdwypress.com	
读者服务	0531－82098776(总编室)	
	0531－82098775(市场营销部)	
电子邮编	sdwy@sdpress.com.cn	
印　　刷	淄博元和印务有限公司	
开　　本	710×1000 毫米　1/16	
印　　张	26	
字　　数	335 千	
版　　次	2021 年 9 月第 1 版	
印　　次	2021 年 9 月第 1 次印刷	
书　　号	ISBN 978－7－5329－6281－5	
定　　价	88.00 元	

使君远志攀凌霄(代序)

　　吾徒启玉，拜我为师已经三年有余。这几年，启玉辛勤学习，焚膏继晷，已经有长足进步，做出了一系列科研成果，得到大家的一致好评。在论文答辩会上，各位专家都给予了很高评价，同意其出徒。根据我的要求，他一直学习很刻苦，符合我多年来带徒的要求，近七十岁的人有这样的精神难能可贵。从 20 世纪 90 年代成为中医药管理局全国第一批 500 名导师之一起，我带的徒弟已经有七八十人，我对每位学生都一个标准，就是要继承传统文化，发扬其精华，热爱中药事业，恪守职业道德。孙启玉完全符合这个标准，所以同意其出徒。

　　吾徒启玉深知，中医药是中华民族的伟大创造，也是古代科学的不朽瑰宝。中医药经过千百年的积淀，在防病治病、养生保健、治未病等方面发挥着重要作用，为人类健康事业做出了卓越贡献。中药炮制技术是我国传统医学独有的宝贵遗产，也是世界非物质文化遗产。对传统炮制技术进行深入挖掘、整理、传承与发展，既是中医药文化持续发展的重要内容，也是建设健康中国的必然要求。加强中药炮制传承基地建设，对于促进中药炮制技术的传承与发展、培养中医药人才队伍具有重要的现实意义。

　　吾徒启玉一直秉承道地药材是质量基础、依法炮制为功效核心的理念。中药炮制技术是贯通中医与中药的桥梁,直接决定着药品的优劣与疗效的好坏。因此,研究和探索符合现代医药学理念、适应现代人生活节奏的中药炮制和煎煮方法,显得越来越重要。目前,中药炮制技术的传承与发展亟待加强,中药从业人员的素质亟须提高,特别是亟须对基层中药师进行系统、规范的培训,从而确保临床用药的安全、有效。

　　知子灵仙能益智,使君远志攀凌霄。我希望通过吾徒启玉的努力,加快中药炮制传承基地的建设,进一步整理挖掘中药炮制经验、技术和理论,促进中药炮制技术的继承和推广,提高中药临方炮制能力,培养中药炮制人才,提升中医药服务水平,推动中医药文化的传播与发展。

　　随着社会进步和经济发展,人们对饮食的要求从过去的"吃得饱"发展为"吃得好",至今又发展为"吃得健康"。除了"吃得健康",饮食还能为我们的身体带来别的影响吗?《神农本草经》载:上药一百二十种为君,主养命以应天,无毒,多服、久服不伤人,欲轻身益气、不老延年者,本《上经》。可见最初的"中药之上品"大多药食同源。药膳乃寓药于食,既能发挥生命的营养之功,又可收到人体偏颇的调理之效。正如《千金食治》所载:"食能排邪而安脏腑,悦神爽志,以资血气。若能用食平疴,释情遣疾者,可谓良工。长年饵老之奇法,极养生之术也。"药膳实为食品,乃养生之基础物质。

　　吾徒启玉,在学徒期间,大胆探索,学用结合,深悟药膳之源,精研养生之道,践行养生之法,承继本家先师技艺之精华,博采众家之长,在张贵君教授和同门师兄弟的协助下,撰成《邑山药膳》一书,可谓学有所成,成有所用,徒之榜样。《邑山药膳》一书的出版说明他深孚众望,可喜可贺。

　　吾徒启玉以民生健康为己任,对中草药发展孜孜以求,又在学徒期间著述了《齐鲁本草》一书。书中所载内容既有中医药传统基因,又有地方本草的特色,阐述了中药基原的本质。该书还涵盖了中药基原学、中药鉴定学、中药炮制学、中药商品学、中药质量学、中药方剂学、中药资源学等学科的知识和内容，实属地区本草的杰作，为中药基原的再认识开辟了新的科学发展观。

更为可喜可贺的是，吾徒启玉聪慧过人，一通百通，并有深厚的国学和文学功底。他将幼承家学渊源大胆改良秘方之良行，中年创办医院福泽百姓造福乡梓之苦衷，耳顺之后步入金门苦读典籍、大胆创新、鼎力实践之过程，以文学之形式总结出书，以为杏林添异彩，以为中医药增光辉。这一举动令我大喜过望，即欣然援笔，作为序言。

金世元

2018 年于北京

（序者为中华中医药学会终身理事、非物质文化遗产"中药炮制技术"国家级代表性传承人、国医大师）

目 录

引 子

人哪,真是一种奇怪的动物。

缘呢,更是一种神秘的存在。

那是 2009 年农历四月廿一日,过了母亲节才五天,再有六天就是小满了。那天夜里,天气晴好。夜已深了,月亮都出来好长时间了。天上那些黑白不匀的云彩,轻轻地飘浮在天幕上。月亮一会儿钻进云层,一会儿又露出脸来,地上的影子深深浅浅,浓浓淡淡,给人一种如同走在云层上如梦似幻的感觉。四周的景象有点朦胧,让人觉得气氛有些诡异,神情有些恍惚。

我独自走在月光里。初夏的和风从脸上拂过,就像娃娃的小胖手摩挲过一样,让人心里又酥又痒,禁不住有些飘乎乎似醉酒的感觉。我漫无目的地走着,宜人的清风肆无忌惮地吹在我的脸上,我尽情地享受着大自然的慷慨恩赐。

突然,巷口一阵冷风打了一个旋,径直朝着我吹了过来。我似是打了一个寒战,白天的一幕幕情景又一次清晰地浮现在我的眼前——

今天,是我的六十周岁生日。我是从来不过生日的,一是因为成天忙得像是后面有人撵着,再是怕给家人和同事添麻烦。但是,六十年就是一个甲子了,俗称"花甲之年"。爱人吕翠珍和女儿孙梅、儿子孙正从很早就开始念叨，说要给我庆贺六十大寿。几个和我几十年一起从风风雨雨中走过来的老同事，也多次跟我说，必须给我好好过一个六十岁的生日。为了"平息众怒"，我也就勉强答应了。在村里经常举行婚礼的宴会厅里，亲朋好友一共摆了十几桌。但是，谁也想不到，在那么喜庆的气氛里，我却神游八极之外。即使在大家的祝福最热烈的时候，我心里想的依然是企业的发展和重组。圣人孔子说"六十而耳顺"，我认为他的意思就是说人到了六十岁，耳朵就能通顺自己和他人的心理，故能闻他人之言，即知他人心理。

是啊！经历得多了，达到了"宠辱不惊，看庭前花开花落"的境界，就会产生一些近乎哲理的念头；积累得厚了，进入了"去留无意，看天边云卷云舒"的氛围里，就会生长一些类似禅念的想法。我总认为，冥冥之中有一只大手，在掌握着人们的命运。人生或荣或辱，何时荣何日辱，日子或贫或富，贫到什么程度或者富到什么地步，都与这只看不见的大手有说不清道不明的关系。你就是有孙悟空一个跟头十万八千里的绝世功夫，也难以逃脱这只手的拨弄。

也许，这只大手就是缘？

禅念和俗念，就在一念之间，其实看穿了，就隔着一层薄薄的窗户纸。而这层窗户纸，是只用一个指头就能捅破的。当然，会不会想到去捅破，什么时候捅破，这就看造化的深浅了。

又一片云彩飘走了，月光突然亮了起来，照得大地如同白昼，祥和中透露着些许的神秘。路边草窝里和树荫下的昆虫，憋足了劲地叫了起来。有时候是三三两两的重唱，有时候是战战兢兢的独唱，有时候是粗喉咙大嗓门和细声细气的大合唱。昆虫的歌唱声，一会儿如大海波涛，铺天盖地而来，使人心胸开阔；一会儿像小桥流水，叮叮咚咚而去，让人心情恬淡……我顿时觉得，生在农村真好，听听这天籁般的昆虫鸣唱，便是神仙也不换的日子。

在摩天岭附近的村路上，我扶着一棵法桐树站住了：古人说得对，真是十年树木百年树人哪！算起来，这些树才栽了二十多年，竟然这么粗了。这么多年以来，是这些饱经沧桑的大树，和我一起见证了我人生的蜕变，见证了我们岜山村的生死变迁。在城里上高中的时候，因为学习拔尖，我也曾经有过宋代著名词人辛弃疾"壮岁旌旗拥万夫"的豪迈；我曾经想当一名医生，悬壶济世，救民于水火；我曾经想当一名解放军战士，戍边卫国，保卫人民安宁。但是，由于当时取消了高考，满怀抱负的我转了一圈后回村做了农民。但是，我没有抱怨，没有沉沦，而是做着一个农民应该做的一切……因此，一个记者曾这样描述我的人生：演绎了一个个惊险的传奇故事，让人听了拍案称奇；演绎了一串串温馨感人的故事，让人听了涕泪纵横；演绎了一场场载入史册的人生大事，让人听了感慨万千……在这树影婆娑的月光下，抚摸着法桐树那斑痕累累的树干，我默默地对自己的前半生做了个简单的盘点。

我这前半生，按世俗的眼光来看，也算是惊天动地了！简单说来，就是和岜山村的老少爷们一起干了两件事：一是创办了一个全国知名的企业——万杰集团；二是创建了一个全国闻名的医院——万杰医院。过往所有的顺利与坎坷，人生中所有的烦恼与欣喜，都是围绕着这两件事产生和生发出来的。一路走来，既有"勇猛精进"的勇气与豪气，又有"悲欣交集"的安然与淡然。

办企业，是被穷逼的；然后，是缘分使然。

那年月，岜山人脸朝黄土背朝天地干一年，到头来还是穷兮兮的，人均收入仅三十余元。于是，人穷志不穷的岜山人，应了毛主席"穷则思变"那句话：我们要和毛主席说的那样，要在"一张白纸上，画出最新最美的图画"。我们顶住冷嘲热讽，一帮泥腿子从一口水井和一只染缸开始办企业，一直办到了有几十家企业的万通达总公司，成了山东省第一个"亿元村"。接着，岜山人又马不停蹄地往前走，办成了横跨十余个行业的闻名全国的万杰集团，一时间名声日盛。岜山村真是窗户外头吹喇叭——名声在外了；岜山人的日子，也是芝麻开花——节节高了。

办医院,是被病逼的;然后,是缘分指引。

真是穷人有穷人的坎,富人有富人的病,这话一点不假。企业办成功了,邑山人富裕了,但是新的问题又找上门来了。大家殚精竭虑地办企业,忽视了对身体的调养,身边的好弟兄在工作岗位上英年早逝,让我痛心疾首,整宿整宿地睡不着觉。再就是人富了,各种疾病就找上门来了。于是,老少爷们一商量:办医院! 先是办了一个仅有二十七个床位的小医院。接下来,我们在引进国际国内一流医学人才的同时,又率先引进了世界上最先进的核磁共振、CT、派特(PET-CT)、伽马刀、光子刀、X 刀、质子刀等医疗设备,建成了国内医疗阵容最强大、医疗设备最先进的现代化医院之一——万杰医院。随之,连外国的患者也不远万里地不断到万杰医院就诊。媒体上对万杰医院的好评如潮,患者给万杰医院送的锦旗更是铺天盖地。国内外的主流媒体上,都把我称作"万杰肿瘤医院创始人"。但是,在种种光环下,我又陷入了无穷无尽的烦恼与困惑。

我研究中医药,是被我自己逼的。

也可以说,是缘分又一次拥抱了我。

就在国内外患者纷纷来万杰医院就诊时,我的内心深处,又产生了新的困惑:患者们满怀生的希望涌来,在一流医生和一流设备的共同关怀下,绝大多数患者被治愈,欢天喜地地回家了;但是,极少数的患者,该手术的手术了,该放疗的放疗了,该化疗的化疗了,一切该做的都做了,但是到最后,钱花了,罪受了,人还是走了……这里边,有我的同窗好友,有我的至爱亲朋。我想,就是神医圣手,就是华佗扁鹊再世,也有治不了的病啊! 这时,我的脑子里电光石火般闪了一下,母亲在世时经常嘟囔的几句话蹦了出来:"你姥娘活着的时候经常说,古代有个叫孙思邈的,在他的《千金要方》里说过,上医治未病之病。就是说,最上等的医生,在人们还没生病的时候,就想办法对人们的身体有排有通,有调有养,把身体调理好。这样,就会让人不生病或者少生病……"

既然如此,我们为什么不能试试中医药呢?

这个念头一在我的脑子里产生,就像山中的藤萝一样疯长,再也无法抹去了。就像久别多年的老朋友突然相见,那种久别重逢的情愫,那种一见如故的感觉,那种相得益彰的期盼,让我异常兴奋。那真是一种从没有过的感觉,那是一种不可思议的悸动!我这辈子,难道和中医药有缘吗?至于五年后,我拜著名国医大师、国药泰斗、八十九岁的金世元为师,成了他的第四十一位入室弟子,那已经是后话了。

月亮偏西了,已经压到了西边的瑚山顶上。清凉的月色不见了,因为月色已经有点发红。但是,天幕上的星星却显得更亮了。大的小的,近的远的,一颗颗一堆堆挤满了整个天空。村里的老人们经常说,天上的一颗星星,对应着地上的一个人。我眨巴眨巴眼睛,使劲地在天上搜寻着:对应我的那颗星星在哪里呢?直到仰得脖子发酸、瞪得眼睛发涩,我也没有找到属于我的那颗星星。低下头,我被自己的孩子气逗笑了:只有大人物才有星星对应呢!像我这样一扫一簸箕的普通人,咋会有星星对应呢?可能是深夜的风有些冷了,我觉得身上有点凉,便转过身来往家走。路上,正好碰见拿着长袖褂出来寻我的爱人吕翠珍。

在往家走的路上,我的脑子还是没闲着:有人说,今生的种种,皆是前生的因果,那么,我喜欢中医药这个"果",可去哪里寻找那个"因"呢?水有源,没有无源之水;木有本,更没有无本之木。世上万物都是相辅相成、相生相克的,一切人和事的出现,都是有渊源的。晚上睡不着的时候,我自己琢磨起来,大体上应该有以下这么两个"因":一是从感性来说,姥娘和母亲都是乡村医生,特别是母亲对我的耳濡目染,从小就在我心里种下了中医药的种子,这是内因,是事情的根本。二是从理性而言,面对现代化医疗设备无法治愈的病痛,我不得不另辟蹊径,去浩瀚博大的中医药宝库里苦苦地追寻,这是外因,是必需的条件。从哲学的角度说,内因和外因同时具备,就要产生质的变化了。

于是,在我六十六岁那年,我正式拜时年八十九岁有着"国医大师"

和"国药泰斗"两个金色光环的金世元老先生为师,踏上了追寻中医药的道路。当然,此前所有理论上的刻苦钻研和实践上的艰辛准备,已足足进行五年了!

第一章　雪夜遇奇人

据说，那是一场多年不见的大雪。

也正是这场大雪，送来了令人惊讶不已的奇人奇事！

下午的雪，是跟着我姥娘来到院子里的。那天下午，天阴得像口倒扣的黑锅。姥娘正在院子里收拾晒干的草药，突然，村里的一个年轻媳妇火急火燎地跑到姥娘家，说她刚出满月的孩子快不行了。身为乡村医生的姥娘母性大发，收拾了个小包袱就跟她去了。姥娘一路小跑到那户人家，仔细地看了看孩子，发现这孩子正在发高烧。她从包袱里拿出一只刮得比小拇指还细的羚羊角，用剃头刀子刮下一点点细粉，用温水和好了，让孩子慢慢服下。一会儿，她伸手摸摸孩子的额头，已经不烫了，这才放下心来。

姥娘抬起头来的时候，看见天空中有几粒细碎的雪花，随着北风飘落下来。她忽然想起院子里还没有收拾完的草药，要是被雪花覆盖了，雪化成水，忙活了大半个秋天的草药可就完了。她马上跟人家告辞，并说明天早上再过来看看。连人家感谢的话都没有听到，她就又赶紧往家赶。谁知道她前脚刚刚迈进大门，大雪就跟着进来了！等她刚刚用草苫子盖好草药，大雪就像有人用簸箕从天上往下倒麸子一样，铺天盖地落下来了！

真是马尾巴当井绳——好悬哪!

大雪不紧不慢地下了一夜。每个雪花都像一朵蓬松的大棉花,一朵接着一朵,不断溜地从天上落下来。地上白了,树上白了,房子上也白了。连远处的摩天岭和大尖山,也变得和天空混沌一色,分不出天、地、山了!

在这个难得的静谧的雪夜里,万籁俱寂,天地间没有一点动静,世上所有的生灵好像全都休眠了一样。漫天的大雪,早早地就把糊着毛头纸的窗户映成一片灰蒙蒙的白色。大约子时,姥娘从炕上爬起来,披上衣裳开始熬药,一直熬到天明。天明,姥娘不是看出来的,而是感觉出来的。因为每年冬天,她都是从子时开始熬药,大约到卯时,药差不多熬好了,天也就差不多要亮了。

熬完最后一遍,姥娘把药汤从砂锅里滗出来,然后端着盛药渣的砂锅向屋门口走去。她本来是想推开屋门,把药渣倒到天井里,晒干了攒在一起当柴火烧。她还想趁着早饭前,再去后街看看那个发烧的孩子咋样了。但是,她使劲推了推门,没有推动。她从门窗纸的破洞往外一看,才看见天井里的大雪,足足有半人深,连鸡窝都被埋起来了。所以,大雪把门也埋住了。姥娘从灶台里找出铲炭的小锨,别着身子把门推开一条缝,慢慢地把雪拨拉开,半个时辰后才打开了屋门。

这时,姥娘突然改变了主意。只见她从偏房里找出木锨和扫帚,麻利地打扫起雪来。她想一边打扫雪,一边往那个发烧的孩子家里走。这样,既能为乡亲们除雪,又能为孩子看病,岂不是一举两得?那时候姥娘还年轻力壮,一会儿便打扫到了大门口。

姥娘放下扫帚和木锨,扑打扑打身上的雪花,抽开门闩,慢慢地敞开了大门。就在大门打开的一刹那,一个蹲在地上、背倚着大门的白胡子老头,骨碌一下滚了进来。

"哎呀!俺那娘哎!"

突然,大门口传来了姥娘的尖叫声。屋里的人听见姥娘咋呼,便呼地涌到大门口。只见一个脏兮兮的老头,有气无力地躺在地上。他浑身落满了一指厚的雪花,连眉毛胡子都是白的。姥娘惊魂稍定之后,便将手靠近老头的口鼻,试试他那若有若无的气息。接着她又捏住老头的手腕,仔细地为他把脉。过了一会儿,只见姥娘大声命令母亲等人:"救人要紧,快把他抬到屋里!"

把白胡子老头抬进屋里之后,略懂医道的姥娘,否定了大家想用热水为老头回温的各种办法。她先是把炕前的炉子捅开,把火生得旺旺的,然后又从天井里端进一盆雪,和大家一起在冻僵了的老头的四肢上搓了起来。姥娘一边搓一边说:"人冻成这个样子,千万不能用热水搓。因为病人的皮肤已经冻僵了,再用热水一激,皮肤就会坏死。用雪搓,让皮肤随着病人的恢复慢慢地热起来,这是最好的办法。"

随着大家不断地搓雪,白胡子老头的四肢开始慢慢红润起来。大约半个时辰后,躺在炕上的老头深深地呼出了一口浊气,并有气无力地哼了一声。看到他醒过来,大家都很高兴。姥娘又吩咐母亲端来刚熬好的红糖姜汤,用嘴唇试了下温度,然后小心翼翼地灌进白胡子老头的嘴里。大家费了九牛二虎之力,总算是把他从阎王殿拖回来了。

太阳从东山上跃了起来,万物又沐浴在了阳光下。

雪后的大庄村,别有一番景致。一片白色的房顶上,竖着一个个黑色的烟囱。里面冒出的袅袅炊烟,打着旋慢慢地向天空中散去。因为大雪覆盖而无法觅食的麻雀,排着队站在屋脊上,像一排排暴露的黑瓦。它们连鸣叫的力气都省下了,因为它们要聚集力量,准备雪化后去土里刨食。

白胡子老头醒过来了。姥娘给他穿上了姥爷的衣裳,尽管因为衣裳太大显得不大合身,但是还算暖和。几天后,姥娘才发现,这个白胡子老头有点怪:他就像个没嘴葫芦,从不主动和别人说话,就是有人和他说话,他也从来不接茬。他既不聋,也不哑,但就是不愿意搭理别人。他成天耷拉着眼皮,咕嘟着嘴,好像别人都欠他两吊钱似的。吃完了骨碌一躺就睡,睡醒了起来就吃,好像天底下只有这两件事。

面对这个怪人,家里人逐渐有点烦了。只有姥娘和我母亲对他一如既往。她俩认为,人生如梦,世事无常,谁没有个沟沟坎坎?这时候有人帮着扶着,也就过去了。要是大家都那么较真,天下岂不乱了套?再说了,饿时帮一口,强似饱时帮一斗。人家落难,我们就得好好帮衬。

谁知道,白胡子老头却越来越不识抬举了!

据母亲说,姥娘家人多口多,在那年月里,过得并不富裕。虽然不说是吃了上顿没下顿,但是管饱肚子也是紧巴巴的。自从家里收留了这个来历不明的白胡子老头,多了一个光吃饭不干活的人,日子就更加紧巴了。但是,姥娘似乎看不见这些事,即使家里人节衣缩食,她也还是想办法让那个白胡子老头吃得好一点,穿得体面一点,过得舒服一点。可是,那个白胡子老头还是老和尚不识仨俩,当大家嚼着地瓜面煎饼难以下咽的时候,他却心安理得地出溜出溜地扒着姥娘擀的面条,连看也不看大家一眼。大家那个气啊!要不是姥娘拼命压着,大家真想扑上去,夺下他的碗摔在地上。

导火索就是一条臭白鳞鱼!

那天,眼看太阳就要没进大庄村西的摩天岭了。村北头的一个老太婆,火急火燎地跑到姥娘家,说她三代单传的小孙子突发疾病,只有出的气没有进的气了。姥娘慌忙提起小包袱,跟那人跑了出去。临走,她还不忘让母亲挎上线笸子,跟在她的后边。不到一袋烟的工夫,姥娘就回来了,显得气定神闲,但那个老太婆还是大火烧着屁股般猴急猴急的。姥娘给她包了几服药,嘱咐她回去马上煎服,说孩子不会有事。她非要放下一串铜钱,姥娘坚决不收。谁知道第二天,还是那个老太婆,提着一条跑了十几里路、特意从博山城里买的博山人最爱吃的臭白鳞鱼,笑容满面地来到了姥娘家。她要感谢姥娘的救命之恩,一迭声地说要不是姥娘妙手回春,她家恐怕就断后了。姥娘坚持不要,她就放到锅台上走了。

在那个常年不见荤腥的时节,对于博山地区的农民来说,一条臭白鳞鱼可是个宝贝。臭白鳞鱼是博山人的最爱,又名"大鱼"。在一些重要的仪式上,总是有臭白鳞鱼的影子。新女婿上门,提一条臭白鳞鱼是必须的。逢年过节,桌上有一盘鸡蛋煎臭白鳞鱼,就说明这顿饭上了档次了。煎饼卷臭白鳞鱼,算得上博山的名吃了!当天中午,姥娘就学着城里人的做法,用鸡蛋和了面糊挂在臭白鳞鱼上,放在锅里煎了起来。顿时,满院子飘起了香气,全家人都流下了口水。谁料到,姥娘竟然用筷子夹起最好的一块鱼肉,用煎饼卷好了,恭恭敬敬地递到了白胡子老头面前。姥娘的这一举动,引起了舅舅和姨们极大的不满。白胡子老头真是有点为老不尊,自顾自地大口大口吃了起来,连谦让一下的举动也没有,这又点燃了大家的怒火!但是,碍于姥娘的威严,大家还是抻了抻脖子,把满腹的不满硬压了下去。其实,他们心里早已忍无可忍了!

出事似乎是在一瞬间。

吃完臭白鳞鱼后,准确地说,是舅舅和姨们闻完臭白鳞鱼的香味后,各人拿了各人的家什,准备上山采药,或者去院子里挑选已经晒干的草药。大家刚刚走出屋门,就听得身后哗啦一声响,吓得大家起了一身鸡皮疙瘩。大家回头一看,顿时就气不打一处来:只见刚刚吃完臭白鳞鱼的白胡子老头,一手抹着嘴,一手把饭桌掀翻了!盘子、碗、筷子、汤匙摔落了一地,没喝完的黏粥泼满了姥娘的衣襟。这还不算完,白胡子老头的嘴里还在不干不净地嘟囔着:"这是啥宝贝鱼啊?齁得我喉咙发干,拖不出舌头来!鱼刺比鱼肉还多,扎得我两个腮帮子呼呼出血!再说了,这种臭味,不比茅房里的味道强多少!这不是害人吗?你们要想赶我走就直说,甭拐弯抹角地用这种手段!"

"我看你是满嘴喷粪!"大舅忍不住了。

"人说话做事可要讲良心哪!"我的两个舅舅高喊着冲了上去。

"都给我老实点!"姥娘轻轻的一句话,透着无限的威严,场面一下子静了下来。接着,母亲开始帮着姥娘收拾地上破碎的碗盘和珍贵的残羹剩饭。看看姥娘的脸色,大家也就该干啥干啥去了。只有那个挑剔得不近人情的白胡子老头,独自坐在锅台前面,还在不依不饶地嘟囔着,好像还有说不尽的委屈呢!

据舅舅后来说,当时虽然大家看似平静地干活去了,但是心里都很不平静:真是萝卜青菜,各有所爱!有人喜欢享福,可是有人却偏偏喜欢受罪!姥娘这是何苦呢?救了人不落好,还要平白无故地去受那些窝囊气!更让人不解的是,她明知道是引狼入室,却还是逆来顺受,一如既往地对人家好。他们认为,姥娘真是聪明一世糊涂一时!

有一天,趁白胡子老头在天井里翻看那些晒着的草药,姥娘悄悄地对大家说:"人心都是肉长的,远近我分得清。这世上谁都不是傻瓜,是对是错我很明白,我心里跟明镜似的。我们与这个老头非亲非故,这样对他也算是仁至义尽了。他要是再胡闹,我就用上山的拐棍把他打出去。但是在我烦了之前,你们谁也不许慢待他,更不能背后对他使啥小动作……"姥娘的话,总算是让大家看到希望了。但这日子啥时候是个头呢?大家还是闷闷不乐。

疙里疙瘩的日子,就这样流水一样地过着。

大约是一个月以后的一天下午,踏着暖暖的夕阳,姥娘从西山上采药回来,看到家里完全变了样,和以往相比,简直是天翻地覆了。她不知道家里发生了什么事,吓得起了一身鸡皮疙瘩,挎在胳膊上的药筐子,无声地掉在地上,各种各样的草药撒了一地。

只见院子扫得干干净净,拦鸡的篱笆也用新秫秸扎得不稀不密,整整齐齐。猪栏里的屎尿被打扫得一点不剩,老母猪睡觉的地方,还新铺上了干爽细碎的新土。最让人惊讶的是,很少走出屋门的白胡子老头,竟然坐在树下的马扎上,认真地挑选着地上的草药。

这是太阳打西边出来了?

姥娘冷静下来之后,马上蹲在地上,捡拾刚才慌乱中散落的草药。专心致志挑选草药的白胡子老头,似乎没发现她回来,始终低着头一个劲地在那里忙活着。她心里想:今天这老头是搭错哪根筋了?咋变得这么通人情了呢？不好吃懒做了，还干活了？他懂草药吗？可别给我弄坏了！

"回来了？"

正在拣药的白胡子老头，头也不抬地抛出了这么一句没头没脑的话，一下子把姥娘吓了一大跳：原来他知道我回来啊！这老头，我还以为他正在用心干活呢！难道他眼观六路耳听八方？是神还是人呢？

姥娘马上慌乱地答道："回……来了。你在忙活啥呢？"

"我在帮你拣草药啊！"

"你懂得中草药？"

没想到，姥娘只是慌乱之中弱弱地问了一句，白胡子老头却严肃起来。只见他慢慢地从马扎上站起来，扑打扑打手上的土，然后将手倒背起来，微微仰着脸，神情严肃地面对着漫天的彩霞，白胡子一撅一撅的，嘴里吐出了一串词："温脾参附与干姜，甘草当归硝大黄。寒热并行治寒积，脐腹交结痛非常。"

白胡子老头一张口，就像一把豆粒撒到盘子里一样，啪啦啪啦地吐了这么一通，直接把姥娘吓蒙了！特别是到了最后，她只看见老头的嘴一张一张的，根本听不清里边吐出来的是什么词。细细回想，她也只能辨别出老头说的话里，好像有几味草药的名称。

"你是医生？"姥娘小心翼翼地试探着问。

"你说呢？你看我像吗？"

"你刚才背的歌诀是……"

"《汤头歌诀》中的'温脾汤剂'啊！"

"你是咋来到俺这里的？"姥娘言语里充满了好奇。

"唉！一言难尽！"

据白胡子老头说，他是南方很远地方的人。那年，家乡半夜里突然发了洪水，全村都漂起来了！可怜的村民们，还在睡梦中就做了淹死鬼。他自己是在半梦半醒中，稀里糊涂被洪水冲下了河。在翻滚的漩涡里，一根檩条冲到了他的身边。就这样,他抱住这根救命的檩条,不知道在水上漂了几天几夜。那天,水流平缓了,但是他早已饿得肚皮贴着脊梁骨,没有半口力气了。一个打鱼的人碰见了他,抢起渔网把他救了上来。从此,他对洪水心有余悸,说啥也不敢再往南走了,只好边要饭边给人家做点推拿针灸啥的,一路向北走了下来。进入山东之后,不知道为啥高烧不退。那天夜里,他穿着单薄的衣裳,走着走着就走不动了。他咬着牙勉强挣扎着,想爬到一户人家的大门楼子下面避避风雪,但随着雪越下越大,天气越来越冷,慢慢地就失去了知觉。再醒过来的时候,就是在姥娘家的火炕上了。

"您是大难不死,必有后福啊!"

姥娘陪着他掉了一会儿泪,看天色已晚,便让母亲搀扶着白胡子老头进屋里坐下。他在姥娘家住了大半年,所说的话加起来也没有那天的多。白胡子老头进到屋里,定睛看了看忙着舀水添锅的姥娘和劈柴点火的母亲,使劲点了点头。然后,他把头偏向姥娘,笑吟吟地问道:"孩子,我来你家大半年了吧?"

"嗯!"姥娘在忙着盖锅盖。

"当初你为啥要救我?图啥呢?"

"不图啥!见死不救,睡不着觉!"

"我的脾气是不是很怪呀?"

"你是属驴的,不是个好脾气!"

"你们受了那么多委屈,咋不把我赶出去呢?"

"你孤苦伶仃,没儿没女的,把你赶出去了,你能上哪里去?再说了,你病病恹恹像根蔫丝瓜,让你自己出去,万一有个三长两短,我们不是作孽吗?俺赵家门里的人,不做那种伤天害理的事!你四下里打听打听,俺家虽然穷,可也穷大方呢!"

"唉!孩子,让你受委屈了!其实,你们救了我,我心里是十分感激的。再大的恩情,哪还有大过救命之恩的?但是,我一看你是个行医的,又有那么好的菩萨心肠,就动了收你为徒的念头。我的医术,从我爷爷的爷爷,到我的父亲,再到我,是好几代单传!所以,我收徒弟,要好好考验考验,得看看这个人值不值得托付!我们祖先创立的中医,是医术,但更是仁术。识文断字的当然好,粗通文墨的也行。关键是要和你一样,有一颗菩萨一样的慈悲心。我观察了大半年,有时候我是硬起心来难为你,看看你对人的耐心能到啥程度,也是看看你的德行,看看你的善根是否深厚,是否堪付仁术绝学。其实,我在难为你的时候,我心里也难受。大半年过来了,你忍辱负重,用心待人。实践证明,你是一个好人,是一个值得托付大事的人!你一定能成为一个为人解除病痛、治病救人的好医生!"

"恩师在上,受徒弟一拜吧!"

听完白胡子老头的这番话,姥娘既惊喜万分,又惶恐不安。她连半点犹豫也没有,就扑通一声跪在了炕前,使劲磕了三个响头,并且双手合十,拜了三拜。小小年纪的母亲不明就里,也跟着懵懵懂懂地跪在地上,学着姥娘的样子,朝着炕上的老人拜了起来。

就这样,白胡子老头意外地得到了满意的弟子,而我的姥娘,也意外地继承了老头的毕生绝学。我家族和中医中药的缘分,从此便密不可分了。舅舅和姨们不懂医道,就权当是看热闹了。母亲倒是对医学很感兴趣,但是她那时候年龄太小,到后来也只是留下些模模糊糊的记忆。

母亲在世的时候,每当听到她回忆起这些事情,我总是不停地问,这事咋就这么巧呢?以母亲的阅历和文化水平,她当然无法回答。现在,我懂得世上有"缘分"二字,原来那就是缘分!缘分就是突然的巧遇,这东西你千辛万苦寻不来,千里万里追不到,往往就是不期而遇。但是,在这种看似没有任何先兆的不期而遇后面,有一只大手在按照你的善良、执着和为人的宽厚程度,精确地搭配着。

随着白胡子老头开始为乡亲们诊病拿药,他的名声便在十里八乡传开了。有时候是他诊病姥娘包药,有时候是姥娘诊病白胡子老头包药。

虽说他们给乡亲们带来了诸多便利,但是有时候也十分别扭。别扭之处就是白胡子老头无名无姓,乡亲们不知道应该叫他什么合适。聪明的姥娘看出了乡亲们的别扭。有一天,在患者相对稀少的时候,姥娘问正在捣药的白胡子老头:"师父,您尊姓大名啊?"

"你……"他显然对姥娘的发问感到吃惊。

"乡亲们那么感谢你,都想对你说句掏心窝子的话。但是不知道你姓甚名谁,喊你什么,因而不好开口。孙悟空是从石头里蹦出来的,还有个姓氏呢!何况你还是个活生生的人!"

"大妹子,一言难尽哪!"

"为什么?"

"连我自己也不知道自己真正姓什么!"

"这是为啥?"

"等啥时没病人了我再和你细说吧!"

在一个悠闲的黄昏,白胡子老头讲了这样一个故事——

据说,白胡子老头祖姓欧阳,名叫欧阳嘉木。他曾祖父是京城里数得着的名医。那时,其曾祖父虽然不是御医,但是在御医忙不过来的时候,偶尔也奉旨进宫为皇亲国戚们诊病,生活上自然锦衣玉食,优哉游哉。谁知,有一年,宫中发生了内乱,两派之间相互厮杀。城门失火,殃及池鱼,这个八竿子打不着的不算御医的医生,因为入宫行过医,便被稀里糊涂地划入了其中一派,遭到了另一派的追杀。幸亏曾祖父早得到了消息,带着全家连夜而逃。总觉得逃得越远越安全,就这样一翅子从白雪皑皑的北国,飞到了河汉纵横的江南。迁居之后,为了全家的安全,先是隐姓埋名,继而改名换姓,姓了欧阳。至于原来的姓氏,几代之后早已经忘记了。当地人也对他们的来历起过疑问,但是他们为乡亲们诊病送药,使人起死回生,时间久了,也就没人多管闲事了。据说,欧阳嘉木老人的爷爷还曾经写过一首诗,诗曰:"曾经京城侍皇上,出车入辇坐华堂。天上飞来无名罪,隐姓埋名入欧阳。"当时,听故事的母亲背过这首诗,但只知读音不知是哪些字。村里的先生根据读音，还原出了这样的诗句。

　　姥娘她们听完这个真实的故事之后，感叹了几声"人情冷暖""行善积德"，也就再无疑虑了。

第二章　特殊的拜师礼

至于那个白胡子老头欧阳嘉木的道行有多深，又有多少悬壶济世的故事，已经无从查考。因为除了偶尔说起特殊的家世以外，老人很少述说自己以前的故事，他本身没有什么著述，姥娘大字识不了几个，更没有留下什么文字记载。至今，关于那个白胡子老头欧阳嘉木的前尘往事，我们只能通过母亲那些模模糊糊、断断续续的叙述，偶尔拼接出片鳞只甲，便更觉得神秘了。

自打欧阳嘉木主动讲述了身世，姥娘意外拜师之后，老人就像换了一个人似的。他一扫过去故意难为人的蛮横和倨傲，事事处处谦和得让人不好意思。教授姥娘医学和药学知识时，还好像家里的一个仆人。早晨挑水扫院子，傍晚赶鸡进窝；天下雨了，他马上盖好院子里晒的草药；来病人了，他又给人家递上马扎；遇到家里来了亲戚，他便主动把自己当成外人，钻进小北屋里捣药、包药⋯⋯

在天长日久的相处和手把手的言传身教中，姥娘慢慢了解了老人的医术。她知道，老人的医学知识十分丰富，他的医术既包括针灸、拔罐、刮痧、推拿等传统的医疗手段，也包括经方、验方、辨证处方等常规的中医方法，甚至"祝由"领域里许多非常规的治疗办法，他有时候也有选择地使用。那些古老的甚至是巫医不分的方法，也许是因为能起到精神方面的某种作用,竟然也能为人解除病痛。老人博采众长、兼容并蓄的医疗态度,正好彰显了他慈悲济世的大医情怀。

那天上午,刚给一个病人拿了药,把他打发走,一向谦逊好学的姥娘就开始向老人请教了。多年行医下来,一般的小病小灾,已经难不倒她了。自从拜师之后,面对似乎上知天文下知地理的师父,姥娘开始思考很多她百思不得其解的问题。她想起一个萦绕在心头很久的问题,想问师父,又怕师父说她不厚道,因为这个问题有点生僻或者刁钻:"师父,我们天天行医,但是'医'是啥意思啊?"

"这'医'嘛……"老人捋起了胡须。

一看老人迟疑,姥娘觉得给师父出了难题,心里就扑腾开了:你说我这是咋了? 咋还管头不顾腚呢? 人家手把手地教你识脉象,教你辨药理,你不好好地跟着学,不好好地伺候人家,咋还出难题难为人家呢?

正在姥娘自责的时候,师父突然发声了:"医者,意也,这是汉代名医郭玉所言。它的意思是说,诊察疾病,务必谨慎。要细致地观察人体脏腑,阴阳偏盛。专心致志,细加考虑,然后做出精确判断。《旧唐书·许胤宗传》中,也说'医者意也,在人思虑',说的就是通过殚精竭虑的思考,对疾病做出判断的过程……"

欧阳嘉木老人说得滔滔不绝,姥娘听得一头雾水。但是有一点姥娘理解得很深刻,那就是诊病的时候,要用十分的脑子,去分析得到的表象,这样给出的诊断才有可能是正确的。说得通俗点,就是看病要十二分地用心。还没等她仔细地消化,老人又捋着白胡子说开了:"'意'是看不见摸不着的东西。还有,人们常常说'人活一口气',那么'气'又是什么呢? 我认为气是人体的护卫者。气聚于体里,则保护脏腑;流散于体表,则防外邪入侵……这些都是看不见摸不着的东西,特别是初学者,往往不得要领……"

眼看老人越说越玄了。

姥娘一边挑选刚刚晒干的草药,一边极力地捕捉老人话中的内涵。

说实话,对于老人的话,她有的明白,有的不明白,还有些是囫囵吞枣一知半解。但是,不论理解到什么程度,姥娘认为自己的面前已经打开了一扇大大的窗子。透过这扇窗子似乎能看到很远的地方,那里的风景万分清晰,特别诱人,是人间最美的景致。

看姥娘对他讲的这一套似懂非懂,欧阳嘉木老人的兴趣也就不那么高了。只见他深深地打了个哈欠,双手使劲地搓了搓眼睛,然后意味深长地说:"中午炒个菜吧,我要喝点酒。多炒点,留出一盘来,等我晚上再吃。这几天有点馋酒了,我要过过酒瘾!"

姥娘听了老人的话,禁不住心里一阵惊讶:今天是咋了?太阳从西边出来了?家里的日子过得紧巴,平日里都是节衣缩食,煎饼卷大葱就是过年了。那次我想杀只鸡,给他补补身子,还让他一口一个"败家子"臭骂了一顿呢!他甚至好几天不让家里炒菜,腌上一罐子咸菜就吃上一个月。今天为啥要炒菜呢?还要留出一盘晚上再吃?这里边是不是有啥蹊跷啊?

怀疑也罢,惊讶也罢,作为徒弟,姥娘还是从院子里拔了几棵大葱,又从坛子里摸出了几个鸡蛋,实实在在地炒了一锅菜。按老人说的,她把菜分成了两盘,一盘端给老人,一盘放在了厨房里,准备晚上再给老人吃。

那天老人真是怪了!

平日里吃饭像刮旋风一般的他,那天竟然像个刚过门的小媳妇那样,抿着樱桃小口细嚼慢咽。他只倒上了半碗地瓜干酒,坐在那里一门心思地翻看手中那本张仲景的《伤寒杂病论》。不知道想起什么来了,就端起黑碗来抿一口酒,然后继续专心致志地看书。看得高兴了,一拍大腿,大喝一声,就拿起筷子夹一口菜。就这么一盘菜加上半黑碗酒,他竟然从太阳正南一直喝到天黑掌灯。姥娘堆起院子里晒的草药,用草苫子盖好之后,把鸡赶进了窝,然后走进屋里,想再弄点饭给舅、姨和母亲他们吃。还没等她转过身来,正在喝酒的老人忽然急促地说话了:"再把那盘菜给我端上来吧!"

"好啊!马上!"

姥娘答应了一声,马上往厨房里跑。菜端到桌子上以后,老人并没有马上夹菜,而是慢腾腾地放下手中的书,然后将鼻子凑上去,使劲吸了两下,最后轻轻地吐出了两个字:"馊了!"

"真是可惜了!"姥娘啧啧地惋惜着。

"好了!酒足饭饱了!上课!"

"上课?"姥娘疑惑了。

"是啊!当然要上课了!现在正是时候!"

舅和姨都大惑不解:这个神经病老头,半夜三更上的啥课啊?是不是喝多了?家里的鸡下的鸡蛋,我们都捞不着吃。除了卖钱打油称盐买洋火,剩下的都给你吃了!月亮都升起来了,还让不让我们睡觉?你这是又犯了以前的病,成心折腾我们啊?

老头伸手制止了正在收拾饭桌的姥娘,说就在这样的饭桌上上课。姥娘说,这盘子、碗的咋上课?他说,就是需要这些东西呢!姥娘一生气,就势坐在饭桌旁:怪人又得怪病了!

"我问你,是用一个锅,一样的料,在同一时间里炒的一样的菜,是吗?好!既然是,为什么我喝着酒吃着的那一盘,怎么拨拉都不馊?而没人动的那一盘,反而馊了呢?"

姥娘茫然了……

"为什么?因为我吃着的这一盘,跟人的意和气连在了一起,所以它是活着的。而另外一盘,被放在没人的地方,没有人的意和气罩着,当然很快就会死去,也就是馊了。"

姥娘继续茫然地瞪着大眼……

"啥?你问我怎么连上的?我守着这盘菜喝酒,我的眼耳鼻舌当然和它有联系了。我用筷子夹菜,我和它之间就形成了一个特殊的通道。这样,我的意就不知不觉地传给了它。意到气到,这样,意、气、菜就连成了一体。"

姥娘更茫然了……

三天之后，姥娘给人家看病回来，若有所思地走到老人面前，似乎是鼓起很大的勇气，才怯生生地和老人说："师父，你那天说的意啊气啊，学问太深了，我一直懵懵懂懂的，你可别笑话我愚钝。今天，我在看病回来的路上，留意了村里的很多老房子，我的脑子突然转了一下。你看，同样是老房子，有人住的，保存得就完好一些。没人住的，外边就开始掉墙皮，里边的檩条上也有了很多虫眼。我想，这些是不是和你说的意和气有关系啊？"

听完姥娘的话，老人一拍大腿说："举一隅而以三隅反，孺子可教也！"

对于欧阳嘉木老人的这句话，姥娘也是半明白半糊涂，但她知道这是一句好话。自打拜师学徒以来，老人批评她的时候多，夸奖她的好话少。对于这一点，她一点也不生气，反而从心里往外乐呢！因为她知道，严师才能出高徒。但是，姥娘也是个爱面子的人。每当被师父批评了，她总是红着脸嘱咐我母亲，嘴严实一点，别出去说，我这么大年纪了，还挨别人的数落，说出去让人家笑话。

转眼间，老人已经在大庄村待了近三年了。

俗话说，天下没有不散的筵席。

据母亲说，那年春天，山坳里的蒲公英花盛开的时候，老人提出要离开，姥娘和母亲不愿意；夏天，红红的山杏挂满枝头的时候，老人又嚷嚷着要走，村里的人不答应；转眼到了深秋，老人又说起了要走的事，这回咋办呢？再用什么理由留他呢？

那年的秋天风景别致。山地里，一个个棒子像小娃娃那样，喜气洋洋地趴在玉米秸上；一棵棵秫秫像红脸大汉那样，排起了整齐的队伍；地瓜脊子上裂开了指头宽的璺，胖胖的地瓜露出了紫色的身子……山坡上的景色更是迷人。白杨树的叶子黄了，一团团金色在山坡上滚动着；黄枥树的叶子红了,给漫山遍野染上了一片片深红;枝干遒劲的柿子树上,熟透的柿子像红灯笼一样,挂在树枝和树杈上……

老人又提出来要走。

这天,一直话不多的老人,突然长篇大论地说起了缘分:"缘分,简直就是一种妙不可言的东西,它就像遗落在沙漠里的一枚铜钱。当你急着去找的时候,却什么也找不到;当你绝望地放弃的时候,说不定它的身影就会跳进你的眼里。它是命运和事物的分分合合,也是一种似是而非的因果关系。缘起,缘灭,缘聚,缘散,缘深,缘浅,是不可预知的,也是无法刻意追求的。能遇到,就可以托付;遇不到,千万不要强求。"

他要走了,说缘分做啥?姥娘默默地想。

欧阳嘉木老人这次要走的决心特别大,似乎是谁也留不住了,甚至连他简单的行李都收拾好了。姥娘见他去意已决,也就不好再挽留了。几天以来,她打发舅舅去了几趟博山城里,倾其所有,买了几件最能代表博山地方特色的礼物——陶瓷和琉璃,还把这几年行医挣的钱都拿出来,塞进了他的小包袱里。

晚上,姥娘特意炒了几个菜,一家人和老人坐在一起,天南海北地聊着。大家亲亲热热,简直就和一家人一样。师父说,感谢你们一家人的救命之恩。要不是你们相救,我现在早已不知道被哪里的黄土埋起来了。姥娘说,救人性命,就是行善积德。救人,是做人的本分,天底下哪有见死不救的人呢?师父说,这几年来,我在你们家里白吃白喝,有时候还耍横犯浑,真是对不起你们了!姥娘说,你教给我们治病救人的本事,我们家几辈子也用不完,我们感谢还来不及呢,哪里有什么对不起啊!老人说,也算是咱们有缘分。姥娘说,咱们的缘分可是不浅。

"我有私心,我对不起你们啊!"老人突然说。

"此话怎讲?"姥娘诧异了。

"你们听说过猫教老虎的故事吗?"老人问道。

"山里人孤陋寡闻,没听说过。"姥娘答道。

"故事很简单。"

老人喝了一口酒，看了看大家，开始讲开了："古时候，山林里的猫很厉害，是威风赫赫的百兽之王，而老虎却经常受欺负。老虎为了能征服山林，便谦虚地找到猫，要跟它学本事。那猫也是实在得很，就真诚地教了老虎很多本事，比如奔跑、弹跳、侦察、潜伏、猛扑等。老虎自以为学得差不多了，就凭着自己身大力不亏的优势，开始在山林里欺负别的动物。猫听说了以后，就狠狠地批评了老虎。此时的老虎已经变得刚愎自用，自以为很了不起了，哪会再听猫的呢？只见它长啸一声，跳起来就朝猫扑过去。猫一看老虎恶狠狠地扑过来，便轻轻往后一撤，迅速地爬到了一棵大树上。老虎扑到大树跟前，抱着树干又撕又咬，还用头碰，但无济于事，只好气呼呼地看着猫坐在树上，悠闲地捋着胡子。"

"这个故事说明了什么呢？"老人讲完之后，又咂了一口酒，环视了一下大家，轻轻地发问了。

"说明师父教徒弟，总要留一手。"姥娘说。

"你们说说，我留一手了吗？"

"这要问你自己的良心了！"姥娘笑着说。

"唉！我真的是留了一手啊！"

老人放下盛酒的大黑碗，脸红了起来。不知道是酒上了脸，还是内心羞愧。他说："按说你们全家救了我的命，我不应该对你们有什么保留。但是，俗话说，知人知面不知心！我走南闯北，就指望这点医道吃饭。这世道，人心不古啊！我不能丢了我的饭碗啊！所以……我……对你们还是留了一手……"

说到这里，老人流泪了。这么多年以来，这是姥娘一家第一次见老人流泪。过了一会儿，老人用袖子抹了抹两眼的泪水，狠狠跺了一下脚，好像下了多大决心似的，咬着牙说："面对你们这样的好人，面对救我性命的恩人，我还留一手，我算个什么人呢！赶快生火！今天夜里，我要教给你们祖传了好几代的秘方！要不然，我这辈子都觉得对不起你们！当然,最重要的,还是经过这几年的考验,我知道你是一个有着慈悲心肠和济世情怀的人,你是一个值得托付的人!"

他这句话,一下子把大家说得如坠云雾中了。

就在大家无所适从的时候,还是姥娘先明白过来。只见她吩咐大家赶快拿刀劈柴生火。一会儿,家里专门用来熬制中药的小炉子便烧起来了。这时,老人示意姥娘叫大家退下,大家正好因为白天忙了一天,已经累得快睁不开眼了,便四散睡觉去了。屋里只留下了老人、姥娘和懵懵懂懂的母亲。

只见老人踮起脚,从药架子上拿下一包草药。这是姥娘今天刚刚包好,明天病人来取的。老人一边在水里泡药,一边很庄重地嘟囔着:"据我祖上说,这是他师父的秘密,几代单传才传到了我这里。秘密就在这里:草药可以熬成膏剂,而熬成膏剂的核心秘密,就是天下没有第二个人知道的'调膏料'。"

门外,天上的三星已经升至正南,时间大约到了半夜时分了。炉子上的砂锅,在文火的炙烤下还在咕嘟咕嘟地沸腾着,切成不同形状的草药在砂锅里上下翻飞着。母亲接连打着哈欠,已经困得睁不开眼了。老人一边看着火候,一边继续说着:"按照行规,这个秘方传内不传外,传男不传女。但是,我的祖上破了这个规矩,我认为他破得对!破得好!只要能传承下来,能为天下人解除病痛,就得打破规矩往下传。所以,我今天把秘方传给你,心里没有丝毫的忐忑和不安。"

天亮了,大大的太阳从东边的太阳山上升起。太阳一跃上太阳山,大庄村便一片明晃晃的,街巷阡陌都映在了太阳的光芒里。今天的阳光很特殊,里边的金色特别浓。小院子里的房子和树木,甚至连鸡窝都被镀上了一层浓重的金黄色,把院子和天空连在了一起。阳光像一条条金线,从树叶的缝隙里射下来,把正在刨食的鸡群染得斑斑点点,一只只身上闪耀着奇异的光芒。

正午的时候,老人把正在院子里翻晒草药的姥娘和母亲叫到屋里,当着她们的面,从身上解下他那个形影不离的已经脏得发亮的深棕色的包袱。包袱打开之后,里面露出一个黑得发亮的木盒子。只见他神情庄重地打开木盒子,小心翼翼地倒出一点"调膏料",轻轻地撒在了砂锅里。顿时,砂锅里的药汤变得浓稠起来。然后,他又用一根小木棍在砂锅里慢慢地均匀地搅着,并小声地和姥娘说着什么,而姥娘一个劲地点着头。

傍晚,奇迹出现了!过去,草药熬完后,剩下的是让人望而生畏的两大碗特别难闻的药汤。而今天,则只有比铜钱略大点的几摊药膏似的东西,真是让人难以置信。看看眼前的几摊东西,姥娘怯生生地问:"师父,这药效……"

"放心吧,药效百分百啊!"老人说。

"这可省事了!"姥娘如释重负。

"是啊!过去,病人要带回很多草药,路上很麻烦,掉一包药或者撒一包药的事很常见。再就是回到家自己熬药,熬干了熬糊了也是常有的,这样不但没有药效,还可能有毒。即便熬好了,满满两大碗喝下去,也会肚子发胀,要是几岁的孩子就更遭罪了!"

老人一边不紧不慢地说着,一边把那个木盒子关好扣紧,郑重地递到姥娘的手里,并且用很小的声音和她说了"调膏料"的重要性,最后神情严肃地告诉了她"调膏料"的配方。他当场让姥娘把配方背下来,并一再强调,决不能把配方写成文字的东西。虽说姥娘大字识不了几个,但是她的脑子却出奇地好用。她在心里默念了几遍以后,就牢牢地记到心里去了。

"'调膏料'到你这里就是第四代了!"老人说。

"我知道它的分量。"姥娘说。

"你可要保护好它啊!"

"我知道!它比我的命重要!"

姥娘说完这句话,仍然用那个深棕色的包袱把木盒子包好,双手捧着走进了里间。她打开最里边那个出嫁时带来的箱子,把木盒子放在了箱子的最底层。之后,她又将一些棉裤棉袄和被褥压在上边。最后,她举起那把平时不大用的大铜锁,咔嚓一声锁在了箱子上,然后才走了出来。

老人满意地点了点头,又看了看天色,发现已经不早了,便开始收拾他那简单的行李。姥娘见实在留不住他了,就流着眼泪说:"现在天晚了,是不是明天再走? 这年头外边兵荒马乱的,路上不安全。"老人说自己是革命,已经死过一次,没啥可怕的了! 再说,"调膏料"已经有人往下传了,就是死了也没什么遗憾了。姥娘见他去意已决,马上打发母亲包了一大包袱煎饼,和那几件从博山城里买的陶瓷、琉璃物件包在了一起。老人也不推辞,把两个大包袱往肩上一背,一步跨进了门外无边的黑暗里。

外边太黑了。不光小胡同里看不见任何照明的光亮,就是宽阔的大街上,也看不见一星亮光。姥娘让舅舅扶着欧阳嘉木老人,深一脚浅一脚地往村头走着。偶有车辙把老人的脚崴一下子,老人也不吭一声,抿着嘴唇昂起头继续往前走。路边院子里偶尔传出汪汪的狗叫声,听上去也有点悲悲切切的。

在村口的石板路上,大家在黑暗中挥了挥手,谁也看不见谁的眼泪。只是相互道出的"珍重"里,含着一层层不舍,裹着一丝丝悲凉。老人这一走,不知道什么时候再回来,不知道还能不能回来。也许,这无比珍贵的"调膏料",就是老人留给大庄村最后的礼物了。

那次似是而非的相遇,是冥冥之中的安排,还是缘分的指使,没人能说得明白。只是村里的人传了好长时间,而且越传越神,最后传得连姥娘自己都不敢相信了。

这个世界,就是有很多人们搞不清的东西。

据母亲回忆,欧阳嘉木老人离开几天后,去山里赶集的村人回来说,集上的人都在传,说山里死了一个外来的老人,都不知道他是哪里人。姥娘听说后头皮一麻:会不会是欧阳嘉木老人呢? 她怕自己的小脚走得慢,就让舅舅用小推车推着她走了几十里山路赶到了那里。哪里还有半个人影？她不甘心,又挨家挨户打听那个老人是不是外地口音。在确定了那个死去的老人不是外地人之后,也就明白了那个人不是欧阳嘉木,她这才放下心来,让舅舅把她连夜推回了家。来回几十里山路,把舅舅累得一身臭汗,因而发了几句牢骚。姥娘劝解说:"人家欧阳嘉木有恩于咱,咱们说啥也不能忘了人家。知恩图报,这才是厚道人!"

第三章　姥娘降伏"葫芦疹"

姥娘继承了秘方,也许是一种偶然。

据母亲回忆,白胡子老头欧阳嘉木虽然学着他祖上的样子,冲破了"传内不传外"的藩篱,但是,他对"传男不传女"还是很有讲究的。他曾经多次暗地里观察过姥爷,经常对他或明或暗地引导,并多次寻找机会与他交谈,苦苦地寻找姥爷与中医药的缘分。无奈勤劳善良、忠厚本分的姥爷,作为一个农民,对土地有着浓厚的甚至是一根筋似的感情,这种感情什么利器也割不断。他所有的追求都在土地里,他所有的乐趣都在土地里。土地,成了他施展能力最好的舞台。

记得有一次,姥爷疲劳不堪地从山地里回来,放下被石头崩了一个大豁子的铁锨,抹了一把汗,坐在马扎上,开始用锥子给棒子脱粒。正好老人也不忙,便利用这个机会,蹲在地上和姥爷聊了起来。

"今年的收成不错呀!"欧阳嘉木老人搭讪。

"是啊! 感谢老天爷风调雨顺!"姥爷答道。

"俗话说,庄稼一枝花,全靠肥当家。"老人开始循循善诱,想把姥爷往医道上引,"今年庄稼长得好,除了老天爷帮忙之外,家里的猪粪和鸡粪起了老大作用了! 人物一理啊! 人看起来似乎是无所不能的,但是全靠身体当家啊! 身体不行了,干啥也不成啊! 整个就废了!"

"是啊是啊!"姥爷漫不经心地应付着。

"要想身体好,就得好好调养,此乃医未病之病也。调养身体,饮食起居是关键。另外,人吃五谷杂粮,就会产生各种病症。小病不治,积累多了就会成为大病。此乃病来如山倒,病去如抽丝也! 大病再不治,就是出人命的大事了!"

"哈哈,是啊是啊!"

姥爷听了老人的话,打着哈哈笑了笑,端着一簸箕棒子粒出去了,他要去门外的石板上晒棒子粒呢! 他边走还边回过头来,笑着和老人说,刚收的棒子水分多,不好好晒晒会发霉。被抛下的那位兴致勃勃地谈医说药的老人,一时间觉得尴尬得很。他只好讪讪地站起来,边往屋里走边嘟囔:"道不同,不足与谋也!"

从此,老人再也不和钟爱权把扫帚扬场锨的姥爷谈李时珍和张仲景了。因为他知道,对牛弹琴是件费力不讨好的事。他的"传男不传女"的信念,受到了毁灭性的打击。也就是从这个时候开始,他才真正地注意起了姥娘,包括她的慈悲,她的胸怀,她的医道,她悲天悯人的妇人情怀……

由此看来,姥娘继承秘方又是一种必然了。

母亲后来说,老人走了之后,姥娘像变了个人似的。她的第一个变化是:里间放木盒子的那个箱子,再也不允许任何人动了,没有她的允诺,一般人甚至不准到里间去。每当夜深人静的时候,她就会按照老人说的配方,鼓捣一些特殊的草药,尝试着配兑"调膏料"。这个时候,她还会学着老人的样子,让所有无关的人远离炉子上的砂锅。只有一个人例外,那就是母亲。因为姥娘脑子里根本没有什么"传男不传女""传内不传外",她就是看中了我母亲有慧根,有情怀,就是想刻意地栽培她。这个想法,从母亲不到六岁,挎着线笸子跟她在街上走的时候,就在她脑子里产生了。第二个变化是:尽管大字识不了几个,却有着强烈的求知欲。她吩咐识字的舅舅,轮流给她念老人留下的那几本边角都磨圆了的书,她则闭着眼睛仔细地听。有时候,她还会打断舅舅的念书声,让他们倒回去再念念前边那一句。尽管她可能对书上的内容似懂非懂,但是看到她那陶醉的样子,舅舅们就当她懂了,会念得更加起劲。不过,从她的医道不断长进的事实来看,姥娘的确是听懂了一些。因为她给别人看病抓药时,和以前相比有了明显的变化。

然而,人世间的变化,总会被一些无情的规律打断。道高一尺,魔就必然高一丈,这就是所谓的生生不息、相生相克、祸福相倚。偶然和必然,也是一种相辅相成的存在。也许,在千年万年之中,在无边无际的时空的混沌里,你只往前迈了一步,就让你赶上了。就在姥娘的医道稍有长进的时候,有个十恶不赦的恶魔,有意无意地等在了她即将经过的路上。

这场大灾难是突如其来的!

也许是老天要故意考验姥娘的医道。

母亲嫁到岜山村孙家来的当年,也就是1932年,博山地区突然爆发了白喉传染病。这种病是由白喉棒状杆菌引起的急性呼吸道传染病,被老百姓称为"葫芦疹"。其主要症状是喉、鼻、咽部充血肿胀,以及由细菌外毒素引起的全身中毒。严重者可能患上中毒性心肌炎和周围神经麻痹。在那个缺医少药的落后年代,这种病的死亡率很高。所以,在老百姓的眼里,它简直就是个吃人不眨眼的魔鬼。在农村,人们的普遍症状是,咽喉突生毒瘤,阻塞咽门,严重者甚至窒息而亡。

病魔来得很突然,就像是平地里突然刮了一阵旋风,一下子搅乱了所有的平静。瘟疫来之前没有任何征兆,来了之后又蔓延得很快,从这个村到那个店,几乎是在须臾之间,有时候比人跑得还快,让人们来不及做半点防备。"病来如山倒"这个词,用在这里是再合适不过了!病魔在老百姓心里引起了极大的恐慌,真如天塌了一般。

据《博山县大事记》记载:"是年(1932年),博山县瘟疫、白喉诸症甚烈。南博山一村,死者百余人。"作为印证,《山东省卫生大事记》记载:

"本年（1932年）山东省霍乱流行，27个县市发病18153例，死亡2962人。……3月，济南市公安局布告猩红热、肠热、白喉等症预防方法……"

这些静静地躺在历史资料里的冷冰冰的数字，无情地向人们宣告了当时疫情之烈。连公安局都张贴布告，向老百姓教授预防白喉等疾病的方法，可见疫情紧急到了什么程度。仅南博山一个村就死了一百多人，博山县的疫情到了何等程度，就可见一斑了！

整个岜山村都恐慌了！

那时候的岜山村，还是一个很小的山村。村东南是逶迤的摩天岭，上面长着茂密的乔木和灌木丛。村东北是突兀的大尖山，乱七八糟的山石，龇牙咧嘴地朝天立着。而岜山村，就被"委屈"地夹在两山之间。村南则是一条季节河，叫石沟河。村东南有一条不过两庹宽的小路，蜿蜒地伸向博山县城方向。

突如其来的瘟疫——白喉，彻底打乱了村里人的生活。日出也不能"作"了，日落也不能"息"了。庄稼地里再也没有劳作的身影了，集市上再也听不见叫卖声了……街上的村民不是急匆匆地找大夫的，就是抬着死人去坟地里埋的……刚才还是这边哭声动地，转眼间又是那边叫声震天……

早晨，太阳刚刚冒出摩天岭，北宅孙怀起爷爷家就来人了，咣咣地砸着南宅——我们家的门。父亲跑出来一问，原来孙怀起的两个儿子都得了白喉，来叫粗懂医道的母亲过去看看。母亲这么多年来挎着线笸子跟着姥娘行医抓药，早已成了半拉子乡村医生。加上姥娘的有意培养，母亲的医道便大有长进。她嫁到岜山村之后，自然而然地就成了村里的乡村医生。母亲一听到这个消息，慌忙熄灭正在烧着锅的灶火，跟他们去了。跑进北宅一看，他一个儿子已经不行了，另一个儿子也已经奄奄一息，只有出的气，没有进的气了。尽管母亲使出了全身的本事，也还是没能保住他们的性命，两个人都撒手西去了。顿时，孙怀起爷爷家里哭声大作，一家人哭得日月无光。母亲陪着掉了一会儿泪，便收拾起东西往家走。

"她大婶,救救我的孩子吧!"

母亲刚刚转过街口,一个中年妇女一把拉住了她。母亲觉得这个人有点眼熟,但实在想不起她是谁了。她知道,自己的医道还浅,根本治不了这个来势汹汹的病魔。但是,当她看到对方无助之中把她当作主心骨的时候,一股莫名的责任感,顿时在她的胸口积聚起来:即使给她家的病人一点临终安慰,也是行善积德啊! 于是,母亲再次冒着被病魔感染的危险,跟着这个中年妇女跑到她家里。可惜的是,她的闺女已经停止了呼吸! 在耐心地劝慰了中年妇女一阵之后,母亲步履蹒跚地往家走去。回到家后,她隐隐觉得身上有些不适。多少懂点医道的她,暗暗地想:不好,我可能也染上病了!

当天晚上,她就觉得咽喉有点疼,还有点咳嗽和发烧。到了半夜的时候,就觉得吞咽困难,自己还能测到脉象不规则;心跳有些不正常。好不容易熬到天明,呼吸开始困难起来,咳嗽时还伴着声音,吸气时也有极其浓重的蝉鸣声。母亲清楚地知道,她染上"葫芦疹"了!

及至天亮,母亲已经奄奄一息了。

父亲一看,一下子急红了眼! 想想十里八村只有姥娘懂医道,还拜师学过医,父亲当机立断,背起母亲就往姥娘家跑。好在大庄村和岜山村隔得不算远,爬过摩天岭余脉就差不多到了。

跑到姥娘家一看,父亲顿时傻眼了!

听父亲后来说,当时,姥娘家的屋子里和院子里,满满的都是患"葫芦疹"的病人。有的躺着,有的坐着,还有的半倚在墙上……有的在号啕大哭,有的在嘤嘤浅啜……这些人,有的是被抬来的,有的是被背来的,还有些鳏寡孤独者是带着强烈的求生欲望自己爬来的。他们在病魔的手里苦苦挣扎的时候,都把姥娘的院子看成了天堂,甚至把姥娘看成了圣母。

殊不知,他们真是太高看姥娘了。姥娘只是一个乡村医生,虽说曾经拜高人为师、医道大有长进,虽说有着悲天悯人的菩萨心肠,但是面对这从天而降的病魔,面对这从来没见过的"葫芦疹",知识有限、经验有限的她,实在是回天乏术!她只好用一些常规的草药、常规的方法,例行地"兵来将挡,水来土掩"罢了。

只见姥娘在患者之间穿梭着,既有治疗,也有安慰,还时不时发出一声声无可奈何的长叹。她身上深蓝色的老粗布褂子已经湿透了,脑门上的汗珠顺着白发往下滴。病人们发出的各种各样的呼救声,像一柄柄利剑穿到她的心里,让她心疼得要命。姥娘一边为患者治疗,一边想:听说邕山村的"葫芦疹"传染得很厉害,也不知道闺女家里咋样了,是不是也有人被传染上了?正当她心里十五只吊桶打水——七上八下的时候,父亲背着母亲大步闯了进来。姥娘看见之后,吓得扑通一声,一腚坐在了地上。

"娘,你看看咋办啊?"父亲孙兆珍哭喊道。

"我的闺女啊!"姥娘一下子扑了过来。

"她是昨天救人传染上的。"父亲说。

姥娘满脸惊恐地跪在母亲身旁,仔细地观察她的病状。同时,她还伸出手轻轻地摸着母亲的脉搏。过了一会儿,她招呼父亲到跟前,低声和他商量道:"兆珍啊!死马当作活马医吧!记得师父说过一种病,我觉得很像现在流行的'葫芦疹',他也说过治这个病的方子。但是,一是我记不清了,二是我从来没用过,不知道是不是管用,所以一直不敢用。今天咱们自己家里人也得了这个病,咱们就试试吧!能治好,说明咱们修得好;治不好,也不会有人跟咱们过不去。"

"娘,一切听你的!"父亲似乎下了很大的决心。

这时,只见姥娘回到屋里,拿出了各种各样的草药,放在一起熬了不长时间,便连药汤带药渣倒进了一个木盆里。姥娘趁着药汤变凉的空当,拿出一块蓝色的老粗布,撕成一条一条的,泡进了药汤里。然后,她把浸透药汤的蓝布条缠在指头上,并让父亲扒开母亲的嘴。姥娘大喊一声:"闺女,别嫌娘心狠啊!"

随着喊声,姥娘缠着蓝布条的指头,一下子捅进了母亲的嘴里。因咽喉肿痛而一夜发不出声的母亲,突然啊地大喝一声,一股掺着脓带着腥味的血水,顿时喷满了姥娘的大襟。至于母亲到底咽下了多少脓血水,那就只有天知道了。毒瘤被捅破了,脓包也被捅破了。过了一会儿,母亲觉得咽喉处除了疼以外,突然有了一种清凉通透的感觉。等母亲挣扎着从地上坐起来时,感觉呼吸也通畅了,竟然能连贯地说话了,病一下子去了一大半!

据母亲后来说,从那时候起,她每次吃饭或者喝水,喉咙里总是有块东西一挡一挡的,咽东西总是不那么顺畅。姥娘说,那就是治好了"葫芦疹"以后,喉咙里留下的一块疤痕。

待母亲身体稍有好转,她干脆就住在了姥娘家,和姥娘一起,开始为十里八村的"葫芦疹"患者诊病治疗。由于姥娘将师父教的方子在母亲身上试验了,而且成功了,所以"葫芦疹"的治愈率大大提高。消息一传十十传百地传开了,一时间患者盈门,甚至一直排到了大街上。看着一群群可怜的患者,望着他们眼睛里流露出的渴望生存的光芒,姥娘的心一下子软了。她想,多救一条性命,就是多行一份善,多积一份德。为了提高诊疗效率,姥娘和母亲分了工。她负责望闻问切,观察病情和配药,母亲手缠蓝布条负责治疗。当然,一直认为人命比天大的姥娘,在母亲为患者治疗的时候,还是会抽空指导,或小声叮嘱,或亲自下手。

那一年,姥娘和母亲不知道治好了多少人,只知道家里摆满了感谢救命之恩的牌匾。尽管姥娘和母亲死活不让他们送,但是,无论她们怎么辞谢都挡不住。此后,每见有人来送牌匾,姥娘就实实在在地跟人家说:"你别来这些虚的了! 我看还是来点实在的,把买匾的钱省下来,给病人买点鱼啊肉的,好好补补身子。身子骨硬朗了,可以下地种庄稼,也可以上集做买卖,好好地过日子!"

话糙理不糙,让来人深受感动。

母亲后来多次说,坏事有时候真能变成好事,就看你从哪个角度看了。这场"葫芦疹"是一场劫难,夺去了博山无数人的生命,是一件不折不扣的坏事。不过,在跟着姥娘救人的无数个日日夜夜里,姥娘手把手地教,自己用心学,医道又长进了不少,又了解了好几种病的症状,又知道了好几种药的作用,还背下了好几个方子。

欧阳嘉木老人走了之后,姥娘曾经动了让母亲读书的念头。她的目的很明确,就是让母亲识文断字之后,好好研究欧阳嘉木留下的几本医书。无奈,当时农村根本没有女孩子读书的,姥娘只好作罢。经过这次瘟疫,姥娘仔细察看了母亲救死扶伤方面的表现,她的这个念头就又跳了出来。这次,她亲自跑了几个村,还是没找到女孩子上学的地方。她开口问了几次,人家都笑着婉拒了。但是,姥娘的犟脾气上来了。这次瘟疫之后,她知道自己本家的侄子,也就是母亲的堂弟赵蔚芝在学校里学习很好,而且每次考试都是班里第一,便想让侄子利用晚上的时间在家里教母亲读书识字。但是,一是侄儿赵蔚芝课业太紧张,拿不出时间教别人;二是一个在城里,一个在乡下,相隔十几里山路,也不方便啊。无奈,姥娘只好断了这个念头。

记得母亲晚年的时候经常说:"当年要是听了你姥娘的,我能识文断字的话,我就不是现在的我了!我就能救活更多的人了!"可见,母亲对她一生未能进学堂读书识字,也是耿耿于怀的。对那个年代的妇女来说,这种想法实在是难能可贵。现在,每当我想起母亲的这句话,总会老泪纵横。后来,我学习中医药,成立慈善基金会,都和母亲的这句话有着千丝万缕的联系。

第四章　再好的医生不自医

人无远虑必有近忧,这话一点不假。

姥娘开始忧虑母亲的事了!

瘟疫消失了,庄稼人又进入了"日出而作,日落而息"的不咸不淡的日子。姥娘也恢复了采点草药、为乡亲们看点小病的优哉游哉的生活。但是,每当采药经过村外的坟地,看着那些新添的密密麻麻的坟头,看着坟头上摇曳零落的花幡,她的心头还是沉甸甸的:怎么才能让人们不生病呢? 这时,她才真正明白了很多药店门口悬挂的"但愿人间常无病,何愁架上药生尘"对联的意义。真正有仁心的医者们,他们最大的愿望就是:世上人人康健,人间平安吉祥,邻里其乐融融,家庭和和睦睦。

但是,她最担忧的还是母亲!

母亲从大庄村嫁到岜山村已经三年了,还是没能生育一儿半女。而且,动不动就肚子胀疼。虽说父亲全家人都很包容她,但是,在那个崇尚"不孝有三,无后为大"的年代,母亲心里的压力是秃子头上的虱子——明摆着的。为了摆脱心中的压力,母亲想办法多干活,家里地里的活,男人女人的活,她都跑在前边干;她还想办法学医,跟着姥娘给人家看病,独自上山采草药,又独自回家配药煎药……但是,她所做的这些,只能消磨时间,却解决不了根本的问题——生孩子。

据母亲说,姥娘为这事操碎了心。她按照自己的行医经验,给母亲开方配药很多次,终究没有明显的效果。每次她都是满怀希望地看着母亲吃下药去,但每次的结果总让她失望。后来,她又回忆了师父欧阳嘉木给她说过的所有这方面的知识,甚至跑到城里去寻访擅长医治这方面问题的医生。但是,每次都是信心满满地跑去,垂头丧气地回来。尽管腿都快跑直了,但性格刚强的姥娘,自信天底下有矛就有盾,找不着矛,只是时间不对或者地点不对,而别无其他!因为略通中医的她知道,人有六欲,药有七情,君臣佐使,相生相克。为了母亲,她啥都敢做。

突然,姥娘想起了救命稻草——师父送给她的那两本磨圆了角的旧书。舅舅给她念过,尽管她似懂非懂,但是多少有些印象。还有一本,读书念字半瓶子醋的舅舅根本看不懂,甚至连一句话都念不下来。真是急中生智,姥娘一下子又想起了我那个识文断字的叔伯大舅赵蔚芝!

赵蔚芝是姥娘家门里的大学问家。他原名赵成茂,字蔚芝。他幼年入私塾发蒙,后又入新学,饱读诗书,1942年毕业于山东省立政治学院文科,是鲁中地区的饱学之士。他曾经担任过昌乐县方西乡山唐中心小学校长,还当过济南私立洗凡中学教导主任。1949年回到了博山,在淄博一中任教。

据父亲说,姥娘想到叔伯大舅赵蔚芝之后,兴奋得大半宿睡不着,几次起来看星星,计算着天色的早晚。她满心想的就是,大舅肯定认识这几本书上的字,这几本书上肯定有治疗母亲的病的方子。天刚蒙蒙亮,她就揣上那两本翻得像烂煎饼一样的旧书,摊了一摞叔伯大舅最爱吃的小米煎饼,用包袱一包,背在肩上就匆匆忙忙地出发了。下午回来的时候,全家人一眼就看出来,姥娘不如出去的时候精神了。看着她烦躁的样子,谁也不敢多嘴问她。

尽管姥娘只比叔伯大舅赵蔚芝大三岁,但是因为她性格刚强,乐善好施,热心助人,敢作敢为,他一直很尊重姥娘。当姥娘说明来意,掏出那本旧书,颤抖着递过去以后,叔伯大舅不敢怠慢,马上就认真研读起来。书的行文大部分是文言，这正好是叔伯大舅的长项。读完之后，叔伯大舅告诉姥娘说："这些书上写的都是一些常见的偏方。"

"是治啥病的方子？"姥娘急切地问道。

"是一些季节性传染病。"

"你痛快点说，不生孩子的病能不能治？"

"一个字也没有。"叔伯大舅摊了摊书。

"唉——"姥娘一声长叹，像老牛的哀鸣。

"你自己不能治吗？"叔伯大舅不甘心地问。

"古人说，再好的医生不自医啊！"

母亲说，给她治病的事，就这样拖下来了。这期间，生性偏强的姥娘并没有放弃。她四处寻访，逢人就打听，有时候连饭都吃不安稳，甚至连做梦都在想为母亲治病的事。母亲心疼姥娘，但是又没有办法劝解。万般无奈，母亲只好拿难听的话激她："你急有用吗？皇帝不急太监急！我看你是没事找事！"

姥娘很理解母亲，她没有因为母亲的无理而发火，反而摆出一副大人不记小人过的姿态来，报以微微一笑，还亲切地拍了一下母亲的肩膀。她心里想，你们有千条妙计，我有一定之规，治不好闺女的病，我算什么医生？

人世间的事，大多会否极泰来。

转眼间又到了春末夏初，岜山村东边的摩天岭上，又是一片郁郁葱葱了。等一家人吃完了早饭，母亲把碗筷收拾停当，便一个人带着绳子上山去采野艾了。因为每年打麦场的时候，很多人会因为麦芒或者麦糠沾到身上而全身发痒，以至满身皮肤被扎得血肉模糊。对农村人来说，野艾可是个宝。它不仅能泡水，洗了止痒，还能搓成艾条，点着后通过熏蒸，治疗很多叫不上来名的皮肤病。天热了，庄稼人忙碌一天之后，喜欢在天井里吃晚饭。而每当夜幕来临，天井里就成了蚊子的天下。据说蚊子能闻到人血的味道，人刚刚坐下，蚊子便闻讯而来，集结在人们的头顶,像一片黑乎乎的云彩,一会儿俯冲,一会儿爬升……总之,目标就是人身体的所有部位,目的就是吸人的血,弄得人们不胜其烦。庄稼人对付蚊子的绝招,就是搓一根艾条晒干,吃晚饭时点着,放在饭桌的下边,再凶猛的蚊子也会退而远之了。

据母亲说,她每年搓很多很多这样的艾条,屋檐下挂得满满的,远远看去就像挂了一层草帘子。村里不论是谁,也不论是治皮肤病还是熏蚊子,到我家打个招呼摘下一根就走。如果双方都忙着,则连打招呼都省去了。最后,甚至很多人养成了习惯,只要需要艾条就来我家拿。如果没有了,就会"反客为主",理直气壮地提醒母亲:你应该去摩天岭拔野艾了! 母亲听了这话也不气恼,反而为自己是一个有用的人而欣喜。

摩天岭上植被异常茂密,高的乔木和矮的灌木密密麻麻。树下的泥土里,各种各样的野草竞相生长,把地皮盖得严严实实。生性勤劳的母亲,不一会儿就拔了很多野艾。她时不时地抹一把额头上的汗水。拔得差不多了,她就用绳子把野艾捆起来,背在肩上。这一捆野艾,足足有四五十斤,把下山的母亲压得气喘吁吁的。

丁零零——丁零零——

母亲背着野艾,正在低头走着,忽然一阵清脆的摇铃声传了过来。她抬头一看,只见一个须发皆白的老者,挂着一根磨得发亮的拐杖,手里摇着一个那个年代游医们常用的铜铃。老人肩上还扛着一个幌子,白底镶着锯齿形状的红边,上面写着两行黑色的大字:

试问诸君活一生谁不需药?
莫轻本草治百病它能建功!

只见那个老者目不斜视,神态安详,慢走几步,停住脚步摇一下手中的铜铃,然后继续往前走。山地里茂盛的庄稼,石板道上熙攘的行人,似乎都引不起他的任何兴趣,一副与世无争的样子。突然,一阵小风从山地里吹过来,吹得竹竿上的幌子飘飘悠悠,像只翻飞的大鸟。看见母亲站在路边,他先是乜斜着眼睛瞄了她几眼,然后又把他那飘忽的目光移走,一副事不关己的样子。

忽然,母亲听见这个老者自己嘟囔起来:

> 手太阴肺十一穴,
> 中府云门天府列。
> 侠白尺泽孔最存,
> 列缺经渠太渊涉。
> 鱼际直出大指终,
> 络过阳明大肠接。
> ……

母亲听得一头雾水。她根本不知道老者背的是医书上的《经穴歌》,还以为是老者疯疯癫癫的自言自语。但是,当时她的脑子里却突然亮了一下,觉得好像在哪里见过这个老者。这个人看起来有些眼熟,却又有些陌生。是她和姥娘雪夜里救的那个欧阳嘉木老人吗?是姥娘的师父吗?像是,又不是。那么,他到底是哪里来的呢?母亲想了好长时间,但是啥也没想起来。也许是"病急乱投医"心情急迫,母亲紧走了几步,赶上了正在摇铃的医生。她详细地和那个老者诉说了自己的病情,并急切地表达了治病的愿望。老者停下手中的摇铃,琢磨了好长时间,然后微微颔首表示同意,就跟着母亲回家了。

父亲是个宽厚聪颖的人,他虽然也想快点有个孩子,却从来不在母亲面前提起这事,怕母亲思想上有压力。今天,看到母亲叫了医生回家,还是治不孕不育的,他心里高兴得像过年似的。他马上到集市上去打酒、割肉、买青菜,一会儿便做出了荤素搭配的一桌菜。那个老者似乎并不怎么急着看病,他一边喝酒,一边和父母漫无边际地聊着,时而为母亲摸摸脉,时而问父亲一些两个人的生活细节……从婚前聊到婚后,从饮食起居聊到床帏之事。

酒足饭饱之后,老者打开他的包袱,从一大排银针里边,仔细捻出了一根一拃多长的三棱针,然后又与母亲聊起天来。聊着聊着,只见他身手矫捷地挥起那根三棱针,一下子刺向母亲的腹部,把父亲和母亲都吓了一跳。母亲只是身上疼,而父亲真是心疼得哆嗦起来。过了一会儿,老者开始慢慢地捻转那根三棱针。然后他拔出针来,又在母亲的腹部拔了一个大火罐,之后他开始在烟袋锅子里装满烟末,慢悠悠地开始抽烟了。大约两袋烟的工夫后,老者就把火罐取下来了。火罐里有半茶碗散发着腥味的脓血!父亲和母亲一看,吓得脸色蜡黄。

看完病了,老者收拾好东西就要走。父亲要给他钱,但是老者无论如何也不要。他说治病救人是他的乐趣,乐善好施是一种修行;他只有实在揭不开锅的时候,才向病人收点药钱以渡饥荒,所有的治疗都是分文不取的。最后他说医生遇到病人是一种缘分,说缘分就是一种不期而遇的巧合……为什么今天让你遇到我?而且你又需要治病?这些都是说不清道不明的。

老者说话的神态平静而安详,他的话语也不急不徐,就像岜山村南边那条季节河——石沟河里的流水,不急不缓又时断时续。除了多年前听姥娘的师父说过这样的话,母亲就再也没听过这样听起来句句明白,但是琢磨起来却高深莫测的言语了。

就在父母还在云里雾里的时候,白发老者早已经收拾停当,摇着铃铛飘然出了院子。当我的父母从老者的话语中回过神来,疾步追出大门时,门外就只有几只红花大公鸡在昂首散步,还有几只芦花老母鸡在聚精会神地刨食。除此之外,只有一抹阳光和一阵清风了。他们问匆匆而过的路人,路人说,看见一个须发皆白的老人不紧不慢地向东走了。父母急急忙忙地往前追,一直追过了摩天岭,哪里还有白发老者的影子?

从此以后,母亲的病好了。她先后生了我的六个姐姐、我、我的两个弟弟和一个妹妹。

也许是本性使然，也许是受了这个白发医者的启发，母亲从此像变了一个人。过去，她给乡亲们看病包药，虽说是分文不取，但遇到上门感谢的患者带来自家地里种的瓜果粮菜时，实在推托不掉，便也收了下来。自此以后，她不论给人家看好了什么病，也都什么都不收了。

据说那是一个冬天的傍晚，邻村的一位老人边打听边迈进了我们家门，进门二话没说，从肩膀上放下一袋子小米，扭头便往外走。母亲问这人咋回事，这人说母亲为他三代单传的儿子治好了病，他们小门小户的实在没啥用来表示感谢的，便送来了这袋自家种的小米。母亲这才想起来，前些天她去邻村赶集，听见一户人家里哭声连天，一种责任感促使她进去看，原来是这家的孩子病重得奄奄一息了。她尽心救治，没想到竟然把孩子治好了。就在那家人千恩万谢的时候，她已经去赶集了。母亲看了看放下小米的那个人，见他的脸又瘦又黑，知道他也不是殷实人家，便要他把小米扛回去，谁知那人头也不回地跑了。母亲也来了犟脾气，当天晚上就扛着那袋小米，黑灯瞎火地给人家送了回去。往家走的时候还崴了脚，肿得好几天不能下地。我经常想，我喜欢做善事，喜欢扶贫济困，可能深受母亲的影响。

第五章　姥娘的锦囊

　　有时候,世界总是和你拧着一股劲。

　　我是一个坚定不移的唯物主义者,我有着坚定的信念和信仰。但是,母亲却像个一字不识的哲学家一样,她无意中抛出的一些话,常常让我无法反驳,有时候甚至颠覆我对有些问题的既定看法。她让我感到无助无奈,让我感到惶惑无辜,让我感到莫名其妙,甚至让我根本无法反驳。

　　她说,人来到这个世界上,有时候像春天的花那么红,有时候像秋天的树叶那么黄,有时候又像冬天的树枝子那么黑,这都是命,这都是安排好了的,人再能也能不过命。其实,人就是一阵风,刮着刮着就来了,刮着刮着就走了,甚至刮过去的地方连半点痕迹也没有。母亲不吃斋信佛,却能说出这么空灵旷达的话来,我总觉得很吃惊。

　　姥娘遇害时,母亲的大智慧得到了展现。

　　世事就是这么怪,就像有太阳就有阴影一样,有乾就有坤,有一利就必然有一弊。古人所说的祸兮福所倚,福兮祸所伏,真是颠扑不破的真理。姥娘救死扶伤,济世救人,按理说应该得到优厚的福报。但是,她却遇害了,而且她的遇害,还与她济世救人有千丝万缕的联系。前几年大庄村里的老人们还在的时候,说起姥娘遇害的事,还是唏嘘不已。

1946 年 1 月 10 日,解放博山的拉锯战打响了!

解放军山东军区的司令钱钧,带领着九师二十六团,在解放区地方武装的配合下,对博山城发起了强烈的攻势。守卫博山城的伪军和盘踞在占地四十亩的日本领事馆里的日军,困兽犹斗,进行了强烈的反抗。战斗进行得异常激烈,炒豆似的枪声,混合着手榴弹和迫击炮沉闷的爆炸声,在博山的大街小巷里响了整整两天。孝妇河里被炸弹炸起的白色水柱,像一棵棵大树那样高高地竖起来又轰然塌下去。两天后,也就是 1 月 12 日,博山城解放了。此役共消灭日军百余人,消灭伪军及地方保安部队三百余人。

令人叹息的是,这次解放是一场拉锯战。战斗结束后,解放军打扫干净了战场,把这里交给了地方管理,他们又去战斗更激烈的地方和敌人作战了。时间不长,国民党的部队便乘虚而入,又耀武扬威地开过来了,特别是由当地的地主恶霸势力组成的还乡团,更是穷凶极恶地乘机回来报仇雪恨,祸害人民。姥娘的惨死,就发生在这一时期。

据母亲说,姥娘习惯早晨早起上山采药。因为她认为早晨采的草药新鲜,药效会更好一些。所以,在春夏秋三季,姥娘经常早晨起来给大家做好饭,在大家还没起来的时候,挎着筐子上山。大庄村东南的太阳山上,各种植被非常丰富,花草繁茂,树木葳蕤,有很多可以治疗农村常见病的草药。有一些根类的草药,必须在冬天才能去刨,姥娘是不会放过这样的机会的。

那天一大早,天气冷得要命,村边的小河里结了厚厚的冰凌,树上的"树挂"也挂得满枝满丫,就像月宫里的玉树一样。尽管解放博山的枪声打得像炒豆似的,但是生性胆大的姥娘不管这么多,还是从冰上走过去,又去山里采集草药。她正聚精会神地在山坳里寻找草药,突然,她在冻干的衰草里看见了几滴鲜血,吓得她头发都炸起来了:"冰天雪地的,哪里来的鲜血?"

姥娘害怕地嘟囔着。但是,济世救人的习惯让她迅速地镇静下来。

她没去想受伤的是什么人,也没有考虑这里到底发生了什么事,只是急切地循着血迹,一步步往山里走去。当她走到一块陡峭的岩石下的时候,看见石龛里躺着一个穿着黄军装的人。只见他脸色蜡黄,这么冷的天,额头上还往下滴着汗珠。再往下看,姥娘更害怕了:他的一条裤腿已经被鲜血染透了!更加吓人的是,有两三条眼睛红红的野狗,一边伸着血红的舌头,一边试探着向伤员靠近。姥娘要是再来晚一步,说不定伤员就是野狗肚子里的美餐了。

"老乡,别怕,我是解放博山的解放军。"

"你的腿是咋伤的?"姥娘问道。

"在我们进攻的时候,被敌人的炮弹炸伤的。"解放军伤员说到这里,痛苦地喘了一口气,使劲挪了挪腿,又继续说道,"连长说要带我一起走,我怕影响部队冲锋,就自己爬到这边来了。你能帮我包扎一下吗……"

姥娘没等伤员说完,便用手中的爬山拐杖撵走野狗,随便在衰草里找了几味治疗皮肉伤的草药,双手搓了搓,敷在了伤员的腿上。接着,她又用牙咬着伤员的裤腿,刺啦一声,就撕下了半条裤腿。姥娘用这块裤腿给伤员包扎好伤口,又麻利地把他拉起来,半拖半背地把伤员弄回了家。由于当时大庄村还是敌占区,村里大地主的反共武装还很猖狂,姥娘只好把这个解放军伤员藏到天井的地窖里,每天为他上药,洗衣喂饭,还帮他活动四肢。伤员就给姥娘讲革命道理,讲解放穷人建设新社会的好处,时间长了,姥娘仿佛看见了一个崭新的世界。就这样,大约过了四个多月的时间,伤员的伤口痊愈了,他迫不及待要归队。临走前,姥娘给他烙了一大包袱煎饼,还给他带上了一大包草药。伤员对姥娘的救命之恩感激不尽,出门前扑通一声跪在姥娘面前,情真意切地说:"要不是你冒险相救,不用说我的腿伤,天寒地冻的,就是冻也会把我冻死的!没有你,也许我的尸体早就被山上的野狗撕烂了!是你给了我又一次生命啊!就让我叫你一声娘吧!"

姥娘流着眼泪,认下了这个干儿子。

时隔不久,大庄村开始土改了。由于那个伤员的宣传,姥娘思想进步了;又由于姥娘家在村里是单门独户,受尽了地主的欺压,于是姥娘成了村里的妇救会长。她不仅带头打土豪分田地,还领着母亲借走街串户行医卖药的机会,力所能及地为解放军传递情报。因此,她成了反动势力的眼中钉肉中刺。

1947年夏天,热风一阵紧似一阵地从南边刮过来,绿油油的小麦成熟了,山地和平原由绿变黄了,人们的心也开始骚动起来。摩天岭上红红的山杏刚刚摘完,岭下黄澄澄的麦子割了还不到一半的时候,由于解放军战略转移,拉锯战中的国民党还乡团又卷土重来,并对群众进行了疯狂的报复。还乡团包围了大庄村,和大地主一起对姥娘等人进行了血腥的报复。他们在烈日下把姥娘拖到院子里,让她跪在炉渣上,时间不长,两个膝盖便鲜血淋漓了。村里的大地主领着人不但对她拳打脚踢,还用赶牛的鞭子抽,用小腿粗的棍子打。看到姥娘闭着眼咬着牙一声不吭,他们更加恼怒,便惨无人道地把开水从姥娘的头上浇了下去。顿时姥娘满头满脸以及全身都起满了水泡,最终姥娘在坚贞不屈的沉默中含恨而死。他们似乎还不解恨,又把姥娘的遗体吊在了她家的屋梁上,并扬言要斩草除根,杀掉姥娘全家,吓得姥娘全家人四散逃命。街坊邻居看不下去了,他们冒着生命危险,把姥娘的遗体从屋梁上放了下来。大地主的二儿子得知后,兽性大发,赶得这几个好心的邻居四处躲藏。没人为姥娘收尸,为她守灵,只有她喂养的几只老母鸡围在她身边,一边凄厉地叫着,一边为她驱赶着苍蝇和蛆虫……其惨状令人动容,令人愤慨!岜山村吕瑞刚、吕瑞强的舅舅,是大庄村的正直人,他们趁大地主看得稍松的时候,偷偷跑到我们村,告诉了我们姥娘惨死的事。

母亲一听到消息,先是愣了一下,接着就大叫一声昏死过去。好不容易连掐人中带灌药汤地才把她弄醒。当时她正怀着孕,很快就要生了,大家劝她为了孩子一定要节哀。但是爷爷怒火中烧,他觉得大庄村的大地主欺负孙家无人,欺人太甚!他一挥烟袋,带上父亲和两个叔叔,跑到大地主家进行交涉。一听是这事,村里很多邻居也都跟着去了。大地主一看惹了众怒,便任由爷爷他们为姥娘办了丧事。

姥娘出殡的时候,母亲也去了。

母亲的泪早已经哭干了,她只是披麻戴孝,在人们的引导下,机械地做着一些必要的动作。从坟地回来,悲痛欲绝的亲戚们都四散而去了。在母亲的要求下,她又在姥娘家住了一宿。担心母亲害怕,父亲就陪着母亲在姥娘家住下了。至于母亲为什么住下,父亲根本不知道,他只是在履行一个做丈夫的责任罢了。

大庄村的天黑得早,太阳刚刚落到摩天岭的西边,大街上就已经暮霭沉沉,小巷里已经是黢黑黢黑的了。母亲给帮着姥娘出殡的邻居们做好饭,看着他们吃完回家后,便插上了门闩。她端着油灯,来到了姥娘正房的里间。打开箱子,她首先看到的是那两本磨圆了角的旧书,也就是姥娘的师父欧阳嘉木留下的那两本医书。再往下翻,就看到了那个脏兮兮的深棕色的包袱。她知道,包袱里就是那个漆黑的木盒子了。

母亲说,她对这个黑木盒子记忆太深了。就在姥娘去世的前几个月,姥娘好像有预感似的,突然拿出这个平日里不让任何人动一指头的黑木盒子,把母亲叫到跟前,说是要教母亲熬药。母亲听了,顿时觉得很好笑:"熬药?你教我熬了十二年了!"

"是十二年不错,但今天是另一种熬法!"姥娘说。

"还有啥熬法?不就是倒上水、点上火吗?"

"是同样的水,是同样的火,只是多了一点东西。"

"啥东西?千年的人参不成?"母亲问道。

"万年的人参也换不来。"

看到姥娘突然严肃起来,母亲也不敢嬉皮笑脸了。她马上点火添锅,忙忙活活地给姥娘打下手。和上一次师父教姥娘熬药一样,这次也足足熬了整整一宿。不一样的是,就在砂锅里的药熬到一定火候时,姥娘神情庄重地把母亲叫到跟前,双手把那个黑木盒子交给了母亲。母亲一时不知道这是啥意思,一下子手足无措,只是机械地接了过来。

姥娘告诉她说,黑木盒子里装的是"调膏料",是师父传授给她的。当草药熬到一定的火候时,放入这种"调膏料",就可以使清汤寡水的药汤变成膏剂,既能保证药力,还便于携带和服用。师父留下的"调膏料"早就用完了。师父是南方人,他们那里的草药,大都是南方的山水养育出的精灵,北方的山上又冷又旱,有的不长,有的长不好。这些"调膏料"是姥娘根据师父说的配方,结合当地产的草药,自己配制的。像当时师父教姥娘时一样,姥娘并没有交给母亲用笔和纸写的配方,而是自己说一味药,让母亲背过一味药。药熬完了,母亲也背过了。但是,姥娘却不放心,她又让母亲背了三遍,才算把心放进了肚子里。

而现在,黑木盒子还在,母女却是阴阳两隔了!

母亲又流泪了。

母亲摩挲着那两本旧得不像样子的医书,瞅着黑木盒子,禁不住浮想联翩。从六岁开始,她就挎着线筐子跟在姥娘身后,山里山外地行医救人。姥娘既教她行医济世,又教她如何做人。她跟在姥娘身后,这一跟就是十二年!从六岁一直跟到出嫁,母亲见得最多的,是姥娘那令人钦佩的高尚的医德。给财大气粗的富人家治病,姥娘从来不低三下四,诊费和药费一分不减,表现出一个医生应有的尊严;为上无片瓦下无立锥之地的穷人治病,不但一分钱不收,有时候反而救助病人吃的喝的或者几个铜钱。姥娘这种不卑不亢、平等待人的态度,对母亲的性格养成起到了重要作用。

据母亲说,有一次,她正跟着姥娘采药回村,忽然听见有户人家里传出了撕心裂肺的哭声。治病救人的责任感,促使姥娘领着母亲推门闯了进去。一看冷锅冷灶的,姥娘就知道,这是一户穷得身无避寒衣家无隔夜粮的人家。一个老人躺在炕上,几乎只有出的气没有进的气了。她用手一摸病人的额头,烫得要命,便当场配了一服小药,研碎让病人喝下,还嘱咐病人的家属说："我这服小药只能退烧,治不了他的病根。你们还是趁早带他去博山城里的大诊所看看吧,别耽误了。"姥娘说完抬起头来,看见那家人都在大眼瞪小眼地看着她,知道他们缺钱。姥娘毫不犹豫,立刻把身上准备赶集买小猪的钱掏出来,交给了那家里主事的人。

当然,从姥娘身上受益最多的,还是姥娘教的她那些医道、医术、偏方等。母亲通过观察才知道,救死扶伤,光有一颗菩萨心肠,只有一腔济世情怀,是远远不够的。还要有高深的医道、精湛的医术和一丝不苟的态度。两者就像一个人的两条腿,少了哪一条都难以行走。

母亲擦擦眼泪,把心情平复了一下,觉得自己想得太远了。她收回思绪,用一个大包袱把旧医书和黑木盒子包好,提着来到外间。据父亲说,他从母亲的眼神里,似乎看到了她坚定的决心:姥娘走后,给十里八村的人看病的担子就落在母亲一个人身上了! 跟随姥娘学医十二年,母亲有能力也有信心挑起这担子。

姥娘一共有两大包针灸用的银针和三棱针,母亲出嫁的时候,姥娘很郑重地送了她一包。剩下的一包,姥娘一直带在身上。母亲不要宅子不要地,更不要银子不要钱。她从姥娘那里领受的,只有这些。支撑她的,是使命感和责任感。

母亲太忙了,简直就像个陀螺!

她先后生了我们兄弟姊妹十个,由于缺医少药、缺粮少盐,侥幸活下来的只有我们六个。六个人及全家的吃、喝、拉、撒、睡、缝缝补补、洗洗涮涮,大到换季的衣裳和被褥,小到露了脚后跟的鞋袜,她都要按着季节不失时机地弄得熨熨帖帖。我小的时候,早晨还在睡梦中,就听见母亲拉风箱做饭的声音。做完饭后,她又和劳力们一起上坡干农活。晚上我们吃完饭,出去疯玩完了,回来躺下之后,还听见院子里哗哗啦啦地响,那是母亲在洗涮和准备明天一家人的早饭……

当然,这些针头线脑的,只是母亲忙活的小事,让她累得睁不开眼的,是照顾我的爷爷。据父亲说,那时家里穷,为了让家里的日子有起色,爷爷也学着有些人的样子,先后两次卖光了家产闯关东。但是,由于时运不济,他总是两手空空而归。爷爷闯关东落下了严重的肺病,夜里经常大咳不止,母亲宁肯自己不睡觉,也想方设法用自己有限的医学知识和技能照顾我的爷爷。爷爷病重那几年,生活不能自理,长年卧床不起。母亲一点也不嫌弃,为爷爷喂水喂饭,煎汤熬药,端屎端尿,擦洗身子,没有半点不耐烦……

最让母亲忙得整天脚不沾地的,还是她没日没夜地为乡亲们看病。自从姥娘去世之后,为十里八村乡亲们看病的事就落到了母亲一个人身上。光是照顾嗷嗷待哺的孩子和卧床不起的老人,按照季节忙地里的活,就已经让母亲精疲力竭了,除此之外还要采药、煎药、出诊等,母亲几乎没有睡觉的时间。不论是在正收着庄稼的白天,还是睡得半梦半醒的夜里,只要患者的家属一招呼,母亲夹起她的小包袱就跟人家走了。特别是那些得了急症的病人和说不定什么时候就要临产的孕妇,经常弄得母亲整宿整宿地无法睡觉。有时候刚躺下就要爬起来,有时候做着饭,锅里刚刚热起来她就被别人拉走了。日复一日,年复一年,母亲愈加消瘦。看到母亲熬得两眼通红,身子越来越瘦,好像一阵风就能把她吹走了似的,父亲实在心疼得受不了,就小声劝母亲悠着点,可母亲反反复复就是这么一句话:"治病救人,就是行善积德啊!"

既然如此,父亲还能说什么呢?

有一年,我发现了母亲的秘密。

那天,是我们学校放年假的第三天,正好是农历腊月二十三。这一天很有仪式感,一是全家要进行年前最后一次大扫除,二是这天要把灶后面的墙上贴的灶王爷的画像换上新的,把那张旧的烧掉。据说,灶王爷是天神打发下来监督一家人的德行的。每到农历腊月二十三,他须上天向天神复命,汇报这家人一年来行善了没有,作恶了没有。所以,人们一般都在灶王爷画像两边贴上对联,上联曰"上天言好事",下联曰"下界保平安",以寄托人们美好的愿望。

那天一大早，我穿上旧衣服，爬到炕上扫笤子里一年来存下的老灰。我用笤帚使劲地扫，随着黑灰滚下来一卷东西，我捡起来扑打干净灰尘之后，才看出这是一个又破又旧的自己订的本子。我非常好奇，便一页一页地掀开看。每一页上，都有些写得比一年级学生的字还丑的汉字，有的笔画不协调，有的偏旁和部首相隔甚远，有的横竖撇捺不成比例。总之，要费很大的劲，才能勉强拼出几个汉字。这些丑字是谁写的呢？我正在纳闷的时候，正在打扫屋梁上的灰土的父亲过来了。他拿过我手里的破本子看了看，笑着问我："知道这是什么吗？"

"不知道。"

"这是你娘写的字。"

"我娘？"

"对！"

"她还会写字？"

"是啊！她总想着能看懂医书，可她却一个大字也不认识。那天，就让我教她认字、写字。几十岁的大老娘们念书，她怕别人笑话，就让我给她保密，每天等你们睡了之后，才在锅台上一笔一画地描字，就这样会写会认百十个字之后，由于家里日子太苦，她又太忙，只好恋恋不舍地放下了，但是她一直心有不甘。"

听完父亲的话，我的两眼湿润了。这么多年来，我都不知道母亲心里埋藏着这么强烈的愿望，不知道母亲为了提高医术曾经做过如此巨大的努力！这是一个农家妇女对命运的抗争，这是山村妇女渴望看到山外世界的证明！我扑打干净破本子上的灰尘，把它放在了我盛书的笤子里。此后，每当我学习遇到困难的时候，每当我工作想打退堂鼓的时候，我就会想起母亲的那个破本子，想起上边那些歪歪扭扭的汉字。然后，我就会信心百倍地去克服困难。这个破本子，已经成为我人生的精神支柱。

这就是我和母亲的精神契合！

第六章　母亲的偏方治大病

俗话说,功夫不负有心人。

聪明的母亲,总是能迅速找到问题的症结。

记得她说过多次,斗大的字识不了几个,这是她行医诊病路上最大的障碍。不识字,看不懂卷帙浩繁的古医书;学问浅,无法读懂汗牛充栋的医学典籍。这从两方面让她困惑:一是自己很多诊病制药的实践,难以提炼升华到理论层面去认识;二是难以用古代医学典籍上很多成功的医案,来指导自己的行医实践。她曾经为此痛苦不已,但是她没有怨天尤人,而是想尽一切办法改变现状。正因为母亲找到了问题所在,她便想办法摆脱不识字所带来的束缚。她把能识文断字、能读懂医书的希望,全部寄托在了我们兄弟姊妹身上。她嘴上经常挂着两句听起来很可笑、实际上很有用的话:一句是"养孩不读书,不如养头猪";一句是"书里有黄金,不读是你笨"。作为一个大字不识的农村妇女,能够如此尊重知识,崇尚文化,母亲的确有着普通农村妇女难以企及的眼光和见识。母亲还有一个聪明过人的地方,就是她只要看准了的事,总是在第一时间付诸实践。

送我上学,就是一个生动的例子。

母亲三十岁以后,才生了我和弟弟。她常常把我们这两个"晚瓜"儿子,作为她孝敬老人、行善乡里的福报,对我俩寄予了厚望。她在严厉教导我们遵守"坐有坐相,站有站相""食不言,寝不语"的礼仪的同时,还教我们"做人要诚实,做事要扎实"的为人处世之道。最关键的,还是母亲督促我们兄弟俩读书的事。因为她吃尽了不识字的苦头,所以,她督促我和弟弟读书的事例,成为村里多年来老人们教育孩子的典范。

我刚刚五岁的那天,性急的母亲就沉不住气了。那天早晨,不知道为什么母亲做饭特别早。太阳刚刚离开摩天岭一竿子高,母亲就已经把稀饭、煎饼和咸菜端到了饭桌上。大家吃完饭,还没放下饭碗,她就吩咐我的二姐孙启莲,让她送我去小学上学。那时候,没有现在的什么胎教、学前教育什么的。上学前的小孩,身体泼辣一点的,就跟着大人上山打猪草,身体金贵一点的就坐在河边玩泥窝窝,哪里有什么教小孩背"床前明月光,疑是地上霜"的?哪里有什么教小孩跳舞、唱歌、弹钢琴的?我跟着二姐到了学校,老师见我白白胖胖的挺好玩,就叫我数数。我是个"人来疯",对着老师,一口气数到了十个指头以外。同时,我还一下子背出了母亲经常唠叨的薄荷、甘草、橘络、车前子等十几种中药的名称,一下子把老师镇住了。只是因为规定六岁才能上学,才不得不把我延到了下一年。

六岁就入学的我,曾经多次自己琢磨,母亲这么急着让我上学,可能是有这样几个考虑:一是怕我漫山遍野地傻玩有危险,让学校看管起来,她去十里八村出诊也放心;二是盼着儿子好好读书,早日成才,早日出人头地,光宗耀祖;当然,我认为她最迫切的想法就是让我尽快学会识字,好帮助她记一些药名、偏方以及她诊病的体会。有一次我百无聊赖,想偷偷看看姥娘交给母亲的那个宝贝黑木头盒子,翻出那两本磨圆了角的旧医书时,还以为是讲战斗故事的小人书呢!看了以后感觉味同嚼蜡,我就放弃了。谁知道翻着翻着,竟然翻出了一个用过的演草本。在这个本子的反面,母亲画了很多很多的图画。我辨认了大半天,才看出里边有动物,有植物;有大的,有小的。她还画了一些说蚊子不像蚊子、说蚂蚱不像蚂蚱的汉字一样的东西,就像后来新闻上报道的在湖南南部发现的"女书"一样,神秘得让人欲罢不能。再后来我才知道,那是不识字的母亲自己创造的一些符号,用来记述自己行医治病的体会和经验。如果我会写字,她还用这么折腾吗?现在,让我痛心疾首的是,母亲的那些"女书"一样的发明没有留存下来。如果能留到现在,它将是我们博物馆里的一件不可多得的展品。

母亲对行医制药,简直入了迷!

为了让我和弟弟孙启银好好学习,她让在夏庄煤矿工作的父亲节衣缩食,买了农村里很少见的电石灯给我们照明。天热时,为了让我们能集中精力看书,她坐在旁边摇着芭蕉扇,为我们驱蚊送凉;天冷时,她让我们坐在热炕上,腿上盖上被子,又在被子上放一块木板,让我们写字做作业。她还不时地往灶坑里扔几根树枝,让火炕更暖和一些。

据乡亲们说,母亲是岜山村 1949 年前后唯一的乡村医生。她从大庄村嫁到岜山村之后,行医中遇到疑难病症,还经常爬过摩天岭去向姥娘请教。别看姥娘年龄大了,她的脑子却一点也没僵化,还特别喜欢接受新鲜的东西。她实在搞不懂的,就涉过石沟河,跑到博山城里,向那些大诊所的洋大夫们请教。就这样,母亲一边传承,一边和姥娘相互磋商,教学相长,一时间成为村里的佳话。母亲的医道高于姥娘,这与她的兼收并蓄和认真总结有着密不可分的关系。

据一位略通文墨的老街坊说,母亲虽然不识字,却因为得到了姥娘的真传,再加上她自己的聪慧和实践经验,医道有了超乎寻常的飞跃。她看病懂得了"望闻问切,八纲辨证",诊病的准确性有了明显的提高;她治病也会用"四气五味,升降浮沉",患者的治愈率大幅度增长;她用药更明白了"君臣佐使,配伍禁忌",能更加准确地用药……试想,这么多半文不白的理论性的东西,让一个大字不识的农村妇女,从自己诊病制药的实践中一一体会出来,那得需要多么艰难、多么惊人的付出啊!

在姥娘的指导和影响下,母亲最擅长的是接骨拿环,脱臼复位;还有推拿按摩，针灸挑治；当然，指针按压、拔罐刮痧也是母亲治疗农村常见病的拿手疗法。甚至连现在早已很少见的叫魂、驱邪等民间传统疗法，母亲有时候为了安慰患者，也会按着人家的需要，帮他们做一些这方面的事情。

母亲的心思，还真的让我这个乳臭未干的小屁孩猜准了。就在我刚刚上到小学四年级下学期的时候，母亲开始利用我所学的可怜的文化，来为她的行医制药服务了。她让我做的第一件事，就是把很多中药名称写下来，还要一个个地教会她。还有，她向我口述她从姥娘那里继承的一些治疗常见病的方法，让我记录下来，再一个字一个字地教会她。更让我为难的是，母亲拿出了姥娘的师父留下的两本书，让我仔细地念给她听。我接过来一看，一页纸上几百字，我也就能认识三五个。我当时简直就是老虎吃天——无处下口了！你想想，一个小学四年级还没上完的孩子，能识多少字呢？更何况中药名称和农村的常见病中，生僻字多得简直像夏天的蚊子，一翻开书满眼都是，数都数不清。

憋得实在没办法，我灵机一动，就想求教于姥娘家闻名遐迩的大知识分子、我的叔伯大舅——著名学者赵蔚芝。下午放了学，我就背着书包跑到了大舅家。大舅很热情，他从他书房的书架上拿下一本四角号码词典来。我打眼一看，字典已经旧得不成样子了，书脊、封面和封底的棱上，用白色的胶布粘了很多层。大舅拿着字典和我说，字典就是最好的老师，有不认识的字就问问它。说着，他就一边自己念着，一边让我学会并背诵那首《对照歌》：

> 横一垂二三点捺，
>
> 叉四插五方框六。
>
> 七角八八九是小，
>
> 点下有横变零头。

小的时候脑子灵活，一会儿就背过了。然后，大舅又开始按照口诀，和我一起分析汉字的结构和笔画，去查找这个笔画对应的数字。转眼就到了掌灯时分，临回岜山村的时候，我已经会查笔画简单或者横竖规范的汉字了。大舅一边往我手里塞着那本粘着胶布的字典，一边鼓励我说："你很聪明，没几个人有你学得这么快，回去好好努力，哪里不明白再回来问我。你姥娘不识字，阻止了她成为一个名医的脚步。如果你母亲识文断字了，她的医道会有很大的发展。可惜啊，她年龄大了点！这也没关系，咱们齐文化的代表人物姜太公，年轻的时候卖过酒，卖过牛肉，古语云'太公八十遇文王'，我觉得这事有点夸张，但是我好像记得他七十二岁才被拜为国师。和姜太公比起来，你母亲现在学文化也不算晚……"

我很愿意听大舅说话，因为他说起来总是一套一套的，让人听了很长知识。在我的人生旅途中，这是大舅第一次帮助我。从此，那本封面上粘满胶布的四角号码字典，成了我这个四年级学生最好的识字老师，它让我比同龄人认识了更多的字，也让我成了母亲识字的老师。

眼见我识字越来越多，母亲开始实施她的计划了。那天，是一个星期天。那时的学生都没有家庭作业，星期天就是让学生休息的。但是，每个星期天拔一篮子猪草，是我给自己定下的雷打不动的"作业"。早饭后，我挎着篮子就往村东南的摩天岭走。忽然，从摩天岭那边飘来了一片黑云彩，霎时就把天遮严了。接着，随着远处几声沉闷的雷声，雨水就像从天上倒下来一样。我只好挎着篮子跑回家，从书包里掏出一本刚从同学那里借来的小人书，认真地看了起来。

"今天没啥事了？"母亲端着药锅子问道。

"想去拔猪草，天不让。"我笑笑说。

"那就给我帮帮忙吧！"

"帮啥忙？我会做吗？"

"也没啥大事，就是发挥一下你这个小先生的特长。你姥娘这一辈子积攒的和我这些年琢磨出来的那些治病的办法,你帮着记下来吧。要不然,随着年龄的增长,我的忘性越来越大,像狗熊掰棒子——掰一个丢一个,咱家这些宝贝就失传了。哈哈哈……"母亲还没说完,竟自己先哈哈大笑起来。

"小的遵命!"

在母亲面前,这是我第一次和她用开玩笑的语气说话。因为我早就对母亲诊病制药的事很感兴趣,所以,今天她一让我干这活,我就特别高兴,答应得也特别痛快,甚至还敢大着胆子和母亲开玩笑。也不知道母亲为这事准备了多长时间,正当我要去找纸和笔的时候,母亲已经把笔和本子递过来了。笔是她用切菜的大菜刀削尖的铅笔,连里边的铅都在石头上磨尖了。本子是她自己做的,就是先从集市上买一张那时候时兴的有光纸,多次对折成 32 开之后,抽出一张捻成两根纸捻子,再用锥子在那一叠纸上扎上眼,把纸捻子穿过去系上。

看来,母亲是"蓄谋已久"了。等我准备好,母亲就紧紧地坐在我的身边,神情庄重地向我口述经过她和姥娘反复验证的一些偏方、验方。她说一句,我就记一句,记着记着,就像进入了传说中阿里巴巴高喊"芝麻开门"的宝库里,我完全忘记了自我,进入了另一种澄明剔透的境界里,一个闪耀着五光十色、斑斓绚丽的氛围中,人也觉得好像要飘起来似的:

——用搓热的手心捂肚脐,治疗小儿肚痛;

——用荷叶在青石板上砸黏,治耳疾;

——用蜡、姜水泡腿脚直至出汗,祛湿气,治妇科病;

——用针挑头皮,放血治疗感冒头疼;

——用指针法按压,治疗急性腹痛;

——用姜片刮,酒盅刮,木梳背刮,治肚痛、恶心、呕吐;

——外伤初期用高度粮食酒擦敷,消肿止痛;

——用红黍谷带皮粉碎后拌醋贴敷,治筋骨伤长期不愈;

——用大黄水拌白绵糖,为不吃奶的儿童擦舌苔,压舌根,会得到手停即能吃奶的奇效;

——用摊煎饼的热油布,热敷新生儿的肚脐,能治疗脐带风,解救病危儿童;

——用蓖麻仁去皮砸黏后,敷在红肿的无头瘤体上,会拔出脓血,使皮肤很快愈合;

——用青青菜攥出水后滴在伤口上,能立即止血止痛;

——用醋和麦麸,外贴拔毒;

——用香油和谷糠,涂在身上治牛皮癣;

——用狗奶草的根烧灰,贴治脓疮;

……

记得母亲还说了很多很多,有的是常用的,有的是十分生僻的。我当时的文化水平确实有限,也没有认识到它们的重要价值,无法准确完整地记录下来,以致到现在成了永久的遗憾。

眼看到了做午饭的时刻,又见我一连打了好几个哈欠,母亲心疼我,才极不情愿地停了下来。但是,临去抱柴火做饭时,母亲还在不住嘴地说:"这些偏方中,有你姥娘和我用了很多年的,也有你姥娘跟城里的老中医们学的,都很管用。有道是'偏方治大病,只要药投体'。这些药我们周围的山上就有,像村东的摩天岭,村西的瑚山、白石洞这些地方,都长着很多草药。甚至我们经常种庄稼的田间地头,也有一些常见的草药,就像车前子、兔耳草等。只要我们稍微长长眼神,遍地都是宝。我们自己采药自己炮制,一分钱也不用花。这些药炮制起来也很简单,有钱的人就给点工夫钱,没钱的人尽管拿去服用就是了,只要能为病人解除病痛。"

这些事情,母亲说起来特别简单,但是,真正做起来,却远远没有她说的那么简单。后来我才知道,母亲把诊病和制药故意说得那么轻描淡写,目的就是故意减轻十里八村的乡亲们的心理负担,让他们有病就快来看,没钱也能心安理得地吃药。由此可见,母亲的仁心善行到了何等程度!

不久,我就发现了母亲真正的秘密。

这个秘密和早已去世的姥娘有关系,也和早已不在人世的名字非常奇怪的欧阳嘉木有关系。而且,这种关系一直延续到六十年之后的我的身上。那是后话了。

第七章　深夜传授绝世秘方

说起我那年的"失踪"，还是和中草药有关系。

那个时候，农村的学校和城市的学校放假制度是不一样的。农村的学校不放暑假或者寒假，放的是麦假、秋假和年（春节）假。我失踪的事，就发生在麦假期间。那天早上，母亲本来是要我和她去麦场里，拉着碌碡打麦子的。临到天明，我正睡得半梦半醒的时候，母亲把我拖起来，要我和她一起去麦场。忽然，从摩天岭上飘过来一大片黑云，把村子遮了个严严实实。母亲看天气不好，就没把麦垛放开，想让我多睡会儿觉。我听了禁不住心里高兴起来：真是太来劲了，刚要打哈欠，就有送枕头的！接着倒头又睡过去了。

"俺娘哎！简直没法弄了！"

"你又咋了？二婶子？"

"都把我鼻子呛出血来了！"

"快过来，我仔细给你看看。"

天明的时候，一个呼天叫地的女人闯进了我家。母亲边应着，边拿马扎让来人坐了下来。我睡得迷迷糊糊的，很不情愿地睁开眼看了看，原来是我们村的那个二奶奶，母亲喊她二婶子。听了她哭哭啼啼的絮叨，我明白了事情的原委。她是我们村的一个老病秧子，身上成天不是这里疼就是那里痒,看了很多医生,却总是不见起色。原来她一直不用我母亲看病,在她心里,一个大字不识的妇道人家,能看什么病呢?后来,看母亲医治好了十里八村的很多病人,这才来找我母亲诊病。由于她是陈年老病,母亲给她下的药重了些。因为病体常年拖累,她家的日子总是过得紧紧巴巴,母亲给她包了三服药,不但分文不取,还教她怎么熬怎么服。谁知道她还是不会熬,足足熬了满满六大碗又腥又稠的药汤。加上她的嗓子浅,喉咙细,药汤说啥也灌不进去。倔强的二奶奶喝了吐,吐了喝,折腾了大半宿,一直呛到鼻子出了血。这不,天一露明,她就跑到我家求救来了。

看来,今天打不了麦场,也睡不了懒觉了。于是我悄悄地起来,准备实施我那蓄谋已久的计划!

我趁着母亲安慰二奶奶的机会,先是溜进里间,找到了母亲那本画着很多中草药图画的破书,又到厢房挎出母亲专门用来装草药的筐子,悄没声息地溜了出去。我今天的计划,就是上山采药。拿着破书,是为了比着书上的图画找药;挎着筐子,是为了盛药。走出村头,我一下子茫然了:去哪里呢?平常只是见到母亲背着草药回来,但我从来没有问过她是在哪里采到的。我想,可能越高的山上草药越多。我往村东南看看,摩天岭虽然很长,但是不算太高;往村北看看,大尖山虽然长得像埃及的金字塔,但也和摩天岭半斤八两;往西看看,南北走向一溜大山,从南边的白石洞,一直蜿蜒到北边的瑚山。哈哈!瑚山是我们村周围最高的山头,那上边肯定有很多草药。但是俗话说,望山跑死马!瑚山太远了。最后,还是草药吸引了我。我挎着筐子,雄赳赳气昂昂地向瑚山奔去。

咚咚地走在石板路上,想想那些去找母亲看病的患者,我竟然豪情满怀地想起了大舅赵蔚芝说的李时珍亲尝曼陀罗的故事。

传说中神一样的李时珍,是明朝伟大的医学家和药物学家。他一面行医,一面研究药物。在多年的实践中,他发现人们一直用着的旧药物书籍,不但内容单薄简单,个别地方还记错了药性和药效。他非常担心病人按照书上说的吃,要知道,吃错了药,会造成很大的危险。于是,他下定决心重新编写一部药物书——《本草纲目》。李时珍为了写好这部书,不但注意积累病例和记载药物的作用,还不辞辛苦地走遍了产药材的名山大川和丘陵平原。白天,他踏青山,攀峻岭,采集草药,制作标本;晚上,他对标本进行分类、整理,并记好笔记。几年里,他走了上万里路,访问了千百个医生、老农、渔民和猎人。对许多药材,他都进行品尝,判断药性和药效。

就这样,我想着李时珍的故事,跳沟过河地跑得两耳生风,也就一顿饭的工夫,我甩着被汗水湿透的衣裳,跑到了瑚山脚下。我决定在这里歇一下,然后再上山采药。

我躺在青石板上仰头一看,整个瑚山植被密集,郁郁葱葱,葳蕤茂盛。树上的知了和各种各样的鸟,都在不知疲倦地叫着。在高大的乔木和蓬勃的灌木下面,长满了形状各异、颜色不一的不知名的小草和野菜。哪些是草药呢?又是什么草药呢?我爬起来,不慌不忙地掏出母亲那本画着中草药的破书,认真地对照着,仔细地采集起来……

轰隆隆——

忽然,一阵雷声响过之后,豆大的雨滴啪啪地落了下来。山上的树叶太密,觉不出雨的大小。等我觉得雨下大了的时候,山外面已经是大雨倾盆了。我用褂子包好那本书,像个无头苍蝇似的,猫着腰穿行在灌木丛中,拼命地寻找着避雨的地方。不知道钻了多久,终于发现了一个看山人避雨用的石头屋子,我不顾一切地钻了进去。这种石头屋子从上到下都是用石头片子插起来的,没有一点木料,竟然还能滴水不漏。我往里边的青石板上一躺,就迷迷糊糊地睡了过去。

而这时,家里找我已经找翻天了!

原来,母亲看二奶奶实在喝不下这么多药汤,就决定用姥娘秘传给她的"调膏料"熬药,这样二奶奶喝起来就方便多了。安抚好了二奶奶,天突然放晴了。母亲便去麦场里放开麦秸垛晒上,喊我和她拉碌碡轧麦穗。喊了几声没喊到我,她以为我和胡同里的孩子们出去玩了,也就没在意。谁知道中午天突然阴了,她又喊我去堆场里的麦秸垛,还是没喊到我,就有点急了。看我没回家吃午饭,她出去问那几个经常和我一起玩的同学,他们都说没见我,母亲急疯了!因为孩子们都有玩水的天性,每年夏天,都会有孩子淹死在河里……

母亲和邻居撒开腿就往村南的石沟河边跑。

石沟河是一条从瑚山脚下流经我们邑山村南的小河。它是条季节河,有丰水期和枯水期。眼下是雨季,正是丰水期,而且刚刚下过大雨,大水带着瑚山的碎石和泥土,一路奔腾而下,浑浊的河水涨满了河槽,使它比往常宽了好几倍。

乡亲们扶着心神不定的母亲,呆呆地站在河边。连在夏庄煤矿工作的父亲也知道了我失踪的消息,急忙向单位请了假,跑了回来。他们想,是不是我调皮下河玩水,被突如其来的洪水冲跑了?还是被碎石和泥沙埋在了河底?看看奔腾的石沟河水,谁也不敢下去,当然也没法下去。大胆的乡亲们拿着长长的竹竿,在河水里象征性地划拉几下之后,就扶着母亲往村里走。

大家进门一看,我竟然在家里。

原来,等我在石头屋子里睡醒了,才发现大雨早已经停了,七色的彩虹一脚踏在白石洞,一脚踏在瑚山顶上。而我,则正处在彩虹的中央。我醒过神来,突然想到母亲会找我,于是连忙挎着筐子,往山下跑去。我一头扎进家里,见一个人都没有,我就知道闯祸了!当我想出去找他们的时候,他们正好扶着母亲走进来。

"你知道你要挨打吗?"母亲问道。

"我知道。我错了,你打吧!"我蹲在了地上。

当时正好到了做晚饭的时间,乡亲们看到我安然无恙地回来了,也就顾不得再和我啰唆了。他们劝了母亲几句,便忙着回家做饭了。从来没打过我的母亲,从屋里拖出了烧火棍,气冲冲地朝着我走了过来,边走边问:"说! 去哪里折腾了?"

"我上瑚山采药去了!"

"采药? 啥药?"

"草药。"

我自知理亏,蹲在地上,把脊梁对着母亲,等着她用烧火棍抽下来。等了好长时间,竟然没有动静了。我偷偷地抬头一看,只见母亲好像啥事也没发生过一样,在仔细翻看着我的筐子。我偷偷地凑过去,想看看她在做什么。没想到,这么点时间,她已经把我采的一筐子"草药"都翻看完了。只听她柔声细语地说:"傻孩子,并不是山越高草药越多。药材和庄稼一样,不同的草药长在不同的地方,有很多还长在平地上和水边呢! 你看看,你采的这满满一筐子,除了这些车前子、野艾、薄荷和连翘是草药以外,其余的都是些没用的杂草!"

"有很多和书上画的一样啊!"我辩解道。

"那本书是姥娘的师父欧阳嘉木从南方带来的,上面画的很多都是南方的草药,我们这里没有。再说那本书不是大地方出的,有很多草药画得不像,你看错了。书本,就是给你指条路,真正走路,还得你自己体会啊!"

"那……咋办?"

"你要真想学,还是娘教你吧!"

说着,母亲从里屋掏出了一本磨圆了角的书,轻轻地放在了我的手里。因为她不识字,所以她也不知道这是一本什么书。她只知道这是姥娘交给她的,是那个白胡子老头欧阳嘉木留下的。我如饥似渴地翻了好几天,也没看懂里面写的是啥。直到后来我拜"国医大师"金世元为师,研读古代药学经典时,将残存的记忆与药学经典相对照,才大体猜出那本书很可能就是严重残缺的古代汉语版的《汤头歌诀》。

据母亲后来说,那天她真是气得火烧到头顶上了。自己要做一家人的饭食,照顾打麦场上的麦子,还要时不时地出去为患者诊病熬药……忙得恨不能劈成几个人才行。可是偏偏我又添乱,害得乡亲们也跟着忙活了大半天。她说,那天她打定了主意,回家要狠狠揍我一顿。但是当她举起烧火棍的时候,忽然听到我说"采药去了",就像一下子抽去了她的筋一样,手里的烧火棍慢慢地落到了地上。顿时,她的心里一下子充满了各种草药的名字和形状,一种要和我交流草药的欲望,把她所有的怒气和怨气全部冲散了。于是,她心平气和地拉过我的筐子,开始检查起我采的草药来。用她的话来说,尽管我年纪不大,但是知道干正事了。

也正是这次"意外",坚定了母亲教我学医的决心。

第二天,天阴得像一个黑锅盖,我们都吃完早饭了,摩天岭上还是黑黢黢的。看来,今天要想晒麦子,那就是李双双守寡——没了希望(喜旺)了。母亲看看天,叹了一口气,把我从被窝里提溜了出来。我揉着眼睛问:"娘,今天又没法干活,你叫起我来做啥?"

"有好事啊!"母亲笑着说。

"啥好事?你要给我做好吃的?"

"这事啊,比好吃的好喝的好多了!"

"快告诉我吧!"我有点沉不住气了。

"你不是一直对娘的秘方很感兴趣吗?现在你也老大不小了,是个初中生了,也可以托付你一些事了。再说,我看你对中医药这么感兴趣,通过教我识字你也学了不少中医药的知识,是块可以打磨的材料。我想,今天就把你姥娘传给我的'调膏料'的秘方告诉你。我正想给你那个喝不下药汤的大门外的二奶奶熬药,你跟着我学吧!"

我一听母亲的话,高兴得简直想从炕上蹦下来。我三两把穿上了因为割麦子忙得好几天没洗的衣裳,像猫洗脸那样搓了把脸,就算准备好了,然后一步三蹦地跳到了母亲跟前。谁知道平日里和蔼可亲的母亲,今天竟满脸严肃。她说传授秘方是一件正儿八经的事情,虽然不必沐浴熏香,但是洗得干干净净,穿得板板正正,是最低要求了。没办法,我又去天井的水井里打了水，仔仔细细地洗了洗脸，换上上学时穿的衣裳。母亲看了看，满意地笑了。

那时候家里没有钟表，都是按照太阳或者星星的方向和位置来估算时间。那天尽管太阳被云彩遮住了，却也能隐约分辨出它的位置，我记得大概是在太阳偏东南的时候，母亲开始为二奶奶熬药的。大约在中午时分，母亲做好饭让二奶奶吃过，又一直熬到天都黑透了。夜里，天晴了，满天的星星出来了。直到三星从摩天岭上空移到了正南方，母亲看着砂锅里的中草药熬得差不多了，才开始叫我。

母亲把我叫到跟前，神情严肃地和我说了"调膏料"的配方。我马上从书包里掏出铅笔和本子，准备记下来。谁知道母亲一把夺了过去，把它们扔在了一边，然后轻轻地说道："姥娘说过，姥娘的师父也说过，这个配方只能记在脑子里。"

"为啥不能写下来呢？"我很茫然。

"我也不知道，反正就是这样传下来的。"母亲说。

我只好机械地在脑子里记着，嘴里还一遍一遍地念叨着。大约过了一顿饭的工夫，我告诉母亲说我记住了。母亲让我连着背了三遍，她听着没啥差错，便满意地笑了。

我终于要见到母亲的秘密了！

母亲听我背完了之后，进到里间，双手捧出了那个黑木盒子，颤抖地打开。我仔细一看，里边并没有啥秘密，顿时很失望。但是，母亲指着里面很多药材一样的东西，一一告诉我它们的名称，还带着点神秘地说，熬药时只有加了它们，药汤最后才会变成膏剂。

这时，二奶奶进门了。她的屁股还没挨着马扎，便又开始诉说药汤多么多么难喝，中药如何如何难咽……说着说着，又开始泪眼婆娑了。

"二婶子，今天咱就叫它不难喝！"母亲劝道。

"自古中药就是几碗汤，你成了神仙不成？"二奶奶不信。

"我不是神仙，但是我有师父的秘方！"

"啥秘方？你孙兆珍家的可不能骗人啊！"

"我把中药给你熬成膏……"

"你先别吹！人家都说久病成医，我长了一辈子病，是个不折不扣的病包子，我也多少懂点医道了。自古中药就是几种样子，药汤子、药丸子、药粉和贴在身上的膏药，对不对？除了这些，你还能捣鼓出啥来？哈哈哈……"

二奶奶嘟嘟囔囔地说着，竟然自顾自地大笑起来。母亲听了她的话，觉得她说的有一些道理，但又不完全对，就也跟着她笑了笑，便开始忙活自己的了。我在一边有点小气愤，心想：二奶奶你既然这么懂，这么瞧不起别人，你咋没自己治好呢？你还来找俺娘干啥？但是，想想母亲马上就要教我"熬膏"了，心里又有些小激动。

就像对待其他病人一样，母亲开始为二奶奶弄吃的。母亲有个不成文的规矩，只要病人来我家赶上了饭点，她总会给人家做饭吃，而且还要让人家吃我们家里最好的。我们几个捞不着吃的兄弟姊妹，只能吃糠咽菜流着涎水看。我们曾经联合起来向母亲表示过强烈的不满，但是每次都以我们的失败而告终。她总是说：人家是病人，身体不好，来找咱看病就是相信咱，咱能不好好照顾人家吗？话说到这份上，我们还能说啥呢？今天，她用面瓮子里所剩不多的白面，给二奶奶擀了面条，看着二奶奶开始往嘴里扒面条了，母亲才开始和我一起"熬膏"。

中草药只能熬出一碗一碗的黑汤，少说也有上千年历史了吧，如果真和母亲说的那样，能把它熬成便于携带、便于服用的膏剂，那可是太神奇了！这事让我太激动了。

直到多年以后，我拜著名的"国医大师""国药泰斗"金世元为师，读中草药本科教科书的时候，才真正了解了中草药的几种剂型，这就是"汤、丸、散、膏、丹"。其实，在中草药剂型中，我们最熟悉的莫过于汤剂，它的好处是熬制简单，起效快。但是它的缺点也是显而易见的，就是熬制前携带起来不方便，熬制后量大，很多人服用起来困难，比如我的二奶奶,就是呛得吐血也灌不下去。除了汤剂之外,再就是"丸、散、膏、丹"了。所谓的"丸",就是把药物研成细末后,加入适宜的黏合剂,制成圆形的药丸。它的体积有大有小,如消导食积的保和丸等。常用的制剂,大致有蜜丸、水丸、糊丸、浓缩丸等。所谓的"散",就是把药物研碎,混合均匀,制成的粉末状制剂,如银翘散等。所谓的"膏",就是将药物用水或者植物油煎熬去渣制成的,可分为内服和外敷两种。内服膏剂分为流浸膏、浸膏和煎膏三种。外敷的一般是药物煎熬后先去渣,然后加入适量的脂肪或者凡士林调成软膏。所谓的"丹",原指古人将矿物加热,提炼出的一种新化合物,古人把炼制的过程叫作"炼丹",现在已经不存在具有实际形态的"丹"药了。当然,传统的中草药剂型除了以上几种之外,还有用药物浸制的"杜仲虎骨酒",用新鲜含有挥发成分的药物蒸馏而成的"露",比如金银花露等。还有将药材提取物加赋形剂或者部分药物细粉制成的干燥颗粒状制剂,比如感冒退热冲剂等。我想,当时我要是知道这么多关于中草药的知识的话,我一定好好和二奶奶说道说道,让她好好尊重我母亲。其实,二奶奶也是个好人,是个乐于助人的热心人,就是成天刀子嘴豆腐心罢了。

天已经很晚了。

屋外黑咕隆咚,屋里却是忙忙碌碌。炉灶里,树枝燃起的文火在不紧不慢地烧着;砂锅里,草药泡在沸水里咕嘟咕嘟地炖着……我坐在马扎上,依在母亲身边,一边看着她拿一根小木棒在砂锅里慢慢搅动,一边听着她柔声细语的教诲:"这熬药啊,讲究很多。先说烧火,先用文火温热砂锅,以防砂锅开裂。温好锅之后,用武火烧沸。滚上几滚之后,再改用文火。要持续地烧,才能使药力充分地融进水里。为啥不让塞柴火,只让续柴火呢?因为塞柴火会让火苗时大时小,导致砂锅受热不均匀,不能使药力充分地融进水里。续柴火则是不紧不慢地、不大不小地、持续不断地往锅灶里送柴火。这样出来的火苗看起来文弱,却充满后劲,会使药材得到充分的浸煮。"

我学着母亲的样子，往锅灶里续柴火。

"为了把草药里的药力都煮出来，熬药的时间还是长一些好。但是，时间长短还要看是啥药，千万不能把药熬糊了。记着，熬糊了的药有毒，绝对不能服用，必须倒掉，否则会出人命的……"

我听着母亲的话，两眼紧紧盯着砂锅。

"这'调膏料'是咱们家的秘方。"母亲说着，抓起"调膏料"撒进了砂锅里，"不加这味料，药汤还是药汤，它永远也成不了膏。加上这味料之后，要勤搅动，还要顺着一个方向搅动。另外，这时看火候特别重要。你看，用杆子挑起来，它能顺着杆子流下来，还能不断头，这就到了成膏的火候了！"

最后，奇迹出现了！

二奶奶的六大包草药，经过母亲的"神手"，熬成了黏稠的膏剂。而且这膏剂少得出奇，倒在吃饭的小碗里，竟然还不到半碗。躺在炕上睡得迷迷糊糊的二奶奶听见动静，跑了过来。看到她的那么多草药只熬了这么点东西，她惊奇之后又禁不住怀疑起来。母亲看透了她的心思，轻轻地说："俺家的这个秘方，有两个好处，能解决两个问题。一是有些外地人来看病，那么多草药带着很不方便，这样就很好携带了；二是有很多像你这样的人，根本喝不下药汤去，这样服用起来就方便了。"

"那……这药力？"

"放心吧！几辈子人都喝过了，药力不减。"

"那……咋喝？"二奶奶还是有疑问。

"回家后，一次挖出一调羹，用开水冲开喝就行。这碗里的膏剂一共是六调羹，正好喝六次。比以前方便多了吧？"

"当然！当然！"

二奶奶双手捧着碗，急不可待地就要往家走。母亲看胡同里黑黢黢的，就拿了手电筒让我把二奶奶送回家。一路上，二奶奶一会儿说我母亲人品好，一会儿说我母亲医道高明，还说我母亲带出来的家风好，简直要把我母亲夸成一朵花。我听了，心里美滋滋的……

从这一天开始，我就成了母亲最得力的帮手。刚开始，还是在她的指导下熬药，等我熟悉了，母亲就放手让我去做了。但凡遇到需要熬制成膏剂的中草药，母亲总是先让我背一遍"调膏料"的配方，然后一步不离地看着我熬膏。那时候我年龄小，脑子灵活，记东西很快。熬了几次之后，我就把母亲推出屋去，开始自己熬了。母亲检查了很多次，看没有什么纰漏，也就放心了。

如果不算姥娘救的白胡子老头以前的事，用秘方把中草药熬制成膏剂，传到我这里，已经是第四代了。在我幼小的心灵里，顿时激荡起一种前所未有的责任感和使命感，让我一下子觉得肩负着无比庄严的重担，竟然自不量力地思忖：此后的传承和发展，就看我的了！

其实，为了保存这个秘方，还出过一次险情呢！

那是我刚上高中的那年夏天。当时，学校里开展了"学农"活动，我们班的任务是帮助农民割麦子。学生时期的我特别积极，为了能在班里争得第一名，我割起麦子来好像一溜小跑。我弯下腰一手抓住一大把麦秆，一手抡起镰刀，噌的一声就割了下来，不但麦茬不高不低，而且几把就是一个麦秸垛。一天下来，虽然累得腰酸腿疼，但是我心里乐滋滋的。夏天天黑得晚，等太阳落山天色擦黑的时候，已经快七点了。这个村离我家不远，我决定回家看一看老母亲。向班主任请假之后，我便一溜烟地跑回家去了。母亲见了我喜不自胜，给我擀了一碗纯麦子面的面条。吃饱之后拍拍肚皮，我便独自钻进蚊帐里睡觉了。夜里醒来，我突然打了个愣怔，心想：坏了！出大事了！

原来，自从母亲教我背过"调膏料"的秘方之后，我怕忘了便经常在嘴里念叨。后来，我怕这样嘟囔被别人听了去，便自己发明了一个办法，把几种原料写在不同课本的最后一页里。只要凑不齐课本，谁也不知道是什么东西；即使凑齐了课本，一般人也不会往那里去想。自从写到课本上以后，我回家必定要把书包背在身上，以防秘密泄露。今天割完麦子直接回家,我忘了回学校背书包了!想到这里,我怕母亲责怪,便悄悄地爬起来,偷偷往学校奔去。

夏日的后半夜有点凉爽,我只穿着短裤和背心,就直奔学校。从我家到学校有十几里路,还要经过好几个村庄。由于跑得急,虽说有点凉爽,但我还是大汗淋漓了,加上白天割麦子用力太猛,腰疼得像断了似的。我刚开始时是跑,后来是走,最后简直是挪了。等到学校的时候,教室早已经上了锁。我只好转到教室后面,找到那扇插不上插销的窗户,翻身爬了进去。我一下扑到课桌前,一把拉过书包,借着远处的光亮翻开几本课本看了看,才把心放进了肚子里。

当天晚上,我把"调膏料"的配方默念了几遍之后,便用橡皮把几本课本上的笔迹全部擦干净了。

第八章 一本残缺的《本草纲目》

这个世界上的许多大事,虽说发生之前会有先兆,但真正发生时还是会让人们觉得突然。

1966 年刚开春的时候,同学们关于高考专业选择的争论已经很激烈了。因为明年我们就要考大学了,所以同学们经常争论这件事。有的说当工程师好,有的说当解放军好,有的说当医生好……在一次自习课上,我们又为了这个问题争得面红耳赤,就像一群麻雀落到了打谷场上,叽叽喳喳个没完。突然,我们的语文老师、我的大舅赵蔚芝先生走了进来。他总是一副笑眯眯的样子,从来都是不疾不徐的。但是,由于他学问高深,所以深得同学们的喜爱。听到同学们在争论高考报专业的问题,他笑容可掬地加入了进来。他用他那一贯的商量般的口吻和大家说:"同学们,我们经常强调年轻人要有鸿鹄之志,这没错。但是,如果这个世界上没有燕雀,这个世界还完整吗? 要从多个角度去看问题。可以根据自己的情况,报考不同的专业。革命工作不分贵贱,服务社会没有高低。只要是社会需要的,又是适合自己的,就是最好的。'穷则独善其身,达则兼济天下',不亦乐乎?"

赵老师几句话,就把同学们的争论化解了。

形势政策就像孩子的脸,说变就变!

夏天刚过,树上的叶子还没有黄,枯枝上的知了还没落完,就传来了今年取消高考的消息。同时,赵蔚芝老师因为学问比较深,据说在研究蒲松龄、赵执信的领域还颇有建树,加上教学态度又很认真,就被安排去劳动锻炼了。他的主要工作成了挖防空洞和管理操场一边的厕所。

我一下子陷入了极度的惶惑之中。

在那个年月里,农村人和城里人相比,简直是一个地下,一个天上,农村人做梦都想成为城里人。因为农村人面朝黄土背朝天地干上一年,到头来好的能分十几块钱,差的也就几块钱,连称盐打油买洋火都不够。尽管城里人也是叫苦连天,但是只要参加工作,收入最少的学徒工也每月有二十一块五毛钱,而且是按月发放。农村人改变身份最常用的办法,就是通过高考,毕业后进入城里。那时,农村人考上大学,被人们称为"鸡窝里飞出了金凤凰"! 从初中到高中,我的学习成绩一直很好,班主任老师一直说我是铁定的"大学苗子"。

说句不怕丢人的话,我当时已经在心里默默地选择所读大学的专业了:我的第一选择就是医学院。因为我生在农村,长在农村,我看到农村人因为缺医少药而惨死的事情太多了! 在我们岜山村的老坟里,就埋着很多因为得了病治疗不及时而早亡的先辈。特别是看到那些被病痛折磨得痛不欲生的老人,以及因老人过早去世而痛心疾首的晚辈,我的心就一揪一揪地疼。当时我就想,我要继承姥娘和母亲的医道,当一名上过大学的有本事的医生,悬壶济世,治病救人,让农村的病人也能穿上蓝白条相间的病号服,住上和城里一样的白墙白被白床单的病房。再说,按照赵蔚芝老师所说的"达则兼济天下",一旦我有能力了,可以办一个大医院,让天下的病人都住进去。从此,天下再也没有看不起病的病人了……我的第二选择就是上军校。因为那些年,我经常从广播里听到我国外交部的抗议,经常听到我国第多少次抗议美帝国主义的飞机侵犯我们的领空。他们也真是太欺负人了! 所以我要报考军校,将来当一名有勇有谋的军官,用自己的一腔热血,来保卫我们的祖国。我的第三选择是报考政法大学……所有这些,转眼间就被一阵风吹走了!在我的一只脚眼看就要迈进大学门槛的时候,突如其来的取消高考政策,把农村人进入城市的桥梁给拆掉了。

当时,我真是一千个不理解,一万个不明白。

眼看没学可上了,早饭后,我独自爬到村东南的摩天岭上。我挎着母亲采药的筐子,看着像是有模有样地上山采药,但是心思根本不在采药上。我颓废地坐在那里,看着蚂蚁上树,听着鸟儿鸣叫,在漫无目的地想着自己的心事,不知不觉太阳已经偏西了。在夏庄煤矿工作的父亲听说后,害怕我想不开,专门请假跑回家劝解我。他在家里找不到我,便一边打听着一边一溜小跑爬上了摩天岭。他把我从地上拉起来,心疼地说:"你心里要有主意,学校就是学习的地方,我劝你还是回到淄博一中去,那里不是有你最喜欢的图书馆吗?老师不上课,你不能自学吗?你上小学的时候,都能用一本字典教你娘识字了。现在,你的本事肯定比之前大多了,不信你试试?我一直看好你!"

"我试试吧!"我说。

也许是父亲的话管用了,第二天一大早,我就背着装满煎饼的书包往学校赶去。我想,既然无法上课,那就到图书馆里借几本感兴趣的书吧。自己在家看,不也是一种学习吗?看不懂的再来学校问老师。我便独自悄悄地来到学校图书馆,没想到,图书馆早已经关门了。门上两条封条贴成了十字状,看来开门是遥遥无期了。

走出校门不久,我看见前面有一大帮人围着,人群中间有三辆地排车,上面装满了旧书等东西。听围观的人说,这些东西是要拉到火车站广场焚烧的。我仔细地看了看地排车上的东西,除了一些过了时的装饰品,大部分是旧书。我禁不住心疼起来:这些书要是送给我,我要是能全看完了,差不多就和大舅赵蔚芝一样博学了,说不定还能成为教授呢!

突然,我看见最后面的地排车上掉下了一本旧书,后边的人没看见,也许看见了也懒得拾起来,用脚踩着就走过去了。等他们呼呼隆隆过去之后,我看四周没人,从地上一把把书抓起来,慌慌张张地塞进了书包,悄悄地溜回了学校。在一个没有人的教室里,我拿出了那本旧书。我仔细一看,书早已经破得没有了封面,后面也撕掉了不少,两个角也磨得有些圆了。我粗略地翻了一下,除分辨出这似乎是一本古书之外,什么也看不懂。我想去厕所那里请教一下扫地的大舅,但是想想早上看见他时,他那小心翼翼、不愿意和我交谈的样子,觉得还是不给他添麻烦了。于是,我便背着书包回宿舍了。

宿舍里的灯泡坏了,根本无法看书。看着隔壁的办公室里没有人,我也开始学着发坏,从他们办公室拧了灯泡就跑回来了。换上灯泡以后,我开始认真地研究从街上捡的那本旧书。看了大半天,我终于看出那是本过去的医书,至于到底是谁写的,写的啥,还是两眼一抹黑。越是看不懂,越是激起了我的求知欲。我想,既然他们要烧毁,说明这本书中肯定有一些内容是我们平常无法看到的。我越想越兴奋了。这本书,整个淄博一中,估计也只有语文老师赵蔚芝能看懂。

最后,我终于想出了一个绝招!

从书脊上的痕迹,我看出书的前面撕去了好几页,书的后面撕去得更多。同时,撕后的书是从第二章开始的。于是,我想把现存的第一篇文章抄下来。尽管那篇文章是味同嚼蜡的文言文,我这个高中生并不能完全看懂,但是想想天明之后我即将实施的绝招,还是很愉快地抄开了。文章的题目是《进〈本草纲目〉疏》:

湖广黄州府儒学增广生员李建元谨奏,为遵奉明例访书,进献《本草》以备采择事:

臣伏读礼部仪制司勘合一款:"恭请圣明敕儒臣开书局,纂修正史,移文中外,凡名家著述,有关国家典章,及纪君臣事迹,他如天文、乐律、医术、方技诸书,但成一家名言,可以垂于方来者,即访求解送,以备采入艺文志。如已刻行者,即刷印一部送部，或其家自欲进献者，听，奉此。"

臣故父李时珍，原任楚府奉祠，奉敕进封文、林郎、四川蓬溪知县，生平笃学，刻意纂修，曾著《本草》一部。甫及刻成，忽值数尽。撰有遗表，令臣代献。臣切思之：父有遗命而子不遵，何以承先志？父有遗书而子不献，何以应朝命？矧今修史之时，又值取书之会，臣不揣谫陋，不避斧钺，谨述故父遗表。

臣父时珍，幼多羸疾，长成钝椎，耽嗜典籍，若啖蔗饴。考古证今，奋发编摩，苦志辩疑订误，留心纂述诸书。伏念《本草》一书，关系颇重，注解群氏，谬误亦多。行年三十，力肆校雠，历岁七旬，功始成就。野人炙背食芹，尚欲献之天子；微臣采珠聚玉，敢不上之明君？

昔炎皇辩百谷，尝百草，而分别气味之良毒；轩辕师岐伯，遵伯高，而剖析经络之本标；遂有《神农本草》三卷，艺文录为医家一经。及汉末，而李当之始加校修。至梁末，而陶弘景益以注释，古药三百六十五种，以应重卦……

本来想着抄写这几页书，对于我来说，简直就是堵住笼子抓鸡——手拿把掐的事，没想到竟然成了蚂蚁啃骨头。由于这篇文章是文言文，又有很多生僻字，很多我从来没有见过的字，所以大大降低了我的抄写速度。等我依样画葫芦地抄了大半页的时候，已经是下半夜了。抄完困意一阵阵袭来，哈欠一个连着一个；蚊子也来凑热闹，咬得我腿上的疙瘩密密麻麻的，痒得钻心。我当即决定，这篇文章即使我抄一半，以大舅的才能和水平，肯定也能看出来。临睡觉的时候，我又为把这本书藏在哪里费了心思。我总觉得私藏这本书，就和抱着个炸弹似的。我满屋瞅了一阵之后，把它塞在了我床上铺着的草苫子下面。放松下来之后才觉得，我伸在桌子下的双腿，已经被蚊子咬得满是包了，刚才那种钻心的痒，已经变成钻心的痒痛了，真不是人受的滋味。但是，想起明天我将使用的绝招,一股坏笑从心底生发出来,我竟然一觉睡到了大天明!

刷——刷——刷——

天亮了,学校里的大喇叭还没响,窗外的扫地声已清清楚楚地传来。我抬头往窗外一看,大舅已经开始扫地了。我从床上蹦起来,去盥洗室草草抹了抹脸,便拿着我抄的《进〈本草纲目〉疏》那半篇文章,大摇大摆地走出了宿舍。

我假装上厕所,一下子喊住了大舅。看大舅赵蔚芝还懵懵懂懂地站在那里,我便轻轻地说了一声:"大舅,跟我走吧!"

我和他一前一后地进了他的宿舍。

进得屋来,我扶着他坐在床沿上。晃了晃,觉得暖壶空了,我又去食堂提了一壶热水,麻利地给大舅倒上了。当我把水杯送到大舅手中的时候,大舅眼里含着泪花,轻轻地问道:"启玉,你这是演的哪一出啊?"

"大舅,你累吗?"我也泪眼婆娑了。

"唉!黄钟毁弃,瓦釜雷鸣,一言难尽啊!"

面对大舅痛苦的自言自语,我还能说什么呢?我只是觉得这种形势有点不大对劲,但是没有大舅想得那么深、那么远。我只知道老师应该教书,学生应该上学,这才是正事。至于大舅说的那几句话,对我来说太难懂了。所以,对于大舅的话语,我无言以对。我只好又给他的水杯里加上了热水。一阵沉默之后,大舅突然问道:"启玉,你叫我来做啥?"

"啊!是这……"

我打了个愣怔,尴尬地收回思绪,双手递上我抄的那份《进〈本草纲目〉疏》,毕恭毕敬地说:"大舅,我昨天在街上捡了一本很破的书,不知道是本啥书。我把第一页抄下来了,想请你帮着看看,这是本啥书。我觉得是一本医书,但又不知道是什么医书。你看看这本书对俺娘有用吗?"

就在我往大舅手里递那几页纸的一刹那,一张字条突然从我的那一摞纸里掉了出来。那张字条被风吹着,飘飘悠悠地向门口落去。我三步并两步地赶过去,用手一抓,它又向屋里飘了起来。只见大舅向空中一伸手,字条便攥在了他的手里。他慢慢地展开一看,见上面工工整整地写着几行小字:第一志愿,上海第一医学院;第二志愿,北京医学院;第三志愿,第四军医大学。

大舅看看字条,又看看我,然后再看看字条。他的两只眼睛,直直地向我探寻着,我红着脸低下了头。前几天我找很多人打听了,中国的医学院哪里的最好。从人们的回答里,我选定了这三所,然后就记下来了。当时我心里还很天真地想,说不定哪一天又恢复高考了,高考的时候,我就报考这三所大学。只是这个字条,不知怎的就夹到这几页纸里了。我想,大舅还不知道要怎样批评我呢。

"事是好事,不合时宜啊!"

"大舅,你觉得什么时候能恢复高考?"

"事者,势也。我们平头百姓,好自为之,好自为之吧!"

大舅说完这句话,便低头看起我抄的那几页纸来。

果然不出我所料!我的大舅读起文言文来,简直就和喝凉水那么简单,和读白话文的速度差不多。杯里的水还没凉透,他就读完了。然后,他把手里的几页纸抖了一下,看着我说:"这本书是明朝医学家李时珍所著的《本草纲目》。"

"《本草纲目》?"

"是的。就是你们在小学课本上学过的李时珍的故事。你抄写的这篇《进〈本草纲目〉疏》,是李时珍的儿子李建元写的,目的是向当朝皇帝推荐《本草纲目》这本书。"

"李时珍的千古名著,还要他儿子推荐?"

"当时的李时珍并不像后来这样有名。他在《本草纲目》中批判了'水银无毒'的说法,而当时的皇帝听信道士之言,用水银炼丹,以求长生不老。所以,很多刻字社都不敢给他出版。直到他死去三年以后,应该是1596年左右,我记不清了,这本书才出版了。后来,当朝皇帝在全国广搜重要书籍,李时珍的儿子就写了这篇文章,连同《本草纲目》全书,送给了皇帝。"

当时,我心里就觉得很奇怪:这是不是缘分使然呢?姥娘行医,母亲懂医,我竟然无意之中捡了一本《本草纲目》!这里边难道有什么说不清道不明的联系吗?缘分就是没有刻意追求却恰恰相遇的偶然吗?缘分就是人生路上冥冥之中早已经设定了的爱恨情仇吗?要不,这些巧得让人生疑的事情,咋会发生在我周围呢?我正在狐疑的时候,大舅赵蔚芝又说:"这是一部皇皇大著,是李时珍在自己实践和体验的基础上,总结采用前人成果,才写出来的。"大舅说着,使劲抖了抖我抄有《进〈本草纲目〉疏》的那几张纸,用另一只手比画着和我说:"你看——他儿子李建元说这部书'上自坟典,下至传奇,凡自相关,靡不采收。虽命医术,实该物理',这应该是一个很中肯的评价。"

"那么说,这本书很有用了?"

"唉!你姥娘和你娘要是能识文断字的话,她们遇到了这本书,那可就不是今天这样了,她们肯定就是名医了!学习,能使一个人脱胎换骨。唉,她们真是生不逢时啊。不过,你是你们班里学习最好的学生之一,你可以好好看看这本书。你在医学方面有家学,你娘又有诊病经验,让你捡到这本书,也是缘分……说不定,将来你还会因为家学,和医药有啥瓜葛呢!"

"你是说我还能干医院?"我追问道。

"世事如棋,什么样的结局都有可能!"

"但愿吧!"我慨叹道。

"一切皆有可能啊!"

"你说我姥娘医道很高?"我又拉回了话头。

"是啊,我也是听说的。好像有一年,博山城里一个有钱人家的孩子得了病,看了很多洋大夫,钱花了不少,但是病却没看好多少。眼看孩子日渐消瘦,一家人一筹莫展。后来听说你姥娘是乡村医生,而且医道了得,可是又怕农村脏,孩子去了会得传染病,便开着轿车去请你姥娘。谁知道你姥娘犟得很,说庄稼人没啥医道,只在家里给庄里乡亲看病,到了城里眼晕。有钱人一看没办法,还是救孩子要紧,便又开车把孩子拉到了你姥娘家里。你姥娘问了孩子几句话,摸了摸孩子的脉搏,看了看孩子的舌苔,又仔细地听了一会儿他的呼吸,便一句话也不说了。只见她打开她那小包袱,拿出一把银针,在灯火上烧了烧之后,一根一根地扎在孩子身上。孩子的父母怕孩子疼,想阻拦,但是怕你姥娘发火,就没敢动弹。扎完针之后,她给他包上了三小包草药,嘱咐了他们一番,便打发他们走了。谁知道第三天,那辆轿车又停在了你姥娘家的胡同口。正当大家迷惑的时候,他们大包袱小提溜地从车上往下卸东西,还边卸边说,孩子回家第二天病就好了,今天已经上学堂里去补课了。你姥娘怪就怪在这里,她把人家的东西又一件不少地搬上车,还嘟囔着说,病好了比啥都好……"

"后来呢?"我问道。

"后来? 听说那家有钱人又开车拉着孩子到你姥娘家,进门就叫孩子跪下了。原来他们让孩子拜你姥娘当干娘,并让孩子边磕头边说,要是不答应他这个要求,他就跪在这里不起来!"

"姥娘答应了吗?"

"你姥娘说,我家里几代受穷,从来没有啥富亲戚。要是通过给人治病攀上这门富亲戚,会让乡亲们看扁的。至于后代,或者后代的后代,能不能成为富人,那就要看他们的造化了! 俗话说,高楼万丈平地起,想通过投机取巧过好日子,成不了气候!"

时光真如白驹过隙,就这样一天天溜走了。我们每天在学校里瞎逛。白天用面筋粘树上的知了,晚上摸知了猴。百无聊赖,我开始教班里几个同学练拳。父亲年轻时,为了防身练过拳脚,而且练得有模有样,在当地小有名气,我上小学的时候,跟他学过几手,也算粗通拳路。上中学的时候,我学习很好,别人需要一天才能做完的作业,我差不多一个小时就能做完,经常闲得无聊,就偷偷学起拳来。记得我学的拳是博山城里十字路一带流行的"少洪拳"。所以,我就开始偷偷地教同学们"少洪拳"。就在大家练拳练得如火如荼的时候,我突然有了新的想法。从我很小的时候,父亲就经常给我讲"经风雨,见世面"这句话。当下我们这个年龄,学校放长假无法读书,回村干农活年龄尚小,何况目前又是冬闲时节,庄稼地里无活可干,为啥不尝试另一种活法呢?我初步的计划是,组织平日里几个要好的同学,到外地去闯闯,经经风雨见见世面,顺便也强壮一下筋骨。去哪儿呢?当时我们最向往北京了,多想去看一看天安门广场、看一看人民大会堂、走一走有许多故事的长城啊!我要学习红军的革命精神,组织一支小队伍,徒步从博山走到北京,以此提高自己的觉悟,锻炼自己的意志,将来做好革命接班人。主意一定,我自己先激动得几个晚上睡不好。为了安全起见,我想先咨询一下见多识广的大舅赵蔚芝。那天,我早早地赶到学校,瞅着没人的时候,悄悄地把正在打扫厕所的大舅拉到一边,问他这事是否可行。大舅说,既然不能读书了,出去走走也好,起码可以见见世面。但是,不论到了哪里,千万别做坏事。听了他压低声音说的话,我使劲地点了点头,开始和同学们忙活徒步去北京的事。

至于在去北京的路上,我鬼使神差地又遇到了和中草药的缘分,那就是后话了。

遗憾的是,等从北京回来,我们的宿舍已经住上了很多来干活的外地人。我好不容易进了宿舍,掀开床上的草苫子一看,那本虽然残破却珍贵的《本草纲目》早已经无影无踪了!我问了几个外地人,他们都说没看到,心疼得我好几宿睡不着觉。眼看找书是没有什么可能了,我便天天拿着我抄的那几页残缺不全的序言当宝贝,今天看看,明天瞅瞅,谁知道时间一长,竟然背得滚瓜烂熟了。二十多年之后,当我真的办医院的时候,我还一次次想到,我的大舅赵老师还真是预言家呢!当我和大舅一起回忆起二十多年前淄博一中的那次谈话的时候,大舅笑着说,我又不能先知先觉,我当时只是随便那么一说罢了。你姥娘说她后代日子过富了的事,我说的你能从事医疗医药的事,都在你身上应验了!你说,这不是缘分吗?这些事,哪里能猜得到呢?

真是神秘得很!我无语了。

我经常在想,什么是缘分呢?也许我与医学的缘分还没到,所以那本残破的《本草纲目》我才得而复失。但是,尘世中的我根本不知道,缘分又早早到达一个我必须经过的路口,在那里风雨无阻地苦苦等待二十年,一直等到了我历经艰难跋涉之后的疲惫身影。因为我不是神仙,所以我不知道二十年以后的事情,甚至第二天的事情都混混沌沌地无法预测。当时我只是对《本草纲目》的丢失感到痛心疾首。

人世间的事情就是这么诡异!

大约四十年以后,我拜"国医大师"金世元为师,开始系统地研究中草药。朋友们得知我从事的新事业之后,纷纷赠送家里存的关于中医药的古书。其中一个朋友,辗转送了我一本非常破旧的《本草纲目》。我看见之后如获至宝,一再追问这本书的来历,因为它和我得而复失的那本书太像了,只是比那本更破旧些。但是,朋友根本不知道这本书的来历,望着这本破得不能再破的《本草纲目》,我经常这样想:这就是缘分吗?

第九章　草药救了同学的命

虽说理想很丰满,但是现实很骨感。

凭着满腔的热情或者说是冲动,很多同学喊出了"学习红军长征精神,徒步跨进北京城"的口号。但是,等我们真正组织的时候,却没有想象中的那么多人踊跃报名。想想博山到北京一千多里路,要用自己的两只脚一直走下来,那可不是光凭豪情壮志就能办得了的事!原来像树上的知了一样喧嚣的一些同学,有的说老人生病,有的说自己身体不适,还有的说家里离不开,等等,理由五花八门,但是结果只有一个,就是纷纷打退堂鼓了。我们把桌子放到操场上,并打起了"招募进京"的旗号,报名的人却寥寥无几,三天一共组织了八个人。组织的同学有些泄气,顿时没劲了。

我说:"毛主席说过,星星之火,可以燎原。秋收起义时部队才多少人,后来不也成了几百万解放军了吗?我们人员虽少,但都是精华!只要我们有饱满的革命热情、坚定的革命理想,还怕走不到北京?红军长征两万五千里,不也是用脚板走下来的吗?"

想想那时候,我的热情也真是够高的。于是,我们先给自己起了一个响亮的名字"山东省淄博市第一中学长征赤卫队",并制作了一面鲜红的队旗,把"长征赤卫队"五个金黄色的大字喷在上面。我迎风展了几下大旗，呼啦啦作响，还真够有气势的。

凭着一股革命热情，在一个彩霞纷飞的早晨，我们八个人排成一队，举起右手，握成拳头，对着教室里的毛主席像宣誓之后就出发了。我们举着红旗，朝着北京的方向，高唱着"红军不怕远征难，万水千山只等闲"的豪迈歌曲，迈开了我们稚嫩却坚定的步伐。彩霞照耀在我们的旗帜上，我们的红旗鲜艳无比；彩霞照耀在我们的脸上，八张年轻的面庞洋溢着青春的光泽……

那时候，没有高速公路，甚至连柏油路都很少见，所有的道路差不多都是用沙子和石子铺出来的。但是那时候汽车也很少，往往走上半天也看不见一辆汽车。所以，虽然路很难走，我们行进的速度还是比较快的。同时，路上的路标也少得可怜，走着走着，就不知道走到哪里去了。从博山走到北京，要经过山东省、河北省、天津市的几百个村庄……刚开始我们心里还有些打怵，迷了路咋办？后来仔细想想，迷了路就不会问一问？接下来，胆子就慢慢大了起来。

记得在一个细雨蒙蒙的傍晚，记不清是快出山东地界了，还是刚刚进入河北地界，我们住在了一个偏僻的小村子里。好几个同学脚上磨起了血泡，脚疼得不敢踩地，躺在炕席上龇牙咧嘴地号叫。我一下子想起了母亲，想起她为我治疗血泡的办法。记得她经常把棉线穿进针鼻里，在灯火上烧热针尖，然后把针穿进血泡里。随着针线穿过，血水便被放了出来，血泡就慢慢干了。想到这里，我便悄没声地走了出来，准备找人借针线。

天太黑了。

农村里没有电，更没有路灯，真是黑得伸手不见五指啊！一出门，我便碰到了一棵枣树上，碰得脑袋发晕，鼻子发酸，也不知道是不是出了血。我两手伸在前边，一边摸索一边前行。不知道趴在什么树上的夜猫子，可能是冻得不行了，发出了凄厉的号叫声，从夜空里哆哆嗦嗦地传过来，瘆得我浑身起满了鸡皮疙瘩。谁知道不早不晚，偏偏在这个时候，我脑子里出现了村里的老人讲的那些鬼狐的故事。越想越多,越想越害怕,我吓得头发都乍了起来。

忽然,一道微弱的光线,吃力地射进了我眼前的黑暗中。我想,在这么偏僻的地方,这么晚了哪里来的光线呢?我往前边一看,原来光线是从临街的一家没闭严门的门缝里射出来的。这是一家啥人家?这么晚了他们不睡觉在干什么?

顺着那道淡淡的光线,我来到了路边那户人家的门前。两扇木门虚掩着,从门缝看进去,只见昏黄的灯光下,满屋子里柜倒箱歪地一片狼藉。一个老人蹲在地上,随手在地上划拉着什么,好像还传来了若有似无的哭泣声。为了能尽早借到针线,我壮了壮胆,轻轻地敲响了木门。

突然,里边的人吃了炸药似的咋呼开了:

"你们还有完没完?还让不让人活了?一天来搜了三遍了,就差掘地三尺了!东西你们也拿走了,还要咋样?实在不行,你们把我这条老命拿去吧!反正我已经八十多了,也没几天活头了!"

"老爷爷!"我推开门,怯生生地喊道。

"不怕死的你就来吧!"

虽说老人自称八十多了,而且已经须发皆白,但是他的身手实在是太敏捷了。只见他双手举着一个黑乎乎的东西,从八仙桌那边一跃而起,飞也似的落到我跟前。一个圆圆的、黑乎乎的、两头带把的东西,一下子被他举到了我的头顶。我从小就听说河北沧州人多会武术,而且性情火暴,难道我们到了沧州地界了?老人举到我头顶的是件啥武器呢?看了那么多小画书,咋没见过这样的武器呢?黑夜里一路上的恐慌,又加上他这要打要杀的一吓唬,我的心里反倒平静了:看来,我就应该遭此一难啊!随他去吧!想到这里,我慢慢闭上了眼睛。

时间好像静止了,天地间没有了一点声音。夜空里夜猫子的啼叫,显得遥远而无力。我闭着眼等了好长时间,没觉得老人那件奇怪的武器落下来,心里反而不踏实了:我遇到了什么事?老人怎么了?今天咋就这么奇怪呢?

喔——嘟嘟!

突然,一阵金属碰撞发出的震耳欲聋的声音,震得我耳膜发颤。我睁开眼睛一看才知道,老人举到我头顶的是一个药碾子的碾盘。他看清我不是他要打的人之后,就没好气地使劲把碾盘扔进了碾槽里。两件金属器物相撞,发出的声音当然是够吓人的。老人瞅了我两眼,也不问我从何处来,来此干啥,只顾弯腰低头收拾地上的东西。在他眼里,仿佛没有我这个人。

趁老人忙活着,我借着如豆的煤油灯火苗,打量了一下这间逼仄的屋子。一张八仙桌放在屋子的正中间,左边是带着裙板的床铺,右边是占了整整一面墙的药架子,只是有很多抽屉散落在了地上,各种各样的中草药撒了一地,就像一堆柴火堆在灶台边一样。老人叹着气,仔细地将地上的草药归类。看得出来,这里刚刚经历了一场洗劫。

"老爷爷,这是咋了?"我问道。

"'土匪'们要来抢我的东西!"

"'土匪'? 哪里来的'土匪'?"

"就是镇子上那个假中医教唆的野孩子们!"

"他们咋这么做呢?"

"他们是纯洁得如一泓清水的好孩子,只是受了坏人的教唆。唉,这世道是咋着了? 本来平平静静的,怎么突然就爆炸了呢? 过去说是'三十年河东三十年河西',现在简直就是'三天河东三天河西'了! 唉!"

"他们来干啥了?"我止住了他的絮叨。

"我家里有本祖传的《黄帝内经》,也不知道传了多少代了,是那种很珍贵的版本。镇子上有个光想着挣钱的假中医一直想要这本书。我说你看看可以,但是看完后必须归还。他因为无法据为己有,便一直对我怀恨在心。这不,他骗孩子们说,那本书可黄了,简直不堪入目,一定要搜出去彻底消除影响。于是,这帮不懂事的孩子便三天两头地来骚扰。

这不,今天他们终于搜走了,还把我的药架子砸得七零八落。唉!真是咸鱼也有翻身的时候啊!"

我一边感叹着,一边蹲在地上,开始帮着老人收拾散落在地上的草药。我把地上的生地、蝉衣、锁阳、陈皮、广地丁、凤茄花、八角莲、山苍子、鹅不食草、罗布麻叶等等,按着药匣子上的标注,一一放入与之对应的贴着标签的盒子里。因为我在家帮着母亲熬药时,经常接触这些药材,所以干起来也不手生。干着干着,我忽然发现老人停下了,用深邃的目光打量起我来。看着老人的眼睛,我不禁停下了手,心里惴惴地想:难道我做错了什么吗?

"你懂药?"老人两眼放光地问。

"母亲是乡村医生,我帮她打过下手。"

"聪慧有缘,孺子可教也!"

"我只是……知道点皮毛。"

"学问就是从皮毛开始的,只要有缘,人和事物就会交会。你今天来找我做啥?"

听到老人问我的来意,我马上向他说明我是来要针线的。顺便,我把他那被孩子们掀翻了的碾槽正过来,又把碾盘搬过来放了进去,还用脚蹬了蹬,看看是否合适。

"你知道它叫啥吗?"

"药碾子啊!我家里就有。"

"你知道它的另一个名字吗?"

"不知道!它还叫啥?"

"惠夷槽。"

"惠夷槽?"

"对!话说早年间有一个王姓铁匠,靠打制农具为生。有一天,他在打铁时被炉火烧伤了,因为无钱医治,伤情越来越重。神医华佗听说之后,便经常为他治伤,只是绝口不提钱的事。王铁匠想华佗肯定记着账呢,便省吃俭用,攒了些银钱去还华佗的账,谁知道华佗却执意不要。王铁匠没办法,便想着为华佗做点什么。那天,他看见华佗为他治伤碾药时累得气喘吁吁,就想着为华佗打制一个能碾药的器具,让华佗轻松一点。经过反复琢磨,他先打制了一个凹槽,又打制了一个可以在凹槽里来回碾的圆轱辘。然后,他放进一些树枝和小石子,用脚推着碾了碾,发现效果还不错。但是,这东西叫啥名字呢?这时,正好有一位教书先生来铁匠铺打东西,王铁匠就把自己要报恩的事情说了一遍,请老先生给这件东西起个名字。老先生略一思考,说就叫'惠夷槽'吧!王铁匠问,'惠夷槽'是啥意思?老先生说,惠就是赠,含有报恩之意;夷是平安的意思,就是把你的伤治好了,化险为夷了;槽,就是碾药的器物。王铁匠一听,顿时大喜,就给华佗送了过去。此后,惠夷槽成了医家必备之物,就流传下来了。"

"老爷爷,你可真有学问啊!"

"唉!如今山河无光,学问都成累赘了!"

"我可以拜你为师吗?"

"你要是真有心,就等天下太平了再来找我吧!这是你要的针和线,你拿好了。还有,你告诉你的那些野孩子,多做好事,别做坏事。如果实在不行,就努力做好自己。世事既然如此,那就努力、尽心,努力了才能无悔,尽心了才会无憾。只要你内心存了美好,你就没有烦恼之事了;只要你处处践行善良,你视野之中就没有可恨之人了。"

"谢谢你了,老爷爷!"

在我再次表达了谢意,前脚刚刚迈出门槛的时候,老人又把我叫住了:"你等等。"

老人说着,端起煤油灯,打开药架子最上边的一个抽屉,拿出了一块像小拇指那么大的骨头一样的东西,十分郑重地递给我:"你们这帮孩子出门在外,万一有个头疼脑热的,也没人照顾。这是我剩下的一块羚羊角,万一有人发烧,你就用小刀刮下点末末来,和开水服用就是了。反正我这药铺也开不了多长时间了,留着它说不定哪一天又被抢了! 好了,孩子,走吧!"

我把那块小拇指大的羚羊角用手绢包起来,塞到褂子口袋的最里边,又用手使劲撂了撂。对老人千恩万谢之后,我又摸黑回到了我们住的地方。这时候,同学们已经猴急猴急的了!

我想,难道我和这位老人之间,也存在着缘分? 记得母亲说过,茫茫人海中,擦肩而过的人太多了。也许懒得抬眼皮看看,就是天涯相隔了;也许稍微瞄一眼,就会一生守候了。事业也是这样,也许你稍微紧紧手,从此它就是你安身立命的根本了;也许你松了松手,从此它就再也和你无缘了。

趁着同学们用针线挑血泡的时候,我又凑在煤油灯下,一丝不苟地写我的"长征日记"了。从博山出发的那一天起,我就每天记一篇"长征日记"。不论多苦多累,我每天住下的第一件事,就是写"长征日记"。我一直幻想着,要是《人民日报》上能发表我们淄博一中"长征赤卫队"徒步进京的文章,那该是多么神圣和光荣的事啊! 让全国人民看到我们的壮举,那简直就是……于是,在写日记的同时,我开始写作幻想发表在《人民日报》上的那篇关于我们的文章。在一股沸腾般的热情的冲击下,我仅用一个晚上就把文章写完了。此后,每到一个住的地方,我都修改一遍,并加上一些新的事例和体会。我边写边在心里暗暗地发笑:上了这么多年学,写了几百篇作文,全部加起来,也没有写这篇文章费的心血多啊!

时间,随着日出日落在急速匆忙地奔走着;到北京的距离,在我们两只脚板下慢慢地缩短着。我幻想要在《人民日报》上发表的写我们"淄博第一中学长征赤卫队"的文章,已经改得自己觉得很满意了。在经过一个较大的镇子时,我偷偷地把它投进了邮电所的邮箱里。之所以偷着投稿,是怕万一发表不了,同学们会笑话我'癫蛤蟆想吃天鹅肉'。而在那个媒体天鹅般稀少、写稿人癫蛤蟆般众多的年代里,稿件投出去如石沉大海,是再正常不过的事了。再说,虽说那时候的人钱少,但是,只要是投稿的信件,右上角有"稿件"二字的,邮电所就会免费投递。所以,投稿的人就更多了。

我们历尽千辛万苦,终于徒步进了北京!

当我们拖着满身疲惫、灰头土脸地走到天安门广场,看见壮丽的天安门,看见高耸入云的人民英雄纪念碑,我们都哭了! 整整 10 天啊! 我们风餐露宿,夜以继日,克服了常人难以想象的困难,吃尽了常人难以吞下的苦楚,为的就是这一天啊!

进京之后,我们先是集体行动。我们几个人去看了梦寐以求的北京大学、清华大学,又去爬了慕田峪的长城,还在天安门广场逛了一大圈。之后,我们便开始了三天的自由活动,因为有的同学有亲戚在北京居住,有的有朋友在北京当兵,还有的要给老家的人买点东西……

送走同学们之后,我便到前门外的大栅栏那里去逛游了。在那里逛游到快中午的时候,突然,远处一块匾额吸引了我。那块上书"同仁堂"的匾额,悬挂在一个古色古香的门楣上边。

我的脑子突然一亮:我以前又没来过北京,这个匾额咋就这么眼熟呢? 在哪里见过呢? 电影里? 戏曲里? 都没有见过! 那这又是咋回事呢? 一阵搜肠刮肚之后,我终于想起来了。依稀记得是大舅赵蔚芝给我说起过"同仁堂"几次,至于是因为什么说起的,我已经记不清楚了。是给我讲解《本草纲目》序言的时候,还是在教我"四角号码查字法"的时候? 还有,好像从母亲嘴里也听到过这个词。但是,母亲是一个很少走出大山的乡村医生,而且大字不识,她是咋知道"同仁堂"这个词的呢? 她也是从大舅那里听说的吗? 我自己也糊涂了!

多年以后,我不时想起这次鬼使神差地进入大栅栏,邂逅北京同仁堂的经历。我一直在想,那天本来是出来看大字报的,咋就迷迷糊糊地去了同仁堂呢? 这就是不期而遇的缘分使然吗?

听母亲说,我刚满月的时候,有一个算命先生从我家门前经过。他听说我家生了好几个闺女之后,近日喜得贵子,便非要进来为我算命不可。盛情难却,母亲只好让他进来了。谁知道他只看了我一眼,就说我是大富大贵之人,而且分文不取就匆匆离去了。其实,全家人谁也没把他这句话当回事。通过这几年我的一些奇遇来看,难道我真和中医中药有"剪不断,理还乱"的缘分?

谁知,第二天发生了一件意想不到的事!

当时我们正在收拾东西,准备第二天启程赶回博山。就在大家都手忙脚乱的时候,我无意中发现,我们住处的门卫老大爷正在看一张当天的《人民日报》。自从进京路上把稿子投进小镇的邮箱之后,我就像着了魔一样,见了《人民日报》就想拿过来看看,看看是否有我写的那篇文章。当然,这事我都是瞒着同学们进行的。因为让他们知道了,万一发表不了,还不丢死我啊!当然今天也不例外,我时刻搜寻着《人民日报》。谁知道,我从老人手里要过《人民日报》刚刚翻到第二版,我的两眼突然发直了。因为在第二版的头条位置,刊登了我写的我们"长征赤卫队"的文章。我匆匆地看了一遍,几乎是一字没改。我问老人可不可以把这张《人民日报》拿走,老人看我那渴望的神情,和蔼地笑了笑,算是答应了我的要求。我拿着这张报纸,飞速地蹿到同学们中间。大家听说后高兴得不得了,八个头挤在一块,如饥似渴地看着,生怕落下一个标点符号。

在这里,我把那篇文章抄录下来,立此存照。

文章发表在1966年11月26日《人民日报》第二版头条位置,文章的引题是:"长征途中,我们时刻按照毛主席的教导,互相关心,互相爱护,互相帮助,做到了——"

文章的标题是:《不让一个战友掉队》。

正文是这样写的(有改动):

天气变化无常,我们的战友陈幼敏同学病了。大家发现他走路吃力,立即帮他背被子,拿提包;有的同学还把自己的大衣脱下来给他披上，鼓励他继续前进。

一辆马车过来了，一部分同学几次劝他坐车，赶车的老大爷也要他上车。开始他只说不坐，后来同学们还是不停地劝他，他就给我们读开了《毛主席语录》："这个军队具有一往无前的精神，它要压倒一切敌人，而决不被敌人所屈服。"接着，他说："我是个长征战士，能在这点小病面前屈服吗？"同学们被他的话感动，都亲切地照顾着他，一起到达了当天的目的地赵各庄，住到了一位贫下中农李大爷家里。晚上，李大爷为我们讲了他的血泪家史，给我们每个人上了一堂很好的阶级教育课。夜里，同学们把自己的大衣和被子给陈幼敏同学盖上，要他好好休息。早晨，他叫醒我们，要继续前进。大家问他的病怎么样了，他说："不要紧，一定能坚持到底！"四点多钟，我们就出发了。

走了一段路，陈幼敏看到，自己生病拖累整个队伍走得很慢，便对大家说："我不连累你们了，把背包给我，你们先走吧！我只要有一点力气，就一定能走到毛主席身边！"同学们激动地说："不能！不能丢下你一个人！我们八个人一起出来，就要八个人一起走到毛主席跟前！"几个同学商量了一下，决定轮流背着他走。虽然大家都走得很累了，可是为了不让一个战友掉队，我们有什么困难不能克服呢？陈幼敏同学经过同学们再三劝说，趴在战友的背上，激动得眼泪不住地滴在战友的肩上。就这样，一个同学累了，换一个同学再背，队伍继续前进。

当天，我们到达韩各庄，找到了医生，给陈幼敏打了针。在休息的时候，大家又一次学习了《毛主席语录》："我们都是来自五湖四海，为了一个共同的革命目标，走到一起来了……一切革命队伍的人都要互相关心，互相爱护，互相帮助。"这一次学习这段话，大家感到更加亲切了。

就是靠着毛主席的教导，我们终于全部胜利地走到了北京。

令人沮丧的是，我们还遇到了文章里没写到的糗事。那就是到达北京之前，同学的体温又升上去了。那天夜里，我们正好住在一个很偏僻的村子里。村子很小，没有诊所和医生。我问了问房东，他说方圆几十里都没有医院。眼看同学烧得嘴唇发紫，开始说胡话了，实在没办法，我便在房东的锅灶里烧了开水，从原先药铺里的老人给的羚羊角上刮下些末末，用开水在碗里和好了，给他灌了下去。睡了一宿觉，天明时他就退烧了。

四十年之后，我拜师学医读完了药学本科课程才知道，羚羊角在《神农本草经》中被列为中品，它对中枢神经系统有抑制作用，还有解热降压等作用。当时，受条件所限，加上我的医道太浅，只凭着热情和胆大，没有与其他草药配伍，能治好他的病，也算是老天的眷顾了。谢天谢地，没有因为服药弄出大事来。

当时我就在想，是我找的中医药，还是中医药找的我？清风徐来也好，明月初照也罢，每当清风遇到了明月，那种令人向往的意境，那种有朋自远方来的喜悦心情，只能说是天意使然。怪不得哲人曾说，无数偶然交叉，就是必然。

第十章　芦苇荡里遇高人

我这辈子的福分，就在这里，就在于缘分的护佑。

转眼间，就到了高中毕业的时候，因为大学考不成了，所以和所有农民的孩子一样，我又高高兴兴地回乡务农了。母亲早就为我准备好了两套行头：一套是磨得锃亮的锄镰锨镢；一套是找村里的木匠打得方方正正的小药箱，背带下面还特意画了一个红十字。我知道母亲的良苦用心，她是想让我死了进城的心，在踏踏实实地干好村里赖以糊口的农活的同时，继承她的衣钵，担负起为乡亲们看病抓药的责任来。

谁知，缘分又一次和我擦肩而过。

当时，我们岜山村属于蕉庄公社。我们公社那一片很穷，上学的人又少，高中毕业生简直是凤毛麟角。也算是芝麻掉进针鼻里——巧了，公社突然要成立文化站，打箩过筛地找不到合适的人。后来听说我是高中生，还在《人民日报》上发表过文章，就让我当了文化站的站长，同时还兼任公社团委常委。我虽然还是农民身份，吃村里的工分，但是在公社上班，成了半个公家人。我穿得体面，风刮不着，雨淋不着，一时间成了人们羡慕的对象。

大概是 1973 年吧，淄博市文化馆举办"工农革命故事员培训班"，全市一共 16 个人参加。博山区选了两个人：一个农民，就是我；一个工人，名字叫李树亮。由博山区文化馆的吴俊瀛老师带队。培训班结束时,经过激烈的比赛,我得了优秀奖,载誉而归。

大约是1974年,区里又号召开展"大讲革命斗争故事"的活动,就是从上到下大讲革命故事。这个任务从上到下落到了文化部门身上,因为公社文化站是当时文化系统中最基层的单位,所以到了我们这里,就只剩下讲故事了,也就是村里老百姓所说的拉呱。在那个娱乐形式比较单一、活动相对缺乏的年代,讲故事、听故事成了老百姓喜闻乐见的一种娱乐方式,就像听山东快书那样。

当时,博山区文化馆的老师们查了很多资料,编了几个博山地区的革命斗争故事,让我们背过。那时年纪轻脑瓜灵活,又有着干好工作多挣工分、为父母分忧的动力,不出三天我就把那几个故事背得滚瓜烂熟了。没想到几天后,区里竟然选中我和另外几个人,让我们在区里宣讲这些故事。

这可真是赶鸭子上架!

那时候的我很内向,虽然不能说是个闷嘴葫芦,但是在人前总是很少说话。上高中那会儿,尽管我学习很好,但是在众人面前总是羞涩得很,连起来念课文都是脸红脖子粗的。所以,区文化馆的老师们鼓励我说,不要怕,大声地说。按照他们教的,第一次讲革命斗争故事,我为了壮胆,就使劲地大声咋呼,整个故事基本上是喊出来的。后来,老师们又帮我纠正语气方面的问题,使我的演讲越来越有模有样了。且不说故事讲得咋样,起码从那时候开始,我不害怕在生人面前讲话了,这是我最大的收获。后来在北京人民大会堂里,在美国的大公司里,我面对众多媒体和黑压压的人群,能够镇定自若地侃侃而谈,我想都是与讲故事的锻炼分不开的。

慢慢地,故事讲得熟了,我开始发挥我的特长,把一些书面语很强的故事改得口语化。同时,我还查了《红岩》《烈火金刚》《敌后武工队》《艳阳天》等书籍,根据里面的记载,自己编写了几个群众喜闻乐见的故事,在田间地头讲给老百姓听,很受他们的欢迎。每当听说公社要安排我到哪个村讲故事,那个村里的人就早早烧上好几暖壶热水,盼星星盼月亮地等着我。条件好点的村子,还开着拖拉机到公社来接我。

过去很少说话的我,一下子这样成天说话,很快就造成喉咙干涩和嗓子不适。有时候,讲一天故事回到家,又和母亲成宿地熬制中草药的"膏剂",嗓子连说话都困难了。看到这些,母亲悄没声地为我配了中药。她把胖大海、双豆花、麦冬、双花、白菊花、射干、桔梗、沙参等好几味中草药合在一起,用草纸包了很多包,每天早上我出门时,就让我带上一包,并嘱咐我一包可以用开水泡着喝一天。没想到,母亲的药方很神,从那以后,不论讲故事讲多长时间,我的嗓子再没有疼过。

后来,当我读了中草药的书之后,我才知道:胖大海味甘性寒,能清肺化痰,利咽开音;麦冬性甘微苦,用于肺燥干咳,喉痹咽痛;桔梗有祛痰与镇咳作用;射干味苦性寒,能治疗咳嗽气喘、咽喉肿痛等等。这么好的中草药加之科学地配伍,治好我的喉咙还不是张飞吃咸菜——小菜一碟!

后来,上级又下来指示,要我们到村里去辅导社员们讲故事,甚至要自己编写故事。在查阅了大量资料之后,我选取了部分材料,最后才选定了一篇。也许是缘分,那一天,大约是下半夜了,我竟然从一本没有封面的书里,就像哥伦布发现了新大陆一样,发现了孔子和中药的关系。虽说有些牵强,但是当时兴奋得我一夜没睡。

据说楚庄王渡江的时候,忽然发现江水里有一个红色的圆球,觉得那是祥瑞,便吩咐左右捞了上来。没想到,他派人带着那个红色的圆球,问遍了满朝的文武百官,竟然没有一个人知道那是啥东西。万般无奈,楚庄王便派特使带着红球到了鲁国,要请教大学问家孔子。孔子接过红球,反复看了几遍之后说,这个东西叫"萍实",是一种水草结的果实,剖开之后可以食用,对身体很好。特使马上回去报告了楚庄王,楚庄王剖开之后就吃了,还连连说味道不错。我认为,此物很可能就是睡莲科的水生植物芡,它的果实就是芡实。因为芡实就是紫红色,近圆形,是可食用的药材,俗称鸡头米,是一味健脾益肾的中草药。后来通过细读《中国药典》我才知道,芡实味甘性平无毒,能补中益气,主治风湿性关节炎、腰背膝痛等。

后来我的故事越讲越好,在博山区举行的讲革命故事大赛中得了第一名。区文化馆的老师们对我进行指导帮助之后,又让我代表博山区去市里参加了比赛。我本来想,在强手如林的市里,我一个来自山区的故事员,肯定拿不了名次,所以讲完就回家了。但万万没想到的是,我竟然又在市里得了第一名! 在这里,我从心底感谢我的母亲,因为喝了她精心为我配的药,我在高强度、长时间的讲演中,嗓子再也没疼过。

后来有消息说,要我去上海参加全国的故事交流!

那天,记得是一个阳光灿烂的大晴天,太阳把村东南摩天岭上的树木照得葱茏葳蕤,生机勃勃的;村南季节河——石沟河里的水面上,竟然少见地随风荡起了粼粼波光;西边远处的瑚山顶上,棉花似的白云在天上慢慢地飘着。那是我一个难得的休息日,我正在家按照母亲的口述,记录一个她刚从临村得到的治疗偏头疼的方子。

治疗偏头疼,可以用川芎15～30钱,钩藤15钱,菊花12钱,白蒺藜10钱,生苡仁30钱,白蔻3钱,半夏10钱,赤芍10钱,川牛膝10钱。水煎服,每日一剂,日服两次。

我刚刚写完偏方的最后一个字,一个骑自行车的人满头大汗地闯进了我的家门。母亲起初还以为是来请她看病的,马上笑盈盈地迎了上去。我仔细一看,原来是文化馆里的一个老师。只见他一边看着我,一边扯起衬衣的大襟擦着汗水。他接过我手里的水瓢,咕咚咕咚地喝了一水瓢凉水,然后气喘吁吁地说:

"启玉,来通知了,你代表市里参加全国讲革命故事比赛!"

"在哪里?"

"上海!"

"啥时候?"

"一周后就走,现在就得好好练练。"

我真是喜出望外。对农村人来说,城市就是天堂。北京和上海两个大城市,那简直就是天堂中的天堂。我对上海的全部认知,一个是"永久牌"自行车和"上海牌"手表,再一个就是战斗场面很激烈的电影《战上海》。我能去上海给上海人讲故事,简直就是去天堂"烧包"啊!

去上海的前一天,为了保护我的嗓子,让我取得好成绩,母亲特地去供销社给我买了一个竹皮暖壶,当时那算是我家的奢侈品了。到了晚上,她又按着上一次治疗嗓子的方子,给我包了二十包草药,装进了一个布包里,还不厌其烦一遍遍地嘱咐,让我带着暖壶和药包。

到了上海之后,我们先到上海市金山县进行了参观,然后和同行进行了交流。上海市的讲故事活动在全国是出了名的,他们早在 1963 年就创建了《故事会》杂志,该杂志鼎盛时期曾经名列世界文化类期刊发行量第五名。而金山县讲故事的活动,在上海市又是名列前茅的。据新华社上海 1974 年 5 月 10 日电载……金山县枫围公社红星大队由 12 名故事员组成的创作组,先后编写了一百多个革命故事……他们满怀革命激情,先后编写了《决裂》《上大学之前》《女代表》等故事。

短暂的交流之后,和他们一比较,我顿时就看出了我们的差距。为了能拿到好的成绩,我不论在做什么,嘴里都嘟囔着我即将要登台讲的故事。由于我太紧张,又加上水土不服,更重要的还是我一刻也不停地背诵故事,一下子就咳嗽不止,嗓子也觉得厚厚的、钝钝的,就像老牛喘粗气。眼看比赛的日子一天天临近,咋办呢? 当时,我们正乘着小船,在无边无际的芦苇荡里参观,周围没有医院,也没有医生,这可把我们的领队急坏了! 他带我们出来比赛,虽然嘴上说友谊第一、比赛第二,但是名次不好,他回去也无法交代啊! 就这样,市里的领队告诉了省里的领队,两个人都猴急猴急的。

我嗓子坏了的事,很快被金山县陪同的人知道了。他马上热心地张罗着找人帮我治嗓子。正在这时，芦苇荡里钻出了一艘小船，不紧不慢地朝我们划过来。靠近了我们才看出来，划船的是一位满头乌发的少妇。只见她长得细皮嫩肉的，满脸白里透红，一双丹凤眼顾盼生辉；苗条的身材犹如江南的翠竹一般，婀娜中又透出一股挺拔和秀丽。美中不足的是，从她的右耳朵一直到脖子上，有一片花花搭搭的红斑，红斑的边沿已经到了右腮上。那时候，我还不知道那片红斑叫什么。直到多年之后，我才知道那片红红的东西叫胎记。陪同的人或许和她相熟，热情地和她打着招呼："妹子，你知道嗓子疼咋办吗？"

"咋了？谁病了？"少妇近似童声的嗓音，让我大吃一惊！

"我……我……"我沙哑着嗓子答道。

这时，少妇慢慢地把小船划向了我们，待两只船即将并齐的时候，她用船桨一带，两只船靠拢了。还没等我们看清楚咋回事，她已经一个箭步跨到我们的船上。她扒开我的嘴，让我伸了伸舌头，又让我"啊——啊——"了几声，就回到她的船上去了。她划着小船靠近芦苇边的湖渚，拔出了一根大萝卜，顺势在水里洗干净了。就在我们疑惑的时候，她从她小船的乌篷里拿出了一个大蒜臼子和一个白梨。她将萝卜和白梨放在蒜臼子里捣成泥状之后，让我一口气吃下去，又捣了一蒜臼子萝卜和白梨。接着，她从芦苇上撕下几个宽大的芦苇叶子，像包粽子那样把萝卜和白梨泥包好了让我带上，并嘱咐我当晚和第二天早上再各服一次。就在她为我做这一切的时候，陪同的人悄悄告诉我，这个少妇是这一带的村医，她家世代都是老中医。你别看她才四十多岁，已经行医二十多年了。毕竟是行医的，你看那身段，那脸盘，那划桨跳船的利索劲，就像刚刚二十出头的大姑娘。

默默地做完这一切之后，她往后捋了一下耷拉在脸上的长发，平静地笑了笑，没再多说一句话，就划着小船一阵风似的走了，平静的水面上只留下两道长长的越来越宽、越来越淡的涟漪……两旁的芦苇荡里，只有一片轻轻的沙沙声。

吃下萝卜和白梨泥之后，我顿时觉得一阵清凉透过喉咙，心情也因此轻松起来。夜里，我又把粽叶里剩下的萝卜和白梨泥吃了下去。神奇的是，第二天喉咙就不疼了，在讲故事比赛上，我不仅发挥得好，而且还得了很好的名次。

但是，当年在金山县的时候，我的想法也很奇怪，因为我满心想的不是革命斗争的故事，不是讲故事比赛的名次，而是中药咋这么神奇呢？

回家后，我急切地问母亲："萝卜和白梨，一个是蔬菜，一个是水果，咋还能治病呢？"

母亲说："这就是古人说的药食同源。这两样东西，除了能当蔬菜和水果吃以外，还有药用价值呢！萝卜能下气消食，除痰润肺，解毒生津，和中止咳。生捣汁服食可以治疗声嘶咽干，胸膜饱闷。白梨有润肺化痰和生津润燥的功能，生服可以滋润嗓子。它俩加在一起，你的病就好了。对了，这个偏方和咱们这里的还不大一样呢，你赶紧给我记下来吧！万一以后用得着。"

后来，大约是 20 世纪 80 年代吧，我去上海出差采购纺织设备，办完事之后，便想了却一桩夙愿，去金山县的芦苇荡里感谢那位少妇。我进入那片水乡，被成片成片的芦苇荡绕迷糊了，在那里转了好几圈，就是没见到那个人。问了几位划船打鱼的人，他们都笑着说："这里的人男男女女、老老少少都会划船干活，你找一个十几年前见过又说不出名字的人，真比在稠密的鱼群里找一条你曾经见过的鱼还难。"

我怅然若失地往回走着，一阵微风吹过来，小鱼从水里跳起来又跌落下去，水面上荡起了一圈圈涟漪。芦苇荡里沙沙的声音，还是和多年前的一样。我禁不住在想，对于我和中医药来说，这就是可遇而不可求的缘分吗？当我心中没有刻意的时候，似乎遍地存在；可是当我有意去追寻的时候，它却无影无踪了。

我之所以会去找那个女医生是有原因的。因为，姥娘的师父欧阳嘉木老人的故事，始终在我心头萦绕不去。我想搞清楚此事的心思，也越来越重了。每当去南方出差或者学习,我都把它当成一项任务,总想尽快完成它。只要搞不清楚,就像有一股浓重的雾气笼罩在我的心头,永远没有清亮的日子。

记得有一年我去南方参加一个针织品的订货会,路上遇到一个从装修到牌匾都古色古香的中医诊所。它一下子触动了我的心思,我便马上下车推门进去了。看见那个仙风道骨、白须飘飘的坐诊老中医,我便冒冒失失地问了一句:"请问先生可是尊姓欧阳?"

"你是……"先生疑惑地抬起了头。

"我是从山东来的,想打听一位名叫欧阳嘉木的老中医。他是我们家的恩人,也是南方人,不知先生知否?"

"哈哈哈!你问的事一没有时间,二没有地点,只有一个名字,这事可难办了!再说,天下重名重姓的人多着呢!你这不是大海捞针吗?"

"我问的欧阳先生就是南方人,因为家里发了大水,流落到了我们山东,还在那里培养了徒弟呢!后来他又离开了山东,从此便不知所踪了。所以,我想打听一下……"

"本人姓张,没听说过欧阳的事。"

见老先生客气中有了送客的意思,我慌忙起身告辞,嘴里说着一连串"打扰了"就退了出来。像这样的经历,我还有过好几次,都是无果而终。现在想起来,实在有些冒昧。当然,虽然其中不乏尴尬,我却从不曾放弃寻找。

第十一章　一碗药汤祭亡灵

古人说,天下没有不散的筵席。

那天,面对父母的离世,我陷入了无尽的痛苦之中。

在村东南摩天岭上的一棵大树下,仰望着白云悠悠的苍穹,俯瞰着流水潺潺的石沟河,我一遍遍地捋着我的百结愁肠:生老病死,乃人生常事。面对死亡,人们是无法逃避的。无奈,人们便向往着最好的死亡境界——无疾而终。但是人吃五谷杂粮,怎么能无疾呢? 于是,很多人开始和药形影相伴了。卖中药的人,人们叫他"药匣子";常年吃药的人,人们叫他"药罐子"……先哲说,所以事情之间,都存在着看不见、摸不着的缘,我在想:缘是什么呢?

一番苦思冥想之后,我认为,任何事物的产生与消亡,都有着明显的诱因。当内驱力达到一定程度的时候,事物还不会发生变化。这时候,诱因的作用就凸显出来了。一旦遇到一种适合的诱因,那么,这种变化的到来,则是顺理成章的事了。我想,这诱因也是一种缘分,要不,怎么能遇得上呢? 世上有各种各样的缘,情缘、人缘等,我所一次次遇到的,只是我和医学或者仅仅是我和中草药的缘分而已。

父亲出生于1911年的农历六月初二,虽说那一年的清王朝已经风雨飘摇,但是远离京城的鲁中乡村里还是风雨如磐。父亲五岁那年,爷爷因生活所迫闯关东去了。父亲七岁的时候,就不得不以给人家放牛为生,九岁就当了童工。父亲十一岁那年,闯关东的爷爷贫病交加地回到老家邕山村。后来被坏人敲诈,他狠心当了家里仅有的三间草房和几亩薄地,再次下了关东。从此,奶奶领着父亲和姑姑,母子三人,上无片瓦,下无立锥,流离失所,一贫如洗。

父亲十二岁那年,积劳成疾的奶奶在给地主家摊煎饼时病亡。得知奶奶临死前说了"我多想吃一块西瓜啊"这句话,父亲倾其所有买了一块西瓜跪倒在奶奶跟前,但这时奶奶早已经和他阴阳两隔了。在大娘大爷、二娘二爷和乡亲们的帮助下,父亲草草葬了奶奶,从此便与姑姑在凄风苦雨中相依为命。他们食不果腹、衣不蔽体,尝遍了人间的酸甜苦辣,看尽了世态炎凉!每每听到乡亲们说起这些,我都是心痛欲裂、肝肠寸断!

由于过早地担起了家庭的重担,父亲早早地成熟了,以致成熟得让人心酸。1925年,为了养家,刚满十五岁的父亲在本村几个长辈的介绍下,到大成煤炭公司(即后来的国营夏庄煤矿)上了班。父亲聪颖好学,很快就成了远近闻名的机械匠。父亲还忠厚老实,对师傅孝敬如生父,对同事亲热如兄弟,深受工友们的爱戴。在得知他的家庭情况后,大家纷纷凑钱,帮着父亲赎回了三间破草房,使他重新有了家,又是两手空空从东北回来的爷爷才有了住处。到退休的时候,父亲已经成为煤矿机械领域里的权威机械师。

人们常说相由心生,慈眉善目的父亲有一腔悲悯天下的情怀,同时也有着一颗望子成龙的雄心。尽管父亲没读过一天书,但是他时时刻刻向我们灌输着读书的重要性。他常常说有一副对联说得好:"千百年人家无非行善,第一等好事还是读书。"过年的时候,他还让我把这副对联写下来,贴到我们家的大门上。一边贴对联,父亲一边对我和弟弟启银说:"积财不如积德,求人不如求己。只要你们兄弟俩学会了积德,学会了求己,我就放心了。"

　　尽管当时我听起来还有些懵懵懂懂的，但当我明白了以后，我一直是这么做的。记得父亲还经常对我们说："养子不教如养驴，养女不教如养猪。有好儿女贫不久，无好儿女富不长。"他还说："要使孩子行为正，父母本身要过硬。只知娇惯不知教，孩子必定走歪道。"退休后，他把更多精力放在了教育孩子上面。我们都在想，父亲退休了，应该享享清福了，谁知道"天有不测风云，人有旦夕祸福"。就在父亲过上儿女争气、子孝孙贤的好日子不久，他竟突然得了脑中风！

　　父亲脑中风之后，母亲肩上的担子更重了。在用西医为父亲治病的同时，母亲走亲访友，淘换治疗脑中风后遗症的偏方。那时候的偏方鱼龙混杂，有的有科学道理，有的根本无法解释得通；有的是经过了很多患者服用证明了疗效的，有的却是只知道有这个方子，却没有人服用过……尽管母亲不识字，但是每当她淘换到一个偏方，她总是让我在家里的好几本书上查查，看看书上是咋说的，然后再给父亲熬药。为了使父亲的身体不再受到伤害，遇到书上查不到的偏方，母亲就先在自己的身上做试验。熬好了药之后，她先自己灌上一碗，看看没有毒之后，再让父亲服用。当时，我每天跟着母亲半夜为父亲熬药，当然不会让母亲以身试毒了！为此，我还和母亲大吵了一次。

　　母亲中毒的那一次，是因为我太累了，竟然还没熬完药就蹲在灶前睡着了！也不知道睡了多长时间，当我一个愣怔醒来的时候，猛然间看见母亲躺在药锅子旁边，嘴里往外吐着白沫。再看看药锅子里只有药渣滓了，盛药汤的大碗里还有一点残汤。我想，可能是母亲知道这个偏方书上没有记载，又在尝药了！想到母亲早就有意或者无意地和我说过绿豆水能够解毒，我马上从瓮子里抓出一大把绿豆来，放进蒜臼子里使劲捣了起来，然后用温水和那些碎绿豆一掺和，就慌忙给母亲灌了下去。多亏当时母亲中毒不深，一会儿就好了。母亲从地上爬起来，笑着扑打了一下身上的土，没事人似的把药锅子里的药渣滓倒掉了。看到母亲好了，我也放心了，就心疼地和她吵了起来。我边吵边咋呼着："我年轻！

以后再需要尝药,算我的!"

"你还是个孩子……"母亲笑了笑。

谁知道,这个机会很快就到来了。

那是一个夏日的傍晚,西天的云彩有些诡异。在夕阳映出的红色和橙色的彩霞上面,又聚集了大片大片的张牙舞爪的乌云,黑色和红色在奔腾翻滚地博弈着,让人觉得恐惧和不安。不甘坠落的夕阳,又从黑色或者红色的云缝里利剑般射了出来,直把西天搅和得像藏着什么妖怪的变幻莫测的大海,让人不敢直视。

我搬了个马扎坐在门口,等待母亲回家。忽然,铜钱般大小的雨点,稀疏却有力地砸了下来,吓得正在觅食的大公鸡嘎嘎乱叫。一道闪电劈下来,紧跟着响起炸雷的声音,母亲一溜小跑着进了家门。我接过她手中的小包袱,急忙扶着她进了屋。母亲前脚进屋,大雨后脚就泼下来了。

有一次,母亲去邻村赶集的时候,听到一个卖山珍的人说,瑚山那边的一个村子里,一个老人家里有祖传秘方,据说可以治疗脑中风的后遗症。母亲听了之后,简直如获至宝,甚至有些大喜过望,接着就有点急不可耐了。那天一大早,她早早地给我们做好了饭,又提前喂饱了鸡和猪,然后梳了梳头,携着平常给人家治病的那个小包袱,脚步匆匆地出了门。眼看太阳偏西了她还没有回来,我急得心里火烧火燎的。因为从瑚山翻过去之后,西边有很多村庄。不用说挨个村去淘换药,就是啥也不干空手走个来回,也得满满一天的工夫,何况母亲还要挨村挨家地去问呢!

进了屋门之后,母亲还是那个老套路,先让我从书上查查看有没有这个方子,在我确认没有之后,她开始想办法把我支出去,独自为父亲尝验这些药的毒性。因为她这一套毫无新意,我心里早就有了防备,也就假装大大咧咧地同意她的办法。

当时是夜里又是阴天,当砂锅里的草药快熬到火候的时候,外边已经伸手不见五指了。雨点没有变小,却变得稀疏了,还是像傍晚那样啪啦啪啦地砸下来,砸得天井里的猪棚子像敲鼓一样响。眼见砂锅里的药汤越来越浓,越来越少,母亲撤出了灶里的柴火,开始用炊帚滗砂锅里的药汤。药汤从炊帚的缝隙里慢慢淌下来,正好淌满了一个大黑碗。

顿时,在淅淅沥沥的雨声中,母亲和我的眼睛都盯在了那只大黑碗上。我们相互都很明白对方的意思,但是谁也不第一个说话。就这样,我俩僵持了半袋烟的工夫,终于都沉不住气了。

"娘,还是我尝吧!"我哀求着。

"不行,你不如我懂药理。"

"我年轻体壮,抗毒能力强!"我挺了挺腰说。

"傻孩子! 我已经是黄土埋了半截的人了,也是活一天算一天了!我试药,这是理所当然的!你年轻,是咱们孙家下一代的好苗子,让你尝药,万一有个三长两短,简直是天理不容啊! 不信你就问问你父亲……"

"谁尝药我也不同意!"

突然,一个蓝白色的闪电急速地闪了一下,一下子劈开了黑天黑地!紧接着一声炸雷,震得鸡窝里的鸡们乱叫乱跳。与炸雷同时传进屋里的,是那句斩钉截铁的话! 屋门外令人惊骇不已的景象,把我和母亲顿时吓得脸都白了! 因为大雨里站着我那生病的父亲! 在闪电之中,他像一座铁塔屹立在门口,那张饱经风霜的棱角分明的脸上,不知是泪水还是雨水,打着旋往下流着……雨水让他的脸有些变形了。

就在我和母亲打愣怔的时候,父亲一步迈进屋来,径直走到灶台前,端起那碗药汤,咕咚咕咚就灌了进去,然后抹抹胡楂里的残汤,咚咚咚地回他屋里去了。又是一道闪电,照出了他那晃晃悠悠的身影。惊愕中的我和母亲,呆呆地站着,看着那一锅子药渣发呆。

雨,一直在汹涌地下着……

真是老百姓说的"是福不是祸,是祸躲不过"!

当我们全家人都把注意力放在父亲的病上的时候,看不见的病魔已经悄悄地、恶狠狠地、不动声色地向母亲袭来! 当我们发现的时候,阑尾炎、心脏病、糖尿病等,已经偷偷地侵入了母亲羸弱的身体。母亲平时把所有的精力都倾注在父亲身上,倾注在全家人身上,倾注在村里的病人身上,却丝毫没有感觉到疾病已向自己袭来。当发现的时候,已经是病入膏肓,就是华佗再世,也是回天乏术了。

我们怕父亲知道了母亲的病情,不利于他身体的恢复,就对他撒了个谎,说母亲想大姐了,要去大姐家住两天。父亲听了很高兴,说:"这些年来,你娘为了我,吃苦受累操尽了心,出去休息几天也好。散散心,放松放松身子骨,别急着回来,我在家没事!"他还嘱咐大姐,好好照顾母亲,又把自己省下来的退休金用手绢包了起来,塞到了母亲手里。

母亲仔细地看了一眼她生活了大半辈子的小院,坐在姐夫推的独轮车上,恋恋不舍地走了。临走之前,她还嘱咐我,乡亲们如果来拿药,直接给他们包好拿走就行。因为母亲知道经过这么多年的言传身教,我对中草药这些事已经略知一二了。她还说,你要和现在一样,凡是从书上查不到的偏方和验方,一定要谨慎使用,最好能自己尝药,千万别让乡亲们的身体吃了亏。她还说如果我有弄不清楚的,可去大姐家找她。最后她又嘱咐我怎么喂鸡,咋着喂猪,几瓢麸子再加几瓢草面子……谁也没想到,这竟然是她和父亲的永诀,是她和这个小院的最后告别。

在我们的记忆里,母亲是典型的贤妻良母。她能忍人所不能忍,行人所不能行。灾荒之年,草根树皮成了食粮。积劳成疾的母亲得了水肿病,政府分给了她二斤黑豆。她做成了渣豆腐给大家吃,而自己饿得晕倒在地,碰掉了好几颗牙齿。父亲工作的夏庄煤矿,组织职工家属去矿井参观。刚从井下上来的父亲还没洗澡,满脸满身都是黑色,一笑露出两排白牙,把母亲吓了一跳,最后听到说话的声音才认出了父亲,母亲心疼得流泪了!之后她经常和我们说,煤矿工人在井下,就是四块石头夹着一块肉,等于埋了没死。从地底下抠炭容易吗?我们瞎米瞎面也不能瞎炭。她要我们爱父亲,孝敬父亲。她对父亲更是倍加体贴。每当父亲下班回来晚了,她总是跑到村南的石沟河边,一次次地翘首等待。母亲以自己的实际行动,向我们诠释了忠厚传家的真谛。

其实,对于母亲的身体状况,不论我们怎么隐瞒,父亲心里都明白得跟镜子似的。由于脑中风后遗症,他无法亲自跑到大姐家看望母亲,却时时刻刻地在关心着她。记得有一次我给他喂药之后,他语重心长地和我说:

"你娘身上有好几种病,都是她操劳过度落下的。我在矿上那么多年,也听矿上的大夫说了很多。加上这几年我有病在身,也基本上是久病成医了。那天你们说你娘有糖尿病,还有其他好几种病,治起来也麻烦。但是想着一点,我好像是听矿上的大夫说过,就是糖尿病、心脏病严重的人,千万不能动手术……"

说啥也没想到母亲的病情会恶化得这么快!

母亲到大姐家以后,在大姐的精心照顾下,觉得身体轻快了不少,便吵着要回家照顾父亲。大姐眼看留不住母亲了,便把我们都叫了过去。最后,还是我们兄弟姐妹六个,轮番上阵劝说母亲,她才临时改变了主意,答应再住几天。

然而,母亲的身体突然不行了!

我们兄弟姐妹六个商量了一下,决定送母亲去弟弟启银所在的夏庄煤矿医院,弟弟在那里当医生,母亲去那里治病,有启银照顾更放心些。母亲住进夏庄煤矿医院之后,由于很多医生同我和启银都很熟,所以人家照顾得很好。医院更是找了最好的大夫为她做阑尾炎手术。谁知,母亲还患有严重的糖尿病,手术后刀口一直无法愈合,最后还导致了伤口皮肤的溃烂!母亲的伤口有时候疼,有时候痒,这让她心神不宁,寝食难安。真是"屋漏偏遭连阴雨,船破又遇顶头风"啊!最要命的是,母亲的心脏病也在这个时候发作了!

几种病加在一起,夏庄煤矿医院的医生束手无策了,我们就把母亲转到了夏庄煤矿医院的上级医院——淄博矿务局中心医院。这家医院是淄博市最好的医院。事情到了这个地步,不能再瞒着父亲了。父亲听说母亲住了院,一屁股蹲在地上,两眼望着天空,紧紧地抿着嘴唇长久无语，两滴浑浊的泪水，从眼里无声地淌到了满脸的皱纹里。

母亲弥留之际，总是一个劲地打嗝。每打一次嗝，都会抽得伤口一阵剧痛，痛得母亲整个脸盘扭曲起来，简直是痛不欲生。又一次打完嗝之后，母亲示意我到她跟前，有气无力地告诉我说："柿子蒂煮的汤能治打嗝。你快去山上找七个柿子蒂，熬成汤给我送来……"

"好，我马上就去！"

就在我回到村里准备上山的时候，我又被村里的事绊住了。是上级派人来检查村里的企业，这可是我们村的大事啊！看时间实在不好协调，我只好一边处理村里的事情，一边打发侄子孙海迅速上山爬树摘柿子蒂。我是1978年初冬被村民选为大队长的，孙丰文被选为大队书记，当时我们是一起从公社的煤矿和文化站辞职回到村里的。为了改变村里一穷二白的旧面貌，我们两个真是连小命都豁上了！很多人说我俩是放着阳关大道不走，偏要走独木桥。把摘柿子蒂的事交给孙海之后，我和丰文接待完上级的来人，又跟头骨碌地来到打了六百米还没出水、急得我俩眼睛发红嘴上起满了燎泡的打井工地上……这是我动员全村人凑钱打的井，也是全村人改变命运的希望啊！要是再没有水，全村人唯一的希望就破灭了。

古人说"忠孝不能两全"，简直太对了！最终，我那可亲可敬又可怜的老母亲，没有等到喝上那碗柿子蒂汤，就不省人事了。我终于知道什么是"树欲静而风不止"，终于明白什么是"子欲养而亲不待"了！为此，三十多年以来，只要一想起这事，我就心如刀绞、泪流满面。她才六十六岁啊！

1981年农历十一月初七，雪下得太大了！我们兄弟姐妹六个，冒着漫天大雪，用车子拉着母亲的遗体，回到了她熟悉的岜山村。走到村口，我们六个人不约而同地站住了。是啊！怎么和父亲说这个噩耗呢？他也是个病人啊！他能经受住这个打击吗？我们经过商量之后，决定由我先回村里，和父亲透漏点消息，让他有个思想准备，免得突如其来的噩耗让他受不了。谁知道我刚一进门,父亲那嘶哑的饱含沧桑的声音就从屋里传出来了:"启玉回来了? 你娘咋样了?"

"我娘情况很不好。"

"到底咋样了?"

"已经很严重了。"

"你娘不能手术啊!"

"已经手术了!"我回答道。

"完了! 完了!"父亲的声音里充满了绝望。

当天晚上,我们在母亲的灵前摆上了供桌。供桌上,除了按照村里的风俗摆放的酒和菜以外,在供桌的中间,还专门摆放了一大碗由我爱人吕翠珍熬的柿子蒂药汤。我跪在地上想,病重的老人要吃猴头燕窝,我们草民百姓没处淘换,可母亲只是要用散落得漫山遍野到处都是的柿子蒂熬药汤喝,这么简单的要求,我们后辈人都没能满足,我们的孝心从何谈起呢? 想到这里,我禁不住泪如雨下。看着供桌上的柿子蒂药汤,我又一次哭出了声。我在想,把中药汤作为母亲的祭品,古今中外还能找到第二个吗?

什么是缘?

缘就是无数的偶然铸就的必然。在我哭得撕心裂肺的时候,是什么力量的驱使,使我打破所有的常规,用中草药汤做祭品呢? 是天? 是地? 是人? ……没有什么人刻意去做,没有什么事故意凑巧。是中草药在邂逅我呢,还是我在偶遇中草药? 当三十多年以后,我真正从事了中草药研究之后,偶尔想起那碗作为祭品的柿子蒂药汤,对一些冥冥之中的安排,还是无法释怀……

母亲去世后,父亲的病加重了。

刚开始的几天,父亲怕他的情绪影响我们的工作,在我们面前还装出一副大大咧咧的样子。只是我们上学的上学,上班的上班,都走了之后,他便拿个马扎坐在那里,盯着母亲的遗像发呆,有时候一盯就是大半天,连吃饭都忘了。有个往地里送粪的街坊和我说,他经常看见我父亲拄着拐杖,扛着铁锨,步履蹒跚地走到葬着母亲的坟茔,往坟上添上几锨土之后,便坐在坟边的乱草里,常常一坐就是大半天。无遮无挡的北风嗖嗖地刮过来,吹起了父亲那稀疏的白发,他愣是没有感觉似的。但是,出现在我们面前的父亲,却是另外一个样子。他和我说,我这病拖了你们这么多年,连你娘都拖进去了。现在,我的病比以前好多了,差不多能自理了,以后你们上学的上班的该忙啥就忙啥,别光在我身上费心思了,等你的企业搞好了,你用个小推车推着我去看看就行了。我满口应承,牢牢地记下了父亲的话。

我们信了父亲的话,但是我们信错了。

那天,我正在和孙丰文他们商量染织厂选址的事。突然,儿子孙正浑身汗水地跑了进来,见了我就哭得说不出话来了。孙丰文捋着他的手,拍着他的肩,让他的情绪慢慢地缓和下来。儿子说出的话,吓得我头发都爹起来了。

儿子说:"爷爷趴在地上起不来了!"

"啥?你慢慢说!"我着急地问。

"爷爷摔倒了起不来了!"

原来,那天我和爱人吕翠珍及女儿孙梅都出来了,家里只剩父亲和孙正。孙正放学刚刚回到家里,忽然听见爷爷的屋里传出了扑通一声响。他跑过去一看,爷爷躺在地上小声地呻吟着,脸上露出了痛苦的表情。孙正看爷爷站不起来,便俯下身,想把爷爷抱到床上,无奈他年龄太小,根本抱不动。爷爷想自己爬到床上,试了好几次,身子根本动不了。在爷爷的示意下,孙正把笤帚拿过来,垫在爷爷的身子底下,以隔绝地上的凉气。然后,他就哭着跑来找我了。

我回家后,借了个车子,拉着父亲就往夏庄煤矿医院跑。最后,医生诊断父亲是严重的脑中风导致偏瘫,外加股骨颈骨折。住了一个月的院后,医生就催着出院了。从此,父亲便瘫痪在床,吃喝拉撒都不能自理了。爱人吕翠珍成了里里外外名副其实的"一把手",每天都是忙完了公家的事之后,又开始给父亲做饭、喂饭,洗涮尿湿了的衣裳和裤子……在西医治疗的同时,我还按照母亲以前留下的方子,咨询了博山城里著名的老中医,抽空为父亲抓药熬药。

父亲常年卧床,灌药很不方便。每次灌药,都是一次大工程,连泼带洒,弄得他浑身是药汤,连被子褥子都浸湿了。这时,我突然想起了姥娘教母亲熬制的"膏剂"。多亏那个百虫不鸣的夜里,母亲逼着我背过了"膏剂"的各种成分,才没让它随着母亲进入坟墓。我简单地回忆了一下,仅用了大半宿的时间,就毫不费劲地熬成了"膏剂",让父亲喝的草药,由满满的三大黑碗药汤,变成了稀释后才一小茶碗的药汤,这样服用起来就方便多了。之后,我们好像自动形成了分工似的,每天都是吕翠珍负责父亲的吃喝拉撒和洗洗涮涮,我过几天就为父亲熬一宿"膏剂",日子也过得流水般平静……

记得是 1986 年的深秋,父亲的病情突然恶化,一会儿清醒,一会儿昏迷。我白天忙活完村里企业的事,晚上赶到医院打个小地铺,睡在他的旁边,时时刻刻地照顾他。天下的事真是无巧不成书,恰恰在这个时候,香港的合作伙伴一封电报飞来,要求我尽快过去和他们谈判及签约购买设备。得到消息以后,我心神不定地在父亲的床前徘徊着。半夜里,父亲突然清醒过来了。他看见我在黑影里踱步,便有气无力地询问着:"你是不是有啥心事啊?"

"没有,就是睡不着。"我搪塞着。

"不对!我知道村里办了好几个大企业,你和丰文成天忙得脚不沾地。过去回家来,头一沾到枕头就睡了过去,睡得跟死猪一样,今天咋就睡不着了呢?你肯定是有啥事,又不方便告诉我。快说吧,我这黄土埋到了脖子的人了,啥事都能想得开……"

真是知子莫如父啊!这老话一点不假。看父亲精神尚好,我便哼哼唧唧地把要去香港谈判的事告诉了他。谁知道父亲一听,就要挣扎着从

床上爬起来,我连忙过去扶住了他。父亲使劲喘了几口气,慢慢地说:

"你小子咋这么糊涂呢?我的病再严重,那也只是咱家的事啊!而你去香港,可是全村的事,哪头轻哪头重,你掂量不出来吗?快去快去,我一时半霎死不了……"

说着,父亲又拼命地咳嗽起来。

"那我去了?"我试探着说。

"去吧去吧!光听说咱们村的厂子建得很好,已经是窗户外头吹喇叭——名声在外了,我这不争气的身子骨,也没法去看看。等你把从香港买来的设备安装好了,你一定要拉我去看看!"

"好的,我一定请你去指导工作!"

为了缓和气氛,我竟然和病重的父亲开了一句玩笑。嘱咐了爱人吕翠珍几句之后,我摸黑赶到了村里,又和丰文他们交代了村里的工作,还告诉了他们父亲的病情,让他们百忙之中照顾一下,然后我又回去看了一眼父亲,强忍着眼泪上了车。

父亲的病情时好时坏,有几次差点活不过来了。也许是因为牵挂着我的事,他每每在死亡线上徘徊,却又奇迹般挣扎了回来。我的事情进行得很顺利,谈判、研究资料、签合同……一切事务完毕之后,我迅速赶了回来。

当我一身征尘扑到父亲病床前的时候,正好父亲又清醒过来了。他使劲攥住我的手,端详了我大半天,气喘吁吁地问道:"你的事办得咋样了?"

"办成了,很顺利!"我答道。

"好!等我病好了,我一定去村里的企业看看……"

说完,父亲又昏迷过去了。没想到,这竟然是父亲留给这个世界的最后一句话!第二天一大早,昏迷了一宿的七十六岁的父亲,在我的怀里永远停止了呼吸。当时我就想买一种药——后悔药。如果真有这种药,我就是砸锅卖铁也要买!村里的企业就在家里的老宅子旁边,可是,父亲要看看儿子办的企业的愿望，竟然没有实现！这些年来，即使有一念成真，父亲的愿望就实现了。可是，我竟然忙得今天推明天，明天推后天，让父亲唯一的愿望落了空！

说来也巧，父亲去世的那一两年时间，先是女儿孙梅放学路上骑车摔断了锁骨；继而儿子在屋顶上粘知了，掉下来摔断了左胳膊；再就是我陪香港华润公司的总经理在腈纶制条工地上查看规划，被钢丝绊倒摔断了胳膊上的两块骨头；时间不长，爱人吕翠珍在公司里打扫卫生时，滑倒在地跌断了尾骨……一时间，全家人轮番跑到博山城里的医院治伤，你来我往，你还没打完针我就吃药，整个家里乱作一团……

当时我就想，将来村里的企业挣了钱，先办一个一流的大医院，让村里的老百姓不再因为缺医少药受苦；再办一个高档的幼儿园和一个学校，让村里的孩子们有人看，有人教……但是，当医院办起来的时候，我的父母却早已经在九泉之下了；等幼儿园和学校办起来的时候，我的两个孩子早已经长大了……

当时我就想，在我们博山读过书的范仲淹先生曾经说过，不为良相，便为良医。我虽然没有成为良相的才能和命运，一时间也成不了良医，但是，为了乡亲们的健康，我可以先做点小事啊！比如整理一下姥娘和母亲常用的验方，或者把博山乃至山东省出产的中草药编成一本书，以供乡村医生们选用。

也许，几十年之后我和张贵君教授合著的两百多万字的中草药著作《齐鲁本草》，就是在这时候萌芽的呢！

第十二章　二大爷的肝癌刺痛了我

又是一个平静的夜晚。

也是一个骇人的夜晚。

太阳从西边的瑚山顶上落下去了。不久,月亮又从村东的摩天岭上升了起来,整个村子沐浴在月亮的清辉之中。往日那些破旧的房屋,弯曲的小巷,甚至连那些遒劲的梧桐树和路边的野草,都被月色镀上了一层朦朦胧胧的神秘色彩,看似清晰,却又迷离,令人放松和愉悦起来。清风徐来,吹在脸上和身上,让人有一种说不出来的爽快。面对着怡人的清风和如梦似幻的月色,我禁不住想起了不知道什么时候读过的张若虚《春江花月夜》里的诗句:

> 江天一色无纤尘,
> 皎皎空中孤月轮。
> 江畔何人初见月?
> 江月何年初照人。

吟罢,我自己嘿嘿地笑起来。自从高中毕业踏入社会以后,我逐渐忙了起来,再也没空看闲书了,特别是在村里办了企业后,成天满脑子里都是项目、产值、原料、工艺……那些诗词之类浪漫的东西，早已经被我抛得无影无踪了，今天吟诵起过去非常熟悉的诗句来，竟然觉得有些陌生、有些滑稽了。低眉吟罢，我还特意抬起头来看看四周，怕有人看见或者听见，让人家笑话。

"哎呀，疼煞我了，娘哎——"

就在我刚要踏进南宅大门的时候，一声撕心裂肺的叫喊从院子里传了出来！这喊声中充满了极度的痛苦和深深的无奈，让人听了毛骨悚然、不寒而栗！前面的声音还没消失，更加痛苦的喊声又传了过来。刹那间，我刚才那点多年来很少见的诗意和浪漫被驱赶得无影无踪。代之而来的，是一种发自内心深处的恐惧和从天而降的惊悚！

三更半夜的，这是谁呢？

我循着声音进了大门。在南宅里，我家住北屋，二大爷住在西屋。我仔细一听，声音原来是从二大爷孙兆祥住的西屋里传出来的。那时人们住的都是土坯房，条件好点的还有玻璃窗子，条件不好的就是在木制的窗棂上贴一层毛头纸以避风寒。所以，声音从只隔着一层纸的窗户里传出来，让人听得格外真切。我早就知道二大爷得了肝癌，还抽空去看过他很多次。但是今天夜里这么大的呻吟声，我还是第一次听到。我试着推了一下屋门，哗啦一声，门挂顺势脱开，我就推门进去了。

屋里的景象让人不寒而栗！

二大爷住在两间小西屋里，在昏黄的灯光笼罩下，屋子里的一切就像一团幻影。他的病床在窗下。他蜷缩在床上，像一团烂棉絮。他头顶的墙上，有两道黑黑的带着弧度的东西，看不清是什么。当我弯下腰仔细地去看的时候，禁不住大吃一惊。原来，二大爷患肝癌到了晚期的时候，经常疼得要命。在一般情况下，意志坚强的他还能忍得住；一旦忍不住了，他便用两只手抠住土坯墙，使劲地硬挺。抠的时间长了，墙上竟然被抠出了两道深深的沟！有墙沟里，干的和没干的、黑红的和浅红的血，深深浅浅地印在里边。

当我心疼地握住他的双手的时候,我的心在一揪一揪地疼。因为疼痛导致他长期抠土坯墙,他两只手上竟然没有一个指甲盖是囫囵的……

我流着泪问道:"大爷,你疼吗?"

"我疼!我疼!我疼啊!"

"咱们还是去医院吧?"

"去医院?这路乱七八糟的,就是用车子拉着我去,也早就把我的身子骨颠散了!再说,你看看咱家,干一年挣不了几个钱,哪里有闲钱看病啊!虽说这几年你和丰文干了不少事,村里富了不少,但是去大医院看病,我们还是看不起啊!等着你们再干几年,咱们的腰包鼓了……"

"大爷,等咱们挣了钱,自己办医院!"

"自己办医院?等着铁树开花吧……"

从二大爷家里出来,我很郁闷,顿时觉得月亮也不明亮了,清风也不怡人了,唐诗也不美好了,所有的闲情逸致都没有了……我感觉心里憋着一股子气,肩膀上的担子沉甸甸的。走了几步以后,我把手掌狠狠地拍在路边的一棵梧桐树上:为了让乡亲们不再受病痛折磨,我要办医院!我要办医院!这句话在我心里来回打转,差点就蹦了出来。

办医院?钱从何来?

我和丰文回村时,一千多口子人的岜山村,人均年收入还不足一百元。村里长期缺医少药,只有一个赤脚医生和我母亲这个以做家务、种庄稼为主的乡村医生。他们只能处理一些常见的头疼脑热的小病,村民们小病拖成大病,得了大病只好和二大爷那样等死了。二大爷的病情深深地刺痛了我,我决心就是头拱地也要好好把村里的企业办起来,挣了钱以后,先办医院,再办托儿所,还要办高标准的老年公寓。

然而,后来发生的一连串让人难以想象、难以承受、难以预见的变故,让我觉得这个缘咋就这么难成就呢?为什么越想办的事,办起来就会越曲折呢?难道是冥冥之中有一个力大无比的存在,在故意设置一些艰难和曲折来考验我的能力和毅力吗？就是好事多磨，也不能这样"磨"人啊！

我和丰文被卷入了一个惊天的冤案！我被开除了党籍，撤销了一切职务；孙丰文受到了党内严重警告的处分。

那时候，父亲已经瘫痪在床。他看到我忽然连着好几天在护理他，又加上我的情绪不大对劲，他就开始怀疑了。但是，我那深明大义的老父亲，心里总是有一个原则，他知道我做的是公家的事，我不说，他绝对不问。只是那天他实在看不下去了，才试探着问我："咋了？我看你心事很重啊！"

"我被组织处分了！"

"为啥？"

"包庇罪犯……"我直言直语。

"谁的孩子，谁就能叫上小名来。我教育出来的孩子绝对不会犯这样的事！你别丧气，共产党有原则，总有一天上级会还你清白的！你仰起头来，该干啥就干啥。雪再大再冷，也见不得太阳，太阳一出来雪就会化掉的！"

"老爹，但愿和你说的一样！"

"肯定会的，你等着！"

父亲的信任，给了我无穷的力量。

这突如其来的打击，使村里的班子散了，企业发展受到了致命的打击，离我挣了钱办医院的目标越来越远了。我憋在家里，听到丰文召集党员开会的消息，心里就憋屈得要命。丰文最知道我的伤心处，以后再开党员会的时候，就流着泪嘱咐下通知的人，说要和电影《地道战》上说的那样，"悄悄地进庄，打枪的不要"，找个严实的地方偷偷开党员会，这是怕我听见了又要伤心落泪。为了我，为了村里，丰文真是绞尽了脑汁，费尽了心思。

也许是邙山的人穷怕了，他们要过好日子的心太急切了！他们要用自己的方式发出自己的声音,用自己的声音表达自己的意愿! 我被开除党籍还不到三个月,就到了村里换届选举的时候。出人意料的是,村民们又全票选我当大队长。但是,我已经被开除党籍了,咋办? 我这样的人能不能当大队长? 选举结果上报到了镇上,镇上长时间不公布岜山村的班子成员名单,实际上就是不让我担任大队长。咋办呢? 什么事都可以等,但是岜山村的发展不能等啊!

我们太着急了!

村里贷款办的染织厂,当时只有我对工艺和客户熟悉,我这样上不上下不下的,村里不挣钱不说,连贷款也还不上啊! 致富不成还落下一屁股债,岜山村就彻底完了! 那些天,我和丰文一直在商量村里的事。我们想了很多办法,转了很多弯子,终于等来镇上批复了岜山村的班子,我以副大队长兼厂长的身份,又开始在村里上班了。这样,我也可以用"戴罪之身",名正言顺地为村里工作,为老百姓办事了。

不是党员了,开会也少了。为了填补随之而来的空虚,在忙完企业的事之后,不论天多么晚,我总是找出姥娘传给母亲、母亲又传给我的那几本磨得快成了椭圆状的破书,一字一句地研读起来。说我如饥似渴也可以,说我心无旁骛也行,反正不知道为什么,过去读不懂的地方,现在琢磨琢磨竟然明白了。是年龄的原因? 还是有了闲暇? 读懂了,我就开始做笔记。半年下来,我竟然记了厚厚的三大本子的学医笔记。同时,我还抽空按照母亲口述的配方和熬制程序,为庄里乡亲熬了几次"膏剂":一是为了救死扶伤,二是为了温习母亲的家传,免得这门手艺失传了。

我知道,虽说是自古英雄多磨难,但是谁都想当英雄,谁也不愿意受磨难,因为受磨难的滋味太难受了! 但是,恰恰是这次磨难,又让我有时间读很多关于中医药的书籍。

是中医药让我静下来了。

终究是苍天有眼!

　　四年以后的 1986 年,很多党员联名写信给上级党委,要求撤销对我和丰文的处分。中共博山区委经过复核以后,撤销了对我们的处分,只是还给我留了一个小尾巴——"留党察看两年"。1990 年,法院宣布当时那起事件的负责人无罪,我的"尾巴"也就自然而然地没有了。

　　从此之后,我开始分心了。后来,虽然我们村的企业办得很大,成了拥有近百家子公司的万杰集团,被国务院公布为全国 120 家试点企业集团之一,但是所有这些都是我用一半精力去干的,因为我的另一半精力早已经投入到医疗行业中去了,特别是中医药行业。不论是外出开会还是考察,我总会拿出很大一部分时间,去考察医院的开办、先进医疗设备的研发、中医药的发展状况、道地中药的种植情况等。

　　记得有一次去南方考察纺织设备,在考察的行程中,对方安排了一次活动,就是攀登当地的一座名山。为了让我能好好了解该山的历史文化,他们特地请了一位见多识广的导游。谁知导游刚到我们的住处,我就把她辞退了,要求换一个人。接待方不明就里,以为导游做错了什么事,还将人家批了一顿。见到我之后,我一是让他们给导游道歉,因为人家根本没犯什么错;二是让他们给我请一名有经验的中药师当导游。对方觉得大为不解:"请中药师干什么?"

　　"我要考察山上的中药。"

　　"为什么?"

　　"据说山上出好多道地药。"

　　"你搞纺织的看道地药做啥?"

　　"我家是祖传的中医呢!"

　　上山之后,所有的风景名胜我一个都没看,硬是让那个中药师陪着我钻进茂密的山林,穿过绳子似的小径,攀上陡峭的岩石,在里面搜寻着那些有名的道地药。中药师似乎是因为找到了知音,显得特别高兴,一遍一遍不厌其烦地为我讲解着他们的道地药的四性五味和各种特点,还介绍了其煎熬的注意事项及切片炮制的技术措施。

　　他讲得津津有味,我听得耐心仔细,只是苦了陪同的纺织设备厂的副厂长。他觉得似听天书,味同嚼蜡,但出于礼貌,一直闷闷不乐地跟在后边。

第十三章　深夜里的不速之客

真是缘去难留,缘来难挡。

我们又能撒着欢干事业了!

然而,村里突然发生了一件让人惊讶的事!

孙丰文突然要辞去大队党支部书记职务!

为什么呢? 这里边有啥难以启齿的事?

原来,随着事业的发展、家业的厚实,丰文的心思越来越重。他看我生龙活虎地干着,想想他比我大三岁的年龄,便萌生出了要和我交换角色的念头。他想让我当一把手——岜山村的党支部书记,他自己退为二把手——当副书记兼大队长。

那天晚上,为了我们染织厂染出的毛线色差问题,我们开会一直到深夜。当大家终于统一起工艺整改意见的时候,已经是下半夜了。散会后,我和丰文一起肩并肩地往家走。他好长时间不说话,像个闷葫芦似的。我们共事多年,直觉告诉我,丰文有重要的事情要和我谈。啥事呢? 刚才会上一次说出来不就行了? 两个敞敞亮亮的大老爷们,有啥瞒着人的事呢?

我纳闷得很!

"启玉,咱俩换换吧?"丰文突然来了一句。

"换啥?"我丈二和尚摸不着头脑。

"换职务啊!"丰文一字一顿地说。

"咋换啊?"我疑惑了。

"很简单,你当一把手,我当二把手。"

我一听脑子就蒙了! 自从丰文和我被村民选为党支部书记和大队长以来,我俩简直是把性命都交给村里了! 我们一同打井,一同闯荡大上海,一同请师傅,一同呕心沥血,早已经分不清谁是一把手谁是二把手了。只要是对村民有利的事,我俩都是挽起袖子一起往前冲;困难的事,挠头的事,麻烦的事,我俩都是争着去堵"枪眼",从来没想过谁是一把手谁是二把手的事。今天丰文咋突然冷不丁地提出这个问题来呢? 是我哪里做得不恰当了? 还是我哪天的言行冒犯了他? 我的汗水贴着脊梁沟子淌了下来。

"为啥? 我哪里不尊重你了?"

"正因为你对我很尊重。"

"丰文,你是不是发烧呢?"

"我很正常,也很冷静。启玉,咱俩从镇上回村,已经好几年了,咱俩合作得非常愉快。外边都说咱俩是黄金搭档,我看这话一点不假。但是,再黄金的搭档,也得有个主次啊! 随着事业越做越大,头绪越来越多,我越来越觉得力不从心了! 比如刚才毛线色差的问题,我是自己坐在那里琢磨,分析原因。你却是召开'诸葛亮会',发挥大家的聪明才智。仅仅从这个小事看,你分析问题、解决问题的能力就比我强。这只是一个事,平常工作中这样的事多了去了! 所以,在我看来,你越尊重我,咱村的致富步伐就会越慢,你说是吗?"

"不是!"我坚决地否定了他的话。

"启玉,你这句话不公道!"丰文有点急了。

"咋不公道了?"我辩解道。

"你就是比我强!"

"丰文,咱们是为了岜山村的父老乡亲能过上好日子才一起回来的。当初我们都没想第一第二的! 前几年,你我都受了错误的处分,你的处分轻一些,你就想尽了办法,拼命地往上拉我。现在你把我拉起来了,我就骑到你的头上? 老少爷们都知道我是个有良心的人,都知道我是个知恩图报的人! 乌鸦还反哺呢,羊羔还跪乳呢,就是你愿意,我也不能做和你交换职务的事啊!"

"启玉,你想多了!"

"我一点也没想多!"

"你冷静一下,听我说。"

"你净说些这样的话,让我咋听啊?"

"我的年龄比你的大,上学不如你多,这是事实吧? 特别是近几年来,岜山村发展了这么大的事业,千头万绪,我还真是有点忧头。咱们创办了这么多企业,我驾驭起全局来,明显地感到吃力了。为了村里能够发展得再快一些,咱俩调换位置是应该的事。你是一把手,或者我是一把手,那都是小事。你是个聪明人,这点道理你还想不过来吗?"

"你就是说下天来,我也不同意!"

我俩就这样谈崩了!

那天夜里的月亮很亮,照得大地像下了一层霜。我俩谁也说服不了谁,就都不说话了。走到胡同口,我俩就默默地分了手。之后,我独自在月光下转悠开了,从胡同到大街,又从大街到胡同。后来我才知道,那天夜里我们分手后,丰文也在月光下转悠了大半宿。

而且我还听说,关于让我当一把手、他退为二把手的事,丰文在我这里碰了钉子之后,瞒着我多次游说镇党委的领导,并且征得了公社党委领导的同意。然后,他又悄悄地说服了班子里的其他成员和几个本家的弟兄,说岜山的发展是大局,谁当一把手实在是小事一桩。等我知道消息的时候,他早已经生米做成熟饭了。尽管我一再反对,却是无力回天了。但是我提了一个要求,就是我俩的位置可以换,但不能马上行动,必须等到村里班子换届的时候再调整。就这样,1987年村里班子换届的时候,我被选为村党总支书记,丰文被选为副书记兼村委会主任。历史将这样记下,丰文以宽广的胸怀,高风亮节,铸成了现代版的"尧舜禅让"。

古人云:"兄弟齐心,其利断金。"村里的经济发展终于进了快车道。继染织厂发展壮大之后,我们又一连办起了好几个规模更大的企业,产值更是以几何级数增长。终于,为了更好地管理众多企业,村里成立了万通达总公司!

我要建一个大医院的梦,终于有盼头了!

真是天道酬勤,这话一点不假。

我们的泪没有白流!

我们的汗没有白流!

1989年年末,全省传颂着一条爆炸性新闻:岜山村的工业产值超过了一亿元!岜山村成为山东省第一个名副其实的"亿元村"!这个消息占据了各大报纸的头条位置!一时间,没有几个人能认识的、在常用字里很生僻的岜山的"岜"字,转眼间为千百万人所认识。

1989年12月19日的淄博市委机关报《淄博日报》,用了这样的标题报道:《八年卧薪尝胆一鸣震动四方 岜山村成为我省第一个年工业产值过亿元的村》。

文章中写道(有改动):

博山区统计局昨日提供的资料表明,截至昨日早六点,博山区焦庄镇岜山村今年工业总产值已达10086.3万元,突破了亿元大关。有关资料显示:这是我省第一个工业产值过亿元的村。岜山村地处博山西部山区的摩天岭下,原是吃粮难、花钱难、喝水难、穷得出名的小山村,全村1270口人,年人均分配仅88元,民间素有"南熊岜山"之说。十一届三中全会的春风,使该村发生了翻天覆地的变化。1981 年,他们贷款 6 万元,建起了博山区染织厂。此后,他们以此为依托,正确处理分配和积累的关系,按照国家的产业政策,发扬艰苦奋斗的精神,勒紧腰带发展生产,在"滚雪球"中奇迹般发展起来。仅 8 年时间,他们就建起了淄博运动衣厂、淄博第四毛纺织厂、博山毛纺织厂、淄博第五棉纺织厂、博山传动机械厂、博山毛巾厂等。目前万通达总公司有 8 个核算单位、12 个项目。1981 年固定资产仅 64 万元,职工不足百人,现在固定资产已达 7000 万元,职工达 3210 人。近年来,他们自觉执行国家治理整顿的政策,不再扩大生产规模,而是抓现有设备的配套成龙,抓基础技术管理,抓产品结构的调整,抓职工技术素质和经营意识的提高,抓市场信息的反馈;充分发挥现有厂房设备的作用,最大限度地挖掘设备及职工的潜力;大力开展双增双节运动,从而使生产水平有了大幅度提高。他们生产的颜艳牌腈纶、纯棉毛巾被,荣获华东五省一市优秀出口产品金海岸奖。

当时的场面,真可谓是"万方辐辏,冠盖云集"!

晚上,庆祝仪式结束以后,省、市、区、镇的各级领导和各级媒体的记者们都走了,岜山村又静下来了。但是,我的心却久久不能平静。我穿行在几个大厂子之间,听听机器的轰鸣声,看看工人们忙碌的身影,在深深陶醉的同时,又觉得似乎缺了些什么。缺了什么呢? 我在自己的脑子里苦苦地搜寻着……突然,当我看见一个女工打着哈欠的疲惫的样子时,脑子里的喜悦一下子被冲散了!

在骄人的成绩中,我一下子想到了我的同事们。为了村里能有更大的变化,他们夜以继日地工作,有的累瘦了,有的累病了,有的晕倒在跑项目的路上,还有的年纪轻轻就卧床不起。在灿烂的灯火中,我想到了我们厂里的工人们。为了多创产值,提高效益,他们主动提出加班加点,有的工人甚至累倒在机器旁……这么大的几千人的公司里，只有一个小小的卫生室，小病小灾的在这里看看，遇到大病，还是要开车去城里的大医院。到了那里，不但看病难，而且治病贵……我们自己的医院在哪里呢？

夜深了，我独自准备了点酒菜，带上了香和纸，用传盘提着，来到了我们村的老坟场。按照岜山村的风俗，上坟的时间是有讲究的，除了逢年过节，就是先人的忌日。其他时间，一般是没有人上坟的。今夜我去上坟，纯粹是感情驱使的。我要向父母汇报，尽管他们没能到我创办的企业看一眼，但是这些企业成事了！岜山人民富裕了！岜山的孩子们幸福了！

夜里的坟地是安静的。因为是冬天，没有虫鸣或者鸟叫，愈加显得安静。由于鲜有人来，一蓬蓬衰草长得有半人高，在冷风的吹拂下瑟瑟发抖。我蹲在父母的坟前，摆好了供品，开始点香烧纸。我在心里默默地念叨着：严父慈母的在天之灵，不孝子启玉又来给你们汇报了。母亲临终前，没能喝上那碗柿蒂汤；父亲临终前，也没能看看我们创办的企业，都是为儿太忙的缘故。儿子欠你们的，今生今世也还不上了！不过你们放心吧，如今，咱们村成了"亿元村"了，街坊邻居也都安居乐业了。你们活着的时候想象的那些好日子，今天都实现了。我今天来给你们发钱粮，你们在那边好好生活吧！等咱们村再有大发展了，我再来给你们一五一十地汇报……

说罢，我把酒杯里的酒缓缓地泼洒在正在燃烧的黄表纸上，刺啦一声，带着火星的纸灰飞起来了，像一只只生动的小鸟，漫无目的地飞了一会儿，又缓缓落在了衰草里。就在我收拾传盘的时候，突然，一阵哗啦哗啦的声音随风传了过来，吓得我毛骨悚然，身上起满了鸡皮疙瘩，手中的酒杯掉进了灰烬里。

"深更半夜的，啥动静呢？"我自言自语道。

少顷，我慢慢看清楚了。原来，哗啦哗啦的声音是从西边传过来的。

在那里，又多了两座新坟。坟头上插满了五颜六色的花幡和花圈，在夜风的吹动下，红红白白的挽联诡异地飘动起来，好像好多只黑手毫无目的地在空中乱抓。挽联在发出哗啦哗啦的声音的同时，给人一种异常恐怖和胆战心惊的感觉。

我这个人天生不信邪，即使在深夜的坟地里，我也没有丝毫胆怯。我慢慢地走过去，打开打火机照了照，才想起这是前几天村里刚刚过世的两位老人。自从负责村里的工作之后，我给自己定了个规矩，就是村里凡是有人去世了，我都要去他们家参加一下仪式，或鞠个躬，或磕个头，代表村里寄托哀思……这两位老人去世时，我还去吊唁过呢！所谓老人，其实也就六十来岁，按现在的生活条件，年龄不算大，只是受医疗条件所限，得了病没治好罢了……想到这里，我又禁不住心尖子一揪一揪地疼了起来。

我要办医院！

其实，我们也该办医院了。

这几年，我的人生经历了过山车似的大起大落，一会儿被高高地举上浪尖，一会儿又被狠狠地摔向谷底，尝遍了人生五味。但是，我唯一无法忘记的，就是我要办医院的梦想。这就是缘，缘就是一种神秘的不期而遇；这就是缘，缘就是"踏破铁鞋无觅处，得来全不费工夫"的偶遇；这就是缘，缘就是"众里寻他千百度。蓦然回首，那人却在灯火阑珊处"的突然发现。

这种突然，实际上是心灵深处的一种契合。

这种偶遇，也是一种孜孜以求的必然结果。

收拾好传盘，我跪在地上，在父母的坟前深深地磕了三个响头，慢慢地转身向村里走去。身后燃着的三炷香，一亮一亮的，像三只明亮的眼睛，好像在传递着什么，又好像在期待着什么……我禁不住浑身一震，脑子里好像闪过了一束电光石火：它们昭示着什么呢？

当天夜里，我回家放下上坟的传盘，喊起了睡得迷迷糊糊的司机，让他带着我飞速赶到夏庄煤矿的宿舍区,毫无顾忌地敲响了孙启贵家的大门。

孙启贵是淄博矿务局卫生系统出名的外科医生。退休前,他还是夏庄煤矿医院的院长呢!退休后,他在夏庄煤矿宿舍区闲居。我父母是夏庄煤矿的职工和家属,不论是治病还是查体,都是我陪他们到夏庄煤矿医院去。加上孙启贵又有一副助人为乐的热心肠,庄里乡亲的来看病,在不违反原则的情况下,他总是尽力帮忙。就这样一来二去,我和孙启贵就成了好朋友。其实医生越老,临床经验越丰富,医道也就越高明,简直就成了宝贝。我们天天守着个老宝贝,以前咋就没发现他的珍贵呢?从坟地走到村头的路上,我脑子里的电光石火照亮了一条清晰的小道:

办医院,就让孙启贵当院长!

当!当!当!我使劲地敲着门。

"谁啊?"屋里传出启贵睡得迷迷糊糊的声音。

"我,启玉!"我轻轻地答道。

"啊?谁病了?"

听到是我的声音,启贵的睡意一下子跑到九霄云外去了。他一边披着衣裳,一边给我打开了门。看到他打着哈欠睡眼惺忪的样子,我忍不住心里一阵内疚。从父母身上我知道了,老年人觉少,一旦半夜里把他们惊起来,可能这一宿就再也睡不着了!但是,我心里实在是太着急了。启贵和我打了个照面,就急忙去墙上摘他的药箱,嘴里还嘟囔着"是谁病了?""是啥病?""我现在就跟你去"等等。

"别动药箱子了!"我说。

"咋了?晚了吗?"他着急地问道。

我一步跨进他的家里,把他摁在椅子上,然后找了个马扎坐在他的面前。他看到我不慌不忙的样子,满肚子的狐疑,两眼不解地看着我。我笑了笑,两眼死死地盯着他,一字一句地说:"咱村里要办医院。"

"办医院?办什么医院?"

　　只见启贵还是没睡醒似的,嘴里喃喃地重复着我的话,两只眼睛直直地盯着我。就这样,我们两个人沉默了好长时间。直到村里早起的公鸡打鸣了,我们才结束了这段难堪的沉默。我怕吓着他,就细声细气地和他说:"办一个和你当院长的医院一样的医院!"

　　"你当医院是一口气吹起来的?"他摇着头说。

　　"我知道办医院很难……"

　　"那不是一般的难!"启贵终于醒过来了。我想,可能是我把他吓醒了,他扳着指头一个一个地向我说着:"你首先要向卫生局申请《设置医疗机构批准书》,然后再申请《医疗机构执业许可证》。拿着这个许可证,你再去同级工商、税务、物价等部门办手续……光这些手续就把你弄晕了头。还有,一级医院病床不得少于二十张,还有执业医师,还有护理人员等,事情麻烦着呢!"

　　"你别说了,这些我都仔细想过,这些手续我会找人去办,都不用你操心!现在我就问你一句话:我想让你当岜山医院的院长,你到底干不干?"

　　"为岜山的父老乡亲解除病痛,我当然干了!"

　　"那就好,今天咱兄弟俩就这么说定了!"

　　我迈开步子就朝外走。

　　外面突然起风了,呼呼的大北风,从村北的大尖山上灌下来,狠狠地扫过村庄,又狠狠地向摩天岭扑过去。没有树叶的干巴树枝,被风摇得哗啦哗啦直响。被摇断的那些枯枝朽木,纷纷落到地上,又被大风卷到小巷子的角落里去了。

　　我禁不住浑身一颤,感觉冷了起来。没想到,启贵拿着他的大衣,一直撵到大街上,给我披上了。我顿时觉得浑身暖和了不少。给我披上大衣之后,他跟在我身后走了起来。我劝他回去,可是他就是不肯后退半步。我回过头来紧紧地握住他的手说:"为了岜山的老少爷们,一言为定!"

"一言为定！为了邑山的老少爷们！"

说完，我俩都流泪了！

历经了千辛万苦，我们的目标没有变；跑遍了千山万水，我们的干劲没有减；说尽了千言万语，我们的执着没有变；涉过了千难万险，我们的热情没有冷；用尽了千方百计，我们的辛苦没有白费……

我们的医院终于建起来了！

医院是一座两层的小楼，一共有二十多张病床。医院里的十几位医生，都是从淄博矿务局中心医院和博山城里的医院退休的老医生。他们都有着丰富的临床经验，身上都洋溢着第一次到体制外来上班的饱满热情。所有的护士，都是我们从护士学校的毕业生中选的。尤其值得一提的是，我们还买了一台便携式 X 光机，老百姓亲切地称它为"床头照相机"。一位来村里进行医院验收的老专家激动地说："古人说，落一叶而知秋。邑山村的医院，简直就是一座小型的全科医院。如果我们国家三分之一的村里有了这样的医院，乡亲们去城里医院'看病贵、看病难'的问题就解决了！所以，邑山村的医院虽然小，但这是一个方向，意义重大！"

医院开诊了，村里的老百姓真是三把钥匙挂在胸膛上——开心开心还是开心！从此，邑山村的老百姓真正做到了小病不出村，大病请专家。别看村里的医院小，还能做一些小手术呢！我们还有目的地定期从城里的大医院请来专家，有针对性地为村民们看病。面对那些到大医院也很难挂到号的专家们，村民们高兴得手舞足蹈，如同见到了亲人一般。

医院开诊的那个晚上，我陪专家和主要医护人员一起吃饭庆祝。从来滴酒不沾的我，因为高兴得有点得意忘形，竟然用三钱的杯子喝了一杯酒。吃完饭，我忍着头昏脑涨，独自爬到了摩天岭上。

我的思绪像一匹脱了缰的野马，在无边无际的脑海里纵横驰骋。我想起了邑山村缺医少药的落后年代，想起了被病痛折磨得痛不欲生的乡亲们，想起了跋山涉水去医院看病而死在路上的老少爷们……又想起了因为缺医少药而早逝的父母。此时,我的心里好像被插进了无数把钢刀,疼得要死要活的。我想,多少年前,要是村里有这么一个小医院,我那苦命的父母,多活个十年八年是没问题的。可是,母亲当了一辈子乡村医生,父亲做了一辈子技术权威,竟然因为缺医少药而去世,临终前我都忙得没能在他们的病床前尽心伺候,以致留下了今生今世无法弥补的最大的遗憾……

突然,我觉得脚下的大"鱼"——摩天岭摇头摆尾地动了起来,把我吓了一大跳。稍微冷静了一下,我才明白,刚才我的精力太集中了,又加上那三钱小酒的作用,是我头晕了。我马上寻了一块稍微平整的石头坐了下来。

在我看来,人生最大的悲哀莫过于"子欲养而亲不待"!我和父母的缘分就这么短吗?有人说缘分是前世感情的延续,这点我深以为然。不论我和父母前世是做什么的,早早已经注定了我们今世的缘分。如果再让我选择一次,我笃定还是要做我父母的儿子!因为,我始终认为,我的父母是天底下最好的父母!又有人说,缘分是今世的擦肩而过。想到这里,我禁不住浑身一震,身上起了一层鸡皮疙瘩。

擦肩而过?

人生是多么短暂啊!想想和父母在一起的日子,那样短暂,那样模糊,那样风驰电掣,真就是和擦肩而过一样。既然人世间的事都如白驹过隙般擦肩而过,那么我必须要像毛主席说的那样"一万年太久,只争朝夕"了!否则,在这有限的时间里,我怎么能为芭山的父老乡亲们做更多的善事呢?

医院要扩大,还要办幼儿园,我暗暗地想,要让芭山的父老乡亲、男女老少们享受高质量的擦肩而过,享受高品质的擦肩而过!同样的擦肩而过,芭山人要过得与众不同。

由此发端,我开始探寻人的生与死。

蓦然抬头,有点发红的月亮已经移到正西,天很晚了。我顺着摩天岭的山脊从南往北深一脚浅一脚地走下来。进入村子时,连狗的叫声也没有了,整个村子一片寂静。就在轻轻推开家门的时候,我的脑子里还在思考着两个问题:

芭山人的生来应该是什么样?

芭山人的死去又应该是什么样呢?

人们能否有尊严地活着?我想,大多数人经过自己的努力,有尊严地活着似乎不是大问题。人们能否有尊严地死去?我想,大多数难以有尊严地死去。因为人老了之后,由于身体各器官的衰老和退化,大多数人可以控制自己的思想,却难以控制自己的行为。甚至,有的人连自己的思想也无法控制了。这样,人就像一团没有思想的肉,或者如同一个没有意识的躯壳,早已经不是自己说了算也很难谈得上尊严了。

那么,怎样才能保住病人或者老人最后的尊严呢?这也成了我重点思考的一个问题。

第十四章　从生到死的旅行

我经常想，由生到死，人的生命之旅是很奇妙的。

芑山村的医院办起来了。令人没想到的是，小小的医院竟然像秋后的秫秫——红得让人出乎意料。不仅村里的人来医院看病，连博山区西部大部分村庄的人，不论大病小病，或者车拉，或者人抬，都直奔芑山村的医院而来。一时间，芑山医院人满为患。我们力所能及地多聘医生，添加病床，还是供不应求。看着患者和病人家属那一双双渴望的眼睛，良心让我很难说出个"不"字。

当时，我就提出了芑山医院必须遵循的精神：

——视年长者为父母；

——视年幼者为儿女；

——视同龄者为兄妹。

一时间，医护人员把这三条当成了院训，当成了为患者服务的金科玉律。小小的医院里，充满了家的温馨，氤氲着亲人的情怀……亲切的慰问声驱走了冷冰冰的气氛，无微不至的关怀成了医患之间的感情纽带。医院虽小，却天天人满为患，我们不得不对慢性病患者采取了预约住院的措施。同时，为了尽早缓解患者的病痛，弥补医院病房的不足，我们还创造性地开办了家庭病房……

这时候,村里的企业——山东万通达企业联合总公司,不仅规模发展很快,而且已经进入了良性循环,产值和利润已经成几何级数增长,并且成了国家级重点企业集团。来村里参观的人络绎不绝,上到党和国家及各级领导人,下到全国及世界各地的企业家,他们穿梭在村里的几十个厂子里,说着各种肯定、表扬以及羡慕的话……

一向沉着冷静的我,从一片片闪光灯中撤回来,从一道道迷人的光环中走出来,又开始思考一些关于人生的事情……俗话说,"饱暖生闲事,饥寒发盗心"。我这里说的这个"闲"字,是个褒义词,是说开始思考企业发展以外的更高层次的事了。还是齐国名相管仲老先生说得好:"衣食足而知荣辱,仓廪实而知礼节。"岜山人富裕了,思想也是芝麻开花——节节高,思维就自然而然地开始走向高层次了。

我隐隐约约地觉得,那个缘又在准备和我邂逅了。

那是在给父亲上忌日坟的时候,我先压好了坟头纸,又点上三炷香插在了坟前。望着缭绕升起的香烟,看着化为黑蝴蝶上下翻飞的黄表纸灰,闻着倒在灰烬里芬芳的酒味,我的思绪突然像田间的野草,瞬间疯长起来。我平常对人的生死和生活状态的那些思考,潮水般涌了进来:

人应该在什么状态下生来?

人又应该在什么状态下死去?

在生与死的历程中,人应该用什么状态度过?

这三个问题,已经萦绕在我脑海里很久了,而且越来越困扰我。当然,关于这个问题,不同学科的人有着截然不同的回答。历史学家认为,"人的生命只不过是历史长河中的一瞬间";在诗人看来,只不过是"弹指一挥间";在哲学家看来,应当"生如夏花之绚烂,死如秋叶之静美";在老百姓看来,只不过是"两腿一蹬——来了,两腿一伸——走了"……但是,如果是从生物学的角度来看,从伦理学的角度来看,我们应该怎么说呢?我们应该怎么做呢?说得更具体一点,我们怎样才能让人们生得更加自然和舒适呢?我们怎样才能让人们死得更加从容和优雅呢?怎样才能使从生到死的生命之旅平安、健康、快乐呢?

自然,我又想到了医学、医院和医药!

那时候,邑山村的企业发展步入了快车道,声望如日中天,天天财源滚滚,也让我有时间、有资格、有财力考虑这些问题了。我做出了一个至今我还认为是大胆的决定:把企业的日常工作交给同事们,复杂的问题由我电话遥控。我要周游世界,考察他们先进的医疗设施,考察他们先进的教育制度,考察他们前卫的生活方式,考察他们特殊的养老制度……

第一站去哪里呢?

美国!

在美国协作方的积极协助下,我在异国他乡开始了观察从生到死的旅行。我们从美国医院的妇产科开始,又在华盛顿看了几个幼儿园;然后,在纽约考察了三家小学和初中、高中,还在伯克利从早到晚仔细看了一家大学;同时,协作方还按照我的要求,带领我参观了好几家不同层次、不同价位的养老院;最后,我们到了洛杉矶,在我的强烈要求下,看了他们的殡仪馆和吊唁大厅……

在返回宾馆的路上,协作方的代表问我:"孙总,这次你近距离观察美国人从生到死的旅行,竟用了十几天的时间。你看得那么细,问了那么多。有时候看到你一副若有所思的样子,你内心有什么感受呢?"

我想了想说:"我感受很多,感触很深,你这猛地一问,我竟然不知道从何说起了。你最好把这个过程编成一道道小题,就像搞项目调查那样,你一个个地提问,我一项一项地回答你。"

"好! 你对美国人的出生有何感想?"他问。

"生得温馨。"我答。

"他们的学习呢?"

"学得快乐。"

"他们的养老呢?"他穷追不舍。

"老得优雅。"我一一应答。

"他们的死去呢?"

"死得有尊严。"

"哎呀,孙总,你真是大哲学家啊!这几个大家很感兴趣的问题,我问过很多人,他们的回答五花八门。有些虽说是长篇大论,却不得要领。你这四句话,仅仅十几个字,却简单、准确、深刻、生动,这是截至目前我听到的最智慧的回答。"

"我只是说出了我的感受……"

"此时此刻,你还有什么感受呢?"他寓意深长地问我。

"现在,我只有一个想法,就是要通过我们的努力,让我们岜山人,让更多的中国人,生得更加温馨,学得更加快乐,老得更加优雅,死得更有尊严……"

"这个目标太遥远了吧?"他说道。

"并不遥远,起码在岜山村是这样!"

对方一时无话。也许是出于礼貌,他不好意思当面否定我的说法;也许是他和我们村合作时间长了,知道了我们不达目的决不罢休的韧劲;也许是他从我这次认真选择考察路线、仔细考察每一个细节、不厌其烦地问询每一个问题的行动中,看出了我坚定不移的决心。总之,自从我说了那句话之后,车上的气氛就有点沉闷了。其实,我也乐得这样,正好闭上眼睛思考一些问题。

那几天我接触的信息量太大了,考虑的事太多了,我说出来的,还不到我考虑的百万分之一。我这个人有个特点,那就是在自己脑子里梳理不清楚的,或者虽然梳理清楚了但是时机不到不能说出口的想法,我绝不匆忙说出口。一旦说出来,就必须做到,更要做好!少说多做,腿勤于嘴,这是父亲在世时掐破耳朵嘱咐我的话。

那天在美国明尼苏达州的梅奥诊所里,我所听到的、看到的,对我的神经岂止是触动,简直是炸裂,颠覆了此前我对医院的所有认知。梅奥诊所在美国有名的十大医院排名中名列前茅，仅医护人员就有近六万人，每年有来自世界150多个国家和地区的近100万人来这里治疗和咨询。它的心脏疾病科、内分泌疾病科、妇产科等，在美国是数一数二的。走出他们的病房，站在他们的大楼跟前，我心里默默地想，邙山的医院应该朝哪个方向走？我们应该建设一个什么样的医院？梅奥诊所拥有三个医疗中心，我们建设一个高水平的医疗中心行不行？梅奥诊所能成为一个中心，邙山地区能不能成为一个中心？我的答案是，只要我们尽了百分之百的努力，地球上的任何一个点都可以成为一个中心！

晚上，协作方要为我送行。虽说是送行，但是饭食极其简单。因为我一不喝酒，二不抽烟，三不讲排场。我们随便找了一家华人开的餐馆，在大厅里点了几个中国菜。饭菜一起上来，我们边喝饮料，边开始吃饭，还不时地交谈着参观的感受。

当时，邻桌有一个东方人模样的老者也在吃饭。从他花白的头发和满脸的皱纹来看，他大概七十岁左右了。只见他边吃饭，边不时地用眼睛往我们这边瞥，有时候还停止进餐，侧耳听我们说话。看到他一副童心未泯的样子，我禁不住好奇起来。我朝他笑了笑，顺便招了一下手。谁知道他看到我的表情和动作，竟然端着碗来到了我们的桌前，自己找了个椅子坐了下来。看到我们略感惊奇，他马上自我介绍起来："我是个中医，来这里十几年了！"

他那平淡无奇的开场白，不啻一声炸雷，轰隆一声炸响在我的耳边！姥娘和母亲挎着线笸子穿梭于乡间小道上行医的形象，一下子出现在了我的脑子里。姥娘和母亲种在我心中的那一粒关于中医药的种子，一下子圆润膨大起来。我想到了母亲的很多偏方，想到了母亲教我把中药熬成"膏剂"的秘方：难道我生命中的那个缘，不远万里在这里等着我吗？从我家学的传承到这个陌生老者的出现，有没有必然的联系呢？也许是一种凑巧……

想到这里，我禁不住自我嘲笑了两声。但是我的脑子里还是在想：

美国也有中医？中医在美国怎么给人看病和让人服药？信中医的是美国人还是华人？中药在美国被不被承认呢？我好像哥伦布发现了新大陆，一连串的问号，仿佛要把我的脑袋挤炸了。

"你原来是做什么工作的？"我对他很感兴趣。

"我在国内就是中医。"他坦然以对。

"你是怎么来的美国？"

"我叔父早年移居美国，后来积累了很多财产。可是，他一辈子寡居，膝下无儿无女，财产无人继承，于是就选中了我，三番五次要我过来。我来了之后，虽然继承了巨额财产，但是免不了心中空虚。加上有的同胞得知我的中医身份之后，经常来找我治点小病。最后，为了方便同胞们，也为了继续我的事业，我就索性在同胞们聚集的地方开了个小诊所……"

"中医药在美国有多少年的历史了？"

"你问我算是问对了。自从来了之后，为了能有个自己喜爱的事业，我就开始研究美国的中医历史。据我目前看到的资料分析，中医药应该是18世纪中期进入美国的，特别是1972年美国总统尼克松访华之后，美国掀起了一股'中国热'，很多人开始研究中国，中医、中药、针灸也开始被人们接受。尤其是1974年，加利福尼亚州立法批准中医针灸合法化之后，到现在已经有几十个州立法使中医针灸合法化。1994年，美国的FDA，也就是食品药品监督管理局，把针灸用的针列为第二类医疗器具，保险公司也就理所当然地把针灸列入了保险范围，参加针灸治疗的美国人就越来越多了……"

"美国有专门培训中医的学校吗？"我打断了他的话。

"这些年，为了中医药，我也在美国转了很多地方。我觉得，在美国好像没有咱们那边传统意义上的单独的'中医学院'。但是，在很多医科大学里边，都设有培养针灸师的专业，他们培养的针灸师还被授予硕士学位。在这里，没有笼统的'中医师执照'，但是有'中医针灸师执照'和

'中药师执照'。他们取得执照的考试和程序是很严格的,比如在纽约等几个州,如果你想拿到中医针灸师执照,必须要经过专门的资格考试。要考针灸方位认定、东方医学基础、生物医学和中国草药学四门课程。即使你拿到了执照,每四年还要修满一定量的有关针灸和东方医学的课程,才能保持执照的有效性。我就是刚刚通过了四年一次的考试拿到了中医针灸师执照……"

我们的饭只吃了一半,由于这位中医的加入,大家几乎不吃饭了,都在听着我提问题和他回答问题。我的协作方看饭菜都凉了,就招呼服务员端去热热,但是热了之后还没吃,饭菜又凉了。那位老中医一再表示歉意,端着饭碗要回到他自己的桌子上去。无奈我不依不饶,一次次地提出问题,加上他看见同胞特别亲切,又遇到我这样对中医药特别感兴趣的人,好像找到了知音,打开的话匣子便收不住了。为了方便我们说话,服务员专门给我们泡了一壶当地人很少喝到的大红袍。还没等他把针灸师的事说完,我又迫不及待地问话了:"中药在美国的市场咋样?"

"美国的中药市场……"他沉思着。

"不必太仔细,说个大概也行。"

"据我平日里的观察,在美国,卖中药的地方很多。一是参茸药行,这些大都是来自广东和香港的老华侨开的;二是中成药店,差不多都是新近几年来的移民开的;还有中药专柜,以及在中国食品店里卖药的。但是,在这边卖的中药,一律被美国认定为'营养食品',换句话说,就是很难作为治病的药去出售。当然,随着中药被越来越多的人认可,有的人开始呼吁修改有关针灸的法律条文,希望允许有执照的针灸师使用中草药治病救人……"

天已经很晚了,饭店要打烊了。

我摸了摸揣在衣兜里的机票,说了几声"谢谢"之后,恋恋不舍地告别了那位老者。对老者,我有种一见如故的感觉。不是他在这里等我,也不是我来找他,而是冥冥之中就让我们在这里相遇了。真是"有缘千里来相会,无缘对面不相逢"啊!我们同样对传统文化有着浓厚的情结,同样对中医药有着深深的眷恋……多少年之后,我拜国医大师、国药泰斗金世元为师,潜心研究中草药时,每每想起这一次偶遇,心里总是涌起一种说不清道不明的情愫。

这场从生到死的考察——

第二站是印度,第三站是日本。

在日本考察,我遇到了很多让我目瞪口呆的事情!

最先让我大惑不解的,就是一个小学的学生与老师的比例。按照事先商定的议程,那天是对方按照我们的要求,带领我们参观一所小学。走进那所普通的学校之后,发现学校里静悄悄的,我们还以为正在上课的学校,就应该是这样子的。下课铃声响过之后,学生和老师们来到操场上欢迎我们。我定睛一看,这个学校只有五六个学生,却有十几位老师。问起原因来,对方解释说,由于生育率下降,这一片的小学生越来越少。行政当局也曾考虑过撤销这家小学,但是征求了一下居民的意见,大家都不同意,就保留下来了。在与学校校长和教师代表的交谈中,我毫不掩饰地流露出对他们以人为本的教育体制的无比敬佩。

那是日本东北地区仙台市的一个普通的晚上,月光如水般清澈,给花草树木和高楼大厦镀上了一层神秘的色彩。东北大学的校园里静极了,连教室里透出的灯光都显得那样收敛和谦逊。据陪同人员介绍,东北大学在日本大学排行榜上是排名第三的大学,鲁迅在仙台上的那所医学专科学校,后来也并入了东北大学。我国著名的数学家苏步青,就是这个学校数学系毕业的。我独自漫步在校园的小路上,面对着日本先进的教育和先进的学校,也在思索:芭山村的教育应该怎么发展?芭山地区的教育应该怎么发展?我们应该办什么样的小学?芭山地区需不需要办一个从幼儿园到高中一体的学校?芭山村有办一所专科大学的可能吗?正是在日本的这所大学里,我对芭山村教育的思考一步步成熟了。

另一个让我惊奇的,是日本的养老。

在日本考察,我有一个明显的感觉,就是总觉得眼前是白花花的,也就是白发人特别多,这说明日本是个老龄化程度非常严重的国家。也许是我碰巧了,我们所搭的车的司机是个白发老人,宾馆里接待我们的也是白发老人,我们到小店里吃饭,竟然连那个端盘子的也是个白发老人。接待我们的人说,日本从20世纪70年代就进入了老龄社会。但是,从他们人均寿命八十多岁的水平来看,他们的养老制度还是非常完善的。据说,美国的《新闻周刊》做过一次调查,日本被评为世界上最适合养老的国家。

当然,日本的养老也曾经历一个痛苦的过程。

据接待方的人说,相传在很早之前,由于生产条件差,粮食少,养老成了一个大问题。所以,就有了老人"六十岁一过,糟蹋粮食货"的说法。老人一到六十岁,就被儿子背到山里扔掉了。久而久之,那座山便成了"弃老山"。大概是1956年,日本作家深泽七郎还以"弃老山"为原型,写过一本叫《楢山小调考》的小说呢!

"什么时候建立了这么好的养老制度呢?"我问。

"后来老人越来越多,问题越来越复杂……"陪同人员说,"在人们的多次争取和历届政府的努力下,日本实行了优厚的退休金和年金制度,日本的老人才过上了幸福的生活。"

听完他的话,我心里咯噔一下,再也无法平静了。虽说岜山村成了闻名全国的富裕村,但是,为岜山村贡献了大半生的村民们都慢慢老了。他们"建设岜山,舍我其谁"的豪情壮志已经不复存在,代之而来的是像烧干了灯油的灯火,只能无力地忽闪了。一个个佝偻的身影,一声声痛苦的咳嗽,无不让我的心隐隐作痛,甚至每当看到坟茔里新添的花幡,不论是否和我有亲属关系,我都禁不住热泪纵横……村民们的余生应该怎样度过? 作为村里的领头人,我应该让他们怎样度过? 此时此刻,在日本京都的一个酒店里,为考虑此事而彻夜失眠的我,脑子里似乎有了一个不太明晰的结论,那就是"你为岜山奉献了青春,岜山就要照顾你的暮年",我要好好地把他们养起来,让他们都有一个无比幸福的晚年。

日本还有一个让我吃惊的事,就是中医药。

这是一个我无法解开的结!

这是一个我难以绕过的缘!

为了仔细考察日本的中医和中药状况,我让协作方为我们请了一位略通中医的朋友武男先生。武男先生十分尽职尽责,不但陪我们了解日本中医药的状况,还热心地向我们介绍日本中医药的历史。一连几天马不停蹄地考察下来,同行的几个人都快累趴下了。其实,我们一行人中数我年龄最大,因为有一个看来既遥远又很近的目标在逗引着我,有一个从姥娘到母亲和我一脉相承的三世之缘在等待着我,所以神经的兴奋暂时麻痹了我身体的疲劳。

同事们都已经进入了梦乡,而我还在瞪着眼睛看天花板。说实话,这几天对日本中医药的考察,有时候让我兴奋,有时候也使我郁闷。令我兴奋的是祖国的传统医学在国外得到了信赖和推崇,郁闷的则是中医药学应该在更加科学的道路上大踏步地朝前迈进。当然,也许我的郁闷是杞人忧天式的过分忧虑。但是,我至今还这样认为,在科学发展日新月异的今天,传统医学中的某些认识、说法、叫法,那些很绝对的东西,似乎应该改变一下了!

"孙总,你让我好找啊!"

在一家小茶馆里,武男先生找到了我。因为难以入睡,我独自出来逛游了,正巧看见这家小茶馆,它也符合我的审美要求,我就进来了。我要了一壶红茶,正喝得上瘾呢!听见这么晚了有人叫我,我不禁一阵惊讶。当听出是武男先生的时候,我开玩笑地说:"你跟踪我?哈哈哈——"

"没有,我敢吗?"武男先生不好意思了。

"我是跟你开玩笑的,快坐,喝茶!"

"我是看到天很晚了,你自己出来,怕你语言不通不方便,我才跟出来的。我又怕打扰你的兴致,只好跟在你身后,等你招呼。这几天,我看你对中医药看得很细,有些问题问得很犀利,我知道你有自己独到的想法。如果你不介意的话,我想和你交流一下。"

"好啊!我正求之不得呢!"

"你对中医药传入日本的历史很感兴趣?"

"是啊!说法太多了,有的还互相矛盾。"

"我给你找了些资料,都是很权威的。应该是这样的……"说着,武男先生拿出随身携带的一本书来,翻开给我说了起来,"一千五百年前,中医药开始零星地从朝鲜传到日本。正式传入日本,应该是中国的隋朝时期了。当时的天皇为了学习中国文化,先后派了四批遣使团到中国。他们回国的时候,正式把中医药带回了日本。

"谢谢你的介绍,还是说说现在,说说中药吧!"

天色已经不早,我看他开始历数中医传入日本的历史,怕他耽误太多的时间,只好委婉地打断了他的话。由于从小帮着母亲熬中药,对中药知道得多一些,兴趣也就浓厚一些,我便让他先说中药了。

"中药在日本叫作中国汉方药,它的情况比较复杂,不过也是在逐步向好的。目前,已经有两百多种中国汉方药被允许在药店出售,同时被纳入日本的医疗保险体系。日本人很重视中药的种植和加工生产。1976年以前,日本生产中成药的年产值不到一百亿日元。到前几年,也就是1986年,已经增长到约一千亿日元,并占领了世界中成药市场的大部分份额……"

说到这里,聪明过人的武男先生停了一下,悄悄看了看我的表情,然后把声音降低了一个八度,嘟囔着说:"贵国作为中医药大国,中成药在世界市场上占的份额并不……"

武男先生说着说着停住了。

我知道,因为他这几天看出了我对中医药的热爱和自豪,怕在我面前说得太直了,会引起我的不快。但是,此时此刻,他真的不知道我在想什么。如果他能知道的话,肯定不会这么吞吞吐吐了。其实,我正在根据几天来的观察,检讨着中药生产加工、销售经营中的不足呢!因为我知道一组让我百思不得其解而且非常汗颜的数字——

根据张仲景《伤寒杂病论》中的原方,日本已经整理出二百一十种方子,使之成为常用药方,并且大部分进了医疗保险。目前日本的汉方制药厂达两百多家,汉方制剂达两千多种,89%的日本医生会开汉方药处方。在他们的六万家药店中,经营汉方制剂的达80%以上。日本"帝国制药"每年生产贴敷剂超过二十一亿贴,连起来可以绕地球四圈多……

"武男先生,请你原谅我的直率……"我鼓了鼓勇气,把藏在心底好长时间的话说了出来,"我热爱中医药,更热爱我的祖国。我的姥娘和母亲就与中药打了一辈子交道,也是我们那里小有名气的乡村医生。受到家学的影响,我也不成体系地读了几本中医药著作。但是,通过观察和研究,我认为我们的中医药文化的确博大精深,是一个庞大的学科体系。但是,中医药由于是在上古时期科技落后的时代诞生并形成体系的,因此不免带有浓重的时代印记,里面有些不太严谨的东西,特别是某些古代典籍中极个别的带有封建色彩的东西,人们口口相传时故意加了某些神秘的色彩,比如药名动不动就标上什么'御用',还有什么'强力',什么'宝'什么'灵'……尽管当时起这样的名字有历史原因,但现在看来多少都有点'王婆卖瓜,自卖自夸'的感觉,主观性太强,把疗效说得太满,除了溢美还是溢美,很容易引起人们的反感。特别是对什么东西都爱搞个成分分析的外国人来说,这些药名更是让他们一头雾水。这对中成药的销售,反而是帮了倒忙!当然,我们非常理解古人的用意。但是,科学的东西是很严肃的东西,来不得半点虚浮。我觉得,中医药要走向世界,必须在中药的名字方面下些功夫。当然,中医药是一门古老的传统文化,为了不至于割裂历史,在中药改名这件事上要谨慎行事。首先有一条原则必须遵守,那就是不能用西医的思维给中药改名字。再就是尊重传统,尊重习惯,尊重约定俗成。有些可改可不改的,还是保留传统的名字为好。对于那些必须要改的,也可以先写上改后的名字,括号里写上以前的名字,新老名字并行一段时间之后,再单独用新名字。另外,改名的对象只限于个别起名不科学的中成药,改得越少越好。那么多美丽的中药名字,最好原汁原味地保留。还有一个原则,就是绝对不能因为改名字而引起市场认知上的混乱。如果那样,宁肯不改!"

我一口气说了这么多,武男先生都听呆了。我说完之后,顺势喝了口茶水润了润嗓子。等我放下杯子,武男先生似乎才反应过来。只见他从桌子旁绕过来,使劲抓住我的手,高声叫道:"孙总,高! 实在是高!"

"我不是来这里求证高低的! 在这方面逞一下口舌之快,争一个你高我低,没啥意思。我是想让你说句公正话,你说我的观点有道理吗?"

"当然有道理!"武男先生顿了顿,似乎是想把我的话做一个总结,"孙总,恕我直言。我很喜欢中国,每年都去好几次;我也很喜欢中医和汉方,我和我的家人生病大多看中医。但是,像你这样既爱祖国又爱中医药,还能这么冷静、这么公正地对中医药进行分析的人,我见得真是不多,可以看出你对中医药的爱之深、情之切! 真的,我很佩服你! 从你身上,我看到了中医药的新希望! 只要你努力,我总觉得你会在中医药界弄出很大的响声的!"

听到他的夸奖,我又有点小小的后悔了,我觉得我的话没有错,但是当着他的面说出来是否合适,那就另当别论了! 我从小帮着母亲采药熬药,耳濡目染,学到了很多这方面的知识,同时也发现了很多需要改进的地方和环节。想到这里,我故意转移话题,又和他谈了日本的中医教育和中医坐诊的情况,还有日本引以为傲的中药制剂……

在日本,我又结结实实地和我的缘邂逅了一次。这次来日本,还是同去美国和印度一样,是考察人从生到死的过程的,谁也没想到又在中医药上费了这么多时间。

我们往旅店走的时候,我觉得天似乎要亮了。

街边的路灯特别亮,一会儿把我的影子拉长了,一会儿又把它缩短了。随着影子的不断变化,我心里的惶惑一直在加重——

中医的宝库在中国,但是日本的中医药发展得这么快,而我们呢?这些年不断有人对中医药进行诟病:什么中医不科学啦,什么中药无法分析啦,什么中医药无法走向世界啦……五花八门的论调甚嚣尘上。人家把精力用在发展上,我们有些人却把精力用在争议上……

第二天,当我又一次走在京都的一年坂、二年坂上的时候,看着两边错落有致、古色古香的唐代建筑,我想,当有些问题用西医西药无法解决的时候,我们为何不反向思维,再研究一下中医药呢?中医和西医各有优劣,西医中有中医做不到的东西,中医中有西医无法复制的成分,我们一直提倡的中西医结合,不正是解决问题两全其美的办法吗?

第十五章　阳光掩盖的阴影

　　人经历得多了,思考得细了,也就慢慢明白了滚滚红尘之事。要不,孔子怎么会说"四十而不惑"呢? 我对这句话的理解就是,人活到了四十岁,就大体明白了世间之事,对事情的感知,对问题的判断,对因果的分析,也就没有什么可以疑惑的了。

　　考察完几个国家的人从生到死的过程时,我正好四十来岁。当时,我有很多感慨,内心又有很多不平!

　　记得是一个万籁俱寂的春夜,天地间一片寂静,连树上的鸟和草丛中的昆虫们都争相进入了宁静的梦乡。可是,我却莫名其妙地失眠了! 我跑到办公室,拿出日记本,连想也没想,就一口气写下了如下文字:和美国人、日本人比起来,岜山村的人也是两条胳膊两条腿,一个肩膀顶着头,哪一点比他们差呢? 岜山村的人均 GDP,还远远超出他们的一大截子呢! 他们能做到的事,我们为什么不能做到呢? 岜山村的父老乡亲们,为了村子的发展,付出了多少血汗啊! 他们应该享受最好的养老待遇。为了岜山村今后的发展,岜山的后代们应该享受最好的教育。岜山人从生到死的旅行,不但不应该比他们的差,反而应该比他们的好。作为一名共产党员,我要敢为人先,打出一片天地来,让别人看看,岜山人到底是怎么学习、工作和生活的。

由此，我们开始了极具邑山特色的赶超运动……

随着《邑山村十年教育规划》的实施，邑山村办起了小学、初中、高中一体的万杰朝阳学校。学校每年都有人考入北京大学、清华大学等名校，这在村办中学中还是绝无仅有的。同时，为了培养村里企业急需的专业技术人员，村里又办起了国家承认学历的山东乡镇企业中等专业学校，解决了社会上因为乡镇企业迅速发展而急需技术人才的问题。我们还办起了能培养本科人才的万杰医学院，以培育民办医院发展所需要的各种层次的人才。土生土长的邑山人，在国外著名高校专攻教育学之后，回国当了万杰朝阳学校的校长；喝邑山水吃邑山饭长大的邑山人，在国外著名研究院苦读之后，当了邑山医院的院长；在美国、日本读完了硕士、博士课程的邑山人，在村办企业里贡献着自己的聪明才智……一时间，对于邑山村，社会上流传着这样的说法：家家有学士，硕士到处是，博士走满地。邑山村，真可谓"谈笑有鸿儒，往来无白丁"了。世世代代面朝黄土背朝天的邑山人，终于理直气壮地走向了教育的巅峰！

但是，邑山的教育走向巅峰的时候，我的孩子却早已经长大在外地求学了，他们没有享受到邑山村高质量的教育。但我亦欣慰、亦满足，因为我早已经把村民的孩子当成了自己的孩子，是孟子的"幼吾幼以及人之幼"赋予了我厚重的慈爱……

村里建起了高标准的老年人公寓，方框形的二层楼，城里人说比四星级宾馆还好。人们还特别推荐了村里公认的孝顺媳妇——我的爱人吕翠珍当了老年人公寓的主任。为邑山村做了贡献的老人们，无忧无虑地住在里边，那种开心、那种惬意，真是多少钱也难以买到的。这真是应验了老百姓经常说的那句俗话："有钱难买愿意。"我在日本认识的从事养老业的朋友，看了我们的老年人公寓之后，由衷地向我伸出大拇指："你们的硬件条件和我们的差不多，但是，我们那里总是让人觉得冷冰冰的，而你们老年人公寓里那种浓浓的亲情，那种连空气中都充满的快乐，还有那位视老人为亲人的女主任，是我们那里完全无法拥有的！今天，我从这里看到了什么是差距。中国人，厉害！"身经百战的老将军、曾担任过全国政协副主席的杨成武上将参观了我们的老年人公寓之后，老泪纵横地说："这就是社会主义新生活！这就是共产主义的萌芽！我脑袋拴在裤带上，出生入死地打仗，为的就是让人民过上这样的好生活！今天我算是真切地看到了。就冲这一点，我和战友们流的血再多也不亏！岜山人做到了，全国什么时候做到？"老将军离别之际，拉着村里老人的手，满眼泪花地祝福道："你们真有福啊！好好活吧！祝愿你们福如东海，寿比南山！"我听着老领导的这些话，心里默默地想，岜山人的养老，终于和英美等国家有得一比了。

但是，我那苦命的父母，在与病魔搏斗之后，早已经和我阴阳两隔。他们没有享受到岜山村周到的养老服务，但是我依然心安，依然高兴，因为我早已经把村里的所有老人当成了自己的亲人，是孟子的"老吾老以及人之老"赋予了我无条件的孝顺……

幼年教育解决了。

暮年养老解决了。

之后，我命中的缘，说来就来了。在现实生活中，青年人非常喜欢说的一句话就是"爱你没商量"。其实，对于我来说，那就是"缘来没商量"，有时候甚至来得让我措手不及。

事情还是从姥娘和母亲的至爱——医学开始的。

缘的肇始，还是我们的医院。

岜山村的小医院越来越受人欢迎了，不光十里八村的乡亲们来看病，连博山城里的人也慕名而来，门诊的医生有时连吃饭的时间都没有。这时，为了扩大医院的规模，我动员我的弟弟孙启银辞去夏庄煤矿医院的工作，来岜山医院当院长。为了适应患者的要求，我们决定再次从全国医疗资源最好的北京引进高级医学人才，以提高医院的医疗质量。经业内人士牵线，孙启银五下北京，请到了我国著名影像学专家隋邦森教授。

记得那是一个夏日的中午,天气热得要命。楼前的柏油马路被晒得烫人,从远处望去,马路上腾起了雾状的热气。为了迎接隋邦森教授,我在楼下已经站了半个小时了。天气热,我又胖,汗水早已经把我的白衬衣湿得透透的了。我一边擦着脸上的汗水,一边看着马路的尽头,从车水马龙里分辨着我等待的身影。连我自己都在心里笑了:我一向自认为有"猝然临之而不惊,无故加之而不怒"的大将风度,今天咋就这么不稳重呢?心里咋还感觉有十五个吊桶打水——七上八下呢?

其实,我之所以这么急切地盼望着隋邦森教授的到来,除了因为他是我们医院急需的著名医学权威,还在于孙启银昨天夜里的一个电话,一个突然而来的电话。

我是很害怕深夜里的电话铃声的。

村里有几家很大的轻纺企业,最怕的就是火灾事故。因此,我几乎每个会上都强调这一点。深夜电话响,肯定是紧急的事情,所以我就不往好处想。电话铃声响起之后,我一下子从床上跳了起来,穿着背心裤头围着电话机慢慢地转,就是不敢接,生怕是哪家厂子出了事故。最后没办法,我只好战战兢兢地拿起了听筒:"哥,我是启银……"

"半夜三更的有啥急事?"我急眼了。

"我有好事要告诉你……"

"啥好事?天上掉馅饼了?"我还是没好气。

"刚才和隋邦森教授拉呱……"启银老弟似乎并没有被我的态度干扰,还是按照他的思路往下说,"隋教授说,最近国家外经贸部和卫生部准备下文件,要搞中外合资医院的试点。咱们一直有这个想法,就是没有红头文件许可。这下可好了……"

"你问清楚了?"我迫不及待地问。

"隋教授听他的研究生说的。"

"好好打听一下,回来再说。"

这么好的消息,是真是假?我再也睡不着了。

隋邦森教授终于在孙启银的陪同下走过来了。说了两句客套话以后,我们都觉得一见如故。我们握过手,边走边寒暄。就是这一次轻轻的握手,注定了我们俩一生的缘分,注定了他和岜山人不可分割的缘分。谁也想不到,这个在北京工作、闻名全国的医学影像学权威,竟然从此住在我们村不走了!就在我们俩手拉手走上电梯的时候,关于中外合资医院的政策的事,我旁敲侧击地问了他两遍。隋邦森教授也是直来直去的性子,他说国家确实准备在全国试点中外合资医院。

"国家的政策太及时了!"

就在大家喝茶寒暄的时候,我突然拍了一下茶几,顺口说出了这句话。看着大家惊异的表情,我知道我有点失态了。但是,突如其来的喜讯,让我实在无法控制此时此刻的情绪。这种情绪,是在美国和日本考察时产生的,而且越来越强烈,越来越不可遏制。随着时间的推移,我的心就像是一片干透了的土地,干得冒烟,干得冒火,急需一场清凉的雨水来浇灌。为什么呢?因为我心中经常交替出现两个场景:一个是我亲眼看到的日本、美国的大医院里,有那么高端的医疗设备,还有很多学富五车的专家,但病人却很少;一个是尽管岜山村的医院一再扩大,但是想用高端医疗设备彻底改造医院,让医疗质量有一个飞跃,限于政策原因,几乎是不可能实现的。要是医院也能和企业一样,搞成中外合资的,那该多好啊!

"你说什么,孙总?"隋邦森教授问道。

"我……"

直到这时,我才察觉出我在贵客面前的失态。但是,得到这个消息后的兴奋,早已经把我失态后的窘迫赶得无影无踪了。我抓住隋邦森教授的手,好像怕他跑了似的,盯了他好长时间。直到把他盯得不好意思了,我才又一次急切地问道:"你说的是真的?"

"什么真的假的?"隋教授疑惑道。

"关于合资医院的政策……"

"千真万确！绝对不假！"

"咱们邑山村要办中外合资医院！"我兴奋得直拍手。

"你们村里要办？能行吗？"隋教授问。

"不行吗？"我反问道。

"我是说，这件事很复杂。咱们一个村……"

"哈哈哈！"我大笑了一阵，指着在座的村里的几个负责人，开玩笑地说，"我有一句经常说的话，有人说非常有道理，是一个著名论断；有人说是胡诌八扯，是一句傻瓜的话。嘿嘿，你们背一下给隋教授听听……"

"地球上任何一个点，都可以成为一个中心！"

他们背完之后，我们都大声笑了起来。出于礼貌，隋邦森教授也笑了笑。隋教授是一个严谨的医学权威，不论说什么话，做什么事，都很谨慎。所以，他那有所保留的态度，我们是可以理解的。我之所以喜欢他、相信他、推崇他，就是因为他的这种学者风度。为了说服他和我们一起干，我开始给他举例子，来说明为什么"地球上任何一个点，都可以成为一个中心"。我拉着他的手，慢条斯理地告诉他："美国的拉斯维加斯，原来是沙漠包围之中的一个荒凉的小镇，现在成了年吸纳游客三千多万人次的大城市；我国的深圳，原来就是沿海地区的一个小县城，仅仅几十年的时间，就成为我国一个现代化的大城市，仅人口就已经达上千万。还有……"

隋邦森教授一边听，一边用眼镜后那双智慧的眼睛仔细地捕捉我的表情，以便更好地理解我的话。由于我那天听到了盼望已久的好消息，所以心情特别好，啰唆的时间也就特别长："这就像一边有干旱的土地，一边有马上就要下雨的云彩，而国家关于同意办中外合资医院的政策就是强劲的春风，只要它把下雨的云彩刮过来，再变成倾盆大雨，干涸的土地里肯定就会长出苗壮的庄稼，获得金灿灿的收成……"

还没等我说完，隋教授就激动地站起来，握着我的手说："孙总，我和你们一起干吧！"

"隋先生,你有这个态度,这是我们求之不得的事!我们太需要你了!但是,我们这个村地理位置偏僻,你从祖国繁华的首都来,我们怕你在这里干不长。你要是中途回去了,还不一下子闪我们一个大跟头?到时候我们可咋办啊?"

"只要建成了中外合资医院,我就在这里干一辈子!"

"此话当真?"我又激了他一句。

"读书人一言既出,驷马难追!"

我们的手又一次紧紧地握在了一起。才高八斗、学富五车的隋邦森教授,果然是孔子所说的"言必信,行必果"的人。直到现在,隋教授已经年近八十岁了,还在我们的医院上班,为远近的患者解除病痛。当然,这都是后话了。

事不宜迟,我们岜山人兵分三路,朝着这个谁也不知道长啥样的"中外合资医院"下手了。一路人马由我弟弟孙启银带队,去北京打听国家关于创办中外合资医院的具体政策。再一路人马去有关部门咨询手续如何办理。还有一路人马由我亲自带队,以最快的速度奔赴美国,寻找合作伙伴,洽谈进口医疗设备的事宜。到达美国之后,我们直奔正在为我们进口棉麻混纺设备的合作伙伴——刘海达先生的家里。与我们有着多次愉快合作的刘海达先生,一听说我们要和他合作办医院,立马同意了。他带着我们参观了美国的几家高档医院,并请了好几位著名医疗单位的管理者,给我们讲述了管理医院的体会,还和我们共同商谈了医院的管理体制。看完听完之后,我的信心更足了,觉得办合资医院的前景更加明朗了。

那天夜里,我和刘海达先生都很兴奋。我从来不喝咖啡,但是在他的撺掇下,我竟然喝了一杯卡布奇诺,这让我睡意全无了。我们俩睡不着觉,就开始商量合资医院的投资数额、医院的名字等具体问题。快到天亮的时候,大的方面差不多都商量好了:我们商定双方共投资一百万美元,中方占75％,美方占25％。至于以后又扩股,那是后话了。我们还商定,我为合资医院的董事长,孙启银为院长,刘海达为副董事长。关于医院的名字,我们的想法也很有特色,从我们的山东万通达总公司中取第一个字——万,从刘海达的美国杰歇尔国际贸易公司中取第一个字——杰。这样,我们即将诞生的第一家中美合资医院,名字就叫中美合资淄博万杰医院。

谈完这些以后,我和刘先生出门一看,天早已经大亮了。火红的太阳从东方冉冉升起,一条条放射状的红霞远远地伸向天际,一直伸到看不见的地方。我想,今天的天气这么好,真是个好兆头!我们合资医院的事业,肯定会像天空中的红霞一样红红火火。

1992年9月15日,那是刚刚过了中秋节的第四天。

那天,是国家卫生部、外经贸部特批的中国首家民办综合性合资医院淄博万杰医院开诊的日子。

那一天,秋高气爽,大尖山上的枫叶已经开始泛红,摩天岭上的青松依然碧绿,岜山村刚刚铺成的中心大道笔直而庄严。由我国第一个医院建筑学博士黄锡缪先生设计的医院大楼,巍峨而亲切地矗立在人们面前。尽管它的身上早已经被我们披红挂绿,它通体乳白的颜色,还是和蓝天相互映衬,让人觉得浑身有一股莫名其妙的激动。

闻讯而来的各大媒体,忠实地记录了那天的盛况。

《人民日报》称:我国第一家村办中外合资医院——淄博万杰医院,已在山东省淄博市博山区岜山村建成。合资双方是岜山村万通达总公司和美国杰歇尔国际贸易公司。这所医院总建筑面积一万平方米,有床位250张,整体达到了亚洲先进水平。

读者甚众的《齐鲁晚报》,则在开诊第二天以《全国首家中外合资医院在淄博落成应诊》为题,进行了全面报道。当然,相比而言,《淄博日报》以《杏林春色在万杰》为题的报道,则显得更加详细和灵动。

"今天,我很高兴,很激动,并想起了四年前的一件事。"在中美合资淄博万杰医院试开诊仪式上,刘海达先生讲的那件事我也记忆犹新。

　　四年前的一个晚上,在美国佛罗里达州迈阿密市刘海达先生的家中,一向健谈的我突然沉默了。

　　"孙先生在想什么?"刘海达轻轻地问,他以为我谈判中又遇到了什么难题。

　　"我在想,我能不能在十年内,使岜山人的生活水平达到美国的水平。"

　　"仅仅四年时间,"在新闻发布会上,刘海达先生激动地说,"岜山村就办起了拥有国际一流高科技医疗设备、具备一流设施条件、聘用全国一流专家教授的合资医院,真是了不起。这样的医院,在美国也属先进水平。我相信,孙先生在美国佛罗里达州的那个晚上的打算,也一定能够实现。"

　　一阵热烈的掌声,是对刘先生预见的赞许。

　　参加试开诊仪式的专家们参观医院后一致认为,岜山的医院是一流的。

　　在一楼的候诊大厅里,鲜花丛中点缀着沙发,供候诊者休息,大理石地面能照出人影。从美国引进的全省第一台0.5特斯拉、6.0版本的当今世界上最先进的多功能超导型核磁共振影像诊断设备及CT设备就在一楼,门前候诊的沙发上坐着两排候诊者。二楼、三楼多为病房,铝合金门窗宽敞明亮,乳白色壁纸色彩柔和,里面吸氧、吸痰设备齐全,并配有中央空调,采用屏幕监控,计算机管理。每个病房有两个床位,并带有功能齐全的卫生间。高档病房还有地毯、厨房等。

　　医院的专家也是一流的。隋邦森教授任业务副院长。北京天坛医院、北京209医院、山东医科大学、山东医科大学附属医院等各科的著名专家、教授长期在此应诊。

　　面对这样的医院,老专家们特别激动。北京天坛医院神经内科专家罗世祺、山东医科大学教授徐庆来表示:万杰医院的条件这么好,岜山人这样勤奋,我们一定和你们长期合作,为大家的健康做贡献。

开业的热闹过去之后，我又冷静下来了。

为了对得起望眼欲穿的患者，撑得起"中美合资医院"的牌子，我们持续不断地邀请北京各大医院的医学专家来坐诊。所以，万杰医院从开诊那天起，来看病的患者一直很多。甚至出现了很多患者托关系来看病，说花钱不是事，只要能住上院就行的情况。褒扬万杰医院的话已经是车载斗量了，我觉得不听也罢。但是，为了能听到患者对医院的意见或者建议，甚至是牢骚或者不满，我经常悄悄走进患者或家属中，听他们发自内心的说法。

真是芝麻掉进了针鼻里——巧了！

那天夜里，我和刘海达先生通了很长时间的电话。其实，电话的内容很简单，就是委托他帮我考察一下美国最新一代的医疗设备。如果有必要的话，我再过去看看。我是这样打算的：我们的合资医院要"不鸣则已，一鸣惊人"。想当年，我在美国和日本观察人们从生到死的旅行的时候，看到了那么多顶尖的先进医疗设备，如果引进到我们的医院里，那将会给多少患者带来福音啊！我们两个人越说越兴奋，一直说了大半个小时。放下电话之后，我再也睡不着了，便直奔医院而来。

我刚刚走进医院的大厅，就看见几个人簇拥着一个出院的患者向我走来。只见那个病愈者气宇轩昂，话语不断，一副见多识广的样子。我悄悄地跟在他的后边，想听听他对医院有什么看法："……万杰医院真是不错，病房的设施不比京沪等大医院的差。那些看病、做手术的大夫们，很多都是很有名气的专家，在北京挂他们的号也是很难的。他们的态度更好，我们住进医院就像进了家一样。可是，医疗设备上弱了些，我多次出国，看到国外有很多先进的医疗设备，要是这家医院能引进一些世界上顶尖的医疗设备，可就是锦上添花了……"

他们上车以后，我又混在了在医院大厅排队的患者中间，一边听他们对医院横挑鼻子竖挑眼，一边想着我的心事：看来，我又和患者想到一起去了，特别是刚才出院的那位患者，他说得太对了！作为顶尖的医院，不但要有好的大夫,还要有顶尖的检查治疗设备啊! 要不,巧妇也做不出无米之炊啊! 我经常说地球上任何一个点都能成为一个中心,只有进口先进医疗设备,我们岜山村这个点,才能成为一个医疗中心啊!

岜山人的脾气就是说干就干,夜里想干的事等不到天明。

在国内数十位顶尖医学权威的推荐下,我带领科技人员和经贸人员满世界地跑,按图索骥,与世界各国生产尖端医疗设备的厂家合作,不惜斥巨资,引进了经过试验证明有着不凡疗效的先进医疗设备。当我们的进口设备安装调试完毕并正式启用后,我们列了一张表,有一位美国的著名医学权威看到后,惊讶得好长时间合不拢嘴,并当场表达了要来淄博万杰医院工作的意愿。他说到做到,竟然真的来我们村里工作了好几年。

这张表是这样列的:

1993 年 8 月 27 日,万杰医院引进的我国第一台伽马刀正式启用。

1995 年 6 月,我国首次引进的 X 刀在万杰医院投入使用。

1995 年 8 月,万杰医院引进的第二台伽马刀投入使用,医院成为国内唯一同时使用两台进口伽马刀的医院。

1995 年 8 月 17 日,万杰医院引进的国内第一台高科技诊断设备派特(PET)正式启用,使我国影像学的发展达到了国际先进水平。

1996 年 8 月,引进并使用心脏激光治疗仪,填补了国内空白。

1996 年 10 月 14 日,从美国引进的我国首台立体定向放射治疗设备——光子刀投入临床使用。

1998 年 8 月 7 日,从德国引进的我国首台诺力刀启用。

2000 年,引进肿瘤治疗设备 MM50,填补了国内空白。

2001 年 4 月 28 日,国内首台高智能伽马刀投入使用。

2002 年,引进国内首台质子刀。

……

我不想在这里一一列举了,大家只要看看医院里拥挤的患者,看看一床难求的病房就明白了。自万杰医院开诊以来,不仅有江浙沪的病号,还有京津冀的患者,更有东北三省的病人前来就诊。就是交通多有不便的云贵、川藏等地,亦不乏患者前来……另外,新加坡、荷兰、俄罗斯等国家的患者,更是慕名而来……当然,颇有说服力的是,格鲁吉亚共和国的卫生部部长,通过他们国家的卫生部门联系,把他患病的外孙不远万里送来万杰医院做手术……仅1994年一年,实施伽马刀手术的病人就超过了两千例!虽说数字是冷冰冰的,但是充分说明了问题。

我一直认为,地球上的任何一个点都可以成为一个中心。今天,岜山村这个点,因为万杰医院的医学权威加上高科技设备,倒真的成为一个中心了。

就在万杰医院红火得不行的时候,我却忧心忡忡了。

这不是杞人忧天,更不是所谓成功者的矫情。

记得那是一个深秋的下午,整个天空阴沉沉的,空气里好像还有丝丝细雨。俗话说,一场秋雨一场寒。别看这小雨若有若无,却使天气一下子凉了下来。

事情也是凑巧。

那天,我陪几个北京来的大夫吃完午饭,往办公室走着,路上突然想去看看病中的本家五婶。五婶得的是胃癌,发现时已经是晚期了。在我们的合资医院里,北京的专家给她看过了,高端的医疗设备也用过了,目前在家里进行恢复治疗。刚走进她的家门,我就听见北屋里传出了五婶的呻吟声。那声音高一阵低一阵,短促而凄凉,让人听了揪得心尖子疼。我轻轻地坐在她的床边,攥着她那干瘦的手,小心地询问着她。老人家虽然年龄大了,但是很要强。她使劲理了理披散的头发,在我面前极力保持平静,怕我看到她难受的样子。但是疾病引起的疼痛一阵阵袭来,疼得她龇牙咧嘴。我说你想喊就喊出来吧!只听她嗷的一声,吓得窗外石榴树上的麻雀扑棱着翅膀飞跑了。她的声音里充满无限的凄凉,我禁不住泪眼婆娑。当时我就想,用中医医治会怎么样呢? 要不要进行一下人文关怀?

在那个秋雨连绵的午后,我想了很多。

紧接着就是我的表哥李谦民,他患了脾癌,已经转移到骨头上了,是去美国就医时查出来的,又在我们万杰医院用派特确了诊。他各种先进医疗设备都用过了,还是在家里疼得夜里睡不着觉,搅得一家人跟着受罪。他还有个毛病,看见那几大碗中药汤就犯晕,一喝就吐个天翻地覆。后来,我另给他找了中医,按照母亲教给我的方法,用了大半宿的时间,在医院的煎药室里把中药熬成了"膏剂"。一小杯水灌进去,表哥终于睡了患病以来的第一个好觉。

还有,我爱人吕翠珍的姨妈患肝癌,姨夫患胃癌,所有先进的医疗设备都用过了,最后还是双双撒手人寰……

钱花了,罪受了,人走了,这似乎是普遍结果。在高科技医疗设备这副鲜嫩华丽的外表下,也隐藏着一片浓重的无法驱赶的阴影。记得上中学学方程式的时候,老师说有的方程有好几个解,而个别的方程却是无解的。难道,这种阴影也没有解吗?

怎么办呢?

我又一次惶惑了!

但我在探索。探索是有趣的,因为每一步都是新鲜的;探索是刺激的,因为每一步都是未知的;探索是痛苦的,因为每一步都可能是黑暗的;探索是危险的,因为每一步都可能踏进陷阱里……就这样,我不屈服、不后退,迈开大步往前闯。

也许,走过许多"山重水复"之后,我的"柳暗花明"就在下一步呢!所以,我不后悔,更不退缩,我要义无反顾地向前走去。

第十六章 想找弗洛伊德解梦

那天夜里,我连着做了两个梦。

一个是吓出一身冷汗的噩梦。

一个是暗示缘分的无法解释的梦。

记得应该是 2012 年 9 月 15 日。那天,是万杰医院成立二十周年的纪念日。可以说,二十岁的万杰医院就和二十岁的年轻人一样,充满着朝气和实力。医院里配备了伽马刀、质子刀、光子刀、X 刀等先进医疗设备。即使在发达的西方国家,也没有一家医院能配备得这样全面。尤其是质子治疗系统的引进,从酝酿到引进建成并投入使用,整整耗费了十年时间,创下了世界第四台、中国第一台的纪录,它至今依然是国内尖端医疗的一个标志符号。

纪念日的庆祝活动搞得隆重而热烈。

我穿梭于鲜花和彩门之间,充耳的是欢声笑语;我忙碌于送往迎来之中,看到的是欢天喜地;我应酬在推杯换盏之时,满眼的灯红酒绿……领导认真的肯定,患者极力的推崇,专家严肃的认同,无不为万杰医院增添着新的神话……

但是,不知道为什么,我心里总是觉得不踏实。

晚上的仪式结束后,我客气地告别了专家、领导、记者等一大帮朋友,急匆匆地往家里赶。

呜呜呜——

突然,我耳边传来了一阵女人的哭声,那是一种有教养的轻轻的哭声,压抑中充满无尽的悲哀,内敛中催人肝肠寸断。我抬头一看,自己已经走到了医院的大厅附近。似乎连想也没想,一股发自内心的责任感,催促我迅速走到了那个女人的身旁。谁知道那个女人好像发现了救命的稻草一样,扑通一声跪在地上,死死地攥住我的手,急切地说道:"孙总,我认识你,你是孙总。快救救我丈夫吧!"

"你是……"

"我是周总给你打电话介绍来的……"

我一下子想起来了。她的丈夫是经营贸易的,据说家产有几个亿,才四十来岁就患了癌症,而且是晚期。当时医院床位紧张住不下院,正好那天有个患者病愈出院,他就住进来了。他刚住院时,我下班后还买了束鲜花去看望他呢!后来由于去日本考察一套医疗设备,就没再去看他。想到这里,我禁不住一阵内疚,关切地问道:"现在病人咋样了?"

"情况是这样的。"女人平静下来了,慢慢地向我诉说着,"你安排了最好的大夫,给他做了最先进的调强放疗。手术效果还不错,但是因为是晚期,已经扩散了,现在正在化疗。医生说由于扩散得太多,什么设备也无济于事了,坚持不了几天了。身体不行了,钱再多还有啥用啊?不就是一堆废纸吗?呜呜呜……"

说着,她又开始抹眼泪了。为了安慰她,我拉着她的手,和她一起走到了病房里。几天不见,病人已经明显地消瘦了。和他聊了一阵,又说了一些祝福之类的话安慰他之后,我便出来了。没想到他的爱人又跟着我出来了。正在我不知道说啥好的时候,她又开口了。看她那神情,既像是向我倾诉,又像是在自言自语:"事到如今,我也不怕露富了。孙总,我们家里有几个亿,可如果人没了,留着钱还有什么用处呢?你和医院里说,大胆地花就是了!只要能治好他的病,花多少都行……"

听了她的话,我的情绪更低落了。又是一个五婶似的事,又是一个表哥似的事……这几天来,关于这种事的思考已经压得我喘不过气来了。这个女人的话,又在我心里压上了一块大石头。告别她之后,我心情更加沉重地往家里走去。

爱人吕翠珍见我情绪很反常,却又怕耽误我睡觉,几次欲言又止。我草草地洗漱完毕,就忙不迭地倒头便睡。谁知道屋漏偏遭连阴雨,当我想好好睡一觉的时候,却做了大半宿的梦,把我折腾得够呛。

上半夜的梦是我刚刚入睡的时候做的。梦里出现了很多人,好像有我的五婶,还有我的表哥李谦民,还有我爱人的姨妈、姨夫等,反正都是些患了癌症,治疗无效后痛苦去世的人。在梦里,我好像要和他们去一个很远的地方,而且是一个很美好的地方。走着走着,突然刮起了大风,晴天丽日一下子不见了,只剩下乌云滚滚和飞沙走石,我们谁也看不见谁了。但是,在黑暗中,我仿佛听见他们凄厉的高喊声:"我不想走啊……启玉,救救我啊……"远处好像有一个无底的黑洞,他们慢慢地往里边坠去。

"啊——"

我大呼一声醒了过来。吕翠珍一边问我咋了,一边要给我倒水安慰我。我醒过来以后,发现自己的双手捂在胸膛上。这时我才想起了老人们常说的,手压着胸膛会做噩梦,我下意识地把手移开了。我忽然打了一个激灵,感觉到自己浑身布满了冰凉的汗珠,一个个地挤成一块,冷得要起鸡皮疙瘩。

谁知道,后半夜我刚刚睡着,又开始做梦了。

我梦见了母亲,好像还有从未谋面的姥娘。在梦里,母亲和姥娘都很年轻,她们都穿着蓝色的粗布裤褂,好像是在村后的大尖山上采集着一些中药似的花花草草。大尖山上云雾缭绕,绿色的山尖忽隐忽现,很多鸟站在云端,愉悦地鸣叫着。一会儿,母亲和姥娘像南方的采茶人一样,很轻松地采着中草药;一会儿,大尖山又好像变成了一个大火炉,母亲和姥娘在那里咕嘟咕嘟地熬着中药……最后,母亲用了她的秘方,一大锅草药熬成了半茶碗"膏剂"。顿时,一阵奇异的香味在天地间弥漫开来……我似乎是醒了,但我还是使劲地嗅着空气中的香味。吕翠珍以为我走火入魔了,在我的胳膊上使劲扭了一把,我才真正清醒了过来。

我扭头望望窗外,天还是黑乎乎的。

经过两次这样的折腾,我睡意全无。我为啥做了这么两个梦呢?这两个梦昭示着什么呢?都说梦是心头想,在今天的庆祝仪式上,我的确想了很多,有时候甚至心不在焉。我索性披衣下床,来到书房,在书橱里扒拉起来。忘记了是在哪个机场候机的时候,百无聊赖之际,出于好奇,我从候机厅的书店里买了一本书,即弗洛伊德的《梦的解析》。当时没翻几页,就匆匆登机了。今夜我终于又找到了这本书,就坐在写字台前胡乱翻了起来。

突然,书中的一句话跳入我的眼帘:"梦的内容是由于意愿的形成,其目的在于满足意愿。"我死死地盯住这句话,看了好长时间似乎有所触动,又似乎不知所云。又翻了几页后,我就看不下去了,好像脖子里落了一层锯末,难受得很。我一下子想起了周公解梦,想起了周公解梦里那些具体的例子,想起了里边十二大类的梦境解析。我想,中国有周公解梦,外国有弗洛伊德解梦,他们又没到人们的梦境中去过,咋知道人们的梦是啥意思呢?我耐着性子翻着那本《梦的解析》,直到两只眼睛发涩,才把书丢到了一边。

天亮了,我带着这些疑惑上班去了。

昨天的纪念仪式结束后,有几个记者留了下来。今天,他们要对万杰医院进行深入采访。为了陪他们吃早餐,我快步往餐厅赶去。当我赶到餐厅门口的时候,听到几位记者在餐厅里激烈地争论着,听口气各不相让:"人吃五谷杂粮就得长病,不长病才怪了呢!长了病,就得看病。对患者来说,医疗设备越先进越好。"女记者的声音清脆。

"先进的设备就能包医百病?"男记者浑厚的声音传来。

"科学越发展,克服的东西越多……"

"万杰医院的高科技医疗设备够多的吧?"

"是啊!世界第一!"

"那咋还有治不好的人呢?人家孙启玉老总没有'王婆卖瓜自卖自夸',没有卖狗皮膏药,人家说得很客观。人家昨天说出了高科技设备的好处,同时也说了另外一个方面,就是说虽然光子刀、伽马刀、质子刀等高科技手段给无数肿瘤患者带来了生机,但是也有很多患者因体质较弱无法接受多次放疗化疗,还有的发现时已经是晚期,不得不承受比死亡还痛苦的束手无策的绝望……"

女记者沉默了很长时间之后,诺诺地说:"有没有啥办法让人不长病或者少长病?还有就是,实在病得不行了,能不能找到一种办法进行人文关怀?"

"你在梦游南柯呢?"男记者反唇相讥。

"说不定我能好梦成真呢?"女记者毫不示弱。

就在这个时候,我一步跨进了餐厅。记者们停下了他们的争论,向我聚拢过来,并邀请我参加他们的争论。当时我正在减肥,只从自助餐众多菜品中拣了几样青菜,就和他们坐在一起了。至于他们又争论了一些什么,我似乎是一句也没听清楚,嘴里一直在反复念叨着女记者说的那几句话:

……不长病?

……或者少长病?

……人文关怀?

忽然,这三句话就像正月十五燃放的烟火一样,一下子闪亮在我的脑海里,而且持续地发着亮光。我断断续续看过的一些书,大都随着煎饼咽下去了,剩下的几个让人过目难忘的句子,突然在我的脑海里集中闪现出来:《黄帝内经》中《素问·四气调神大论》里说的"圣人不治已病治未病",汉代名医张仲景在《金匮要略》里说的"上工治未病",唐代名医孙思邈认为的"上医医未病之病"，还有晋代葛洪在《抱朴子·地真》中说的"圣人消未起之患，治未病之疾"……说得简单一点，不就是最好的医生通过一些措施，让人们少长病或者不长病吗？古人在千年之前就这样说、这样做了，我们咋就没想到呢？咋就没这么做呢？那么，怎么才能做到让人少长病或者不长病呢？既然先贤们提出了这个命题，那么在他们留下的浩如烟海的著作里，肯定会有他们关于这方面的探索或者实践的记载。

的确，我的缘在这里等着我呢！

顿时，几天来萦绕在心头的莫名其妙的不解，梦里五婶、表哥、爱人的姨妈和姨夫那凄惨的喊声，以及母亲和姥娘熬药时那奇异的香味，纷纷涌上我的心头……我根本不用弗洛伊德和周公来帮我解梦了，因为记者们的争论启发了我，触发了我那些电光石火般的念头，我的疑惑一下子都找到了出处……

我该研究中医药了。

我谦虚地说："在座的几位都是专门报道医疗卫生的记者，你们为我推荐几本关于中医的古书吧！"他们真不愧为见多识广的记者，一会儿就给我报出了十几本书的书名。有的记者怕我记不住，还当场在采访本上写下书名，撕下来递给我。还有的记者说，等你看了之后，我们再来和你讨论，不同观点可以共存啊！

经过秘书和朋友们的帮助，好几本古医书摆上了我的案头。有《黄帝内经·素问》，有李时珍的《本草纲目》，有葛洪的《肘后备急方》，还有《曹仁伯医案论》《针灸素难要旨》……

真是摁下葫芦起来瓢。

尽管上高中时我是学习尖子，但那时候学的古文有限，面对这些用古代汉语写成的医书，我真是两眼一抹黑。这时，我又想起了我的高中语文老师、大舅，有"活字典"之称的赵蔚芝老先生，心里一阵高兴之后，接着又满脸灰暗了。

因为,老先生已经于半年前驾鹤西去了。

想起与他多年的相处,我禁不住心里一阵唏嘘。赵蔚芝老先生,的确是个大学问家。他在职的时候,曾获得过"全国优秀教师""山东省优秀教师""山东省劳动模范"等称号。1993 年离休以后,他重新拾起了以前从事的淄博文化名人蒲松龄、赵执信和王渔洋的研究,出版过《谈龙录注释》《聊斋诗集笺注》《赵执信全集》《赵执信诗集笺注》等。2012 年 3月 2 日,九十三岁的赵老先生几近于无疾而终,当时无数弟子登门哀悼,使一辈子淡泊名利的老先生极尽哀荣。当时,我正在外地出差,和合作方谈判的项目正在节骨眼上,很难分身回来。我只好在夜里为他点了三炷香,朝着家乡的方向,泪眼婆娑地磕了三个响头。

我最亲的、最好的古代汉语老师不在了,实在没办法,我只好病急乱投医,采用了三个最笨的办法。一是买了一本《古代汉语字典》,遇到不理解的词就从里边查;再就是从公司里找了一个多少懂些古汉语的老师,打电话、发信息或者当面请教;第三就是把很多不懂的字、词和句子,写在一个本子上,到我们的医院里,请那些从北京来坐诊的专家给我讲解。就是用这些笨办法,我还磕磕绊绊地读完了一些医书呢!

人就是这样,看书多了,脑子里沉淀的东西厚了,就开始瞎琢磨事。说得好听一点,就是开始思考问题,开始对学过的知识进行融会贯通,开始对一些观点进行鉴别,甚至开始形成自己的观点……那些日子,我就像着了魔似的。"中医药"和"西医药"两个词,与五婶、表哥以及爱人的姨妈和姨夫掺和在一起,不停地在我脑子里跳来跳去,跳得我烦躁不安……有时候黑暗中,似乎有一束亮光,好像要引导我走过去;有时候,无边的黑暗淹没了所有的亮光,又让我无路可走,让我觉得绝望至极……

这种感觉,不身临其境是无法体会的。

记得那是一个万籁俱寂的深夜,所有的人应该都睡了吧?我没有开灯,独自坐在高楼的客厅里,望着窗外黑黢黢的大幕出神。天幕上没有月亮,只有密密麻麻、明明暗暗、大大小小的星星嵌在上面。正对着我窗子的,是一颗特别明亮的大星星。我叫不出它的名字,只是看它亮得有些与众不同。不知道为什么,我一直盯着这颗星星。墙上的挂钟响了好几次,我还在盯着它。虽然眼睛盯着星星,但我脑子里还是想着中医中药、西医西药以及五婶、表哥等,心中还是记挂着那一桩桩、一件件令我困惑不解的事。盯星星时间长了,在觉得自己有些可笑的同时,我想起了明代著名思想家王阳明通过"格"竹子明事理的故事。

大概是 1489 年的秋天,王阳明带着妻子从江西南昌回浙江余姚老家,途经上饶时,特意去拜访了闻名遐迩的大理学家娄凉,并就一个久久萦绕心头的问题向娄凉请教:"人怎么才能成为圣贤呢?"

娄凉告诉他:"你首先要锻造自己,使自己成为内圣的人,然后才能去做圣人的事。"

王阳明又问:"怎样才能成为内圣的人呢?"

娄凉说:"格物致知。"

"何谓格物致知?"

"这是朱熹理学的治学方法,也是成为圣人的唯一方法。就是面对着你所不知道的物时,你要通过一切方法把它弄明白。世间的一草一木都有自己的道理,你要想办法把它'格'出来。弄通了之后,你就是圣人了。"

王阳明觉得娄凉说得很有道理,便诺诺而退。回到家以后,他想照着娄凉说的去做。"格"什么呢?看庭前长着一丛茂密的竹子,他想那就"格"竹子吧,便面对着竹子坐了下来。就这样,他每天坐在那里,目不转睛地盯着眼前的竹子。一天两天还行,到了第三天他就撑不住了,只觉得头晕眼花,意识模糊,有点混混沌沌了。我在想,那时候王阳明怎么"格"竹子呢?他天天面对着竹子,是在想竹子的长度还是重量?或者是竹子带来的风景?到了第七天,王阳明实在受不了了,生病躺在了床上。人有了病,就会胡思乱想,就会有一些平常看来奇怪的观点出现在脑子里。躺在病床上的王阳明想,每天这样"格"竹子有意思吗?能"格"出什么道理来呢？就是能"格"出个道理来，自己不喜欢，或者不承认，还不是等于啥也没有？于是，他开始怀疑朱熹的"格物致知"了。他想，能够义无反顾地向前，是一种勇敢；能够干脆利索地转身，更是一种智慧。人只有智勇双全了，才能成大事。于是，集儒、释、道之大成的阳明心学诞生了。竹子没"格"成，但是一门新的学问出来了。

尽管我的眼睛还是和王阳明"格"竹子那样紧紧地盯着那颗星星，但我那颗被王阳明征服的心早已经游到物外，拉扯着五婶、表哥、中医、西医等。我们的祖先在实践中发明了中医药，当它在治疗一些病状捉襟见肘的时候，我们又随着"西学东渐"的风潮引进了西医药。但是，1931年成立的我国历史上第一个将政府和中医联系在一起的机构——中央国医馆，又稳固了中医药的地位。现在，尽管科技在飞速发展，但是西医药也不能包治百病，我们是不是该捡拾起中医药呢？这对各有绝技的兄弟联起手来，肯定大有作为。

我找到自己的路了！心里禁不住一阵狂喜。

那位女记者说的能不能有什么办法让人不长病，不正是两千多年以前《黄帝内经》中提出的"上医治未病"之说吗？我们从电影里看到的过去城里的老药铺，门头上不都有这样一副对联："但愿世间常无病，何愁架上药生尘？"那种美好的祝愿，那种旷达的境界，追求的不正是"上医治未病"的人人健康的平安社会吗？

我的缘，在这里等着我呢！

第十七章　拼命糟蹋自己的人

我的缘分，一个接着一个，让我应接不暇，惊喜不断。

大概是 2012 年 9 月 15 日，那天是我们村办的胡大一心血管病医院揭牌的日子。为了这一天，我们和胡大一先生付出的艰辛和努力，是常人所想象不到的。我们能在村里建设以胡大一的名字为院名的医院，并没有什么复杂的原因，完全是一种一见如故的缘分，是一种君子之交淡如水的情分，是一种以悬壶济世为己任的目标的契合。

提起胡大一先生，他可是世界闻名。

人们感兴趣的，首先是他极富传奇色彩的身世。

胡大一的父母都是河南大学医学部毕业的高才生。父亲李公恕是放弃美术专业而学医的，母亲胡佩兰是河南省汝南县的第一个女大学生。胡大一先生随母姓。说起兄弟们的名字里为什么都有个"一"字，胡大一先生说，是因为父亲是猜谜语和对对联的能手，而且最喜欢和"一"字有关的字谜："上不在上，下不在下，天无它大，人有它大。"其母胡佩兰因救死扶伤、治病救人，1951 年被评为劳模，赴京参加国庆观礼，受到周恩来总理的亲切接见，邓颖超还为她亲笔题词。胡佩兰六十岁的时候开始学习日语，一时传为美谈。有一年家人带着她外出旅游，游客们认出了这位德艺双馨的老医生，在景点排起队来让她看病，她竟然一口气看了十几个人。胡大一说,不让她给人家看病,她会生气的,只好由着她了。她90多岁的时候,还坚持为患者看病。后来,她还被中央电视台评为"感动中国2013年度十大人物"。当时白岩松问她:"你最高兴的是什么?"她说:"我最高兴的是看到患者痛痛苦苦而来,高高兴兴而去……"

说起胡大一的头衔,肯定会让人目瞪口呆。他是首都医科大学心血管疾病研究所所长,北京大学心研所所长、内科主任,北京同仁医院心血管疾病诊疗中心主任,中国生物医学工程学会心脏起搏与电生理分会主任委员……他的头衔一时半会儿列不完,因为国内的和国际的加起来,据不完全统计,一共有七十六项之多。当然,他还坚决辞掉了很多头衔。

说起他获得的荣誉和所出版的专著,也会吓人一大跳。他曾经获得过多次国际国内奖励,有"联合国国际科学与和平周贡献奖"、"2005年中华医学科技奖三等奖"、第十届"中国医师奖"……他的专著两次获得国家科技进步二等奖。他的医学专著有《急性心肌梗塞直接经皮冠状动脉腔内形成术》《高血压病人药物治疗期间动态血压变化》《逆行慢传导房室旁路的射频导管消融术》等,计有数十部。

在那天隆重而热烈的揭牌仪式上,出现了一个短暂的不和谐的插曲,即在最紧要的环节,我突然走神了。

我们村成立胡大一心血管病医院,在全国卫生界引起了很大的反响。所以开业这天,我国卫生界的很多知名人士都拨冗前来祝贺。首都医科大学附属北京中医医院院长刘清泉讲话的时候,气氛尤为热烈。年纪轻轻的刘清泉先生是博士研究生导师,曾经编著过高校教材《中医急诊学》,长期工作在中医急诊临床一线,并在这一领域做出了突出贡献。同时,他还多次获得过国家和北京市的奖励。

就在刘清泉先生讲话的时候,我一直盯着他的目光突然散乱了。我只能看见他的嘴一张一合,却听不见他那明明铿锵有力的声音。到现在我也不知道,是他的哪句话触动了我的神经。就因为他是中医吗?就因为他在中医药领域里的突出成就吗?我一下子想到了姥娘和母亲,甚至想到了那位在我家族中传说了多年的白胡子老人,还有在南方的芦苇荡里为我治疗喉疾的无名无姓的少妇……我想起了我的五婶、我的表哥,还有那个有几亿元家产而给我下跪的女人……如何避免这些悲剧的发生呢?还有没有可能存在第三种结果呢?还有那天夜里,我模仿王阳明格竹子,默默地对着星星沉思的那些东西,都一股脑地涌了上来,像潮水一样,瞬间把我淹没了,我连呼吸都觉得困难起来。

世界上有没有一种"灵丹妙药"能解决这些问题呢?

这时,我想到了多年前我帮助母亲熬"膏剂"的时候她给我讲的一个神乎其神的故事。故事说过去咱淄博有一个神医,他不但医术高明,药到病除,而且很谦虚,对病人特别和蔼。他的两个哥哥也是当朝的名医。有一天,国君问他:"你们兄弟三个,谁的医术最高?"他说:"我大哥第一,我二哥其次,我最差。"国君惊诧地问道:"为什么?你不是妙手回春很出名吗?"他说:"我大哥给人治病都是在人们的病情发作之前,教他们如何调理才能不生病。由于很多人不知道自己的病在发作前就已经被铲除了,所以他的名气传不出去。我二哥是在人们的病情发作初期就给他们治好了,人们认为他只能治小病,不能治大病,所以他的名气也不大。而我是在人们的病情最严重的时候给他们医治的,大着胆子下重药,风风火火动手术,所以人们认为我的医术最高。实际上,人们治病不就是为了健康地活着吗?不治病就能健康地活着,那才是最高的境界。所以,还是我大哥厉害。"母亲讲的这个故事,我一直记在心里。直到前几年看古医书我才知道,她说的那个神医,原来就是春秋战国时期淄博临淄的神医扁鹊!

我的脑子开始走神了。古人说的"上医治未病"是一个美好的愿望,同时又是一个玄而又玄的命题。人在未病的时候,根本没有什么症状,怎么治呢?我又开始思索起来。最后,我自己的结论是,"上医治未病",首先要从人们对自己身体的认识开始。如果舍本逐末,就会把这个事弄成"玄学"了。

那么,人的身体是怎样的?从医学的角度看,人体是一个实实在在的"硬件"。从外边看,有头、颈、躯干、四肢,从里边看,大体上有心、肝、脾、肺、肾、胃、肠、膈、胆、胰等。但是,谁也无法否认,在这些"硬件"中,还有"软件"存在——如果把皮、肉、筋、骨等"生理的人"比作"硬件",那么人体的功能及其意识活动,即"心理的人"就是"软件"。在一般情况下,生理活动决定心理活动;在特殊情况下,心理活动也可以反作用于生理活动。

那么,以这些意识活动为代表的许多功能,都是看不见摸不着的,我们如何通过具体可感的实证科学来证实它们呢?还有,世界卫生组织的报告中指出,在影响人类健康长寿的六大因素中,医疗条件的影响仅占8%,而自我保健占60%。那么,人们把自己的健康百分百地寄希望于医疗,当然无异于缘木求鱼了。同时,在那个占60%的自我保健中,是不是给"上医治未病"留出了充分的空间呢?我们应该怎么填充这个空间呢?

自我预防?中医养生?饮食调理?

思考到这一步,我感觉漫天翻滚的乌云似乎稀薄了一些,透出了一束细细的亮光。难道这是"山重水复疑无路,柳暗花明又一村"的前奏吗?

差点丢人的事,就是在这时候出现的。

"下面,请邑山集团董事局主席孙启玉先生讲话!"

正当我心在天外、云游八极的时候,刘清泉院长的讲话结束了,会议主持人宣布该我讲话了。这句话,我似乎听见了,又好像没听清楚,它就像从遥远的地方传来的一丝风声,绵绵的、长长的。我把思绪拉了回来,但还是觉得周围的面孔很陌生。直到坐在我身旁的人暗暗地推了我一把,我才一个激灵醒了过来。当时我心里就想:一贯认真的我,开会走神,多少年来这还是第一次!我差点在尊贵的客人胡大一先生和刘清泉先生面前丢了大人!这个短暂的停顿也许很多人并没有看出来,随后我以十二分的热情发表的讲话,把这件事不动声色地掩盖过去了。

在杯盘叮当的午餐餐桌上,大家都在祝贺胡大一心血管病医院的成立。很多人说,能争取建立这么个医院,实在是淄博人民的福气啊!就在人们举杯相庆的时候,我的心中隐隐约约有种感觉,就是我和刘清泉院长之间要发生点什么事。因为我在持箸举杯时,还在考虑着我对"上医治未病"的理解:自我预防?中医养生?饮食调理?我认为这些都与中医药有关系,而且中医也有能力有责任挑起这副担子。天生有着一副热心肠的胡大一先生,成天以帮助他人为己任,饭桌上,他还不断地在我和刘清泉院长之间做着沟通。在我和刘院长真诚地碰杯的时候,我突然觉得眼前一亮,心头一热:我知道也许我们俩的缘分就从今天开始,关于中医的,关于中药的……

下午,那些日理万机的来宾们都走了。我热情地留下刘清泉院长,让他看看我们的几个医院,帮我们提提意见。看完之后,刘清泉院长对我们医院的总诊疗人数、出院人数、床位使用率、治愈率、好转率、病死率、住院病人人均医疗费用等几个指标非常满意,并连续夸赞说,你们真的很了不起,很多级别很高的医院都达不到这个水平。从医院里走出来,看刘清泉院长兴致颇高,我怯生生地问他:

"我们合作办一家中医院咋样?"

"你是说我们两家?"刘院长诧异道。

"对!我是骆驼住店——想高门呢!"我笑着说。

"你们医院的管理理念是超前的,你们的管理水平也是一流的。同时,你们的医疗设备配备,在国内也很少有能比得上的。能与你们合作,当然是件好事,我个人也是很愿意的。但是……"

他在说前面这些话的时候,我还喜滋滋地听着。当他说到"但是"这个词的时候,我就开始担心了。只听刘清泉院长接着说:

"但是,这么大的事,我还要回去开会研究。"

"好的!谢谢你!"

听到这里,我的心里总算是一块石头落了地,因为刘清泉院长并没有用"但是"推翻他前面的话,算是给我们留下了无限的希望。所以,送他上车的时候,我们俩的手握得特别紧,似乎双方都不愿意松开了。

今天太累了,下午送走客人之后,我破天荒地早回了家。到家之后,清净下来了,上午在会上走神时考虑的那些事又一下子占领了我的脑海。它们逼着我思考,逼着我表态,逼着我选择……没办法,我又钻进那些模棱两可、是是非非的观点中了。

我还是在考虑那些"硬件"和"软件",一直想得头晕眼花,也没想出什么明显的结果。我只是朦朦胧胧地觉得,人体内部的"硬件"和"软件"之分,不是和电脑的差不多吗?是不是可以像分析电脑那样来分析人呢?这时,儿子孙正下班回来了,我便求助于他。我让他在电脑上输入电脑、故障、硬件、软件、原因等关键词,电脑一下子弹出来了无数条信息。我如获至宝,贪婪地读了起来。一口气读了上百条信息,巨大的信息量在考验着我的综合分析和推理判断能力。

又是一个不眠之夜。我一直对着电脑聚精会神地在"硬件"和"软件"中穿梭,琢磨着它们的关系。

突然,我被自己梳理出的内容惊呆了!

计算机故障包括硬件故障和软件故障两大类,其中软件故障占所有故障的70%。另外,尽管计算机故障五花八门,甚至千奇百怪,但是也有一定的规律可循。我们不要把它想象得特别复杂,更不要盲目地动手拆卸。面对故障,一定要看明白条件,认真分析,仔细观察。要本着先外后内、先软后硬、由简到繁的思路逐一排查……

这时,我的脑子里灵光一闪。计算机70%的故障是因为软件出了问题;世界卫生组织的报告,说到影响人类健康长寿的几大因素时,认为自我保健占60%。一个是70%,一个是60%,两者之间有什么联系吗?我马上察觉到,人和电脑有很多相似之处。

人有肉体,有精神;电脑有硬件,有软件。人有世界观和方法论,电脑有操作系统和应用软件；人需要饮食提供营养，电脑需要电力提供能量；人体健康需要气血平衡，电脑运行需要电压稳定。

如果把人生病比作电脑发生故障的话，那么，我的理论就是，如同电脑故障 70％源于软件一样，人之所以生病，源于生活出错了。古人所说的病从口入，就是极具说服力的无可辩驳的证明。

软件出了问题，不能折腾硬件。

人的生活出了错，更不能一味地折腾身体。

月亮将要落下去了，毕竟快到秋分了，夜里还是有一些凉意的。妻子吕翠珍走过来给我披上毛衣，说了几句"早点休息"之类的话，就又回卧室去了。

我还在放纵着我的思绪，一丝不苟地继续着我的推理。身体是人的忠实帮手，人的一切想法都要通过身体去实现。一般来说，每个人生下来身体都是健康的。当然，极个别的情况除外，比如天生的残疾等。人体比电脑不知要复杂、精细多少倍，但人们在使用它的时候，却很少认真研究其内在规律并在乎它的感受，只是一味地让它为人的欲望服务。所以，人的身体生病，很少因为身体本身有问题，多数情况下与其主人使用不当有着极其直接与重要的关系。人的生活方式不当，缘于缺乏善待身体的自觉性；或者，本意欲善待身体，却不知如何操作，事与愿违，善待不当反成戕害。从这个角度讲，人生病，是人的生活出错的结果。病根不在身体，而在于人的使用方法。

身体是在代人受过！

不反思自己的生活问题，不改变自己的生活方式，目光只盯着身体的所谓病灶，试图通过改变身体解决疾病，这就如同看皮影戏，不与控制皮影的人沟通，却试图从屏幕上改变影像！这是典型的舍本逐末。放任自己不良的生活方式使身体闹病，是折腾身体；身体既已生病，不改变自己的生活，一味地打针、吃药、做手术、做放疗和化疗，是欺负身体。

身体作为人的忠实帮手，有忠诚的一面，也有脆弱的一面。人折腾它,它可以调整自己而顺从;人欺负它,它可以委屈自己而忍受。但是,它的顺从和忍受是有限度的。当人的欺负和折腾超出了身体极限,它就会撂挑子。短暂的撂挑子,人可以住院疗养休息;长时间的撂挑子,人就麻烦了;如果这挑子一直撂下去,人就会死。

我们要积极地预防疾病……

我们要科学地养生……

我们要通过饮食调理身体……

这些,不正是我们老祖宗留下的中医药所擅长的吗? 看来,我们必须要振兴中医药了! 在这个弯月西坠的不眠之夜里,我终于下定了决心:用中医药的温和,让人们不长病或者少长病;用中医药的敦厚,让患不治之症的患者在万般无奈之下,可以在人文关怀中有尊严地死去。从姥娘到母亲,一直到今天的刘清泉院长,这种生生不息的缘分,这种一见如故的缘分,不正昭示着我沿着这条路往前走吗? 当我打开窗子,再次去寻找夜间的月亮的时候,摩天岭的上空已经微微泛白了。

喜事来了,挡都挡不住。大清早的,树上的喜鹊便喳喳地叫了起来。一诺千金的刘清泉院长,回京不久,就给我打来了电话,说他们班子开会研究了,一致同意在我们这边建合作医院,并要我抓紧过去,和他们协商合同的具体条文。遇到这样天上掉馅饼的好事,我真是乐坏了,当天就坐高铁进京了。

之后,为了让合作医院名副其实,我们分了工,由我们村负责医院的硬件建设,首都医科大学附属北京中医医院负责软件建设。为了确保合作医院的质量,我和有关人员一共往北京跑了十二趟,不断地请示、汇报、请教、商讨等。同时,一向以严谨著称的刘清泉院长,也不厌其烦地多次派人来指导、监督医院的建设。医院装修期间,他还特别委派了他们医院的医政处长和贵宾病房的护士长,来对我们的硬件建设进行具体的指导,最后还进行了近乎苛刻的验收。待一切通过验收,达到国家标准以后,刘清泉院长才郑重地在合作合同上签了字。

　　2013 年 9 月 27 日,北京中医医院淄博协作医院正式揭牌开诊。同时,淄博博山老年病医院也挂牌开诊。这是因为省里刚刚下发了关于关爱养护老年人的文件,我和刘清泉院长一拍即合,我们的协作医院就又多了一块牌子,这也是我们共同送给老年人的一份生命大礼。

第十八章　飞机上的奇遇

认真和入迷，是一对亲兄弟。

我自从知道了《黄帝内经》里说的"上医治未病"之后，就迷上了这句话。现在最让我迷惑的，就是未病之病怎么医治。医生讲究对症下药，未病之病没有什么症状，怎么下药呢？一段时间以来，为了弄清楚这件事，我吃饭不香，睡觉不甜，有一次竟然差点在谈判桌上走了神。

我最后能弄明白这件事，还得感谢妻子吕翠珍。

那天是周末，我难得休息。小孙子见我在家，也不看动画片了，一个劲地缠着我给他讲故事。我虽然以前是公社里的故事员，讲故事也曾在全国获过奖，但是那些故事的内容并不适合孩子，我就把他推给了吕翠珍。吕翠珍看没处推了，就开始给他讲她年轻时听来的故事。

故事里说，邻村有一个刁蛮的媳妇，一直看不惯她勤劳善良的老公公。老公公吃着最差的，住着最差的，却春天拉耧播种，夏天挥镰割麦，秋天捆秫秫掰棒子，冬天上山砍柴，一年四季不得闲。即使这样，还是换不回儿媳妇的同情心。她还是对老公公横挑鼻子竖挑眼，张口就骂，抬手就打，老公公在她眼里还不如磨道里的一头驴。对恶女人的这些恶行，邻居们看在眼里，气在心里。但是，面对动不动就撒泼骂人的恶女人，邻居们也是多一事不如少一事，总是忍气吞声。有一天，气焰嚣张的恶女人一边坐在门口抽旱烟，一边骂着在门外晒大粪的老公公。突然，胡同里进来了一个摇着铜铃卖药的郎中，心怀鬼胎的恶女人就笑意盈盈地迎了上去。她问郎中有没有一种药，让人每天吃一点，时间长了就会死掉，最后还查不出来是咋回事。由于这个郎中常年在这一片转悠，对这个恶女人的恶行早有耳闻，于是将计就计地对她说，有一种药叫山药，你每天给他煮一碗吃就行。于是，这个恶女人去集上买了一大捆山药，每天"殷勤"地给老公公煮一碗吃。久而久之，老公公不但没死，反而面色比以前红润了，腿脚也比以前麻利了，连咳嗽都比以前底气足了，甚至全白的头发都变成花白的了。这时，恶女人疑惑得很：郎中不是说让他吃山药吃死吗？怎么他越吃越精神了呢？咋还有点返老还童呢？恰巧，在一个下雨天，那个郎中又摇着铜铃从胡同口经过。恶女人扔掉手中的旱烟袋，跑过去质问郎中，你说的山药咋没把人吃死，反而越吃越滋润了呢？郎中放下手中的铜铃，轻轻地笑了笑说，山药是补药，你遇到你老公公就是你的缘，好好地珍惜吧！说罢，郎中飘然而去，只剩下恶女人若有所思地站在风中……

吕翠珍讲完故事，小孙子缠着她问什么是补药，怎么补，还问了些其他的问题。但是，也许是说者无心听者有意，我好像再也听不见他们说话了，满脑子全是关于山药的问题。山药竟然这么神奇？郎中说的话古医书里有记载吗？我马上拿过案头上的《本草纲目》，急切地查了起来。故事里的郎中说的一点不假，书里还真有这方面的记载。

山药：甘，温，平，无毒。主治伤中，补虚羸，除寒热邪气，补中，益气力，长肌肉，强阴。久服，耳聪目明，轻身不饥延年。主头面游风，头风眼眩，下气，止腰疼，治虚劳羸瘦，充五脏，除烦热。补五劳七伤，去冷风，镇心神，安魂魄，补心气不足，开达心孔……

"哈哈！真不知道山药还有这么多好处啊！"

我兴奋地使劲拍了拍桌子，震得茶杯里的茶水都溢出来了。我马上又从书架上找出几本医书翻了起来。好几本著名的医书上都记载了山药的药用价值,还列举了很多种不同的吃法,以及和不同的食物搭配在一起对身体所起的不同作用。医书上记载得很详细,很具体,而且各种吃法都很好制作。

我有个多年来养成的习惯,就是偶有所悟,就马上记下来。

这还是赵蔚芝老先生告诉我的,他的原话是"好脑筋不如烂笔头"。记得他还和我说过,有一个叫作劫夫的作曲家,不论在干着什么,只要脑海里飘过一点陌生的旋律,哪怕只有一节或者几节,他就马上用笔记下来,或者夹在书页里,或者塞在衣兜里。如果手头实在没有纸,便用笔写在墙上。在他想创作歌曲的时候,便拿着本子到处找他平时写下的那些旋律,一会儿就是一支曲子。从赵蔚芝老先生告诉我这个故事那天开始,我就养成了记录自己心得的好习惯,到今天竟然记了十几个本子。我从抽屉里拿出我的学医笔记,认真地写了起来:

　　十分感谢老祖宗给我们留下了这么多宝贵财富……现在,检查身体的手段太先进了,有 X 光、核磁共振、骨扫描、CT、派特等,但是再先进的手段,也得有明显的病灶才能看得出来。很多时候,人们明明觉得很不舒服了,但是用先进的设备检查之后,却发现各项身体指标都正常,也就是说没有什么病。其实,任何事物的产生和发展都有一个从量变到质变的过程。在质变以前,往往没有或者少有可以检测到的东西。同样,任何疾病都有其产生和发展的过程。如果在它产生时就能尽早地发现,或者能通过蛛丝马迹看到苗头,那样治疗起来不就更容易了吗?这不就是古人所说的"防患于未然"吗?但是,怎么才能及早发现呢?怎么才能找到"未病"的细微证据呢?或者说,怎么才能让人不长病或者少长病呢?西医讲究预防疾病,而中医在几千年之前就提出了"医未病之病"。现在说透了,我认为也就是根据人们所处的四时不同,所处的环境不同,所在的年龄不同,所从事的职业不同,有针对性地对生活方式、饮食习惯、食物种类等加以选择和利用,有差异地去保健、去养生。我想,这也许就是"医未病"的最好方法……

古人不是说"药食同源"吗? 我认为,他们讲的就是这个道理。妻子给小孙子讲的那个恶女人的故事,就证明了这个道理! 看来,如果我想接过姥娘和母亲的家学,就得在"药食同源"上下一番功夫了……

就在这时,我开始了一次旅行。

这次旅行也是被逼出来的。

那一阵子我对医院里购买的中药材很不满意,但是市场上的中药材大多品质不佳,我也没有什么好办法。为了能找到道地药,避开中药材市场的乱象,我想在村里成立自己的中药研究所。研究所准备下设三个机构:一个是中药检测研究室,以测定中草药的优劣,保证患者在我们的协作医院里用上质量好、疗效高的中药;再一个是成立中药炮制研究室,研究我家祖传的"膏剂"的熬制,为患者治病服药提供最大的方便;三是成立中药药膳研究室,解决养生、调理等问题,也就是我们追求的"医未病"的问题,这也是我梦寐以求想要解决的重点问题。我的这个设想得到了北京一些中医药大家的充分肯定。学术权威们的支持,使我鼓起了勇气,买上机票飞赴国内著名的中药材产地和市场,一家一家地仔细考察起来。

那天,当我在飞机上找到我的座位的时候,靠近舷窗的位子上已经坐着一位老太太了。看见我过来之后,她微笑着向我点了点头,欠了欠身子,以示客气,然后又埋头读她捧着的那本大厚书了。我坐下时间不长,飞机就开始滑行,老太太便合上书,摘下那副精致的金丝眼镜,双手搓着眼睛,好像是在做眼保健操。待飞机上升到预定高度的时候,老太太又打开书本,戴上她那副精致的老花镜,一丝不苟地读起书来。

直到这时,我才仔细地打量起她来。满头蓬松的银发梳在脑后,绾成了一个橘子大小的发髻。脸色又白又细,几道细碎的皱纹恰到好处地趴在脸上。两只眼睛不见老年人的混浊和木讷,却散发着青年人那种犀利的光芒。身形不胖不瘦,有着舞蹈艺术家晚年的影子。整个人雍容中带着清丽,简约里不乏典雅。我想,这是个干啥职业的老太太?年龄大概也就七十岁左右?我好像在哪里见过她?这个念头一冒头,我就把它掐死了:天下长得相似的人多着呢!

当我无意中看见她的脖子的时候,我大吃了一惊!

我看到她的脖子右边到耳朵的地方,有一片淡红的胎记。这块隐约闪现的胎记,就像一道突然爆发的电光石火,一下子触动了我的记忆:我在哪里见过她呢?我调动全部的记忆细胞,终于想起来了。1974年,在我去上海参加讲"革命故事"比赛的时候,在一望无际的芦苇荡里,在悠悠行进的乌篷船上,不是有个少妇为我治疗过喉咙吗?那个少妇的脖子上不是也有一块红色的胎记吗?不对!按那个少妇当时四十岁来算的话,现在说啥也有八十多岁了,而看这个老太太的面相,顶多也就七十岁!

连日的奔波,使我有些疲劳。我闭上眼睛回忆往事的时候,竟然睡过去了。空姐送午餐的声音把我从睡梦中惊醒了,我歪头一看,那位老太太还在抱着那本书孜孜不倦地读着。到底是什么书让她这样着迷呢?就在她合上书页准备喝水的时候,我往书上扫了一眼,原来她看的是一本关于药食同源和食疗的书啊!追求上的不谋而合,一下子拉近了我和她的距离。

"你在研究药食同源?"我试探着问道。

"是啊!在古代,很多中药和食物是不分的。《淮南子·修务训》里就说过:'神农……尝百草之滋味,水泉之甘苦,令民知所避就。当此之时,一日而遇七十毒。'这就说明那时候是药食不分的,无毒的就可以食用,有毒的就避之。"

"对！我记得《黄帝内经·素问》中也是这样写的：'空腹食之为食物，患者食之为药物。'"因为昨天晚上我刚刚看了这方面的书，所以在我自认为是知音的她面前现学现卖起来。听了我的这句话以后，她竟然扭头看了我一眼。这时，我更清楚地看到了她脖子上的胎记。

"在食疗这方面，《黄帝内经》的记载非常清楚。"可能是她看我对中医也略知一二，所以谈兴更浓了，"《黄帝内经》上是这样说的：'大毒治病，十去其六；常毒治病，十去其七；小毒治病，十去其八；无毒治病，十去其九。谷肉果菜，食养尽之，无使过之，伤其正也。'对于食疗，这里已经说得再清楚不过了。"

"前辈真是博学啊！"

我逐渐明白了她的身份，她肯定是一位学富五车的老中医。我开始向她请教起来："据我所知，人们在学会使用火之后，开始烹饪食物和食用熟食，这时候食物和药物才分开了。但是，有些东西是根本分不开的，比如绿豆、山楂、核桃、杏仁、南瓜子等，它们既是食物，又是药物，其作用并不亚于中药。那么，我们能不能根据每个人不同的身体状况，合理搭配这些东西，做成各种成分不同的药膳食用，让人们少长病或者不长病呢？"

我一口气说了这么多，她还是眨巴着眼睛认真地听着。说完之后，我急切地等待着她的反应。

老太太若有所思地闭上眼睛，竟然将头靠在座位上，长时间没有说话。

"你是老中医吧？"我试探着问。

"我行医六十多年了！"她的声音很轻。

正当我以为是我的唐突得罪了她的时候，她开始回应我了："你说得很有道理。现在，中西医都讲究预防疾病，而中医的预防，就是遵循自然。从这个意义上讲，每个人都是自己的神仙。需要注意的就是，根据每个人不同的体质，找其所宜，避其所忌。人们的体质大体分为三种，一种是燥湿证体质,一种是寒热证体质,还有一种是实虚证体质。食物呢?有补泻性质的,有温良性质的。所以,用药膳进行食疗,也需要对症啊!"

老太太的这番话,一下子说到我的心里去了! 这么多天以来,我就是这么想的。但是没有一个懂行的高人给我肯定,我总是觉得心里不够踏实。一位有着六十多年行医经验的老中医对我的想法进行肯定,让我心里的一块石头落了地:这么好的事,回去我马上就干! 我要利用多年来积攒的人脉,特聘高级专业人才,成立中药药膳研究室,为"上医医未病之病"创造一个平台。

突然,飞机遇到了气流!

我多年来一直坐着飞机满世界跑,也多次在空中遇到过气流,但是像这次这么大的气流,还是第一次遇到。先是给一个老年乘客送水的空姐惊叫一声,手中的托盘和水杯翻到地上去了。紧接着,随着飞机的剧烈颠簸,很多乘客都尖叫了起来! 说实话,我心里也有点慌。我紧了紧扎在腰上的安全带,两只手紧紧地抓住扶手,两只脚使劲地蹬着地板……

当我扭头看那个老太太时,我真的惊呆了!

只见她不紧不慢地合上那本厚书,把书紧紧地抱在怀里。她那微闭的眼睛似张似合,神态十分安详。周围那些骇人的惊呼和号叫,好像都与她无关似的。好一个处变不惊的老太太! 这样的紧张和慌乱,大概持续了十秒钟的时间,飞机冲出气流之后,一切又归于平静,我的心情也从紧张中放松下来。我扭头再看老太太,只见她满头银发一丝不乱,早已经戴上金丝眼镜,捧着那本书又读了起来。

"你刚才好镇静啊!"我忍不住感叹起来。

"我已经入定了!"她轻轻地说道。

"入定?"我不解。

"是啊! 我刚才不知不觉地就进入了那种状态。"

"什么是入定啊?"

"这是个佛教术语,也就是进入了禅定。我当时的呼吸很细微,心念也很细,甚至从精神到肉体都有一种平安快乐的感觉,周围的嘈杂慌乱,都离我很远很远。"

对于她的话,我似懂非懂。其实,我真正关心的并不是什么状态叫"入定",而是近四十年前,是不是她给我治的喉咙。想到这里,我还是试探着问她:"敢问先生高寿啊?"

"哈哈哈……今年是我的米寿之年啦!"

"你已经八十八岁了?"我大吃一惊。

"你看不像吗?哈哈哈……"说着,她又哈哈大笑起来。她的笑声像银铃似的,甚至还有童声的成分,真让人不敢相信。过去只是从书上看到过"鹤发童颜"这个词,今天,我可是真的见到鹤发童颜的人了。我继续试探着问:"1974年,你在芦苇荡里给一个年轻人治过喉咙吗?"

"1974年?芦苇荡里……"

"是啊!就是大讲革命故事的那一年……"

"记不清了。我行医六十多年,治疗了无数的病号。不管是芦苇荡里,还是船上、车里、飞机上,有病号我就治,治好了就忘了。你一下子问我一个四十年前的小病号,恕我想不起来了……"

看事已至此,我只好作罢:

"你这次出来是……"

"啊,一家医学院要我去讲课。"

"你这么大年纪了,没人陪同?"

"哈哈哈……我年纪大吗?如果老祖宗留下的'上医医未病之病'这门学科研究好了,人人都会和神仙一样,活个一百多岁不成问题。按这个年龄算,我还是个中年人呢!哈哈哈……"

"老先生,你研究中医,又有这么高的医道,是家学传承的呢,还是你后来上医学院学的呢?"

"这很重要吗?"她笑着问。

"嘿嘿,我只是想知道而已。"我说。

"当然是家学传承了!我爷爷就是我们那一带水乡里著名的中医,经他的手治好的病人,数也数不过来。他只要用手触到病人的脉,便能说出病因,八九不离十,所以人家给他起了个外号,叫'一手神仙'。有一年,下了大雨,我们的村庄被洪水淹了,很多人都被洪水冲走了,包括我爷爷。从此之后,他就像泥牛入海一样,多少年也没有音信。"

"一直没有消息吗?"我问。

"后来,一些曾被他治好的患者,自己组织起来,边打听边顺着水流的方向往北方去找他。几拨人都回来了,我爷爷也没有被找回来。再后来听了个信,说他在山东一个盛产陶瓷和琉璃的地方,落魄得蓬头垢面,被一家好心人搭救了……但是,由于这样的信息太多,家人也分不清真假了,也就没再外出寻找……"

她说到这里,我一下子想起了姥娘救的那个白胡子老头欧阳嘉木!难道真的这么巧吗?我心里一阵激动,突然产生了一种千年谜案即将真相大白的感觉。我没再多想,便冒冒失失地问道:"你爷爷是不是长着白胡子啊?"

"哈哈哈……你这个冒着傻气的年轻人,老头哪有不长白胡子的?"老太太说着又大笑起来。

"你爷爷是不是叫欧阳嘉木啊?"

"欧阳?"

"是!"

"我们不姓欧阳。"

老人家一句话封死了口,我也就不便再刨根问底了。也许,天下太平之后,人家又改回原来的姓氏了呢?也许这本来就是不挨边的事呢?想到这里,我开始为自己的冒昧自责,从心底里觉得对不起人家。对一个八十多岁的老太太穷追猛问,是很不礼貌的。

飞机又开始颠簸,我们中断了对话。

　　我突然想，会不会真有一只大手在安排着人世间的事情？我的姥娘救了她的爷爷，她又为我治好了喉疾，让我得了奖。可是，这个老太太什么也没承认啊！她没说是，也没说不是。每到关键时刻，她都是用一阵充满童声的大笑结束谈话⋯⋯

　　因为这次旅行，我越来越相信缘分了。我选择学医是缘分，我选择中医更是缘分中的缘分！

第十九章　红娘子上重楼连翘百步

真是一波未平一波又起!

有些事情让人困惑,有些事情使人尴尬。

我有个十几年如一日的习惯,就是每天早起,并在早饭之前在几个医院里巡视一遍。一是慰问一下值夜班的医护人员,顺便看看他们还有什么需求;再是听听住院患者的反馈,查找一下管理中的漏洞,看能否为患者和医护人员做点什么。

因为我经常到医院里巡视,所以住院时间稍微长一点的患者,大都认识我了。那天早上,我刚刚走进医院的大厅,一位患者的陪护人员就迎着我走了过来。他走到我跟前,把一张药方递到我的手里,带着一丝怀疑的眼神对我说:"孙总,这是我老伴的药方。"

"你说仔细些,咋回事啊?"

"你们协作医院里那些北京来的老大夫太好了,医道太高明了!我老伴上一次患病,到处求医问药不见效果,来到这里一服草药就痊愈了,我们村的人都认为他们是神医。这不,一年后她旧病复发,我们又来住院。还是那个病,还是那位和蔼可亲的老大夫,开的还是那服药,吃了好几次了,咋就不管用了呢?"

听了他的话,我的心一沉。说实话,这不是我第一次听到这样的反映了。北京中医医院淄博协作医院自开诊以来，北京那些德高望重的名医以救死扶伤为己任的谦逊态度，赢得了患者的高度赞誉。就这样，医院被一传十十传百地传开了，一时间声誉鹊起，登门求医者络绎不绝……正所谓一阴一阳之道，好事和坏事总是相辅相成的。协作医院开诊这么长时间以来，治好的病人不计其数，当然投诉也慢慢地多了起来。医生是名医，处方没问题，但是落实到患者身上，却是有时管用，有时不管用；或者在这个患者身上管用，在那个患者身上不管用。这是为什么呢？这里边有什么蹊跷呢？怎么办呢？

正在这时，又发生了一件事。

我的一位好友，患病已经半年有余，多次求医问药无果，最后无可奈何地给我打电话，要来协作医院看病。我电话里邀请他马上来，因为这几天北京中医医院的专家就在这里坐诊。他过来之后，我放下手中的所有工作，陪他去看大夫。时值中秋，天气尚热，他却穿着棉衣，汗流浃背而不觉。他对大夫说，他在当地的医院曾经服用过桂枝汤，服用三分桂枝便流开了鼻血，当地大夫就不敢再给他用药了。我们协作医院的大夫为他诊脉后，发现他脉象浮弱，诊断为伤寒桂枝汤证。于是，大夫大胆地用桂枝汤原方，并将主药桂枝加量至 21 克。朋友的女儿略懂中医。她认为在她们当地的医院里，服了三分桂枝便流鼻血，这里一下子开出了21 克，那还了得？这不是要命的事吗？但是，老中医给她讲解了《伤寒论》里的论述，还援引了一些经典实例，最终说服了她。连我的朋友也没想到，他回家煎服此剂，不日便痊愈了。

这下可不得了了。这位朋友回村后逢人就说，邑山村来了神医，简直就是妙手回春啊！他被神医治好病的事一传开，连他们周围村子里的人都深信不疑，就像三月三赶庙会似的来了。但是，医生看病症看得准，说病情也说得对，开的方子也不错，可就是对有的人管用，对有的人不大管用，甚至根本就不管用！我的这位朋友素以诚信为立身之本，看到他介绍来的患者的治病情况，便坐不住了。那天，他特意来到我的办公室

191

里,吞吞吐吐,欲言又止。不用他张口,通过他的举止,我便知道他此次来的目的是什么。其实,我的疑惑和沮丧并不比他的少多少。这件事等于当头打了我一闷棍,让我眼前冒金星,满脑子里理不出个头绪来。

在那些日子里,我每天只做两件事。一是召开"诸葛亮会",组织医护人员查原因、挖根源、出主意、想办法。二是把自己关在办公室里,从古医书里获取营养,从网上获取信息,然后艰难地制定着尽可能正确、完美的应对方案。

当我们召开第九次"诸葛亮会"的时候,大家的分析越来越透彻,找出的问题越来越集中,意见也越来越明确。在总结大家的意见并分析完所有可能性后,我的脑子里突然灵光一闪:"药?"

"药?"大家先是疑惑。

"药!"大家又异口同声地肯定着。

"对! 问题就出在药上!"

我像是在自言自语,又像是在应和大家。一会儿,大家似乎恍然大悟了,纷纷议论起药房里的药来,还有的老中医是带着自己开的药方来参加讨论的。他们对照着自己不同时期开出的不同药方,慷慨激昂地说着药材中存在的问题……随着大家的议论,问题更加明确了:患者投诉的问题,大多是药材造成的。一般来说,患者去看中医,能遇到一位既富学理又有丰富临床经验的老中医,那就是其幸运。但是,医生开出的药方再好,它也不能治病,治病的是药。然而,再好的药,如果人们的炮制方法不对,也是瞎子点灯——白费蜡! 还有,即使是如法炮制的药,也讲究先煎后下、包煎、另煎……

找到问题了,人命关天的大事,不能耽搁! 第二天,我就推掉所有原来计划好的工作,马上组织起专业团队,到全国几个著名的中药材市场去考察。事先,我们通过查资料得知,全国有名的中药材批发市场有十七个之多。要是一个一个去考察,说实话,我们的时间的确是个问题。于是,经过筛选,我们第一批考察的目标是中国的四大药都——安徽亳州、河南禹州、河北安国和江西樟树。

我们第一站就来到了安徽亳州。

到达亳州中药材市场的时候，正好是上午十点左右。陪同我们的人员介绍说，亳州在明清时期就是我国著名的药都。这里是汉代名医华佗的故乡，中医药的气氛一直十分浓厚。特别是清末的时候，亳州这个地盘上药商云集，药栈林立，药号巨头密布，经营的中药材达2000多种。清朝的文学家刘开写过一首诗，诗云：

　　小黄城外芍药花，
　　十里五里生朝霞。
　　花前花后皆人家，
　　家家种花如桑麻。

由此可见，当时的亳州人就已经大规模地种植中草药了。现在在我国的《药典》里，冠之以"亳"字的，就有"亳芍""亳菊""亳桑皮""亳花粉"等。在药材市场门前一下车，我们就被这个中药材市场的规模震惊了：市场占地400余亩，里边有1000多家经营中药材的店铺。在32000平方米的交易大厅里，有6000多个经营摊位。据说，这个中药材市场年交易额达100亿元左右，而且这里还是我国的中药饮片出口基地。支撑这个交易市场的，是亳州800多个中药材种植专业村，那里种植着400多种中草药。

在这个市场里，我们几个人这里逛逛，那里转转；这里听听，那里看看……因为我们的任务就是考察，我们必须通过自己的努力，摸到中药材市场最基本、最真实的情况。

我们的奇遇就发生在这里。

我的缘，圆我一生梦想的缘，就是从这里开始的。因为我是在这里第一次听到了金世元老先生的大名，也是在这里奠定了我今生和金老先生浓浓的不解之缘。最后我历尽艰难曲折,六十六岁时拜已经八十九岁的他为师,成为他的第四十一位弟子,都是从这里开始的。

我们在这里一逛就逛到了下午两点多,直到肚子咕噜咕噜地叫开了,我们才恋恋不舍地出来找吃饭的馆子。为了下午能再多逛几个店铺,我们每人只点了两个火烧,外加一碗稀粥。我刚要吃饭的时候,听到坐在邻桌的一老一小在嘀嘀咕咕说着什么。老人看上去七八十岁的年纪,稀疏的白发梳拢到脑后,穿一件深色的中式对襟褂子,五个黑布盘成的扣子系得严丝合缝,一条宽松的灯笼裤恰到好处。打眼一看就知道,此人肯定是来逛药材市场的老中医。年轻人像是他的徒弟,一直为他端碗递筷子,还不时地轻轻点头附和着他:"唉! 现在的药材市场,太需要金世元来看看了!"老人说道。

"您说的是北京那个老先生?"年轻人问。

"对,除了他还能有谁呢?"

"听说他很神?"年轻人试探着问。

"岂止神,简直就是天下第一大仙啊!"老人叹道。

"我听师父您多次说过这个人了,在您眼里,他简直就是个活药典。您佩服的人有,但是不多,您为啥对他佩服得五体投地呢? 他到底神在哪里?"

"在中药面前,他简直就是火眼金睛! 为了考察我国中草药的野生和种植情况,金世元前后用了二十年时间。从我国北部的黑龙江省到南部的海南省,从黄沙漫天的敦煌戈壁到四季湿润的西双版纳,他的足迹遍及祖国的大江南北。他带领学生们跋山涉水,翻山越岭,风餐露宿,夜以继日。我国所有的中药材资源分布情况,我国所有的中药材种植技术,统统装进了他的心里。"

"记得您说过他还有很多绝招呢!"

"是的! 中草药的事,谁也瞒不了他。用纸包好的草药,他一闻就知道里边包的是啥药,还能闻出药的质量来;几堆同样的中草药摆在那里,他一看就知道哪一堆是哪里产的,并且他说的产地能精确到哪个省哪个县的哪条山脉。还有人说,他还能说出药材是产自山脉的阳坡还是阴坡。这就是传说了。所以,只要一听说金世元来到某个药材市场,个别卖假药或者卖质次价高药材的人,马上就会关门歇业!"

"简直就是神话传说啊!"年轻人啧啧称赞。

"千真万确!"

"现在的药材市场……"年轻人欲言又止。

"就该让金世元这样的明白人来狠狠地整一下! 要不然,以次充好、以假乱真的事把老百姓坑死了!"老人咬牙切齿地说。

我们几个人听他们说话,早已经忘了吃饭。手中的火烧凉了,碗里的稀粥也没了热气,还是听得津津有味。正当我们伸着脖子继续听的时候,他们师徒二人抹抹嘴,拽拽衣襟,又一头扎进药材市场里去了。直到这个时候,我才猛然惊醒。

金世元是人是神?

他到底是谁?

带着我们协作医院里那些难解的问题,带着这次奇遇生出的不尽疑惑,带着对中草药市场说不清道不明的复杂情绪,我们又驱车奔向下一个目的地——江西樟树。

我们到达樟树的那天,正好是农历四月二十八,也是那里一年一度的全国药材交流大会召开的日子。交流大会为什么定在这一天呢? 因为这一天是唐代名医孙思邈的生日。什么时候定的? 据说在明朝初年就定下了。一千七百年以前,樟树就是我国最大的药材集散地之一,还有"药不到樟树不齐,药不过樟树不灵"的美誉。樟树绵延一百多公里的阁皂山地肥水美,草木丰茂,盛产各种药材,动植物及矿物药材多达百余种,简直就是一个天然的药场。早在东汉的建安时期,道家张道陵、葛仙翁等就选中了此处修炼。他们在这里采药炼丹,传授炮制之法。后来,葛仙翁的孙子葛洪,总结了多年行医的经验,编写了我国第一部临床急救手册,即八卷七十篇的《肘后备急方》。据权威资料记载,屠呦呦获得诺贝尔医学奖,是因为她发明了治疗疟疾的青蒿素,拯救了几百万人的生命,而她的发明灵感,就来源于《肘后备急方》卷三所载的一个偏方:"又方,青蒿一握。以水二升渍,绞取汁。尽服之。"

唐宋时期,樟树药业更加发达,采药卖药者常年云集于此,店铺、药材行、药庄鳞次栉比,并且辐射到周围几省。特别是明朝初年,药王庙建起来之后,就把孙思邈的生日这天作为举办药材交易会的日子了。由此,樟树人采集、炮制中草药的技术代代相传,许多妙法都传了下来,不论是炒、浸、泡、炙,还是烘、晒、切、藏,都有外地人所不能及的独家绝活。直到现在,樟树还有很多古代遗留的药庙、洗药池、古寺等。

天空中下着霏霏细雨,我们打着刚买的雨伞,顾不得吃饭,急速走进了樟树药材交易市场。

这个市场在一个工业园里,建筑古色古香、富丽堂皇。经过了解,我们得知,市场占地400多亩,有店铺、摊位1500余个,16个省级行政区的人在这里进行药材交易,每天交易的品种达1000余种,每年的营业额达30多个亿。

我们一个铺子一个摊位地考察,了解药材的品种,深挖种植的情况,询问道地与否,并学着进行质量鉴别和药性分析。摊主们的药材、知识的确丰富,他们热情地给我们讲解,还拿出一些产地不同的同样的药,帮我们辨别和分析。

正当我们在一个铺子里听得入迷的时候,紧邻的一个铺子里突然传出了一个人不紧不慢的说话声。这样的说话声,市场里到处都有,没有什么奇特之处,可关键是他又说出了"金世元"三个字!我顿时就在心里想:这个金世元是药神吗? 怎么在中药材集中的地方,总有人提到他呢? 我按捺不住好奇心,对着正在为我们讲解的热情的摊主笑了笑,算是表示了歉意,提着包就往隔壁走。谁知这位摊主马上停止了介绍,一句话把我喊住了:"先生,你不就是想听听金世元的故事吗?"

"是啊!"我一个愣怔,停住了脚步。

"他的故事,我能给你讲一天!"

"你……"

这时,我的左脚已经迈出了门槛,也不好意思收回了,只好继续往外走。摊主没再强求我听他讲故事,因为又一拨客人进店了,他马上端着笑脸迎了上去,继续着他的生意。

我走到隔壁的铺子前一看,悬在门口上边的店铺字号,好像是哪个著名书法家的墨宝。进得门来,首先映入我眼帘的是一套非常讲究的红木的工夫茶具,后面是同样由红木做的药架子,上面有各种药材,不下几百种,山墙上挂着一副看上去有些年岁的对联:

红娘子上重楼连翘百步,

白头翁坐常山独活千年。

看着这幅由中药名字组成的对联,我心里想:对联的作者肯定懂中医药,要不咋能把这么多药名连在一起呢? 同时,这个人肯定有深厚的国学底子,要不咋能对仗这么工整呢? 店主是个五十岁左右的中年人,正在和一群客人喝茶聊天。见我走进来看着对联发呆,他没有站起来迎客,而是像老熟人那样招手示意我坐下,并且给我倒上一杯热茶,同时继续讲着他那个版本的金世元的故事:

"金老先生出生在京郊的农村,七个月就失去了母亲。七岁入私塾,打下了坚实的国学功底。十四岁那一年,家里为了让这个农村孩子能学一门糊口的手艺,就把他送进了北京复有药庄当起了学徒。那时候的学徒,说白了,就是伺候师父的。挨打受骂,那是家常便饭。伺候好了师父,才能到前柜认斗子,包药包,使铜缸子砸药,用药戥子称药,每天至少要干十二个小时。晚上,等师父打着呼噜睡着了,金世元才能自己看点《汤头歌诀》《药性歌括四百味》什么的。和他一起去做学徒的还有两个人,那两个因为受不了这个苦,不久便辞工回家了。做学徒的当年,金世元开始学着'炒药'。炒药是个累活,是个苦活,更是个技术活。因为灶台高,当时的金世元个子又小,每次炒药只好在灶台前垫上几块砖。即使这样,烧着、烫着还是家常便饭……

"炒药中最累的莫过于炒姜炭了。炒姜炭是先把姜切成小方块,然后放在铁锅里烧柴火加热。姜块刚被加热的时候,会冒出一股股的黄烟,并且弥漫着刺鼻的味道。这种黄烟让人咳嗽难忍,涕泪俱下,甚至连身上流下的汗水都是黄色的。等到锅里的姜被炒成黑炭的时候,冒的就是黑烟了。这时,人身上流下来的汗水都是黑色的,还带有强烈的刺激气味。但是,金世元硬生生地撑下来了。"

"炒药怎么看色泽呢?"座中有人问道。

"炒药有标准吗?"我趁机插了一句。

"那当然!"

中年店主倒掉茶壶里的乏茶,又续上自己配制的有红枣和枸杞的新茶,过滤几遍以后,给我们每个人续了一遍茶水,接着又说了起来:"药炒得是好是坏,关键要看火候。火要烧得适度,不同的药材要求有不同的火候。在掌握火候的同时,还要把锅里的药拌均匀。因为只有拌匀了,炒出来的药色泽才会均匀好看。在药庄里,师父考徒弟,往往要考炒药。考的时候,让两个徒弟一起炒,看看谁炒的药合乎标准。徒弟一边炒,师父一边问:这药为什么这么炒? 这药的功效是什么……金世元不仅药炒得好,对师父提出的问题也是对答如流,深得师父的喜爱……

"这个金世元可是个有心之人,白天师父抓药的时候,他就把每个步骤默默地记在心里,晚上躺在被窝里之后,再仔细揣摩。无论是炮制饮片,还是蒸、炒、炙、煅的每个环节,他都不会漏掉任何细节。比如炼蜜,火候应该如何掌握,师父从来不会讲给徒弟听,全靠徒弟自己眼里观察,心里揣摩,手里有数。蜜已开过,上面就会起一层泡。如果是白泡,就是水分还没有出尽;如果是黄泡,蜜就老了。"

这时店铺里闯进来一个风尘仆仆的中年人。只见那个人放下手中的行李箱,并不把自己当外人,兀自端起一杯茶水就咕咚咕咚灌了下去。他的举动引起了大家的不悦,还没等大家反应过来,店主便一个箭步迎了过去:"老同学,啥风又把你吹过来了?"

"出差路过,顺便来看看市场。"那人道。

"这是我的老同学,北京中医药大学的高才生。"店主握着同学的手,转过身来向我们介绍道,"他毕业后,一直在他导师身边工作,也算是名医了。他基本上每年都来这里一次,一是调查药材市场的情况;二嘛,哈哈哈……当然是来看望老同学我了。同时,还会给我提供很多中医药方面的信息! 快坐快坐!"

"你又给他们讲金世元老先生了?"

"当然! 他是当代药神,不讲他讲谁?"

"下一届'国医大师'评选就要开始了,据说包括患者在内的很多人联名推荐金世元老先生。看来,下一次金老先生入选,是众望所归啊!"

听到这里,大家便纷纷起身,与店主告别了,只是我还有些意犹未尽,因为"金世元"这个名字,已经深深地刻在我的心里了。从铺子里出来之后,我们用了两天的时间,考察药材,与卖药人交谈,甚至还跑到山里,向种药人仔细了解了施肥浇水的情况,特别是农药的使用情况:种药材用不用农药? 什么时候用农药? 都用什么农药? 这些农药的残留成分有没有检测或者化验的标准?

之后,我们又马不停蹄地赶到了河南禹州。

我们的禹州之行,用一句时髦的话说,也是收获满满。禹州是一个历史文化浓厚的城市,位于河南省的中部,以中医药文化、钧瓷文化和大禹文化著称。这里具有悠久的中草药种植、采集和加工历史。同时,遵古法的炮制和精良的加工是其最大的特点。自古流传在医药界的"药不到禹州不香,医不见药王不妙"的说法,就是对药都禹州最贴切的评价。听说神医扁鹊、医圣张仲景、药王孙思邈等,都曾在禹州悬壶济世,采药炮制,著书立说,并在这里留下了一串串动人的故事。在他们的身体力行下,这里的医药业得到了长足的发展。从唐朝开始,禹州的药业便开始逐步发展,到明清之际,这里已经成为我国四大药材集散地之一。新中国成立以后,这里的医药业发展进入了快车道,禹州人建成了占地300多亩的"中华医药城"。为了方便交易,这里还建设了一个21000平方米的交易大厅。

为了加快市场考察的进度,我决定把考察人员分成两个小组:一个小组就地考察交易大厅里的摊点;另一个小组直奔处在伏牛山余脉的禹州森林植物园和大红寨国家森林公园,从药材种植源头上进行考察,因为这两个地方是禹州人种植中草药最集中且最具代表性的地方。

我们在田埂上走着走着,天上突然下起了蒙蒙细雨。雨点很小,飘在空中如云似雾,遮掩得远村近树似有似无,一片片葱绿或嫩黄的药材作物时隐时现。

忽然,一阵风把云吹散,我们看见大树下站着一个披着蓑衣的老人。经过询问,我们才知道他就是管理这一片草药的人。这片地里药材的浇水、除草、灭虫、采摘等,全由他一个人负责。他热情地招呼我们到他的草屋子里避雨,还提出暖水瓶,给我们每个人倒了一大黑碗热水。由于"金世元"三个字已经成了我心里的一个结,无时无刻不在我心里打转转,所以这次还没等这位老人张口,我就放下黑碗,抹抹嘴问道:"大爷,你知道金世元吗?"

"你要打假吗?"老人警惕地问道。

"打什么假?"我迷糊了。

"现在啊,有个别人被金钱遮住了眼睛,良心早就被狗吃了。药材是治病救人的圣物啊!可是他们却昧着良心掺杂使假,简直就是造孽啊!可是,这个世界上有矛就有盾。因为有人在药材上做手脚,所以上天就派来了一个金世元。只要听说金世元到药材市场来,那些昧了良心的人,就早早收起摊子,跑得比兔子还快!"

"这么神啊?"我道。

"这个人就是神,不用说假药逃不过他的火眼金睛,就是一般的药,是不是道地药,他用眼角一扫就知道。你别看市场上那么多药,他用手轻轻一抓,就知道是哪里产的,就知道药的成色好坏。你说,那些昧了良心的人,能不怕他吗?"

"你认识金老先生吗?"

"不认识,但是我听说过。据说,1940年'北京中药讲习所'招生,金世元硬是从那么多考生中脱颖而出考中了。那个讲习所可厉害了!讲课的都是京城的中医名宿,有清太医院医官赵云卿的长子赵树屏,还有清代御医瞿文楼,杨叔澄、安斡青等一代名医也在那里授课。金世元白天在药店里干活,晚上徒步二十多里路去上课,风雨无阻。闻名天下的中医经典《黄帝内经》《难经》《伤寒杂病论》和《神农本草经》,都是用古文写的,拗口得很,金世元就采取了最笨的办法,借助字典一点一点地抠。两年后,他以优异的成绩获得了'药剂生'的资格。接着,他先在益元堂药店里从事中药调剂,又到益成药行做'大外柜',这加深了他中医药的功底,也拓宽了他中医药界的人脉。"

"你居于深山,是咋知道这些的?"我好奇地问。

"我虽然居地偏僻,但是我崇拜他,就想尽一切办法搜集关于他的资料。要不,一个种药的,还不知道当代药神是谁,多丢人啊!"

"你还知道金老先生的啥事?"

"多着呢!三天三夜也说不完。1950年,百废待兴,私营企业都在观望,都不招新的员工了。金世元为了饭碗考虑,自己搞起了药材的原材料批发。由于他深入产地购货,坚持诚信为本,买与卖都亲自经手,不要中间环节,杜绝了作弊的可能,因而迅速赢得了同行的信任。他白手起家,仅仅三年时间,就有了相当可观的盈余。在这期间,他经常回老家看望父亲。偶尔遇到乡亲们来求医问药,他都是热情相待。久而久之,一到他周日回家的日子,很多人就去他家里等他看病。

"后来,北京中医学会举办为期一年半的学习班,金世元认为这是提高中医理论水平的极好机会,便报名参加了。要知道,这可是一个高水平的学习班啊!授课的都是当代名家,讲《黄帝内经》的是卢冶忱,讲《伤寒论》的是方鸣谦,讲《金匮要略》的是宗维新,讲《温病条辨》的是申芝塘,讲《妇科学》的是刘奉五……专家讲得认真,金世元听得仔细。特别是《医宗金鉴》里的'伤寒心法''杂病心法''妇科心法'以及《汤头歌诀》等,他到现在都能原文背诵。这次的学习班,让金世元有豁然开朗之感,除了更加深入地学习了中医理论,他还掌握了不同疾病的辨证施治要点和遣药处方原则……"

听着听着,天已经黑了。我们告别了种药老人,又开始往河北安国赶。河北安国的中药材交易,从宋代开始,于明清大盛。我国古代曾经有"草到安国方成药,药到祁州始生香"的说法。这里的药材市场经营着两千多个药材品种,年经营额可达一百多亿元,我国各地及东南亚、欧美等二十多个国家和地区的商人聚集于此。

这里占地 2250 亩、建筑面积 60 万平方米、上下两层的交易市场,令人十分震撼。我们依然是白天分头考察市场,晚上凑在一起分析情况,最后写出考察报告。

就这样,我们风餐露宿,马不停蹄地奔走了近二十天,考察了我国最大的四个药材集散地,写出了几十页的考察报告。我国共有十七个中药材集散地,剩下的十三个,我们准备组成小分队陆续考察。这次考察回来后,我又和在北京中医医院淄博协作医院工作的专家们一起度过了几个不眠之夜,分析这次考察中得来的第一手资料。

真是事不说不透,理不辩不明。经过不懈的努力,我们终于把我国的中药材市场分析了一个底朝天!好的方面不说,单是问题,就有以下好几条:

一是道地药材文化的流失。道地药材,也就是地道药材,是指具有特定自然条件、生态环境的地域生产的药材。它和在其他地区生产的同种药材比起来,品质更佳,疗效更好。如在中医处方上,有许多药材前面标有"云""川""广"等字,这些大多是道地药材的标号。而现在,这种药材由于生长期长,产量低,在市场上越来越少见了。

二是炮制文化的淡漠。过去,人们为了消除某些药材的毒性,让其药性得到最大的发挥,采取了醋、姜、酒、蜜以及九蒸九晒等烦琐复杂的手工炮制方法,现在这些方法已经多半被现代工艺替代。程序倒是变得简单了,也节约了大量的时间,但是中药材的药性也相应地打了很大的折扣。

三是诚信文化的缺失。由于利益导向的作用,市场上的中药材变得良莠不齐,药材的水分含量明显偏高,质地偏软,极容易发霉变质而影响药效。更有甚者,为了保持卖相,竟然用硫黄等化学品熏制,还有的干脆干起了偷梁换柱、以假充真的勾当。

中药材市场有如此乱象,怪不得我们医院里同样的药方治不了同样的病;怪不得那些闻名全国的老中医,不知道自己的方子为什么不灵了。

原来问题都出在药上!

怎么办?

这些让人头疼不已的乱象,正在逼着我们建立自己的中药材供货渠道啊!我们必须痛下决心,为患者负责,为我们医院的声誉负责!我利用搞企业多年积攒的人脉,直接联系了多个道地药材的生产基地。我们所进的药材,必须是精选的满生长期的道地药材,首选野生药,用一级品质保证名方效果。同时,我们必须成立自己的中药材检测研究室,对所进药材进行严格检查,合格的才要,不合格的一律退回,而且再也不和该药商合作。往远了看,我们必须建立自己的中药材种植基地和饮片厂,以确保我们所用药材的高品质。

这时,国家公布了第二届"国医大师"入选名单,八十九岁的金世元作为中药专业的唯一人选荣登榜单。由此,媒体和民间同时在赞扬他,都认为他不仅是"国医大师",而且是"国药泰斗"和"活药典"。

那天夜里,我捧着报纸看了一遍又一遍。我想,如果能得到金老先生的指点,对我和我们的医院,以及每年数以万计的患者而言,那将是何等的幸事啊!

我和金老先生到底有没有这个缘分呢?

我开始拼命地查找有关金世元大师的各种资料,向同行打听、翻阅有关书籍、从网络上搜索、注意有关中医药的新闻报道等,反正我把自己能想到的手段全用上了。

第二十章　曾有神农尝百草

妻子吕翠珍说我那几天魔怔了！因为她给我收拾书房的时候，经常看到我用毛笔或签字笔写的或大或小的金世元的名字。她说我想金世元想得入迷了，我还不承认。直到有一天，她把我写的大大小小的一百多个金世元的名字收集起来，堆叠在我的书桌上，我才勉强承认了。

说实话，我那些日子真的迷上金世元了。吃饭睡觉想的都是他，总想着我要是能认识金世元该有多好啊！甚至还幻想拜他为师，跟着他学习中药材的理论知识，辨别中药材的真假好坏。有时候睡梦里还觉得，金世元老先生已经收了我这个徒弟了，他正声若洪钟地谆谆教导我呢！

但是，梦想很丰满，现实却很骨感。

我有时觉得自己很行，有时又觉得自己很不行。

我一个六十多岁的门外汉，有什么资格去拜师呢？像金世元那样的国宝级人物，身边肯定是高手如林啊！他收徒弟的门槛肯定是很高的，一般没有两把刷子的人，是连想也不敢想的。那么，我用什么办法才能圆自己的梦呢？

为了能认识金世元老先生，我开始做各种准备，因为我始终相信一句话，机遇总是垂青那些有准备的人。但是，眼下我该怎么办呢？我该做什么呢？我开始默默地在心里梳理我这几年的学习和积累情况。

这一总结，哈，我为中医药做的事还真不少！

引用北京一位老中医的话："这些年来，孙启玉为了中医药这点事，用'呕心沥血''肝脑涂地'这些词来形容他，一点也不算过，甚至还显得有点苍白。对于中医药的研究和热爱，孙启玉简直是到了痴迷的程度。六十多岁的人了，背起中医典籍来呱呱的；对我们古老的非物质文化遗产——中药炮制技术，在古法的基础上创新，其成果让人佩服！"

的确，个人义无反顾的爱好，以及从家学中继承而来，流淌在血液中的使命感和责任感，促使我不知不觉地在这方面做了很多工作。

成立淄博万杰中医药研究所，就是一例！

也许我的观点有点偏激，但是我总这样认为：中医药治病，找准好医生，只占了四分之一；诊断准确开出好药方，又占四分之一；能按照药方抓到道地药，还是占四分之一；熬制草药的方法得当，仍占四分之一。这四个环节缺一不可！我们医院里从京城来的医生是一流的，诊病开方也是高度准确的，但还是有人投诉，我们兴师动众调查的结果显示，就是药的问题！为此，我们专门成立了淄博万杰中医药研究所，特聘北京中医药大学药学专业博士生导师、中国商品学会副会长兼中药商品学专业委员会会长、出版过一百三十多部药学专业著作的张贵君教授当我们研究所的所长。张教授刚开始时还推辞不受，待他了解了我的为人和万杰医院治病救人的辉煌历史后，便主动接受了帅印，并且长期住在这里，就像我们的村民一样默默地为村里工作着。

在研究所里，我们首先设立了中药质量检测研究室，由张贵君教授兼任主任。这个研究室的主要工作，就是用目前最先进的化验分析设备，对进入我们医院的中草药进行检测和化验。经检测不合格的，坚决退回，还要由供货方支付检测化验的费用；合格的，由我们自己支付检测化验的费用，以保证我们进的药是道地药，是野生药，是一级药，而且还是当年采集的药。

同时，研究所还成立了药膳研究室，我亲自任主任，并由北京中医药大学博士生导师、中华中医药学会营养分会副会长刘长喜教授担任名誉主任。我们成立这个研究室的目的，就是要按照先贤们所提出的"上医治未病"的思路，制作三种药膳。一是人体所必需的营养药膳，使未病之人少生病或者不生病；二是根据个人的体质情况制作的调理药膳，使食品起到药品的作用；三是在病人住院期间，为不同科室的患者制作的辅助治疗的药膳。目前，我们的药膳研究室已经根据不同的体质、不同的身体状况，推出了几百种不同类型的菜肴，这些菜肴深受人们的欢迎。有一些患者出院以后，还回到我们医院，要求继续食用我们的药膳。

就在我们考察药材市场回来不久，我们研究所又成立了中药炮制研究室，由北京中医药大学唯一的中药炮制专业博士生导师李向日亲临现场进行具体指导。

同时，在我们的研究所里工作的研究人员，大都是中医药大学毕业的硕士生和博士生。我们这样的条件，也深深地吸引着那些想干事、干大事的有志者们不断地加入。

我想，我在中医药方面做了这么多事，又正在自学中药学的本科课程，如果去求见金世元老先生，应该多少也算是有点资本吧？

那天，我陪在中医药研究所里忙活了一天的张贵君教授吃饭，我们俩在饭桌上就中医药的话题谈得特别投机。

"张先生认识金世元老先生吗？"

"你问这个做啥？"张贵君一怔。

"据说他是'国医大师''国药泰斗'啊！"看到张贵君教授惊异的表情，我只好说了这么一句连一般人都知道的不痛不痒的话。

谁知道张教授听了却认真起来，缓缓地说："金世元老先生可不是一般的人。"

他放下筷子，往一边推了推倒满黄酒的酒杯，一字一句地说道："金世元先生不但中药的底子厚，而且因为酷爱学习而涉猎广泛，知识储备相当丰富。1956年1月，北京市政府宣布，中药行业归口管理，在当时三千六百多个中药行业从业人员中,只有六个人进了市药材公司从事管理工作,其中就有金世元先生。当时,北京在册的原料药材有一千多种,常用的也有六百多种。他硬是通过一段时期的锻炼,通过眼看、手摸、鼻闻、口尝、水试、火试等,精准地辨别出了这些中药材的真伪优劣。"

"听说他还参加了一次很重要的考试?"我问。

"是的!当时考《金匮要略》的题是'何谓四饮,做何解释',考《伤寒论》的题是'大青龙汤与小青龙汤的药物组成有何区别',考《温病条辨》的题是'桑菊饮何药组成,适应什么疾病',整套试题考查的内容广泛,涵盖了中医的四部经典。另外,还要在医院里当场给人看病,由著名老中医负责打分。一千九百多人参加了那次考试,及格的仅有一百六十人,金世元先生就在其中,还获得了中医师开业执照。"

"金老先生终于可以悬壶济世了。"我听得很高兴。

"唉!启玉老兄,你也知道,当然是医生比药工体面,收入也高。但是,金先生的领导和他说,现在药工很缺,你还是干药工吧!如果你实在想干医生,咱们公司开了个内部门诊,你可以给职工们看病啊!金先生笑了笑就答应了。近代以来,懂医的人不识药,懂药的人不知医,中医、中药成了两股道上跑的车了。因此,金世元又有了自己的优势。后来,北京市药材公司成立了中药研究室,金世元先生当了主任。为了原料药材和炮制饮片的质量,他先后深入川、粤、桂、云、陕、甘、宁、内蒙古等地。每到一个地方,他都是和药农同吃同住同劳动,就这样把我国的药材产地摸了个透。同时,在中药研究室研究如何炮制中药饮片的时候,他又把每个环节研究了个底朝天!"

"我说呢!"我喝了口水说道,"我走了好几个药材批发市场,总有人对金老先生的事迹津津乐道。原来,他早就和他们相熟啊!见过他的人说他的事,没见过他的人就像讲传奇故事似的,简直把他当成现代的药神了!"

"其实,他就是药神。后来,药材行业实行公私合营。之前同样的中成药药名有不同的药方,这次合营之后,所有中成药的药方都要交给北京市药材公司统一整理后再对外发布,而这个整理的人就是金世元先生。正是因为这次整理,他又把我国的中成药药方及生产技术等信息牢牢地印在脑子里了。再后来,为了解决中医药人才缺乏的问题,成立了北京卫生学校。金世元先生作为创建中药专业的教员,被任命为教研组组长。他亲自编写教材,并开设了'中药鉴定学''中药炮制学''药用植物学'等课程。"

"我能拜金老先生为师吗?"

我突然冒出这句话之后,就用两只眼睛紧紧地盯着张贵君教授的脸,想从他的脸上找到答案。我想,他的答案肯定是否定的。但是,我看到的却是他满脸若有所思的样子,并没有"行"或者"不行"的表示。他轻轻地抿了一口黄酒之后,把脸转向我说道:

"你找我算是找对人了!"

"为什么?"我一脸诧异。

"我的学生罗容是金老先生的秘书。"

"这真是'踏破铁鞋无觅处,得来全不费功夫'啊!"

"是啊! 我可以通过她联系金老先生。"

"什么时候联系?"我有点等不及了。

"我认为,晚点比早了好。"

"为什么呢? 还是越早越好吧?"

"这件事,我有我的想法。"

"啥想法? 说来听听。"

"孙总,你不是正在按照家传秘方'熬膏'吗?"

"是啊!"

"我是研究中药的,目前就我来看,你把中药熬成'膏剂',这种'膏剂'成了传统中药剂型'膏、丹、丸、散'之外的一种新剂型,我认为这是中药炮制领域里的一场革命。我们传统的'膏'主要以外用为主,而你熬制的'膏剂',则面向所有的药材,而且是为了内服,彻底解决了中药携带难、炮制难、服用难的痼疾,是一次功德无量的改革。还有,我们中药领域里传统的'膏',是千人一方的,而你熬制的'膏剂',则是一人一方,针对性极强。你要是把你的'膏剂'彻底熬好了之后再去拜师,在向来以门槛高、收徒严著称的金老先生面前,这不就是不可多得的见面礼吗?"

"言之有理,言之有理!"我嘟囔起来。

但是,我虽然对我的家传异常自信,可是要把流传三千多年的中药汤剂改成"膏剂",却是一道难以逾越的坎,因为它的背后是观念的转变。

但是,面对困难退缩不是我的性格。

之后,我遇到了一个凄美的爱情故事。这个故事深深地感动了我,它像一股强劲的东风,吹动着我前行的风帆,使我没有理由不把熬制"膏剂"的事业进行到底。

事情的原委是这样的。

只要不外出,早晨起来,我都是要到医院里转一转的。那天,太阳似乎出得特别早,天空十分明亮。天气好心情就好,这是我多年的感觉。

我还没走进医院,就看见一个小伙子提着一个体积很大但重量似乎很小的大包袱,跌跌撞撞地往医院走来。这个小伙子我认识,他是通过我的一个朋友介绍,带着他的女朋友来我们医院看病的。据我的朋友说,这个小伙子高中毕业后,在村子周围的建筑工地上打工,爱上了同在一个工地上做抹灰工的女孩。后来,小伙子考上了大学,这个女孩为了给他挣学费,把身子累坏了。当时村里很多人劝他赶紧结束这段爱情,到大学里寻找自己的新生活。但是他不离不弃,一边上学一边打工挣钱,还利用节假日带着女朋友四处求医看病,一时被十里八村传为美谈。听说我们协作医院里来了北京的著名老中医,他便带着女朋友来看病了。因为有朋友的嘱托,我也就对他有了印象。看到他提着大包袱,我疑惑地问道:"你这是……"

"大叔,我是来求你帮忙的。"他哭咧咧地说。

"没事,有话你尽管说吧!"

"我女朋友不是在你们这里住院吗？人家名医就是名医,治的效果很好,前几天她就出院了。出院时,大夫又给开了些中药。我把一大包袱草药背回家,自己却不知道咋熬。费了牛劲熬了一锅,还熬糊了。没办法,只好倒掉了,瞎了多少钱啊! 最后好不容易熬了一锅,可药汤太多,我女朋友说啥也灌不进去,最后灌得鼻子都流血了。大叔,你能不能和大夫们说说,再给俺熬一次药,药汤越少越好。"

他们的爱情感动了我,我按常规巡视完医院之后,就把他的中草药接了过来。回到家里,我按照老母亲交给我的秘方,用了大半天时间,给他熬成了十几包豆腐干大小的"膏剂"。交给他的时候,我还特别嘱咐他说,回家之后,每包"膏剂"用半茶碗开水和和,服下去就行了。

小伙子千恩万谢地走了,我却陷入了沉思。

我想,面对中草药携带难、熬制难和服用难的问题,按我家祖传的秘方进行"膏剂"的批量化生产,已经势在必行了。但是,批量化生产,所面临的第一个问题就是熬制器皿的材料问题。

我记得母亲说过,中药是不能用铜锅、铝锅或者铁锅熬制的。她只是说不能,但是讲不出多少道理来。我学了中药学之后,才逐渐明白了其中的道理,因为有一些药品带有较强的酸性或者碱性,如山楂、五味子、乌梅、硼砂、木瓜等。如果用铜锅熬制,溶出来的物质会导致人体中毒;如果用铁锅熬制,其中的铁会使药汤变色、变质或者沉淀,从而导致药效下降或者药性改变;用铝锅熬制更不行,因为铝的性质比较活泼,容易和中药里的成分发生反应,形成不可知的成分。

那么,我们应该选择哪种材料做熬药器皿呢?

我又经历了几个不眠之夜。

那几个夜晚,我一会儿躺在床上沉思;一会儿起身坐在书桌前,翻看那些医学典籍;一会儿在房间里踱来踱去,苦苦地思考这个问题;一会儿又转身到窗前,拉开窗帘望着天上正在眨眼的星星发呆……因为批量生产是一个系统工程,如此人命关天的大事,必须每一个细节都要想得清清楚楚,既要严肃认真地用科学去统领传统,又要在科学的态度下最大限度地保护传统,二者不能有任何偏废。

几天之后,在一个星光灿烂的夜晚,在我们的中药炮制研究室里,我和几位在这里工作的药学专业的研究生一起,你一言我一语地回忆着用我家传的秘方熬制"膏剂"的过程。在砂锅和玻璃器皿成堆的桌子上,我们将十几种方案做了反反复复的对比。在几十次优中选优之后,我在一张处方签的反面,写下了熬制中药"膏剂"的几条原则和工艺流程:

——名医量体开方;

——精选道地药材;

——明火砂锅熬制;

——玻璃器皿盛放;

——木制工具搅拌。

就是这样,为了人们的身体健康,我把家传多年的秘方贡献了出来。在严格继承传统古法炮制的基础上,我们大胆采用了现代科学的成果,彻底解决了自古以来中药携带难、熬制难、服用难的"三难"痼疾,为中医药的发展注入了一丝鲜活的光亮。

我在想,我能拜见金世元老先生了吗?

当然,这还得看缘分。

姥娘拜欧阳嘉木老人为师,就是缘分。是一场罕见的大雪,把欧阳嘉木老人送到了姥娘的门前;是姥娘粗通中医药的基础,使欧阳嘉木老人产生了收徒授医的意念;是姥娘诚心待人的真诚,感动了欧阳嘉木老人曾经如灰如土的心灵;是姥娘经受住了欧阳嘉木老人一次次近乎苛刻的考验,才使得老人心中坚定了"孺子可教"的念头……

据姥娘说,那是一个简单得不能再简单的仪式,也是一个神圣的至高无上的仪式,仅有三杯不成敬意的清茶,仅有三炷细得不能再细的残香,可是面对的却是比天空还纯净的心灵,比大山还厚重的信任。

我虽然未曾与金世元老先生谋面,但是我内心笃定了与他的缘分。

第二十一章 一顾国医大师：无果

我要去拜访药神金世元了，心里还是忐忑得很。

那是 2014 年的秋天。

在还有些燥热的秋风中，和谐号动车在淄博通往北京的铁路上风驰电掣，车窗外的景物和不密不疏的电线杆子排成长队似的向后边跑去。一顾金世元大师，见面还算比较顺利。

在张贵君教授的引荐下，我很快就到了金世元的家里。金世元先生当时已经八十八岁了，但是耳不聋眼不花，说起话来声如洪钟，丝毫没有大师的心高气傲。他仔细地端详了我好长时间，从他慈祥的目光里，我感受到了温暖和爱护。然后，他问道："听说你发扬了一种中药'膏剂'？"

"对，是我家祖传的秘方。"

"你为什么要熬制'膏剂'呢？"

"因为一服中药要熬几大碗黑药汤，让喝药的人不堪其苦，这严重地阻碍了中草药的发展，甚至让中草药的存在也成了问题。你看看日本，同样是中草药，人家却在多年前就加工成了颗粒、片剂、胶囊、口服液等剂型，早已经摆脱了水煎火熬等传统中药制作方法。为了保存药力，他们在药物提取过程中，采取了温浸提取、减压浓缩、喷雾干燥、真空冷冻干燥等技术。你看，中草药本来是我们的国粹，却被人家打扮打扮嫁出去了,占领了世界80%以上的重要市场。我这次重新拾起家传的中药'膏剂'来,一是为人类的健康做贡献,二是为我们的国粹争一争地位!"

"你仔细说来听听。"

"据我母亲说,我姥娘在乡村行医的时候,碰到那些一看见几大碗药汤就害怕的病人,就用祖传秘方将每服中药熬制成铜钱大的'膏剂'。病人带回家之后,兑上半茶碗开水就喝下去了。这样既省去了病人携带和熬药的麻烦,又便于病人服用……"

"我们中药的炮制,过去也有'膏剂',但那是千人一方,熬一锅'膏剂'大家吃。而你这是一人一方,一方一膏,这是中药炮制历史上所没有的。了不起,这是一种新剂型,是一种发明创造。"

"金老先生过奖了!"我喏喏地道。

"成膏的时候,你用的是什么医用辅料?"

"回答金先生,传统的膏方,差不多都是加蜂蜜、阿胶、木糖醇、龟板胶等药用辅料熬制的。这些辅料含糖量太大,对有些病人,比如糖尿病患者会有很大的副作用。我家的祖传秘方就是在辅料的选择上有所不同。但是,原谅我……"

"我知道,秘方是不能示人的!"金老先生十分善解人意。

"你能和我说说你熬制'膏剂'的过程吗?"金老先生接着问。

"当然愿意同大师探讨了!"我急切地说道。

"整个熬制及成膏过程中,接触到金属了吗?"

"一点也没有!"我略微正了正身子,轻轻咳嗽一声清了清嗓子,谦逊地向大师汇报着,"我为我们熬制'膏剂'的原则和工艺编了一个口诀,我背给你听听——名医量体开方,精选道地药材,明火砂锅熬制,玻璃器皿盛放,木制工具搅拌。"

"很好,很好。再说说你用的药材!"

"就是不用乱七八糟的药,再贵也要用道地药。"

"用道地药很好,除了个别的药以外,最好要用当年采的野生药,或者是道地药出产地种植的药,还要选药中的一级药。因为中医、中药是一个理论体系,二者有着不可分割的关系。中医治病,通过'四诊''八纲'等正确辨证之后,就要开始立处方,最后的药才是克病疗疾的有力武器。'医靠药治,药为医用',只有两者紧密结合,才能战胜疾病。如果误用了质量低劣的药材,甚至是无良商人弄出来的假冒伪劣药材,你就是当代名医,你的辨证再准,处方再精,也难以达到治病的效果,甚至还会误病伤人。所以,明代的李时珍就这样说过,'一物有谬,生命及之',这是人命关天的大事啊!"

"大师说的极是,我们选药材是非常严格的。为了把好进药材的关口,我们的中药研究所里专门成立了中药质量检测研究室。北京中医药大学毕业的研究生,在那里用最先进的仪器检测中药材的质量和药力。检测不合格的,一律退回,而且检测费用由供药商承担。"

"有制约,这个办法好!"金世元老先生笑了。

"嘿嘿,这也是被逼出来的办法。"

"你说的明火,是什么火?"

"天然气。"

"玻璃器皿呢?"

"全是耐高温的特制器皿。"

听到这里,金世元老先生的脸上露出了满意的笑容。他嘴里慢慢地嘟囔着,把我们熬制"膏剂"的口诀又念叨了一遍,像是在复述,但更多的像是在验证和审查。他反反复复说了好几遍之后,突然转过身来问我:"你还能找到做砂锅的老艺人吗?"

金老先生的这句话打翻了我心里的五味瓶,我心中的甜酸苦辣千般滋味,一下子翻腾起来。为了这个看似不起眼的砂锅,我可真是踏破铁鞋啊!我为了确保中药的古法炮制效果而寻找砂锅艺人制作砂锅的事,简直就是一个情节曲折、引人入胜的故事啊!

记得我小的时候,每次去赶集,总会见到集上有几个卖砂锅的。那时候,炖菜炖肉熬稀饭,除了铁锅就是砂锅。可是不知道从啥时候起,铝锅、不锈钢锅、铝合金锅等进入家家户户,除了熬药,很难再见到砂锅的影子。慢慢地,熬药也不用砂锅了。

在我们熬制"膏剂"之初,我就放下狠话:熬药必须用砂锅!

但是,医院的需求量这么大,去哪里寻找这么多砂锅呢?

博山是我国著名的陶瓷琉璃之都,有着悠久的陶瓷琉璃生产历史。直到现在,还有很多文物级的古窑——馒头窑,星罗棋布地矗立在村口或街头。砂锅也一样,曾经是值得我们炫耀的当地特色之一,以至于几百里之外的用户,都跑来我们这里买砂锅。但不知道从啥时候起,砂锅一下子从市场上绝迹了!为熬中药,有些讲究的人想买砂锅,就像大海里捞针一般,往往难遂人愿。

没办法,为了中药的古法炮制,最大限度地发挥中药的药力,造福一方百姓,我一下子撒出两批人,让他们到博山和淄川两地,到生产陶瓷琉璃的村落里,寻访会制作砂锅的老艺人。一天过去了,没有消息;一周过去了,没有消息;一个月过去了,他们一个个垂头丧气地回来了……

没找到……

没有这样的人……

两批人带回来的都是这样令人沮丧的消息。我想,按年龄来算,二十世纪五六十年代出生的那些制作砂锅的艺人们,也就六七十岁的光景,难道他们都从人间蒸发了不成?几个生人跑到村庄里去问,或许难以得到真实的消息。要是发动自己的亲戚,以及亲戚的亲戚去寻访,效果肯定会好一些。于是,我便发动大家走亲访友,撒网寻访开了。

功夫不负有心人!

有一个村民的亲戚言之凿凿地说,在博山和淄川搭界的一个山村里,住着一个早年制作砂锅的老艺人。我听了以后,兴奋得一宿没睡好。第二天天一露明,我们便驱车而去。

汽车在大山里转了大半天之后,终于在一条道路的尽头停了下来,因为再往上已经没有公路了。在当地人的指引下，我们沿着荆棘丛生的羊肠小道，又走了一顿饭的工夫，才走到一处悬崖峭壁的下边。在一棵两个人才能合抱的大柿子树下，有两间用石头垒起来的看山小屋。一间开着门，一间掩着门。开着门的屋子里只有简单的锅、碗、瓢、盆等生活用品，没有半个人影。

往屋里仔细一看，我的眼睛顿时直了！

屋里的锅、碗、瓢、盆，基本上都是用做砂锅的材料做的，而且形状不太规整，有的就像博物馆里展览的出土文物一样，缺边少角的。特别是盛水用的那个砂锅，比一般的砂锅大了不少，是我见过的最大的砂锅。用来喝水或者吃饭的那个砂锅，则是我见过的最小的砂锅。看来，这个人真的是个砂锅艺人。

> 天上下雨地上滑，
> 自己跌倒自己爬。
> 亲戚朋友拉一把，
> 酒还酒来茶还茶。

正在我疑惑之际，却见一个老人背着一捆干枯的树枝，哼着不知名的歌谣转了过来。看到一群生人站在这里，他并没有露出惊讶的表情，只是微微一笑，把柴火放到石屋子的山墙下，然后用一块看不出颜色的毛巾擦着汗。看他的面相，年纪可能与我的差不多，也就六十来岁不到七十的样子。

"大爷，你咋住在深山里呢？"我们随行的人问道。

"老了，没有用了！嘿嘿！"

"这些砂锅、砂碗的，都是你自己做的吗？"

一说到砂锅，老人的眼里突然现出了异样的光彩。只见他一头扎进屋子，端起一个形状不大规整的砂锅，一边仔细地摩挲着，一边近乎自言自语地说着："想当年学着做砂锅的时候，师傅说好好学，'一招鲜，吃遍天'，靠着这门手艺，一辈子就能吃香的喝辣的。可是，咱是凡人，谁也不知道哪块云彩能下雨。不知道从啥时候开始，金属制的锅一阵风似的兴起了，连熬药都用铝锅、不锈钢锅，砂锅突然没人要了！我的同门师兄弟们纷纷改行，都去做别的生意了。只有我这个榆木脑袋，死抱着师傅的教诲不放，结果越过越穷，最后只好来给村里看山了！"

"你觉得你的手艺还有用吗？"我问道。

"那就看缘分了。"老人有气无力地说。

"今天，有缘的人来了！"我笑着说。

"你……你们……"

老人好像不相信似的，定睛看了我们好长时间，哆嗦着嘴唇说不出一句话来。突然，他放下手中的砂锅，跑到另一间石屋子门前，一下子把虚掩着的门推开了。栖息在屋子里的几只山鸟扑棱着翅膀飞走了，一大团尘土从门口冒了出来。待尘埃落定，我们向屋里看去，只见里边杂乱无章地堆放着一些破破烂烂的工具。老人脱下褂子，抡起来使劲抽打工具上的尘土，屋子里一下子尘土弥漫得看不清人影。老人似乎是被呛得不行了，跑到屋外和我们说："这是我做砂锅的全部工具，一件不少！"

"全部拉下山去，我们重新开始！"我说道。

老艺人一下子握住我的手，满脸的皱纹中流满了泪水。

在我们的共同努力下，老艺人用最古老的手工技艺，制造出了第一批砂锅。过去，最大的砂锅直径是二十一公分，但是根据我们"熬膏"工艺的要求，我们需要直径三十一公分以上的超大砂锅。因此，砂锅的成型成了最大的难题。在那些日子里，我抛却一切事务，没白没黑地和老艺人待在一起，从砂锅的配料开始研究，一直到成型工艺，还研究了制造砂锅的工具的改进，最后终于制成了大口径的砂锅。老艺人感叹地说："我师父有一个多年的夙愿，就是制造出大口径的砂锅。但是，总是成型失败，有时候他气得在工棚里把所有制成的和没制成的砂锅全部打个粉碎,我们站在一旁大气都不敢出。这成了他一生的遗憾。没想到,我们竟然制成了!"

据说,砂锅是尧帝发明的,经历了多次改良以后,才有了现在的传统砂锅。我们传统的砂锅是以长石、黏土和石英石为原料,经过高温烧制而成的。它传热均匀、散热慢,还具有通气性和吸附性。由于它能够均衡而持久地把外部热量传递给内部原料,创造出一个相对均衡的温度环境,有利于水分子和内部原料的相互渗透,因而能使内部原料最大限度地释放能量。

但是,由于砂锅这种器物的特殊性,第一次使用前要进行"治锅":先装满清水沸煮,去其表面的有害物质,接着用炊帚刷干净其内壁的沙粒,然后再加面粉和清水沸煮,让面糊糊堵住砂锅上的小孔,防止使用时漏水。这样"治锅"完毕后,砂锅才能正式使用。由于我们医院熬制"膏剂"工艺复杂,每次都是一百六十八只砂锅同时点火,有的熬药,有的浓缩,但是砂锅是有寿命的,而且每天都有砂锅被烧坏,所以老艺人就成了我们须臾不可离的合作伙伴。

金世元老先生听完了我的介绍之后,只是点了点头,长时间没有说话,不知道他的脑子里在思考什么。我诚惶诚恐地看着他,等待他对我的评判。金世元老先生开口说:"不错不错,看来你是个有心人啊!"

"遵古法,就是要严格。"我接着说。

"你们熬制一服'膏剂',从熬药到浓缩需要很长的时间。按照我们中药炮制的程序,有的是需要先煎后下的。在这么长的时间内,对于那些挥发性强的中药,你们是怎么解决的?"

"我们正在研究和实验呢!"

"从现在来看,你们熬制的'膏剂'是一种新的剂型,这是很了不起的!你们解决了自古以来中药的'三难'问题,是一种革命式的创新。我觉得,只要解决了那些挥发性强的药材的药力保护的问题,你们就去申请国家专利试试,我估计管理部门肯定会批准的。"

"谢谢大师!"我忙不迭地点头。

"但是……"金老先生稍微一停顿,又开始继续鼓励我,"古人说'天道酬勤',你好好努力吧! 中药学不仅需要扎实的实践经验,还需要深厚的理论功底。在中医药大学里,本科课程需要读多少书啊! 是这些书构成了中药的理论体系,读透了它们,才算掌握了基本理论。"

老百姓常说,听话听声,锣鼓听音。金老先生说的鼓励的话也好,指引的话也罢,都透漏出一个中心意思,就是对我拜师想法的婉拒啊! 或者是等我按照他说的,长了本事之后,再来谈拜师的事吧!

其实,来拜访金世元老先生之前,我也是颇费了一番心思的。因为我知道,像金世元大师这样在中药界泰山北斗级的人物,其收徒的门槛肯定是很高的,要不,家里肯定挤得关不上门了。我呢? 是一个六十多岁、搞了大半辈子企业之后才开始研究中药的人,虽说因为家学的缘故,自己从小对中医药并不陌生,甚至还断断续续地介入了这个行业,但是要成为他的门徒,肯定还是有差距的。其实我拜师的想法在几年前就有了,从那时候起,我就把企业的董事长和总经理职位让了出去,以便自己集中精力研读中药学理论。之后,我借全了中药学本科课程的二十几本书,闭门谢客,专心读书,还按照要求做作业。到目前为止,我已经读完十几本书了。只是,今天我打埋伏留了一手,想着等彻底学完了再向他汇报。其实,面对金世元老先生的婉拒,我心里还多多少少有些高兴呢! 他的门槛高,说明对徒弟的要求高。这样的徒弟出徒以后,水平肯定也高。拜这样的老师,只有两个字——值得!

从金世元老先生的家里走出来,我没有一点被拒的沮丧,反而觉得信心百倍了。因为金世元老先生的很多话,犹如醍醐灌顶,令我顿时开悟,有一种重见天日的感觉。

由于工作需要,我经常去北京。一条路跑的时间长了,就摸索出规律来了。从淄博赶往北京的时候,早晨五点半出发,赶到天津的高速公路服务区吃早饭,两个狗不理包子,一个鸡蛋。从北京赶往淄博时,早晨六点出发，同样赶到天津服务区，还是两个狗不理包子，一个鸡蛋。如此规律，多年来基本没有变过。

从金世元老先生家出来的第二天，我在天津服务区用了同样的早餐，之后便上车睡了过去，而且做了一个很长很长的梦。

梦里，我见到了很多很多的人。先是梦见了正在山上采药的姥娘。她说，拜师的态度要虔诚，要像拜神那样虔诚；拜师要用心，只有你用心了，师父才用心。之后梦见了挎着小包袱的母亲。她嘱咐我说，虽说男儿膝下有黄金，但是拜师的时候一定要跪拜。最后梦见了金世元老先生。我梦见他同意收我为徒了，还举行了盛大的拜师收徒仪式。正在得意的时候，我一下子笑醒了。

看看路标，我们已经进入山东境内了。想想母亲常说的"梦是心头想"那句话，我竟独自笑出了声。

第二十二章　再顾国医大师:热络

今天的夜太黑了。

人们认为,万籁俱寂的夜,从来都是不平静的。许多禾苗都是在夜里拔节,一些昆虫也总是在夜里鸣叫,连圣诞老人都是在夜里赶着马车来的。我,也是在暗夜里苦苦地追寻着缘分。实际上,从走出金世元老先生家的大门的那一刻起,我就在心里暗暗思忖着,我什么时候再来拜访他?再来拜访的时候,我除了已经解决大师所提出的关于药学的问题,还要带着药学研究方面的什么样的成果当作见面礼?我想,我要把真实的、有学术价值的、能解决患者急需解决的问题的研究成果当作铺路石,去实现我梦寐以求的跨越,去圆我心中苦苦追求的那个梦。

自从爱上了夜读,我又开始熬夜了。

因为急着拜师,我又一次缩短了读完中药学本科书籍的时间。有了明确的目标之后,枯燥的学习竟然成了一件愉快的事情。每当夜深人静的时候,我便主动走进我的世界里。每做完一次作业,我就觉得自己离那个虚无缥缈的梦想又近了一步。有时候甚至每翻过一页,都有一种庄严的仪式感。但是,我毕竟是六十多岁的人了,精力不济、记忆力减退是事实。所以,每当夜阑人静读至人困马乏的时候,我就一遍一遍地用凉水洗脸。为了让凉水更凉、更有刺激性,我自己发明了一个办法,就是在夜读前将一盆凉水放进冰箱里，待打盹时用冰水洗脸，一下子就会被刺激得睡意全无，效果特别好。这样的办法，我接连用了好几年。

人老了，往往是新的记不住，旧的忘不了。

对于一个六十多岁的老人来说，从头开始读中药学的本科课程，岂是蚂蚁啃骨头能比喻的。看一页，很明白；翻过去，就忘了。但是，我这个人有个犟脾气，只要是看准了的事，八头牛也难把我拉回来。好在由于工作关系，我们这里有一批很好的老师，凡是看不懂或者理解不透的地方，我都会用笔画下来，甚至直接抄下来，等张贵君、李向日、高彦斌等教授们过来的时候，就及时向他们请教。所以，我的课程学习进展得很快。

呼——呼——呼——

卧室的门没有关严，妻子吕翠珍轻微而均匀的酣睡声断断续续地传了出来。这么多年来，我一心扑在村里的大事上，整个家全部交给了她。每天，除了完成村里安排的工作，她还得起早贪黑地忙家里的事。母亲住院了，是她护理；父亲半身不遂了，是她照顾；两位老人去世，也是她在身边跑前跑后的……同时，两个孩子的衣食住行和学习教育，也是她一个人担起来的。她可真是里里外外的一把手。这么多年下来，她累了一身病，夜里常常浑身疼得睡不着觉。还是近几年，我请来北京的老中医为她调理，才使她的身体彻底好了，我和孩子们也算是了却了一桩最大的心事。

想到这里，我怕我翻动书页的声音惊醒她，便悄悄起身，轻轻地为她关严卧室的门。然后，我又抽出书签，翻开《中药学》第九章第三节，开始研读"清热解毒药"这一部分。

就这样，我凭着一腔热情在读、读、读……

那天，我正在读2011年版的《中药炮制学》。由于读的时间太长了，我忽然觉得头晕眼花，书上的字都有重影了。我只好合上书，来到我们的中医药研究所里，开始和那几个研究生一起，琢磨如何把薄荷等挥发性强的中药的药力全部熬进"膏剂"里。因为这类药材挥发性极强,而熬制"膏剂"需要的时间相对来说比较长,因此如何保证其药力,是一个令人非常头疼的问题。我们试验了很多次,也失败了很多次,但我还是顽强不屈地往前走,热切地盼望着奇迹的出现。

我们的中药熬制室里的氛围是极具诗意的:一百六十八只砂锅同时沸腾,满屋子里热气腾腾,那些好闻的中药味弥漫在时浓时淡的热气当中,香云薄雾,缥缈纠缠,各种事物都在朦朦胧胧之间,令人产生一种如临仙境、将要羽化成仙的美妙感觉。

我端坐在一个雾气缭绕的砂锅前,不时地调整着砂锅下的火苗,手里抓着挥发性强的药材,用心体会着放药材的时间。同时,我脑子里还在慢慢地思考着:火候和时间是一个方面,熬制的先后顺序和工艺是不是也有需要改进的地方? 也许,综合起来考虑,会有更好的效果。

"孙总,张贵君教授来了!"

"好,我马上就去。"

这次张贵君教授从北京来,是我打电话专门约的。因为我这个人虽然年龄大了,但自认为脑子很活跃,还经常蹦出些很新鲜的想法来。既然"上医治未病"是通过调理等手段使人身体强壮,通过增强人的免疫力使其远离疾病;既然药食同源,有时候食物能起到药物的作用,那么我们为什么不能合二为一,调配出能起到各种作用的药膳呢? 这不同样能使人远离疾病吗? 我想,药膳一旦调配成功,我们就将其命名为"邑山药膳"。还有,我们山东既临海又靠山,既有平原又有大量的湿地,中药材资源相当丰富,我们为什么不摸摸家底,出一本中医药人员专用的《齐鲁本草》呢? 我这次就是为这件事,请张贵君教授来的。

也许我这个人的想法太多了! 一见到张贵君教授,我就想起了金世元老先生。因此,我们谈完了"邑山药膳"和"齐鲁本草"这两个话题之后,我就开始打探起金世元老先生的情况来。

"张教授,我最近才知道,金世元老先生早在三十年前,就把自己研制的治疗慢性支气管炎（哮喘病）的有效处方无偿献给了国家。他研制出的'射麻口服液'，是治疗这个病的利器。他还与北京同仁堂制药厂合作，将著名中成药'乌鸡白凤丸'制成口服液剂型，极大地方便了患者。你还能再给我说几件他的事吗？"

"你去过几个中药材市场？"张教授问我。

"去过最有影响的四个。"我答道。

"你知道现在一共有多少个吗？"

"全国一共有十七个啊！"

"你知道二十年以前全国有多少个吗？"

"不清楚！"我老实地回答道。

"说出来吓你一跳，那时候是一百一十七个！"

"啊？"我张大了口。

"你知道那一百个是谁减掉的？"

"金世元先生？"

"对！有他的一份功劳。"张教授开始说开了。

原来，从20世纪80年代开始，市场经济铺天盖地而来，很多药材市场都出现了卖药材的个体户。大家一看这生意挣钱，就蜂拥而上；政府一看这件事能拉动经济，便开始建药材市场，面向各地招商，鼓励卖药的人进来经营。短短几年时间，全国的中药材市场就由当初的五个，一下子疯长到一百一十七个。这在促进了中药材市场繁荣的同时，也带来了很多不容忽视的负面影响，诸如贿赂推销、药盲办厂、药材市场过多过烂、伪劣药材充斥市场、假冒药材屡禁不绝……这不仅坑苦了患者，还严重地影响了中医药在国际上的形象。1995年，国务院下发了5号文件，决定整顿全国的中药材市场。为此，卫生部、国家中医药管理局、国家药品监督管理局联合成立了专门的检查组，奔赴全国所有的中药材市场进行检查，规范经营的予以保留，不规范的坚决取缔。规范不规范、合格不合格，由谁说了算呢？金世元被特聘为随组检查的中药鉴别专家！从某种程度上来说,生杀大权就掌握在他的手里。

当时的金世元已经年近古稀,又患有糖尿病。但是,为了维护中医药"几粒药丸除病痛,一服汤剂解忧愁"的神圣性,他毅然同意加入检查组,彻底整顿药材市场,为中医药正名。为此,他和年轻人一样,一步不落地跟着检查组,长途跋涉,不辞劳苦,奔波于全国各大药材市场之间。他认真负责,一丝不苟,明察暗访,铁面无私,以自己丰富的炮制经验和熟练的鉴别技能,对制售伪劣药材和违反炮制规程的行为,当场予以揭穿。为净化中药材市场,为百姓的用药安全,他毫无保留地贡献了自己的聪明才智。就这样,这次检查整整持续了四年,其检查时间之长、检查范围之广、检查力度之大,是新中国成立以来的首次。

听到这里,我才终于明白了,当年我带着人考察我国四大药材市场的时候,那里的业户们谈起金世元,那种发自内心的崇敬和佩服,那种把他当成"药神"来崇拜的浓厚情感,绝对不是无缘无故的。因为有了金世元的打假,才有了中药材市场的秩序,才有了守法经营业户们的饭碗,才维护了中医药的声誉。

"大师的精神太令人敬佩了!"

说实话,随着我对中药研究的深入,我对金世元老先生的崇拜越来越深了。他已经不是把中医药当成一种职业来敬畏了,而是将其当作生命中的一部分,甚至当成自己身上的某个重要器官,二者已经是须臾不可分离的了。

我第二次拜会金世元老先生,比第一次简单多了。因为有了他第一次对我还算不错的印象,还有罗容的穿针引线,所以我就大着胆子,自己闯到了金世元老先生的家里。当时我心里还在嘀咕,金老先生日理万机,我和他只是上次匆匆一晤,他还记得我吗?谁知道等我们见了面,没等罗容介绍,金世元老先生便亮着洪亮的嗓门,大声地说:"你就是那个发扬中药'膏剂'的孙总?"

"我啥'总'也不是了,现在只是你的学生了。"

"我不是还没收徒吗？哈哈哈——"

"是我拜师学艺的心太迫切了！"

"你说你的'膏剂'服用起来非常方便，那你告诉我，到底方便到什么程度啊？"

"山东万杰中医药研究所熬制的'膏剂'，彻底解决了你喝中药汤时的烦恼和恐惧，让喝中药变得就像喝一杯咖啡那样轻松和惬意。"我脱口而出。

"你这是广告词啊！哈哈哈！"

金世元老先生一边和我开着玩笑，一边吩咐人给我沏茶。也许是因为他的几句玩笑，我没有了第一次来时的生疏和拘谨，心里踏实了很多。双方落座之后，没有多余的客套，也不用什么铺垫。金老先生收敛了笑容，没给我多余的思考时间，开始单刀直入地向我提出问题："挥发性强的药材如何溶入'膏剂'，你解决了吗？"

"解决了！"我踏实地回答道。

"真的解决了？"金老先生的话里含着惊奇。

"回大师，千真万确！"

"快说说，你是咋解决的？"金老先生急切地问道。

"我们稍微修改了一下炮制规程。以含薄荷的'膏剂'炮制为例吧！我们的做法是：当薄荷油充分渗出的时候，先通过一种特殊的工艺，将薄荷油收集起来，待炮制'膏剂'的工艺进入浓缩的后期时，再将薄荷油加进去，这样就充分保证了薄荷的药力全部进入'膏剂'……"

"能加得进去吗？"金老先生有些担心。

"完全可以！"我回答道。

"炮制完毕后，化验过吗？"

"化验过，成分适中，药力没问题。"

"'膏剂'和汤剂比起来，药力……"

"大师放心！关于'膏剂'的药力，我们用最先进的设备化验过。由于我们改进了熬制前中药材的切割和浸泡工艺,'膏剂'所含的药力不仅和汤剂没什么差别,而且比汤剂稳定得多。"

"好啊!"金老先生激动得一拍手,"记得上次我和你说过,此项炮制技术试验成功之后,要赶快申请专利,将它保护起来。你们申请了吗?"

"回大师,我们按照您的提议,已经申请专利了。截至目前,我们已经获得了六项专利,还有一项发明专利,另外还有三项专利正在审批当中……"

"好!你们做得好!为中医药争了光!"

"谢谢大师的肯定。"

"现在有多少人用过你们炮制的'膏剂'?"

"大概有三万多人了吧!"

"啊——有这么多人用,你们熬制的时间肯定要缩短。那么,你们能保证药效吗?"

"大师问得好!"金世元老先生真不愧是"国药泰斗",思维敏锐,语言犀利,一句话就问到了问题的实质。多亏我们真的把问题解决了,所以我能从容地应对。

"我们的熬制时间由原来的十二个小时缩短为六个小时了。为了使药材的有效成分充分渗出,我们采用了最新的粉碎技术,将中药饮片加工成煮散,煮散的粉末率降到了千分之三以下。而且,熬制过程中用水量少,药材的有效成分反而更容易渗出了。熬制成'膏剂'以后,经过最先进的设备化验,药力完全有保证!"

"这是你们的创新,更是你们的成功。"

见金世元老先生情绪特别高涨,又对我们的工作赞誉有加,我趁机提出了拜他为师的事。谁知道听了我说的话之后,金世元老先生一下子沉静下来。然后,他将身子向我这边靠了靠说:"你是非常优秀的,只是你这六十五岁的年龄……"

接下来,金老先生给我说了他带徒的一些观点。

金世元老先生认为，中药带徒与中医带徒不一样。这是因为，中医带徒主要是学生跟着老师临床看病，学习老师的诊断、辨证、立法、处方遣药等经验性的东西，然后通过自己的领悟和揣摩，接受和学会老师的技术专长和学术经验。一般情况下，这些东西在医院或者诊所里就可以完成，所以对徒弟的年龄或者身体状况没有太高的要求。但是，拜师学习中药的徒弟，情况可就大不一样了。中药的品种繁多庞杂，既有原料药材，又有经过炮制的饮片和各种中成药。特别是前两者，它们有的性状特征都不一样，还有的性状特征相近或者相似，要想准确地辨认出来，的确很不容易。因此，想在规定的时间里出徒，虽然不能说比登天还难，但的确是一件很麻烦的事，特别是对年龄大的人来说，是要颇费些周章的。

金世元老先生认为，中药带徒，一方面是面授，一方面是实践，二者缺一不可，但大部分时间是实践。面授还好说，主要是讲授历代本草书籍中的相关论述，如药材产地、采收加工、显微鉴别、理化鉴定等。但是实践一开始，就要跋山涉水，到药材种植基地考察，上山采药；就要翻山越岭，到全国重点药材市场考察，辨别药材的真伪；就要到很多中药饮片厂，去鉴别那些道地药材和非道地药材。所以，老年人或者身体羸弱者，是干不了这个活的。

再说，金世元又是个特别认真的人。多年来，为了带徒，他不顾年老体弱，多次带着学生去河北安国中药材市场、四川成都荷花池中药材市场、湖北蕲春中药材市场、安徽亳州中药材市场、广东清平中药材市场、江西樟树中药材市场、广西玉林中药材市场……同时，道地药材又大都是从野生药材中发现的。为了搞清野生药材资源，全国各地的山山水水都留下了金世元的足迹。有很多地方，他还去过多次。这样艰苦的环境，这样长距离的奔波，当然要身体强壮才可以。

听到这里，我早已经明白了金老先生的意思。我觉得他的话里没有半点推辞的意思，就是说，学习中药学不仅是技术活，还是个很累人的体力活。我拜师最大的障碍,不是业务或者水平问题,而是年龄大了,身体机能衰退了,像他那样走南闯北地翻山越岭,风餐露宿,可能已经体力不支了。想到这里,为了让金老先生放心,我拍拍胸脯对他说:"金先生,我生在农村,从小推车挑担垒石堰,拉碌碡打场,推碾子拉磨,什么重活都干过!健美运动员拼命练出的六块腹肌,我早就有了,这身体胚子好着呢!"

"身体好是一个方面,还需要基础理论……"

金世元老先生的这句话说得很轻,还故意停下来看着我。我知道他觉得我是六十多岁的人了,虽然利用祖传秘方炮制了中药"膏剂",并获得了六项专利,引发了中药炮制领域里的一场革命。但是,没有一点中医药的基础知识,进了师门还不是两眼一抹黑。这时,我拉开放在沙发旁边的大书包,用双手捧出了十几本厚厚的本子——我读中药学本科课程所记的读书笔记和所做的作业。我把它们放到茶几上,恭恭敬敬地对金先生说:"金先生,上次您说的中药学本科课程,我都按计划一门不落地读完了。这是我写的十几本学习笔记,还有按照研习要求写的作业。当然,我还有很多不明白的地方,都记在另一个本子上了,准备向中医药大学里的教授们请教呢!"

看到这些,金老先生一下子站了起来,紧紧地握着我的手,好长时间没有说出话来。

我觉得,我们的缘分到了!

临走之前,我对金世元老先生说,我想在我们万杰医院为他建一个国医大师工作站。金先生说,目前,只有国家中医药管理局在首都医科大学为他建立了一个国医大师工作站,北京以外还没有。如果要建的话,可能需要有关部门的同意才行。见金老先生并没有拒绝,我心里一阵兴奋,紧握着他的手说:"世上无难事,只怕有心人!"

"哈哈哈——"

我们都会心地笑了。我知道,一向谨慎的金老先生,从来不会说过头的话。他心中想到十分，能说出来五分就算不错了。所以，尽管对我拜师的话他没说出半个"行"字来，但是根据我的判断和对事物的把握，我觉得是有门了！

为了做一个合格的甚至是高水平的学生，从金世元老先生那里回来之后，我拜访了省里的一位颇有名气的老中医，补习了一下关于中医药的理论。这位老中医给我推荐的仍然是我国中医药学的四大经典。这些经典，有的我看过了，有的只看了我看得懂的部分，有的只是看了序言和注释。最后他说："只要把这四本经典融会贯通了，你的中医药底子也就算打得比较牢靠了。"

"这四本中有几本是关于中草药的？"我问。

"《神农本草经》吧！"他答。

"这本书读起来困难吗？"

"要有相当的古文功底才行。"

事到临头，我也就顾不得那么多困难了。说实话，我高中毕业的时候，现代汉语的底子还算可以。可是对于古代汉语，我们只是学了课本上的十几篇古文。虽说后来在大舅赵蔚芝的辅导下，我读了一些古代经典，也学了一些古文知识，但是几十年来一直忙于企业的管理和创新，那点古文知识早已忘得差不多了。不过，为了我钟情的中药事业，我暗暗下了决心，必须读懂它、读透它，让《神农本草经》里的知识活起来，让它成为我为患者服务、传承中药文化的精华。决心下了，我便开始付诸行动，先是走遍省内外的大书店，既买《神农本草经》的原著，又买现代汉语的不同译本相互对照，以便使自己对《神农本草经》的理解更加准确无误。

我想既然进入金门，就要对得起这个称号，再苦再累，想想患者也就释然了。

第二十三章　三顾国医大师:收徒(上)

真是人逢喜事精神爽啊!

这话一点不假。自从第二次走出金世元老先生的家门,我浑身就像上紧了发条。尽管拜师的事还八字没有一撇,但是我的心情早已经比吃了蜜还甜呢! 特别是听到金世元老先生要来峀山的消息之后,我更像打了鸡血似的,似乎连头发梢都兴奋起来了。

就在我高高兴兴地研读医书、熬制"膏剂"、准备迎接金世元老先生的时候,我们中医药研究所里的人找到我,说最近熬药的砂锅炸裂得越来越多,已经影响了熬药的进度,让患者等的时间比以前长了,很多患者对此颇有微词。

听到消息以后,我没有任何迟疑,马上开车进山,找那个专门为我们烧制砂锅的老艺人商量对策去了。我知道,个别砂锅烧裂了,这是正常现象,因为任何东西在使用过程中都会有损耗。但是被烧裂的多了,不但给患者带来了不便,还增加了熬制成本,因此必须马上想出办法来,彻底解决这个问题。

谁知道,老艺人还振振有词:"自古以来,我们的老祖宗就是用石英、长石、黏土等原料烧制砂锅,没听说再加什么别的原料。我只知道石英加多了就会变脆,难道是石英加多了?"他看了看桌子上那张皱皱巴巴的配料表,又看了看地上加料的量具,疑惑地说,"一切正常啊!"

"我们能不能加一种东西,让它不裂或者少裂呢?"我一手拿着一块破碎的砂锅片,一边叮叮当当地敲着观察它茬口上的毛刺,一边若有所思地和他商量着。

"那我们往里加啥东西呢?"老艺人一筹莫展。

"是啊!加啥呢?"我也不知道。

没办法,我决定和老艺人一起去请教烧制陶瓷和琉璃的炉匠,他们给我们提供了自己祖辈留下来的几个不同的配方和烧制工艺。我们按照他提供的方法分别试验,最后决定在原料配方中加入一种叫锂辉石的矿物。从此,我们烧制出的砂锅,不仅保持了砂锅原有的特点,还具备了耐热、抗烧的特性。我们再也不用为砂锅的炸裂、裂璺、漏汤等问题烦恼了。

此时,北京传来消息,必须要有中华中医药学会的推荐,金老先生才能收我为徒。另外,说是最好还要有中国商品学会中药专业委员会的推荐。我只好放下课程作业和中医药研究所里的事情,快马加鞭地进了北京。

我从北京回来刚进门,办公室主任就对我说,金世元国医大师工作站的办公室装修好了,让我去验收一下。我放下行李,没来得及洗把脸,就赶到了医院。

由于这个国医大师工作站是金世元老先生在北京以外的第一个工作站,所以他特别重视。建站之前,他特别嘱咐我说:"这是我在北京以外的第一个工作站,一定要建好。我有三条原则:一是要有中国传统色彩,不能贪大求洋;二是花费一定要节约,装修一定要简单;三是一切为工作考虑,必须要方便师徒之间的交流。满足这三条,我就同意;如果多花了钱,又让患者不方便,即使国家中医药管理局批准了,我也坚决不去。"

当时,对于金老先生的这些指示或者请求,我都一一点头应诺了。

只是我怎么也没想到,作为国医大师、国药泰斗的金先生,竟然这么低调,这么节约,想得这么周到。看来,悬壶济世、治病救人已经渗入了他的血液之中。

我走进国医大师工作站,认真地代表金世元老先生进行验收。当我仔细看完了所有的设施,我的意见是:完全符合他的要求!

国医大师金世元终于来到我们村了!

2015年9月25日那天,不知道为什么,天气特别晴朗。89岁的金世元老先生,那天也显得非常年轻,眉眼里闪现着青春的光芒,真可以用"鹤发童颜"来形容了。他到岜山的第一件事,就是要看看他的国医大师工作站。在大家的陪同下,他认真仔细地看完了工作站的情况。最后,他轻轻地拍着桌子笑了笑说:"很正规,很节俭,我很满意。"

直到这个时候,我心里的一块石头才算是落了地。

金世元到岜山的第二件事,就是要看看我们的中医药研究所。碰巧那天研究所里需要熬制的"膏剂"很多,168口砂锅同时开火了。咕嘟咕嘟的沸腾声,隐藏在满屋的热气中。热气时浓时淡,翻卷升腾,如云似雾,缭绕不息。金世元老先生被这场面惊住了,一边兴致勃勃地和熬药的师傅们交谈着,一边穿梭在砂锅阵里察看不同的药的不同火候。他非常享受地闭上眼睛,仰起头,深深地吸一口气,马上就能说出眼前这个砂锅里熬的是什么药,真是让在场的人佩服不已。转了一圈之后,他拍着我的肩膀说:"现在还用这么传统的方式炮制中药的人不多了,而用传统方式炮制中药,像你的研究所里这么大规模的更是闻所未闻。你真是创造了奇迹,也给我解放了思想。能有你这样的学生,是我的光荣啊!"

"师父,我只是在您的指导下,做了一点点工作。今后,还承您不吝教诲,多多赐教!"我抹着脸上的汗水,认真地回答着。这不,还没有行拜师礼呢,金老先生已经称我为学生,我已经称他为师父了!我心里禁不住一阵激动。

为了这一天,我专门理了发,把花白的头发染得乌黑,不是为了显得年轻，而是为了显得郑重。吕翠珍还专门找人，为我做了一件深红色的唐装褂子，褂子上的襻扣，都是按照最传统的样式，完全手工制作的，不是为了好看，而是为了古朴典雅。没想到，当天早上吃早餐时，我看到金世元老先生也穿了件红底色上绣着深棕色图案的唐装。我暗暗地想：看来我们俩是有缘分啊！金世元，今世缘！我们俩岂止今世有缘，看来前世就有缘了！我期待着，来世还和大师有缘。

第二天，9月26日，是我一生中难忘的一天。

这天将举行我拜金世元老先生为师的拜师仪式。拜师仪式之前，我们首先举行了隆重的金世元国医大师工作站的揭牌仪式。揭牌仪式非常成功，特别是国家中医药管理局副局长于文明和岜山集团董事长兼总裁孙正的讲话，从不同角度阐释了工作站的重要性和必要性，他们的讲话多次被掌声打断。国医大师金世元的讲话，更是让人心潮澎湃，禁不住拍手叫好。

之后，罗容女士就开始了她那极富魅力的主持："现在，我宣布，金世元大师收孙启玉先生为徒拜师仪式正式开始，请国医大师金世元先生和弟子孙启玉入场——请见证人中华中医药学会副会长兼秘书长曹正逵和中国商品学会副会长兼中药专业委员会会长张贵君入场。"

在宽敞明亮的大会议室的正中放着一张条山儿；条山儿的前边，正中放着一张八仙桌；桌子的一边放着一把圈椅，另一边放着三把圈椅。这一切显得古朴而简洁，只是墙上那两行大字——金世元国医大师收孙启玉为徒拜师仪式，使这些摆设顿时有了神圣的色彩，并给在座的所有人一种庄重的仪式感。

金世元老先生坐在八仙桌一边的圈椅上，另一边的三把圈椅上分别坐着于文明先生、曹正逵先生和张贵君教授。我呢，则一手扶着金世元老先生的圈椅，恭恭敬敬、诚惶诚恐地站在他的身旁。

罗容女士用女高音继续着她的主持："尊敬的于文明副局长、曹正逵副会长、金世元大师，各位领导、各位专家，大家上午好！今天，是一个双喜临门的好日子:金世元国医大师工作站刚刚揭牌,我们又要共同见证一个庄严、虔诚的拜师仪式。他们一位是被中医药界尊称为'国药泰斗''活药典'的国医大师,一位是实业报国、造福于民的著名企业家、慈善家。大医精诚、济世利民的共同理想与追求,让他们结下了美好的师生之缘,谱写了一曲当代杏林佳话,从而使中医药事业薪火相传、发扬光大。让我们带着期待的喜悦,怀着激动的心情,在这里共同见证国医大师金世元先生收孙启玉为徒的庄严时刻……"

这时,我往座位上一看:出席今天仪式的领导太多了!

除了前面提到的几位,还有国家中医药管理局政策法规与监督司政研室副主任张庆谦,首都医科大学中医药学院党委书记、金世元国医大师工作站总负责人王秀娟,首都医科大学中医药学院副院长高彦彬,中华中医药学会信息部副主任康宁,中华中医药学会办公室副主任厍宇,山东中医药大学校长武继彪,齐鲁医药学院党委书记李亚鹏,山东省中医药管理局副局长贾青顺,新华社山东分社党组成员王洪峰,山东省卫计委中医药综合处副处长于风华,山东省中医药学会副会长于淑芳,山东省中医药研究院院长、山东省中医药学会副会长兼秘书长赵渤年,淄博市卫计委主任张鲁辛,淄博市中医药管理局副局长李全营,淄博市医疗保险事业处工会主席郝旗峰,邑山集团总裁孙正……虽然挂一漏万,但我还是选择列在这里,算是为这段历史立此存照吧!这时,罗容女士的声音令我收回了逡巡的目光:"现在,请拜师仪式见证人、中华中医药学会副会长兼秘书长曹正逵先生介绍金老及其学术成就。"

"金世元先生,1926年生,主任药师,国医大师,首都医科大学、北京中医药大学客座教授,中华中医药学会终身理事,从事中医药工作七十四年。"曹正逵先生甚至能背出金世元大师的简历,没有丝毫差错,可见他对大师的熟悉程度。

"他还是全国第一、二、五批名老中医专家继承工作的指导老师。2011年,他被评为国家非物质文化遗产'中药炮制技术传承人'。2012

年,他与王永炎院士共同担任中国中医科学院'医药圆融'导师。鉴于金老在中医药传承方面做出的突出业绩,他先后三次被评为全国师带徒优秀导师。2013 年,他又被遴选为中国中医科学院博士后导师。2014 年,他获得'国医大师'称号。他还是六十位国医大师中唯一的中药专业大师。

"金老主编、参编著作二十余部,发表学术论文六十余篇;作为行业领衔,他主持、指导、参与、制定行业规范与标准八个,如《北京市中药调剂规程》《北京市中药炮制规范》《北京市药品标准》等。金老在中药鉴定、中药炮制、中成药、中药调剂等领域建树颇丰,形成了自己独特的学术思想体系。金老笃定'药道致诚'的信念,崇尚医德,恪守药德,医药双馨,为中医药事业的振兴和发展做出了卓越的贡献!"

随着曹正逵先生讲话的结束,现场响起一片掌声。

罗容接着说:"现在,请拜师仪式见证人、中国商品学会副会长兼中药专业委员会会长张贵君先生介绍弟子孙启玉先生。"

"孙启玉先生,1949 年 5 月 18 日出生于淄博市博山区崮山村。中共党员,高级经济师。现任崮山集团董事局主席,中华中医药学会理事,中国商品学会中药商品专业委员会副会长,中国糖尿病防治康复促进会副会长,淄博市老龄发展促进会会长,淄博万杰肿瘤医院终身名誉院长,胡大一心血管病医院终身名誉院长,齐鲁医药学院名誉董事长、终身教授。他先后被评为全国劳动模范、全国优秀乡镇企业家、全国优秀企业家和全国创新企业家,还是第八、九、十届全国人大代表。"

张贵君教授不用讲稿,慢慢悠悠,说起我的履历来如数家珍:"作为崮山集团的创始人,孙启玉先生以发展医疗健康事业、造福民众为己任,先后创建了淄博万杰肿瘤医院、胡大一心血管病医院、北京中医医院淄博协作医院等五家医院,还创办了淄博万杰中医药研究所等四个研究所。医院率先引进高智能伽马刀、X 刀、光子刀、诺力刀、调强放疗系统、质子治疗系统等世界先进的治疗设备,及四维 PET－CT、3.0T 核磁共振等高精尖影像诊断设备,填补了十余项国内空白。2005年6月,凝聚着孙启玉先生十几年心血的国内第一家质子治疗中心——淄博万杰肿瘤医院质子治疗中心正式投入使用,并于当年12月治疗了第一位病人,标志着我国的肿瘤治疗技术迈入了质子治疗新时代。2007年5月,他率领集团承办了第四十六届国际粒子(质子)肿瘤放射治疗大会,开创了国际质子治疗现场培训的先河。他主持研制成功的中药新剂型——万杰中药膏散、膏剂项目,采用明火砂锅不接触金属器皿熬制技术,获得了六项国家专利,一项国家发明专利,有力地提升了医院的中西医治疗和服务水平,集团被中华中医药学会挂牌'中药特色剂型传承创新推广基地'。目前,一个以'中西医配合、医疗与康复配合、医疗康复与养护配合'为特色的现代化医疗城已经初具规模。

"大医精诚,艺无止境。孙启玉先生于耳顺之年,拜国医大师金老为师,传承中药技术,弘扬传统文化,体现了尊师重道、济世利民的崇高追求,也彰显了继承慈母遗志、服务群众健康的忠孝情怀。可谓仁心仁术师生缘,大孝大爱赤子情。我衷心祝愿名师高足,薪火相传,教学相长,妙悟大道,辉耀杏坛!"

张贵君教授的介绍终于结束了,我被表扬得额头上汗津津的。还没等我擦去汗水,罗容女士就按着既定程序,有板有眼地宣布下一项内容了:"下面,请弟子孙启玉面向金老读《拜师帖》!"

为了这一刻,我已经准备了太长时间。《拜师帖》的内容我就是闭上眼睛,也能一字不差地背出来。但是,当这一刻真的到来的时候,我还是有些惶惑和恍惚:这是真的吗?被人们视为中医药界的泰山北斗、我一直仰望的国医大师金世元先生,真的要收我为徒吗?我在心里这样嘀咕着。当我走向前去,转过身来,面对着他捧起《拜师帖》的时候,我才感觉到这一切都是真的,止不住老泪横流,连念《拜师帖》的声音都有些许的颤抖了。所幸的是,金老先生慈祥的眼睛里投出了信任的目光,他朝我微微颔首鼓励我大胆往下念。突然,我浑身聚集了一股力量,促使我抑扬顿挫地念了下去：

拜师帖

金世元先生师尊道鉴：

弟子孙启玉，生于一九四九年五月十八日，幼承慈母之训，仰慕杏林之学，志在济世利民。于耳顺之年幸遇恩师，久仰先生博学厚德，承蒙先生允纳，愿投身金师门下，执弟子之礼，谨遵师教，以先生'热爱中药事业，恪守职业道德，继承传统文化，发扬优秀精华'之嘱为己任，自当尊师重道，恭敬勤学，团结同道，秉师训，聆教诲，承技艺，闻思修，常精进。承先生之术功，效先生之德礼，悟中药之真谛，续中药之魂脉，弘中药之文化。长存感恩之心，永葆赤子之情，探究大医之道，报答栽培之恩。

诚具名帖，躬行拜师大礼！

念完之时，我已经是浑身大汗淋漓了。

"下面，请弟子向师父行拜师礼。"主持人罗容女士用京腔京韵的女高音宣布，"一鞠躬，感谢恩师辛勤指导！"

罗容缓缓地说完，我深深地向大师弯下腰去。此时此刻，我心里想的是：我一定要像师父那样，寻求古训、博采众方，打下厚实的中医药功底，为广大患者提供扎扎实实、简简单单、药到病除、解难除疴的发自内心的服务。

"再鞠躬，发奋学习，共创佳绩！"

随着罗容的声音，我再一次向大师行鞠躬礼。此时此刻，我心里想的是：我一定要像师父那样，博极医源、精进不倦、矢志不移地走在同行的前列，以报答恩师的知遇之恩，以为患者提供最好的服务来为师父增光。

"三鞠躬，传承国粹，发扬光大！"

这次,罗容的声音显得低沉而有力。我这一次鞠躬,比上两次都深。此时此刻,我心里在想:我一定要像师父那样,做到大医精诚、止于至善,做一个有益于百姓的人。

"下面,请见证人曹正逵先生、张贵君先生在拜师帖上签字。"

两位德高望重的老先生缓步走过来,拿过签字笔,分别在拜师帖上庄重地签下了自己的名字。然后,我们三位一起,簇拥着金世元老先生合影留念。我们村里的摄影师,忠实地记录下了这庄严的一刻。

"请弟子向师父敬茶。"

"请弟子向师父献花。"

在罗容女士的指引下,我按照古老的拜师仪式,一项一项、一丝不苟地做着,禁不住浮想联翩:姥娘和母亲是最底层的乡村医生,而我的师父却是国医大师,我可以告慰他们的在天之灵了!

想到这些,我又一次热泪纵横……

拜师仪式上还有师徒二人互赠礼物这一项内容。我为金老准备的礼物是中国首届玻璃艺术大师、中国内画艺术大师孙即杰先生的遗作,用琉璃做的《瑶池仙桃》。礼物的寓意是:金老教了一辈子书,桃李满天下,风骨传九州;同时瑶池的仙桃,也是祝福金老福如东海、寿比南山的意思。

作为前辈,作为国医大师、国药泰斗,金老回赠给我的礼物无比贵重。金老从他的著作中,选了三本他认为最适合我的,用红绸布包了,郑重地交到我的手上。不言自明,金老的意思是让我好好学习中医理论,认真继承中医文化,多做济世利民之事。我一下子把三本书捧起来,紧紧地贴在胸口,暗暗地下定决心:我一定不辜负恩师的期望,争取以优异的成绩,来报答恩师的厚爱。

"下面,请金老给弟子孙启玉寄语。"

随着罗容的话语声,一直端坐的金老站起来了。大家都跑上去劝他坐下讲话,但他还是坚持站着。谁也没想到,年近九十的金老现场即席讲话,讲得脉络清晰、收放自如。

第二十四章　三顾国医大师:收徒(下)

金世元老先生的京腔还是很有特色的:"我简单地介绍介绍,我跟各位的情况基本差不多,也是农民出身。我十四岁就到北京中药界当学徒,从 1940 年到今天,已经七十五年了。在中药界当学徒,基本的中药工作我都搞过。中药鉴别、中药炮制、中药制剂乃至中药调剂、中成药,我都搞过。我在这七十五年中,基本上是三十年做中药实践工作,其余的四十几年搞中药教学和科研工作,我八十一岁才退休。学习中药,我有很多的师傅。中国中医科学院一成立,我的师傅就是中国中医科学院的顾问。1957 年,国家出题选拔中医师。我考取以后,领导不同意我改行,说你既懂医又会药,你走了我们这里实在没有人了,我们正缺人,你走了不行。所以,由于工作需要,我没有弃药从医,一直搞中药。这么多年来,一直在搞。特别是在后期,我开始培养中药人才,因为中药人才太缺乏了。迄今为止,我教过的学生有一千两百多人。可以说,北京各大医院中药房的主任,都是我的学生。"

此时此刻,整个会议室里鸦雀无声。知情的人都说,生性矜持的金老很少谈起自己的经历,今天也许是特别高兴,竟然主动地说起他从医从药的经历来。在场的不论是领导还是教授,都纷纷拿起笔来,一字不漏地记录着他的讲话。

就在这时,金老突然把话题转到了我的身上:"下面,我再谈一下我与孙启玉董事长的接触。大概是今年的五六月份,曹正逵先生和张贵君教授都向我介绍孙启玉同志的情况,说他要拜我为师。我当时就向他们打听:'此人多大岁数了?'他们回答我说:'六十多岁了!'当时我听了,就觉得挺稀奇的。古人说'人过四十不学艺',这个人六十多岁了还拜师学艺?世界上还有这样奇怪的人?我对他们说:人到了六十岁退休在家之后,都不管事了,他怎么还要拜师呢?单从这一点来看,我就认为孙启玉同志是一个不一般的人物,也可以说是一个出类拔萃的人物。是他的行为激起了我的好奇心,我想,我应该仔细了解了解他。"

说到这里,金老缓缓地转过头来,笑着看了我一眼。我觉得,他的目光里还是充满了好奇,总认为我这个人身上有很多和一般人不一样的东西。是啊!处处和别人一样,老跟在别人后面爬行,什么时候才能闯出属于自己的天地呢?看到金老看我,我端起茶杯递了过去。金老浅浅地喝了一口,又继续他的即席讲话:"通过了解我才知道,孙启玉同志确实不同凡响,做了很多的工作。首先,他也是农民出身。他带领农民战天斗地,大力发展农业。我听说他们改变农村面貌是从村里打那口井开始的。因为我是农民出身,我知道,打井本身就不是件容易的事情。在他的带领下,农民的生活水平有了提高,解决了温饱问题。但是在那个时候,就全国来看,我们国家仍然一穷二白,处在非常困难的阶段,广大的农民大都还没脱离贫苦的生活。这时,孙启玉同志在党的领导下,创造性地开展工作,建起了一批工厂,使村子由农业化进入了工业化,并带动周边地区迅速发展。由此看来,孙启玉同志真是了不起呀!"

我知道,我们岜山村艰苦创业的故事是流传很广的,因为无所不能的媒体记者们,早已经把岜山翻了个底朝天。岜山人的事迹,岜山村的故事,满世界的人都知道了。但是,我实在不知道,一头扎进中医药、日理万机的金世元老先生,是在什么时间、听谁说起这些故事的。我只能在心里慨叹:大师就是大师,他们的脑子就是和常人的不一样!这不,他又继续讲下去了。

"现在，我再谈谈他办医院的事。"金老喝了一口茶，接着说，"我相信大家都看过岜山村办的医院了，进口了那么多世界一流的医疗设备，聘请了那么多国内一流的医学专家，这是多么了不起呀！这些事放到一般人的身上，不用说办不到，就是连想也不敢想啊！但是，孙启玉同志却做到了，还做得相当好！在我看来，无论从哪一方面讲，他们的医院都完全可以和北京的三甲医院相媲美。而且，孙启玉同志昨天和我说，关于医院，他还有很多打算，还有很多想做的工作。我想，如果他的那些想法实现了，医院在各方面就都是国内第一流的了！他可真是不简单啊！祖国的中医药，有着深厚的文化底蕴，是历代中医名家通过无数次的临床试验总结出来的东西，也是我们历代人民保护和传承下来的，这是我们国家的瑰宝。孙启玉同志独具慧眼，看中了这一点，所以他对中医药非常感兴趣，下定了决心要继承和发扬中医药文化。孙启玉是名副其实的好党员，是我们学习的一面旗帜……"

说到这里，金老停了停，径自鼓起掌来。

"孙启玉同志为什么能够这么成功？我觉得，他的成功来源于他的理念。那么，他的理念是什么呢？我觉得总结起来，不外乎以下两点：第一，他的心里时刻装着他的乡亲们，就是他经常说的'视年老者为父母'；第二，他把同龄人视为自己的兄弟姐妹，把年幼的人看成自己的子女。这是什么理念？这是一种民本主义的理念！我们几千年来都说以民为本，我看孙启玉是真正做到了。这就是开创性的想法呀！这就是一点私心都没有的高尚的想法呀！所以我说，对他的理念，我是很感动的。他这么让我感动，我有什么理由不接收他？所以，我就欣然接收他为我的徒弟了。另外，感动归感动，我对他和别人还是一视同仁的。那就是四句话：热爱中药事业，恪守职业道德，继承传统文化，发扬优秀精华。谢谢大家！"

金老的话音刚落，现场就响起了热烈的掌声，而且经久不息。金世元老先生由于非常兴奋，一口气讲了很多，累得有点微喘。据他身边的人说，八十九岁的金老，最近很少公开演讲了。像今天这样说这么多的话，已经很久没有过了。我的泪水，则从掌声开始一直流到掌声结束。

"大师收徒邙山行，秋风送爽景色怡。医药杏林添新喜，待看高徒创新意！拜师礼成！"

罗容用她那饱含着兴奋和期待的声音，向在场的人宣布拜师仪式结束。但是，由一个六十六岁的人拜一个八十九岁的人为师引起的冲击波，并没有随着仪式的结束而风停波敛。到场的领导和专家们都想就此事发表自己的见解。

最先发言的是王秀娟书记，她虽然颇具领导严肃庄重的风范，但是言谈举止中，无处不透出知识女性的优雅细腻，让人们觉得听她的讲话是一种享受。她首先代表首都医科大学中医药学院和金世元国医大师工作站，对我今天的拜师仪式的成功举行表示由衷的祝贺，并热情洋溢地向从此结为师徒的金老和我致以美好的祝愿。然后，她就开始说金老带徒弟的事了：

"金老1990年成为国家首批名老中医专家，而且是北京市唯一从事药行的传承老师，从他接收第一批传承弟子起，至今已经二十五年了。二十五年间，尽管无数崇拜者热烈追随，有的甚至动用很多关系试图迈进金老的门槛，但是金老始终把门槛设得高高的，只有经过严格挑选的人才能拜他为师。即使这样，他还接收了十批来自中药行业、科研院所、大专院校等五个系统的徒弟和传承人。孙启玉先生是在金老执业七十五周年之际、国医大师工作站启动之时接收的第十一批弟子。以前金老收徒每批至少四人，而这第十一批，只收了孙启玉先生一个人，足见金老的重视程度。这正应了那句古话：人才济济，再添薪火。

"今天，我们举行的这次拜师仪式，只有一个特点，那就是别开生面！今天，我们在不知不觉中创造了金老收徒史上的三个'第一'。第一个'第一'是金老创造的：过去他都是在北京收徒，今天是他第一次出京收徒，尚无先例，更何况他已经八十九岁高龄了！这说明了什么呢？只能说明师徒二人都十分真诚。第二个'第一'是孙启玉先生创造的：他是金老的徒弟中第一个行业之外的知名企业家，这在金老的收徒史上绝无仅有，这又说明了什么呢？首先是印证了徒弟的执着追求，同时也印证了金老尝试新的传承方式的决心。第三个'第一'是规格模式超越以往：由于这次拜师仪式意义重大，自然会引起社会各界的关注，所以各级领导亲临见证，重视程度堪称第一，史无前例。由此，我要再一次祝贺拜师仪式的圆满成功。

"金世元先生在中医药方面的成就是有目共睹的。他是全国中药行业唯一的国医大师，也是北京市第二届国医大师称号的唯一获得者。金老的成才之路和志在千里的精神与斗志，永远激励着我们努力进取。要追随金老，就要认真学习他爱岗敬业、唯药至尊、把一生奉献给中医药事业的无私情怀；学习他一丝不苟、严谨治学、诲人不倦的大师情怀；学习他深爱中药、一生一世不离不弃，为发扬光大中医药历尽艰辛的顽强意志。

"金老常说，中药行业是一个特殊的行业，其特殊之处就在于它是治病救人的武器。作为中医药工作者，他认为首先要崇尚医德，恪守药德。中医和中药有着不可分割的关系，医靠药治，药为医用，两者紧密结合才能战胜疾病。如果误用了质量低劣的假冒药材，就难以达到治病的目的，甚至误伤病人，所以他勤学苦练、博闻强记，练就了鉴别中药真伪优劣的火眼金睛。

"今天，金老赠送给孙启玉同志的书中，有一本是《金世元传统鉴别经验》。这本书凝聚了金老大半生的心血，是金老留给每一个弟子的无价之宝。他所有的徒弟，都以得到师父的这本书为荣耀。

"今天的拜师仪式，昭示了孙启玉先生对中药行业的敬重与入门学艺的诚意，意味着六十六岁的孙启玉同志还年轻，意味着艰苦学习历程的开始。它将会在孙启玉同志的人生轨道上，留下深深的不可磨灭的烙印。韩愈说，道之所存，师之所存也。金老教诲我们，滴水之恩，当涌泉相报。我们这些见证人相信，孙启玉先生一定不会辜负恩师的期望，一定能够学好、学精中医药，并以其独特的优势资源和实力，推动中医药事业的发展，大力弘扬国粹，让中医药在鲁中地区乃至全国绽放新的光彩。最后，我衷心祝愿金老身体健康，万事如意！"

王秀娟书记的话音刚落，于文明先生又接上话茬，开始了他热情洋溢的讲话。他那略带山东口音的普通话，让人听起来格外亲切：

"今天，我特别高兴！俗话说，人逢喜事精神爽。今天，我能回山东老家来见证这件大喜事，这是我一生的荣幸。刚才听岜山集团的孙正总裁说，今天孙启玉同志成功拜师，是岜山集团和万杰社区的大喜事。在这里，我代表山东省中医药管理局、山东省中医药学会和山东中医药大学宣布，这还是山东中医药事业发展中的一件大喜事。刚才，我们的曹正逵副会长说，这也是中华中医药学会的一件大喜事；淄博市卫计委主任张鲁辛同志说，这更是淄博卫生事业和中医药事业的一件大喜事。在今天这个大喜的日子里，我有千言万语要向大家表达。但是，为了少耽误大家的时间，我刚才梳理了一下，将我的内心感受并成了三句话。

"我的第一句话是高兴并祝贺。高兴，是因为今天我们做的事情，符合中共中央国务院关于深化医改、发挥中医药作用、提高百姓健康水平的指示精神。这既体现了我们的大医风范，关系中医药事业发展，传承中医学术，培养中医人才，同时我们的大师又率先垂范落实中央精神，送医送药送知识，服务我们的社区百姓，让普通社区的百姓感受到大师的仁心仁术。另外，让我高兴的是，我们的名师又收了高徒。刚才金老感慨地说，孙启玉同志在那么艰苦的环境下创业，然后又创办了我们的社区医院。之后，一发而不可收，相继创办了万杰医院、糖尿病医院、胡大一心血管病医院，还有北京中医医院淄博协作医院。从一个优秀企业家办优秀企业，到现在办起这么多关乎民生的、关乎百姓身体健康的医疗卫生服务机构，没有博大的胸怀，没有巨大的爱心，没有行善积德的精神,是难以做得这么成功的。按现在的做人标准来说,孙启玉同志不论从哪个方面讲,都是无与伦比的成功者。但是,他在巨大的成功面前,并没有居功自傲,而是在孜孜不倦地拜师学习中医药,继承传统文化,体现了他功成名就之后,还有'程门立雪'的精神。

"在这里,我给大家讲一个故事。说的是北宋大学问家杨时四十多岁的时候,和好朋友游酢一起去向程颐求教。他们到了程颐府上的时候,见程颐正在屋里打盹。为了尊重老师,杨时劝游酢不要叫醒程颐。两个人站在门口,等着老师程颐醒来。没想到一会儿天上就下起了鹅毛大雪。雪越下越急,越下越大,两个人立在雪中,搓搓手、跺跺脚,想办法抵御着风寒。游酢实在冻得受不了了,几次想叫醒老师程颐,但是都被杨时拦住了。等老师程颐一觉醒来,发现门口站着的已经是两个'雪人'了。这个故事,就是后来人们常说的'程门立雪'。"

"从孙启玉同志拜金世元先生为师的前前后后,我可以负责任地说,孙启玉身上就具备了这种尊师重教、立雪求道的精神,这也是我们万杰的精神。同时,这也应该是我们所有中医药人的一种精神。看到孙启玉同志身上的这种精神,我当时就想,我们的国粹中医药的行业里,有这么多人在传承我们国医大师的学术,我们中医乏人乏术的问题,肯定会迎刃而解。"

哗——

骤然响起的掌声,淹没了于文明先生的声音。没办法,他只好停下来,喝口水润润嗓子。说实话,直到今天于文明先生说出"程门立雪"这个词之前,我还没听说过它呢!我只知道我对别人都是恭敬有加,并从心里认为这都是应该的。我提出的"视年长者为父母,视同龄者为兄妹,视年幼者为子女"这句话,并不单单是对医护的要求,而是面向全村的,这也是村子安宁、社会和谐的基础。而尊重别人,就是一个人素质和胸怀的体现。我平常在村里,碰见辈分比我大的,都是该喊啥就喊啥,从不因为自己是个掌握几亿资产的董事局主席,就对别人颐指气使。一直到今天,我还教育儿子孙正按照我做了一辈子的做法做:村里有人去世了,不论姓氏异同,不论辈分高低,都必须到场给逝者三鞠躬或者磕上三个响头。更何况,我的师父金世元老先生是当今中医药界的翘楚,对他,我不但能做到"程门立雪",就是让我去"金门立刀",我也在所不辞!

于文明先生又开始讲了:

"今天,我说的第二句话,就是感激、感动。岜山集团确确实实是多产业多道路发展的。今天吃早餐的时候,我对几位领导说,我昨天晚上吃了饭以后,悄悄地溜到了我们社区,转了一下我们的小城。我沿着我们的健康路,走到了我们的开发区,看到了左首的万杰药厂,也看到了右首的聚合有限公司。我还走到了那边的小区,也看到了你们盖了几座高楼的社区。我回到我们的万杰医院,转了一圈,看到我们医院的所有楼都灯火通明。这说明了什么呢?说明我们的医务人员还在那里辛勤地工作,说明我们的医院里住满了患者。当时我就在想,这么一个偏僻的山村,为什么能够闻名全国?为什么能够成功地举办世界级的质子大会?我们国家那么多的医学大师,如我们的金世元老师、胡大一老师,还有我们医学界的名家高彦彬、仝小林等,这些北京著名的教授能够到这里来,是什么吸引了他们?我想,首先是岜山集团如日中天的发展和岜山人不屈不挠的创业精神。除此之外,我觉得更为重要的是孙启玉同志这种无私的真诚和宽广的胸怀,以及他建功立业的澎湃激情。

"昨天私下交谈的时候,曹正逵秘书长跟我讲了目前市场上药品质量以及新剂型存在的一些问题,说有个别问题甚至已经成了痼疾。而孙启玉同志不是面对问题仰天长叹,而是直面各种复杂的问题,解决患者所急需解决的问题。他以保护人民的生命为最高原则,发明了获得多项专利的'膏剂',为患者解难,为人民造福。他所做的这一切,应该说都深深地打动了金老。在来岜山集团之前,我还几次问曹正逵秘书长,是什么促使金老答应了六十六岁的孙启玉同志的拜师请求?这么大年纪的人拜师,我还是第一次听说。曹秘书长告诉我说,金老得知孙启玉同志的拜师请求以后，为了慎重起见，从好几个角度了解孙启玉同志。其不屈不挠的精神和'程门立雪'般的真诚感动了金老，金老哪有不收之理？刚才王秀娟书记说，孙启玉同志是金老在北京以外收的第一个徒弟，也是他这个师门里面岁数最大的徒弟。金老这次之所以破例出北京收徒，最主要的原因，就是我们岜山的这种知名度和精神，以及孙启玉这个学生纯洁的拜师目的和认真求学的精神，还有我们岜山集团的这种生生不息的企业文化。

"我听到这件事后，也是很受感动，因为很多人跟我讲过当年孙启玉同志创业九死一生的坎坷经历，就如刚才金老说的，孙启玉他们是从打一口井开始创业的。他们从打一口井发展到现在，成为国内外闻名的企业集团，靠的就是一股自强不息的精神。所以，我常常这样想，有了孙启玉同志的这种精神，我们中医药事业发展的明天会更美好。我万分感激孙启玉同志把岜山集团的这种精神，把他本人的这种真诚，带到了我们的中医药事业中。"

没想到，于文明先生的讲话向我透漏了一个信息，就是有很多人在金世元老先生面前为我说了好话，这是我始料不及的。我的确托了人向金老介绍我，但是令我万万没想到的是，得知我的拜师意愿之后，很多在岜山工作过的医生，或者和我们有过合作关系的医疗工作者，都纷纷通过不同的渠道，认真地向金老推荐我、介绍我，要不金老为啥对我了解得如此透彻呢？这些善良的人，实在让我感动得不得了。所有这一切，又让我想起了"缘分"这个词。看来，缘分就是一个甩不掉、逃不脱的机缘巧遇。

于文明先生匆匆地为他的讲话做着结尾：

"第三句话就是祝福、祝愿。今天是个大好的日子，我们的名师收了高徒。祝福我们的名师和高徒身体健康；祝福我们岜山集团的各位同仁身体健康、阖家团圆；祝福我们的中医药事业，在金老这个师徒团队的带领下，蒸蒸日上，兴旺发达！"

拜师仪式就这样结束了。

令我没想到的是,本来是一个单纯的拜师仪式,却几乎成了一个研究中医药理论、探讨中医药发展、展望中医药前景的论坛。我觉得我是幸运的。感谢姥娘和母亲平日里的言传身教和冥冥之中的启示,因为我相信我的幸运就是她们常年行善积德给我的福报。同时,感谢所有在我生命中给过我帮扶的人。

当然,在拜师过程中,还有个小秘密。

那就是拜师仪式结束后,人都慢慢地散去了,会议室里只剩下了金世元老先生和我。我不知道是天赐良机,还是人们故意留给我们俩的机会。金老还是坐在那把椅子上,似乎在想着什么。想想他对我的厚爱,对我的高度评价,对我的严格要求,我越发觉得他慈祥,慈祥得就像父亲一样。看着他的面容,我的眼眶里充满了热泪。

我轻轻地问他:"金老,过去的拜师仪式是啥样的?"

"你是说旧时的礼数?"金老问道。

"对,就是您拜师时的礼数。"

"那时候复杂,徒弟还要给师父磕三个响头。"

"为谢师恩,我今天就给您磕三个响头!"

"万万使不得,启玉!"

"只有给您磕了头,我才心安!"

没等金老再说出什么话,我便扑通一声跪在了他的面前。金老蹒跚着走过来,抓住我的胳膊,想把我搀起来。无奈我心意已决,他尝试了几次无果之后,便又回到椅子前,拽正了唐装的大襟,端端正正地坐下了。

我轻轻说了第一句话:"我一定恪守师训,博采众方!"

第一个头磕下去了!

我轻轻说了第二句话:"我一定悬梁刺股,精进不怠!"

第二个头磕下去了!

我轻轻说了第三句话:"我一定传承国粹,止于至善!"

第三个头磕下去了！

"启玉，收你这个徒弟，值了！"金老颤巍巍地说道。

我也流泪了。

拜完师的那个夜里，我又失眠了。我躺在床上辗转反侧，心里像有海浪在翻滚，久久不能平静。俗话说，"师父领进门，修行在个人"。我知道，能够进入金门是一件非常荣耀的事。但是，我更知道，只有学习学习再学习，才能获得师父的真传，才能成功地走出师门。

我的学习之路更加艰难了。于是，我给自己定了三条规矩：1. 每天必须读书十页以上；2. 每天必须写读书笔记两页以上；3. 每天必须去中医药研究所一次。

就这样，我竟然坚持了几年。读书、写笔记都不是难事，只是坚持下来太难了！每天那么多的事情需要处理，读书、写笔记的时间真是硬挤出来的。有时候忙到了晚上，回到家都八九点钟了，没办法，我只好用凉水洗把脸，使自己精神一些，逼自己完成既定的任务。时间一长，也就慢慢地习惯了。

几年下来，我终于理解了"书山有路勤为径，学海无涯苦作舟"这句话的含义。其中的一"勤"一"苦"，可不是一般人能受得了的。

第二十五章　夜里见到了李时珍

夜里，我突然被梦惊醒了。

那是一个和我八竿子打不着的奇怪的梦！

俗话说，日有所思，夜有所梦，这话一点不假。

在拜金世元为师以前，我差不多读完了中药学的本科课程，就萌生了一个想法。山东也是中草药的生长和采集大省，而且有中药材1400多种。其中，植物药有1299种，动物药有150种，矿物药有17种，其他类药有4种。我们独占这么丰富的资源，为什么不出一本图文并茂的关于中草药的书呢？虽然以前也有些零零星星的记载，但是都没有全面搜集整理。我还想，既然山东省号称齐鲁之邦，书名能不能就叫《齐鲁本草》呢？这个想法一产生，就像一棵扎了根的大树一样，在我的脑子里再也拔不出来了，而且越长越茂盛，在一段时间内几乎占据了我的脑海。

在我被这个想法折磨得受不了的时候，我想到了兼任我们中医药研究所所长的张贵君教授。他对中草药十会熟悉，曾主编过高等医药院校的教材《中药鉴定学》《中药质量学》《中药商品学》等书，岂不就是现成的顾问吗？当我一股脑地把我的想法告诉他时，他先是大吃一惊，像根本不认识我似的，把我仔仔细细从上到下打量了一遍，然后一把抓住我的手，紧紧地握了好长时间，异常真诚、异常认真地跟我说：

　　"启玉,你的想法很重要! 这是一件功德无量的事啊! 据我了解,有的省曾经想做这件事,但不知道什么原因,最终不了了之。我知道你是认准了要做的事情八头牛也拉不回来的人,这样吧,我帮你干这件事,我当你的顾问! 咱们不干则已,干则一鸣惊人!"

　　"张教授,有你这句话,我心里就有底了!"

　　"不过,这可是一个困难重重的大工程啊!"

　　"没事! 铁人王进喜曾经说过,'人没压力轻飘飘,井没压力不喷油'! 只要我们拿出蚂蚁啃骨头的勇气,发扬咱们岜山人'一个好汉三个帮'的精神,就没有办不成的事! 咱们岜山人拿了那么多第一,这个事还不是'张飞吃咸菜——小菜一碟'吗? 再说了,不是还有你这个全国闻名的大专家吗?"

　　"启玉老总,你总是这么乐观!"

　　"人们都说失败是成功之母。我认为,乐观就是成功之父! 你成功了,乐观是必然的;如果你失败了,还能以乐观的态度去面对,那你就是伟大的! 对于任何一个干事业的人来说,只要不败给自己,就没有人能彻底打败你! 你可能听说过,当年我们的万杰集团重组,有些人认为我们完了。但是我们依然乐观地笑对人生,并没有乱了方寸。这不,凤凰涅槃之后,我们的岜山集团不又浴火重生了嘛!"

　　听到这里,张教授和我一起大笑起来。

　　从那天开始,我们就在忙活《齐鲁本草》的事了。另外,拜金世元先生为师之后,我在自己研读中药学研究生课程的同时,还加紧了中药炮制新剂型专利的申报。工作头绪一下子繁杂了,工作节奏突然间加快了,一天到晚满脑子里净是事,不知不觉地就把这些事带进梦中去了。

　　但是,那个梦很奇怪。

　　和所有的梦一样,那个梦的梦境是断断续续的,甚至有的片段根本接续不起来,有些片段还睁眼就忘。在梦里,我和张教授等人去泰山山脉,调查几种山东省产的道地药灵芝等的生长状态。当时,满山坡上浓淡不一的白云,轻轻地环绕在我们的身边。松树下的灵芝小的像碗口,大的像锅盖,都闪烁着异样的光彩。它们错落有致地分布在大树下,像一些刚刚睡醒的小娃娃,在努力伸展着自己的身体。当张教授正要伸手采摘的时候,天气突然发生了变化。黑得像锅底一般的乌云,大团大团地从山顶压了下来,大风瞬间刮了起来。方向不定的旋风,卷起树下干枯的松针,密不透风地扔到我们的脸上,这让我们满脸针扎般地生疼。我一手拉着张教授,一手拨开茂密的树枝,在伸手不见五指的树丛里穿行起来。不知道跑了多长时间,不知道爬了多长的山路,我忽然觉得眼前放射出一道金光,直直地射向远处的山坡。当我们踏进那道金光,大风忽然停了下来,森林里到处都暖洋洋的。我们踏着这道金光,径直走进了一棵千年古松下的小庙。

……恍惚中,小庙又变成了位于湖北省蕲春县蕲州镇的李时珍纪念馆,庙里的小神也幻化成了著名人物画家蒋兆和先生画的李时珍的形象。记得多年以前我去湖北谈生意的时候,为了个人心中那个从医的美梦,为了自己在"文革"期间得而又失的那本《本草纲目》,为了我的恩师赵蔚芝老先生为我翻译的、我背得滚瓜烂熟的那篇《本草纲目》的序言,谈完生意之后,我特意绕道去了蕲州镇的李时珍纪念馆,还恭恭敬敬地为他点上三炷香,也算是了却了姥娘和母亲的一个心愿。所以,我对李时珍纪念馆的印象特别深,并从讲解员那里知道了大量关于李时珍的传奇故事。

只见李时珍从神坛上飘然而下,飘到我们身边之后,给我们每个人斟上了一杯散发着异香的热乎乎的清茶。他仔细翻看了我们篮子里的草药之后,赞许地点了点头,又和我们说了很多话。面对"药圣",我们只有点头称是的份。当我们终于抬起头来,想仔细看一看他的面容的时候,却看到李时珍已经踩着一片祥云,悄没声地向小庙外的霞光中飘然而去了。

"先生慢走——"张教授大声说着。

"先生回来——"我不舍中带着期盼。

突然，云影霞光都不见了，眼前的一切景象全都没有了，只有远处那些明暗不定的灯火，映照得屋里微微发亮。原来，是我在梦中的高叫声，把妻子吕翠珍惊醒了。她使劲推了我几把，把我从梦里拉出来了，同时也把我从李时珍身边拉了回来。想想梦中的恋恋不舍，我还真有点恼火呢！梦中李时珍和我们说了很多话，但是我被吕翠珍推了这几把，吓得只记住了两句。一句是"靡不有初，鲜克有终"，一句是"日拱一卒，功不唐捐"。我马上翻身起床，跑进书房开始查资料。查完后我才知道，他说的第一句出自《诗经》，意思是没有不能善始的，可惜很少有能善终的；第二句的意思是每天进步一点点，所做的努力不会白白浪费的。

过去我不大信梦，总以为梦境是些虚幻的东西，两眼一睁一切皆无。但是，今天我非常相信这个梦，非常感谢这个梦！我相信冥冥之中有一只看不见的大手在安排。

我做梦也没想到，编著《齐鲁本草》是这样一个苦活累活力气活，原因是我把标准提得太高了。那天，在第六次编著工作调度会上，我让大家说说这一阶段遇到的困难。谁知，大家的话题一敞开，就你接我、我接你地没完没了了。我迅速对大家的意见加以归纳和分类，发现大概有以下几个方面：

一是同样品种的草药，不同的地方有不同的叫法，按谁的名字叫？二是同样的一种药，在民间的验方中，出现了和典籍中不一样的用法，甚至治疗不一样的病症，以谁的为准？三是同一名字的草药，典籍中的图画和现实中的样子不符，如何定夺？四是山东省有1470多种中药材，我们只选取其中最重要的，舍弃一般的，用什么标准进行取舍？如此等等，不一而足。

这些问题，我在心里都想过。并不是我有什么先知先觉，而是那年我去湖北蕲春县朝拜李时珍时，听纪念馆的讲解员讲李时珍行医采药时的一些逸闻趣事，恰好涉及这些内容。我将从那里听到的故事、看到的资料和我们遇到的问题一对比,发现我们编著《齐鲁本草》过程中遇到的问题,李时珍在四百多年前撰写《本草纲目》时就遇到过。因为有这些历史知识撑腰,所以我讲起话和解决起问题来,腰杆子就硬了许多:

"只要我们多学学李时珍,这些问题就不是问题了。因为李时珍老先生已经用他的实际行动,把这些问题都解决了。"看着大家疑惑的目光,我有点小小的得意,接着又不紧不慢地说开了,"对!李时珍不是神仙,也没有三头六臂,他只是个和咱们一样的普通人。但是他吃得了苦、下得了力,会用亲身体验的笨办法,去解决那些前人难以解决的问题。李时珍并不是一开始就想编著《本草纲目》的。著书之前,他先是当太医,也就是当楚王府的'奉祠正'。后来,他又挂牌坐堂当乡医,创立了东壁堂。在十几年的行医生涯中,他阅读、参考和使用了大量古医书,为的就是学习和借鉴。就是在这个过程中,他先后读了八百多部医学药学书籍,还读了许多文学名著和历史地理书籍,甚至连古代几个著名诗人的代表作他都仔细地研究过。读书多了,知识广博了,相互比较,相互印证,慢慢地他就看出问题来了……

"你们仔细听清了,他看出来的问题,就和你们遇到的一样。"

看着他们认真的神态,我还是挺满意的。于是我把从李时珍纪念馆的讲解员那里听来的以及我自学时从书上看来的知识,一股脑地倒了出来,把他们惊得一愣一愣的。"李时珍仔细研读了八百多部医药书籍,发现很多内容互相矛盾。用他的话来说,就是这些书'品数既繁,名称多杂。或一物析为二三,或二物混为一品'。最使他挠头的就是,由于药名杂乱无章,很多药物令人弄不清其形状和生长状况。就拿我们大家都知道的远志这味中药来说吧,南北朝的著名医药家陶弘景说它是像麻黄的小草,青颜色开白花;而宋代的医者马志却认为陶弘景根本不认识远志,还说远志长得像大青。诸如此类的事,李时珍遇到得太多了。"

"他还遇到什么了?"有人问。

"李时珍订正的这样的讹误多如牛毛呢!"

这时,我们见多识广的顾问张贵君教授接过了话头。他是专家,信手拈来就是一串故事:"比如水银是一种有毒的药品,竟然被当时的人们认为服后可以益寿延年,因此皇帝们竞相用水银等炼丹以求长生不老。皇帝看上的事,谁敢说个不字? 但是李时珍及时指出了它的危害性。正因为这样,《本草纲目》写完好几年,都没有人敢给他刻印。还有,就像狗脊这味药,有的书上说它像草薢,有的书上说它像菝葜,更有甚者说它像贯众……再比如有一味草药叫芸薹,它是治病经常用的药。至于芸薹什么样,各家著书解释都不一样,连《神农本草经》中也说得含糊其词。李时珍上山采药时,遇到了一个老农。他向老农问清楚了芸薹的样子,又让老农领着他去实地察看,才知道芸薹就是油菜。于是,他便在《本草纲目》里清清楚楚地表述出来了。诸如此类的问题,简直把李时珍搞迷糊了。"

"还有更让人惊奇的呢!"

我接完一个患者家属的感谢电话,又开始给大家说起来。不知为什么,我那天的兴致特别高,好像又找到了以前给人们讲故事的感觉。当然,我并不是为了找什么感觉,而是我所了解的关于李时珍的很多事迹,对我们编著《齐鲁本草》太有用处了!

"我平常和你们说,你们读书涉猎的范围要广一些,可是有的人还是当成耳旁风,还有的人表面上看起来听话执行了,但是一转身就扔得远远的了。刚才我说了,李时珍除了医书之外,还读了很多文学名著。一个搞中医药的大医学家,读文学作品不是白白浪费时间吗? 完全不是!他读文学作品,也是为了他的医学事业。比如说,古代的医书中经常出现'鹜'与'凫'这两个字。李时珍就纳闷了:这俩字指的是一种东西还是两种东西? 历代的医药学家对这两个字都有不同的解释,搞得后人一头雾水,甚至开药方时都踌躇再三。这时,他的文学功底发挥了作用。他突然想到,屈原的《卜居》当中有过这样两个句子:一个是'将与鸡鹜争食乎',一个是'将泛泛若水中之凫'。由此,他向同仁们指出,诗人屈原把

'鹜'与'凫'对称起来并举,说明它们不是同一种禽鸟。后来,他又根据其他文学作品中对它们生存环境的不同描绘,进而推断出'凫'是野鸭子,'鹜'是家鸭,其药性是不同的。同志们,屈原的辞赋竟然成了李时珍确定药名的依据,这是我们大家谁也想不到的吧?"

"啊——"编著小组的年轻人开始活跃起来!

"真是想不到哇!"

"出乎意料,出乎意料哇……"

张贵君教授也起哄似的鼓起掌来。

"所以,我们编著《齐鲁本草》,也应该和当年李时珍编著《本草纲目》一样,既要吸收前人留下的一些成果,又要订正前人疏漏。在这里,我们首先要用科学信念赶走功利之心,所有功利之心都是我们编著《齐鲁本草》的敌人。李时珍的《本草纲目》仅仅192万字,就前前后后写了二十七年,他七十多岁的时候,还独自从武昌跑到南京,和人家商量出版事宜。但是到他去世时,这本被达尔文称作'中国古代百科全书'的《本草纲目》也没能出版。这本书真正出版的时候,已经是李时珍去世三年之后了。你们想想,四百多年以前,条件那么差,李时珍还和他的徒弟庞宪以及儿子李建元等,穿上草鞋,背上药篓,走遍湖南、湖北、广东、广西、安徽、江苏、陕西、江西等地,'搜罗百氏''采访四方'。今天,我们的条件比李时珍那个时候好多了,有轿车、高铁、飞机可以坐,还有那么多的星级宾馆可以住,我们有什么理由做不好呢?"

"哈哈哈……"

"鸟枪换炮了!"

大家又是一阵大笑,我自己也忍不住笑了:"说归说,笑归笑,我还是要把丑话说到前边。这次,凡是收录进《齐鲁本草》里的中草药,我们必须到其生长地进行实地查看,查看其生长状况,分析其特点,并当场拍摄照片。这本书中所有的照片,必须是我们自己实地拍摄的,百分之百地保证其真实性,绝不允许出现以讹传讹的现象!谁出现了这种情况,立即取消其编著资格！我们必须编写出一本经得住历史检验的、经得住中医药界大咖们挑剔的充满科学性的《齐鲁本草》来！"

第二天一大早，他们就分头出发了。

送走他们之后，我又开始构思和研究《齐鲁本草》的编著体例了。关于这本书的体例，大家意见很不一致。为了赶时间，我制订了一边在全省各地进行药物实地调查，一边商讨体例的方案。其实，体例这个问题，已经萦绕在我心头很久了：我们到底搞一个什么样的体例，才能既符合中草药图书的编写规律，又符合现代人简便省时的研读习惯呢？我们可以借鉴的药书很多，从先秦的《黄帝内经》、汉代张仲景的《金匮要略》，到西晋王叔和的《脉经》、唐代孙思邈的《备急千金要方》、金代刘完素的《素问玄机原病式》、元代李东垣的《脾胃论》，再到清代叶天士的《临证指南医案》……林林总总，不下几百本！但是，这些古代典籍的著书体例，很多都不符合现代人的阅读习惯。新中国成立后编的药书，体例也是五花八门，各不相同，令人难以选择。

那么，我们的新体例应该什么样呢？

一时间弄不出个头绪来，我稍微收拾了一下桌子上的书，便若有所思地往家里走去，一路上满脑子里还是编著体例的事。

走着走着，我一抬头，看见了郁郁葱葱的摩天岭，横亘在村子的东南方向。我突然想到了地图，想到了我办公室里那一幅山东地图。踅回身来，我迈着小碎步向办公室跑去。开灯倒水，翻箱倒柜之后，我把那幅山东地图展开铺在地毯上，就趴在地上研究起来。

我还是老毛病，一边研究，一边嘟囔——

山东省的地形以平原、丘陵为主，中部突起，为鲁中南山地丘陵区；东部半岛大部分是起伏和缓、谷宽坡缓的波状丘陵，为鲁东丘陵区；西部、北部是黄河冲积而成的平原，是华北平原的一部分，为鲁西北平原区。鲁中南山地丘陵区位于沂沭大断裂带以西，黄河、小清河以南，京杭大运河以东，是全省地势最高、山地面积最广（占全省中低山面积的

77%）的地区，主峰在千米以上的泰、鲁、沂、蒙诸山构成全区的脊背。因诸山偏于北部，故北坡陡、南坡缓。中低山外侧，地势逐渐降低，为海拔500米～600米的丘陵，多山顶平坦的"方山"地形，当地称为"崮"，有大小七十二崮。丘陵的边缘则是海拔40米～70米、地表倾斜的山前平原，最后没入宽阔的华北平原。鲁东丘陵区位于沭河、潍河谷地以东，三面环海……

"我们的理想，在希望的田野上……"

突然，我的手机铃声响了起来。我接起电话，发现是吕翠珍催我回家吃饭。我抬头一看墙上的挂钟，已经是晚上八点多了。人真是奇怪，几个小时前我还饥肠辘辘，到这会儿什么也没吃，却毫无饥饿感了。我和她说好一会儿回家之后，便从地上爬起来，用拳头使劲捶打着后腰，伸展了几下胳膊腿，然后又伏在地图上了。

嘴里还在嘟囔着——

除了海拔700米以上的崂山、昆嵛山、艾山等少数山峰耸立在丘陵地之上，其余大部分海拔200米～300米的波状丘陵，地表起伏和缓，谷宽坡缓，土层较厚，加之三面环海，气候温湿，非常利于农林渔牧业发展。全区地势东北部和西南部较高，海拔500米～900米，中部最低，海拔100米左右，为断陷平原带。鲁西北平原区位于河湖带以西，黄河、小清河以北，环布于鲁中南山地丘陵区西北两面，地势低平，海拔70米左右。山东除黄河三角洲与莱州湾沿岸外，滨海地貌都是以断裂上升和海积作用为主形成的海岸，从成山角至岚山头，主要是曲折的岩石海岸。成山角至蓬莱角是岩、沙质海岸相间分布，以沙质海岸为主，滨海平原宽3公里～5公里，有陆连岛、连岛沙坝、沙嘴等海积地貌。蓬莱角至大河口为河、海堆积海岸，海滩广阔，潮间带宽5公里～10公里……

看到这里，我的眼前忽然一亮：我们能不能把地形地貌作为排列的依据？

"我们的未来，在希望的田野上……"

听到电话铃声,我知道,这是妻子吕翠珍催我回家了。我一看表,竟然快十点了。我急忙整理好地图,疾速往家赶去。这时,我才觉得自己真是饿了!

在第七次《齐鲁本草》编著工作调度会上,大家一致通过了按地形地貌排列的体例,并以此作为我们的调查原则。这样,我们将齐鲁大地划为了泰山山脉、鲁山地区、沂蒙山地区、崂山山脉、胶东昆嵛山地区、鲁西南平原及南四湖(微山湖、昭阳湖、独山湖、南阳湖)地区、鲁西北平原、黄河三角洲地区等。

用张贵君教授的话说,岜山人一是敢干,二是会干。

正在我绞尽脑汁编书的时候,一向以严肃认真、一诺千金著称的胡大一又匆匆地赶到我们村的胡大一心血管病医院坐诊来了。他曾经多次说过:"既然是以我的名字办的医院,我必须留出足够的时间坐诊,这是对患者的尊重,也事关我的诚信问题。"不过,他这次来坐诊,在列车上的一段奇怪的遭遇,成了一件不大不小、轰动一时的新闻事件。

第二十六章　我和胡大一做的"傻事"

胡教授惊动了媒体,事情的原委是这样的。

又到了胡大一来坐诊的时间了。胡大一虽然是闻名世界的大医,但是丝毫没有专家的架子,而且是一个有善心、有仁心、重信守诺的人。自从我们的胡大一心血管病医院成立以来,他一直按照约定风雨无阻地来坐诊。气象条件允许,他就坐飞机;遇到刮风下雨,他就坐高铁……反正只要是为了病人的事,他从不讲条件,不遗余力。他常说这样两句话:"做医生,一是要有神仙般鬼斧神工的医术,二是要有佛陀般普度众生的德行。否则,你就不是一个好医生。"

他是这么说的,更是这么做的。

这次来坐诊的前一天,胡大一正在外地参加"大医献爱心"的活动。活动结束后,他坐上高铁就往岜山村赶。几天的活动下来,胡大一太累了,刚坐到座位上,便呼呼地睡了过去。

突然,车上的广播急切地响了起来:"各位旅客请注意,各位旅客请注意,15 号车厢有位乘客得了急病,急需救治。本次列车上如有懂医术的乘客,请马上赶到 15 号车厢,请马上赶到 15 号车厢……"

一遍遍重复的急切的广播,把 2 号车厢里刚刚入睡的胡大一唤醒了。从医多年,救死扶伤的理念早已经渗透到他的血液中了。听到广播的他,如同军人听到了命令,连忙叫醒助手,快步往 15 号车厢赶去。

胡大一和助手赶到 15 号车厢时,发现那里已经乱作一团。只见一个座位上斜躺着一个中年男人,神志模糊,满脸痛苦,脸上黄豆大的汗珠不住地往下滚,嘴里还不断地发出痛苦的呻吟。他的妻子看着他束手无策,只是一个劲地跺脚,两个一岁多的双胞胎儿子一个劲地哭着。他周围围着一圈人,一边叽叽喳喳地交头接耳,一边伸伸手又缩了回去,横竖不知道怎么处理。有人说让病人坐起来,有人说让病人躺着,还有人准备动手掐他的人中⋯⋯

这时,胡大一不慌不忙地掏出随身携带的听诊器,听了听病人的心跳,又看了看病人的眼珠和舌头,认为病人患了突发性心脏病,必须马上急救。谁知,病人和家属都没带急救药,大家急得抓耳挠腮。这时,有位乘客挤了进来,拿出了自己随身携带的阿司匹林,胡大一让病人嚼服三片之后,稳定了病情。他又果断地说:

"患者心肌梗死,必须住院治疗。前面就是郑州火车站,到站后马上下车入院,越快越好!"

同时,胡大一一边进行着力所能及的抢救,一边让助手打了 120 急救电话。火车到郑州时,救护车早已经等候在车站了。救护人员把轮椅停在了站台上,从绿色通道将患者推到了急救车上。把病人交给急救人员后,胡大一还是不大放心,又和助手跟着上了救护车,一直跟到了医院。在医院里,病人心电图的检查结果,印证了胡大一的判断:急性后壁心肌梗死,而且梗死面积较大。这个医院的院长正好是胡大一教授的学生,他们立即把病人接进了手术室。直到这时候,胡大一教授才和助手悄悄地退了出来,马不停蹄地返回郑州火车站,重新买票,快马加鞭地向淄博赶来。

谁知道,在现今的自媒体时代,人人都是记者。胡大一在列车上救人的事,早已被人用手机拍下来,发到网上去了。就在胡大一教授和助手还在火车上的时候,广播电视和纸质媒体已经纷纷播出转载他的事迹了,消息似乎瞬间就铺天盖地了。

那天,快走到胡大一心血管病医院的时候,我看见很多人聚集在医院门口。当时我心里还在嘀咕,难道是医院出事了?当我走近的时候,才看清门口聚集的是几家当地媒体的记者。

"孙总,你能说说胡大一大夫的事吗?"

"村里的胡大一心血管病医院运行如何?"

还没等我走到门口,那些记者就一下子围了过来。听到他们的问题,我和胡大一交往的一幕幕场景,就像过电影一样,在我的脑子里闪现,而且越来越清晰。

我和胡大一的缘分,首先源于我是他的粉丝。

由于我们村的医院起点高、名气大,加上我们工作做得到位,很快就吸引了北京的很多名医前来坐诊。我和这些名医交往的时候,经常听到他们有意无意地提起胡大一的名字。据说,除了他辞掉的,他身上还有关于医学的七十六个头衔。这在我看起来,简直就是神话传说!特别是他国际欧亚科学院院士、美国心脏病学院专科会员这两个头衔深深地吸引了我。我心里暗暗地想,不知道我们俩有没有缘分,我要是能认识他就好了。越是钦佩他,想见到他的心情就越是迫切。也许是老天眷顾,也许是缘分使然,由于工作需要,我竟然与他有了很多次交往,而且我们对彼此的印象还都不错。尤其是他丝毫没有名人的架子,对任何人都十分谦虚和蔼,和任何一个患者都平等地交流,这些更是深深地吸引了我。久而久之,我们就成了无话不谈的朋友。在他身上,我终于明白了人们常说的四个字:大医精诚。

那一年,胡大一退休了。怎么才能延长他的工作时间呢?

我想为他个人办个医院,为他给更多的人解除病痛创造条件!当我去北京和他谈起我的想法的时候,他回忆起他来我们医院的几次经历,并谈了对我们几个医院的好感,还表示了对我们医院的向往,但当时已经有好几个医院向他伸出了橄榄枝。于是我就说,只要能发挥你的作用,只要能给患者带来福音,你去哪里都一样;当然,我认为我们的条件很不错,还是希望你到我们这里来。就这样,一来二去,我们谈了很长时间。

也许,缘分就是不期而遇的握手,缘分就是心灵深处的共鸣。实际上,我们俩早已经深深地结缘了,只是走到一起还需要时间,这就是人们常说的好事多磨。这次接触以后,我突然变得信心满满了。

就在我们签订合作协议的前一天晚上,我和胡大一进行了一次简短而深刻的对话。现在细想起来,不但铮铮在耳,而且振聋发聩。因为对于社会上和医疗界存在的一些问题,我们都口无遮拦地说出了自己的看法,而且我们俩在思想上有着高度的契合。

那次,我们都没喝酒。饭桌上虽然已经说了很多话,但是总觉得意犹未尽。晚餐后我们肩并肩地走了一会儿,最后又找了个房间坐了下来。坐在那里,我们俩却长久无话。但是谁都知道,我们之间有很多话要说,只是不知道从何说起。双方都在酝酿着、选择着……

"孙总,你说医者'悬壶'是为了什么?"胡教授开口了。

"为了'济世'啊!"我顺口就对上了。

"那他们怎么养家糊口呢?"胡教授又问道。

"古人云,医者仁心。就是说,品德医术俱佳的医生,都有一颗仁爱的正义之心,他们无欲念、无希求,只有一颗大慈大悲的同情心。不管患者贫贱富贵、老幼美丑,他们都一视同仁。所以,他们的门上经常会贴着这样的对联:'但愿人常健,何妨独我贫。'这就是他们高风亮节的真实写照。你看看古来的大医学家,哪个不是这样啊!"

之后,我俩又是长久无话。

"胡教授,你说郎中'治病'是为了啥?"我问道。

"当然是为了'救人'了!"胡教授说。

"那他们咋维持生活呢?"我问。

"'治病救人',这是晋朝大医葛洪《神仙传》里的一句话。从古至今的大医,总是以治病救人为自己的神圣职责。在他们的心中,首先考虑的是病人的安危冷暖,从不在乎自己的宠辱得失。所以,他们的门上也经常有这样的对联:'但愿天下常无病,何惜架上药生尘。'这样的医者真是有神仙般的境界呀!"

其实我们两个人心里都明白,在我们俩这近乎打哑谜的对话里,隐藏的是对我们即将合办的医院的定位问题。当然,我们俩心里都明镜似的,就是我们即将成立的胡大一心血管病医院,必须是悬壶济世的,必须是治病救人的,绝对不能为了赚钱而办医院。说到底,我们是为了实现一个悬壶济世的理想,是为了实践一种治病救人的情怀。在这一点上,我们早就想到一起去了。如果不是这样,我们也不会走到一起。

胡教授说:"我们的医院不以挣钱为目的。"

我说:"我们就是为了普度众生。"

第二天,我们就自然而然地签字了。说干就干,这是我们岜山人的特点。时间不长,胡大一心血管病医院就在各级领导的关怀下正式开诊了。谁知道,我们按照我们俩议定的宗旨办起的医院,在广大患者好评如潮的同时,也有很多人认为我们办了一件"傻事"!

因为,我们的医院不想挣钱!还把到手的钱往外推!

这是有例可证的!

就在我和记者们海阔天空地聊的时候,胡大一教授风尘仆仆地赶过来了。面对媒体连珠炮似的提问,见多识广的他竟然羞涩起来。他说医生的职责就是治病救人,见死不救、见伤不扶,那算什么医生?在火车上,换了别人遇到这种情况,也会尽心施救的!简简单单地说完这句话,他就和助手一头扎进医院,开始和蔼可亲地给闻讯而来的患者诊病了。在他看来,火车上救人的事已经过去了,现在最重要的就是多和医院的患者交流,为他们解除病痛。

按照惯例,每次胡教授过来坐诊,我都会和他吃顿便饭,以示欢迎,同时在饭桌上交流信息,亮一亮个人的想法。我知道,胡教授最反对的就是过度医疗。落座之后,还没端起酒杯,胡教授就又开始声色俱厉地谴责起过度医疗来:"那天我去天津巡诊,遇到了一件事,好让我生气呀! 有一个老干部找我看病,说是心脏很难受,等我仔仔细细问明了情况后,我就生气了。原来,他的心脏每分钟跳 45~55 次,一次例行查体的时候,医生说他患有心动过缓症,需要治疗,否则就会有生命危险。老同志一听,这还得了? 就求助医院治疗,医院的大夫检查之后,就给他安上了心脏起搏器,并调到常人的每分钟 70 次。这一弄可就不得了了! 他自身的心脏跳动频率和仪器设定的频率不一样,一跳起来就难受,有时候难受得无法忍耐。一天下来,只有睡着了才好受点,一旦醒来,就开始受罪。他问我他的心脏病怎么办? 我说,你根本就没有心脏病,这就是典型的过度医疗。我当场就把心脏起搏器给他停了,又给他开了一点小药片。过了几天,他打电话来和我说他的心脏不难受了。我说,以后你找医生把起搏器卸了就更好了。"

我接着说:"自从咱们的心血管病医院建起来,已经给很多人摘掉心脏病的帽子了! 有的人心脏病已经治疗了三十年,你说他根本没有心脏病,劝他立即放弃治疗,他还哭着闹着不同意呢! 一个好好的人,硬把人家当成心脏病人,让人家吃了三十多年药,花了冤枉钱不说,造成的痛苦该有多大呀!"

我还没有说完,胡教授就放下筷子,愤愤地说道:"那年,我遇到过这样一个患者。那是一个二十一岁的大三男生,因为考试复习功课熬夜之后,间断地出现了胸闷心悸、左手小指与无名指发麻的症状。这个学生没有高血压,没有糖尿病,而且血脂正常,也没有家族病史。到一家医院之后,他立即做了冠状动脉 CT。大夫看了 CT 结果后,跟家长说孩子需要花近万元做 PET,必要时还要做手术。这下可把他们吓坏了! 他们通过我的老同学打听到,我那天正好去了他们那里的一家医院,便带着孩子找到了我。我和我的同事、北大六院的梁军大夫一起看了孩子,明确地告诉他们,孩子根本没有什么冠心病、心绞痛,做冠状动脉 CT 已经是典型的过度检查了,PET 就更不应该做了。我叮嘱孩子回家后,坚持健步走,好好睡觉。结果,那个学生不长时间就全好了!你看看,过度医疗不仅浪费患者的钱财,还差点要了人家的性命!"

说实话,有些人所说的我们干的"傻事",就发生在我们的胡大一心血管病医院里,就是为患者的生命和健康负责,就是让患者捂紧"钱袋子"。说到底,就是坚决杜绝过度医疗!在保证为患者负责的前提下,我们让患者能少检查就少检查,能少花钱就少花钱,能不花钱就不花钱。所以,我们才被有些人称为"傻子"。

那天,我去医院找胡大一教授,准备请教他几个问题。我在他的办公室里找到了他。请教完问题之后,我们又海阔天空地聊了起来。我说:"我记得你在给我们医院的医护人员讲课时说过,目前,我们提倡医生要有'两颗心'。一颗是同情心:面对各种各样的患者,医生要用同情心去换位思考,要把他们当成是有血有肉的人去尊重,不要当成机器去修理;一颗是责任心:医生干的是'责任活',要想想患者需要什么,把我们该做的做好,千万不要在他们身上做不该做的事情。天地良心,要相信善有善报,恶有恶报。"

"是啊!良心就是我的行医原则。"胡教授说道。

"你发明的'双心'治疗法,很有创意呀!有多少病人在这方面受了益呀!你一方面凭你的高超医术给他们治好了病,另一方面苦口婆心地劝他们少花钱。有很多出了院的病人,都在外边当了你的义务宣传员呢!"我发自内心地说。

"是啊!我是一方面给他们治疗心脑血管疾病,一方面给他们治疗心理疾病,所以才称作'双心'。来看病的患者大多数是在外边检查过的,他们一直相信自己得了严重的心脏病,笃定了要来做搭桥或者支架手术。我说他们不需要手术,或者根本就没有病,他们当然不会接受了。所以,我和我的团队还要给他们做心理疏导。现在,给他们做心理疏导比给他们治病还累呢!这也是一个怪现象!"

"是啊!胡教授,你太累了!一般的行医者做到大医精诚就够了,但是你还要加上苦口婆心。"我接着说,"我们医院开诊这四五年里,自己认为心脏病很严重、被你诊断根本没有病而且不需要治疗的人,应该有七八百人了;跑来让你为他们做搭桥或者支架手术而被你拒绝,几粒药片就治好的也有近千人了,如此算来你为病患节省了好几千万元的费用啊!"

"孙总,你有意见吗?"

"什么意见?"

"虽说你我办医院不是为了挣钱,但是,你投入了那么多资金,我让你白白地减少了几千万元的收入,你心里不觉得亏得慌吗?"胡教授转过身来,两眼紧紧地盯着我,慢慢地说。

我说:"你忘了咱们当初的理想吗?"

"什么理想?"胡教授问道。

"当初咱们不是说办医院不是为了挣钱,只是为了悬壶济世、治病救人吗?我们办医院,不就是为了人们的健康吗?人们健康了,我们的目的就达到了。记得当时我们商定办医院的时候,还借用了古代药铺的一副对联,'但愿人间常无病,何愁架上药生尘'。"我顺口说道。

"哈哈哈……孙总,你真是不忘初心哪!像你这样有普度众生的宽大胸怀的人,已经修炼成佛了!我见过很多医院的院长,你是最具菩萨心肠的呀!"胡教授拍着我的膀子大笑道。

"真正的佛是你呀!"我也笑了起来。

我突然觉得,这就是缘分。无论在什么时候,两个人都能心灵相通。那些不谋而合的契合,那些无须言语的相约,不就是一种心有灵犀吗?我当时就想,和我心有灵犀的人太多了!正是他们和我的缘分,才成就了我的人生和事业。前几天,当有人说我和胡大一教授办医院是干了"傻事"的时候,我的心里还多少有点波动。现在,再有人这么说,我简直是心如止水了!因为我提出的那个"视年长者为父母,视同龄者为兄妹,视年幼者为儿女"的行医原则,已经融入我们的血液里了。

第二十七章　金世元岜山巧答"记者"问

　　我的恩师、国医大师金世元，是一个特别讲究诚信的人。用他自己的话说，就是做人要'言必信，行必果'，要一诺千金。我们村的"金世元国医大师工作站"建起来之后，他说："既然是我的工作站，我就要在那里工作，绝不能使它徒有虚名！挂羊头卖狗肉不是我金家门风！"

　　果然，我的拜师仪式一结束，他就要在工作站投入工作。工作千头万绪，先干什么呢？金老先生向我征求意见。我想，金老先生被业界称为我国的"活药典"，对中医药有着广博的知识和独到的见解。第一项工作，应该让他为我们举办个讲座。我们有五六家医院，还有协作医院，这么多的中医药从业人员，谁不想当面聆听金大师的高见呢？

　　令人猝不及防的是，在通信工具极其发达的今天，这则消息一传出，我们几个人的电话都快被打爆了！连市里省里的很多人，都想当面聆听大师的教诲，局面一时难以控制。是啊！谁不知道这是个千载难逢的好机会呢？无奈，我们只好把讲座的地点从小会议室搬到了大会议室。

　　让大师讲什么呢？怎么才能让大家有最大的收获呢？这又是一件让我头疼不已的事！漫无目的地谈，这样先生累，听众又不解渴。让大家提问自己感兴趣的问题？这样金先生又太难准备了！最后，我想把讲座办成答记者问的形式，又怕大师初次来这里，问题太尖锐了不礼貌。

但我确实想让大家在中医药知识方面沐浴甘霖解解渴,咋办呢?这个时候,我灵机一动,就开始"导演"了。我让参会者把要问的问题写在纸条上,由我统一交到金老先生手中,让他参考着这些提问来讲一讲。这样,问题虽然不是当场提问,却是参会者想要知道的。我高兴地把我创新的这种答"记者"问的形式命名为——暗问明答。

万万没想到,我的这种创新形式效果太好了!我们达到了为用而学的目的,金老先生也举办了一场新鲜活泼、别具一格的讲座。金老先生的这次"答记者问",既有《药典》里的内容,又有他自己几十年来研究中医药的体会,还有很多甚至是具有他自己专利性质的东西,他都毫无保留地讲出来了,由此可见他的无私与大度,这种精神实在令我辈钦佩之至!

下面就是这次讲座的现场实录。

问:中药的炮制有一定规范吗?

答:传统中药炮制,虽说有地域性的区别,但是北京、天津、河北、山东基本是一样的,甚至也可以说长江以北是基本相同的。关于中药的炮制,国家的《药典》收录了很多,但是至今没有统一起来。过去的炮制方法,每家都不一样,不仅用料不一样,甚至配方也不一样。后来,药材公司公私合营以后,不能再这样了,必须统一起来。那时,我就在北京市药材公司负责中草药的配本和炮制方法这项工作。各个厂家都把自己的配方交上来,由我和几位同志共同审定和修改,全部统一起来,一种成药就用一个配方,制药全部由药材公司负责。但由于历史原因,当时没有把炮制方法统一起来,所以目前许多地方的炮制方法有些不大一样,或者说有些细微的差别。我想,目前我们的炮制方法也应该和以前成药的处方一样,尽量用有历史详细记载的,用大多数患者反映疗效好的。截止到今天,各地的炮制方法都不尽相同。但是,今天在座的山东和北京的人比较多,山东和北京的传统炮制方法基本上是一样的。

问:你既然又懂中医又懂中药,为何从药不从医呢?

答：是啊！我是做中药工作的，到今年为止，我做中药工作已经七十五年了，从十四岁来北京到中药店当学徒，直到八十一岁才允许我退休。另外，我本人也是有中医执照的，是通过国家考试的。我是在 1957 年考出的中医执照，从那时到现在，我的中医医龄已经有五十八年了，但是由于工作需要，我没有弃药从医，一直做中药工作。这个事，我记得我跟孙启玉同志说过。刚考出中医执照的那年，我也想当医生，因为当药师太苦了，还没有社会地位。但是，人家领导说，现在药师很缺，你还是当药师吧！如果你实在想当医生，可以业余时间在公司门诊当医生，给职工看病，这样行不行？你们说说，我能说不行吗？我这个人，啥事都是听领导的。

问：老字号同仁堂存世这么多年，有没有衍生出别的字号来？难道就没有个"兄弟姐妹"？

答：北京同仁堂是由岳家班开办的。其实，岳家班开的中药店很多，北京的同仁堂叫岳家老铺。北京有了同仁堂，按他们的规矩，就不能有第二个同仁堂了。但是，南京却还有一个，为什么呢？因为南京有国民政府，所以就在那里开设了同仁堂，其余的城市里都没有。其余开的封号都是从岳家老铺来的，比如山东济南就有个宏济堂，宏济堂就是北京同仁堂封号，青岛有宏仁堂，宏仁堂也是有封号的。所以说我们用药时有两项：一项是中药炮制的方法一样，另一项是所制作的中成药配本一样。为什么我说长江以北的炮制方法差不多都一样呢？就是因为岳家班在各地开的封号，石家庄有乐仁堂，保定有乐仁堂，太原有乐仁堂，开封也有乐仁堂，因为过去河南的会府不在郑州在开封。岳家班在天津有乐仁、达仁、宏仁。说他们的后辈在各地开封号的时候，都是设定了一定的范围的。乐仁堂往西南开，宏仁堂往东南开，济仁堂往东北开，但都是岳家老铺的。所以说在公私合营后，各地都归了药材公司，成药的配本和炮制方法都要统一。

我想，因为时间有限，我今天和大家讨论的范围，就限制在传统中药材鉴别、传统中药炮制、中药制剂和中药调剂这四门学问之中吧。怎么样？现在，在中药制剂中，传统的丸、丹、膏、散很少了，甚至可以说基本没有了，代之而来的是颗粒等，因为现在的中药加工大部分让新的工艺代替了。但是万变不离其宗，虽然形式千变万化，原方却总不会变。

问：中药炮制的定义是什么？

答：这个问题很简单。中药炮制的定义包括如下几个方面：中药炮制有醋炒、酒炒等，还有各种辅料。中药炮制的目的怎么来的？这里要为大家匡正一个误区，就是炮制的目的都是根据中医临床经验总结而来的，并不是中药人员、炮制工作人员总结出来的。中药炮制理论的主要依据，一是中医基础理论，二是药材自身性质。药材的来源很广泛，不同的来源、不同的形状，采取不同的炮制方法。比如大黄和根茎系列的，它们的形状不相同，就得根据药材的自身性质切片，这两种不同的药材就有两种不同的加工方法。这两种不同的加工处理方法统称为炮制。

国家《药典》炮制通则介绍，炮制分为三大类：净选、切制、炮制。各个医院的中药学都是遵循这种规律的。而这些规律，都是根据中药炮制的要求，由多少人多少代总结流传下来的。

问：中药为什么要炮制呢？

答：上升到理论上讲，牵扯到了炮制的目的和意义。净选有清除杂质、达到质纯效宏的目的。中药植物和矿物都是来自自然界的物质，草类、植物茎类、根类这些中药，刨出来以后并不是所有的部分都能够入药，它们夹杂着泥土、沙石和非入药的部分，必须在产地就地加工、处理干净。产地初步加工分为：除去杂质，排除水分，进行干燥。这样可以避免变质、发霉，便于运输和储存。有很多中药必须在原产地进行加工，比如晾晒、干燥、对非入药物质进行切制，以达到质纯效宏、疗效好的目的。去核、去皮、去瓤、去芦等很多都是在产地加工。

那么，什么叫产地加工？哪些药材得去核？

乌梅必须去核，还必须在饮片厂去核；山茱萸去核在产地；金樱子大部分都是在产地切除半个,然后再在饮片厂去核、去毛。有些药材必须去核去干净,比如山茱萸。去核免滑,去芦免吐,去心除凡,这是南北朝的时候我国最早的炮制学专著《雷公炮炙论》上记载的。国家《药典》上说,山茱萸去核在产地加工,要求一百公斤里只能有三斤核;在饮片厂家加工,核必须都得去了,核多了不行。若进货的时候发现山茱萸里的核多,就告诉他,你们的加工方法不对。因为对于山茱萸,《雷公炮炙论》里有个解释说,去核免滑。山茱萸本来是涩定的,不去核就成滑定的了,这是不可以的。去芦免吐,就是指人参,现在人参《药典》中不去芦了。过去远志,在产地都给去了。后来远志是越用越多,实在不够用了,远志肉和远志桶都没有了,就把远志趁鲜的时候用木槌砸开,将心取出来形成远志肉。再后来远志更紧缺了,经过化验,说是远志的心也含有皂甙,就是少了点,但是为了保证产量,不能再去了。现在用的远志就是远志桶,但基本上都是种植的。

问:据说区分药用部位,有利于发挥不同的作用?

答:是的,这也是被医学实践证明了的,但有时候容易被人忽视。例如麻黄,原药材可以分离成麻黄和麻黄根。麻黄和麻黄根是两种药,麻黄是发汗的,麻黄根是止汗的。到产地买的时候都买麻黄,母药有草麻黄、中麻黄、木贼麻黄,母婴用的大部分都是草麻黄。麻黄大部分都是直接从土里拔上来的,上边带有根,带着的那点根就够用了。麻黄根用量很少,一般医生调剂配方开药方的时候,开麻黄根的不多。可是药用部位必须得严格分开,必须得区别用药。一个原料药材,它的每个部分疗效都不一样,必须要分清。大家都知道《伤寒论》里的第一个方子就是麻黄丹,发热、头痛、腰痛、腿痛等"麻黄八症"麻黄主之,得用麻黄发汗。那么用麻黄根止汗是从哪个朝代开始的呢?世界上第一部由官方编纂的成药标准著作——宋代《太平惠民和剂局方》中说,牡蛎散中就含有麻黄根,共有煅牡蛎、麻黄根、生黄芪、浮小麦四味药。它是治疗止汗、盗汗的,但是现在很少有人知道这个方子了。从这里,就把麻黄和麻黄根区分开了。

我可以再给大家举个例子,说明这个问题。比如莲子和莲子心的区别。日常用的莲子必须是莲子肉,饮片上如果出现整莲子是不对的,饮片厂加工时必须把莲子心取出来。这两种药必须要严格分开,因为它们的疗效是不相同的。莲子的药效是健脾、补肾、安神。《太平惠民和剂局方》中就有清心莲子饮。但是,用的是石莲子。什么叫石莲子?莲子从莲蓬里自然掉落在藕池里,在采藕的时候拣出来的叫石莲子,它产量非常小,饮片厂基本上是没有的。过去大部分药方不用石莲子,用云石,是从云南传来的豆科植物。所以大夫开处方的时候,开莲子就可以了,石莲子根本没有什么用处。日常用药莲子用量很大,用的就是莲子肉。日常莲子虽然是小品种,但也能治疗大病,一定要把它种植起来。莲子心的药效是苦寒清火,莲子是甘平健脾,这绝对是两种药。莲子心用量不大,为什么说疗效非常好?因为莲子心清心火、除凡,效果非常好。我国有个名方记载:温病不好发汗,发汗后不发斑疹,汗出过多者,必神昏谵语,用的是清宫汤主治。清宫汤由莲子心、连心麦冬、连翘心、元参心、竹叶卷心这"五心"加犀角组成,是治疗温病、高烧不退的第一方。不要把小品种药品的疗效忽视了。所以我们说,莲子和莲子心一定要区分开。

问:金先生,你能再举几个这方面的例子吗?

答:好的,这样的例子不胜枚举。再比如蜀椒,就是日常我们说的花椒。中药行业用的花椒有两种,一种是蜀椒,一种是青椒。青椒在北京、山东被称作川椒,是野生的,没有味道。日常用青椒没有内服的,都是洗药。老百姓腿疼、脚疼,熬点川椒水泡一下就好了,它是外洗药。蜀椒就是花椒,是日常做菜用的。买的花椒里边带有花椒种子,花椒是一种药,它的种子又是另一种药,叫椒目,椒目也是一味治大病的药。《金匮要略》里的大建中汤,治疗心胸中大寒痛、呕不能食、腹中寒肚子疼就用这个,内有人参、干姜、蜀椒、饴糖这四味药。椒目也是一味很好的药,大部分人都不认识。有一种成药叫己椒苈黄丸,专门治疗心腹中有水的,有很好的利尿作用,它的方子里就有防己、花椒目、葶苈子、大黄。元代危亦林编著的《世医得效方》一书中,有个专门治疗水肿的方子,用的就是椒目,内有椒目、连翘、赤小豆。像这些东西,用多少,用或者不用,中药房没有权力,重点在于临床大夫。古人留下的名方,现在还在临床上应用的有多少?应该都得有所了解。历史上治疗水肿的有几个方子?太少了,中医不是没有办法,但是必须得把水肿胀满的死症都写清楚,将人得了水肿胀满的程度,总结得清清楚楚。

突然,会议室的门口喧嚣起来,使得会场里的秩序乱了起来。面对这样的突发情况,金老先生不得不中断讲话,端起茶杯朝门口望去。我也和大家一样,使劲地伸长脖子,把目光聚焦在大门口。我们的安保人员走了过去,客气地问道:"你们是哪里来的?"

"我是山东中医药大学的。"

"我是省立医院的。"

"我是自己在济南开中医诊所的。"

"我只是热爱中医药……"

原来,这是外地的一大群学生和中医药从业者。他们十几个人从不同的渠道得到金老先生在岜山举办讲座的消息后,合租了一辆中巴车,马不停蹄地从济南向岜山村赶来。但是,由于高速路上堵车,他们紧赶慢赶还是来晚了。我们的安保人员被他们的这种求知精神感动,就自作主张地把他们放进来了。好在他们极其尊重金老先生,进了门之后,便自觉地站在了会议室最后的空地上。会场里平静下来之后,讲座又开始了。

问:有人认为个别中药的毒性和副作用阻碍了中医药的发展,金老先生,你能详细举例并回答大家,关于消除和降低药物毒性和缓和副作用的问题吗?

答:这个问题提得好,这件事我要多讲几句。在日常临床用药的实践中,无论是临床大夫,还是药房药师,大家都得重视起来,关注药品毒性的问题。我们的用药原则是安全有效,要先安全后有效。现在,全国的评估规定里就明确记载,有二十八种毒药。其中之一便是麻醉药,叫樱珠翘。这二十八种毒药,都是生的时候被列为毒药,很多经过炮制后毒性就降低了,比如生附子、生白附子、生川乌、生半夏、甘遂、生芫花、生莨菪、生草乌等。它们在没有炮制的时候是毒药,经过炮制之后毒性有所减轻,但还是不能列在毒药的行列之外。我们不能随便用药,为的就是保证用药安全,不出事故,保证人们的身体健康。如果事故真的发生了,谁都没法推脱责任。第一是临床大夫,第二就是中药房。中药房的中药师得把关,不能给的药坚决不能给患者。这些药经过炮制后,必须根据《药典》的记载去用。除去这二十八种有毒的药之外,有小毒的中药还有四十三种,比如蜈蚣、蝎子、土鳖虫等。有人说,把水蛭研成粉放到胶囊里,一次吃几粒,天天吃。我认为这样是不行的,这样会导致慢性中毒。历史上也有记载,如《黄帝内经》中介绍,粟米半夏当,用的是制半夏。在《神农百草经》中,对毒药的介绍是这样的:凡用毒药疗病,先起如黍粟,病去即止,不去倍之,不去十之,取去为度。毒药和有副作用的药是有区别的,有副作用的药是说其毒性对生命没有影响,但是吃完了会不舒服。

问:你说得很实用,还能再举几个例子吗?

这时候,我看天色已经不早,心里萌生了结束这场"答记者问"的念头。正在这时候,我看到金世元大师接连打了好几个哈欠,并频繁地拿起桌上的湿巾,使劲地擦拭着眼睛。此时,他的秘书也凑到我的耳旁,低声和我耳语:"该结束了。"

"师父是不是累了?"我问道。

"是啊!据我所知,这么多年以来,他没有讲过这么长时间。今天是他的情绪好,也是你的事迹和诚心感动了他,尽管他累得有些气喘了,但还是没有要结束的意思。这样的状态,对他来说,真是很难得呀!"

"那咱们就结束?"我征询地问道。

"好的!"

趁着金世元大师又一次擦眼睛的机会,我开始自作主张地讲结束语了:"今天,金世元大师为我们准备了一场很好的讲座,既高深,又通俗,信息量很大。从刚才大家的眼神里,我读出了大家的心情,就是很解渴。这些看似平常的中药知识,真正操作起来,可是一门博大精深的学问呢!当然,大家的眼神里还有一种东西,那就是不舍。但是,我们还要考虑大师的身体。让我们一起感谢金世元大师,感谢他把这么多年来关于中药的宝贵经验无私地奉献给我们,奉献给社会!"

雷鸣般的掌声又一次响彻会场。

直到我扶着金老走出会场,听众们还都坐在那里一动不动。我知道,他们非常珍惜这来之不易的缘分,都还在咀嚼大师的启示,感受大师的气场。这样的缘分,就像飘在云彩里的雨,并不是说下就下的,是需要具备各种各样的条件的。

第二十八章　密室里的师徒答对

讲座之后,发生在密室里的故事,到现在想起来我都有些紧张,但是紧张中还暗暗含着一丝得意。

我们簇拥着师父走进他的工作室后,稍微休息了一会儿,他便让其他人出去,说要单独和我谈谈。我不知道他要谈什么,禁不住心里一阵紧张。当工作室里只剩下我和师父的时候,我一时不知道做什么好,只好一个劲地给师父倒茶。

"启玉,我问你一个问题吧?"

"师父请便!"我恭恭敬敬地说。

"刚才那个人问我,说个别中药的毒性和副作用阻碍了中医药的发展。让我就如何降低和消除药物的毒性,如何缓解药物的副作用,再举几个例子,你能举出来吗?"

"能啊!"我脱口而出。

"你说说看。"师父期待着。

"比如乳香、没药是胶树脂,是进口的药。将其作为传统用药,大概是从唐朝开始的,大家都知道它能活血、化瘀、止疼,筋骨疼都可以用,但是绝对不能用生的,必须要用炒后的药。乳香炒的时候放到热锅里,用醋炒,但是不能用醋闷炒,如果用醋闷了再炒,它一见热就成块状了;必须用喷醋炒,用喷壶喷着醋炒,这是工艺问题。炒的时候必须起白烟,白烟不出就不行。如果炒法不对,患者吃了这药就会不舒服。炒后的乳香、没药颜色是发亮的。苍术也不能用生的,苍术过去用米干炒,现在都是用麸子炒。莱菔子也不能用生的,也得用炒后的,吃生的会导致呕吐和反胃。中药炮制是很有讲究的。清代张仲岩的《修事指南》上讲,危治取造性,断治取尖性,秘治取综合之性。如生肉用的时候得把脂肪油去掉。古人在炮制和用药当中给我们留下了很多值得我们注意的地方。明代陈嘉谟的《本草蒙筌》中介绍,光炒不行,得会炒,得会掌握火候。凡药制造贵在适中,指的就是火候,武火、中火还是文火都贵在适中,如果火候不够,那么炒的药疗效就不好;如果太过了,那么药本身的药效就消失了。所以药房的药师们要严格把关,要看药的真假、药的质量好坏和炮制的合格与否。”

“启玉,看来你看书不少啊!”师父笑着说。

“嘿嘿,我是关公门前耍大刀哇! 中医药的书籍汗牛充栋,我只不过是读了很少的一部分。严格说起来,还没破题呢! 在您面前,我只能算个中药盲。”

“启玉过谦了!”

“师父,您是如何看待炮制中药过程中辅料的作用的? 我看了很多书,越来越困惑。”

“这个问题,很多人问过我。在传统的炮制过程中,辅料能起到协同的作用,还能增强药物的疗效。炒药分为清炒和加辅料炒。清炒的种类很多,特别是种子类的都需要炒,逢子必炒,逢子必捣,原则上大部分都是这样的,只不过每种药炒的火候不一样。如炒王不留行须得80%的火候爆花,但是这种技术往往难以掌握。在炒制过程中,也是有各种各样的技术要求的。再说,炒制药也是有解毒作用的,如川乌、草乌、半夏等,都经过浸泡、加工去了毒,大夫在允许的范围之内随便开。但是还有一些药经过炮制后还是不能随便用的,如马钱子和巴豆霜。山东省也不是各个饮片厂都能生产有毒的药的,就指定的几家有条件的饮片厂可以生产。巴豆霜含有脂肪油,生产的时候得把里边的脂肪油榨出来,再兑18%~20%的淀粉。有毒的药应该有专人、专药、专锁、专榨进行管理,随时进货,随时出货,随时记账,这些都是有严格要求的。炮制所加的辅料,常用的有10种,分别是酒、醋、盐、姜、蜜等5种液体辅料和麸、土、蛤、滑、砂等5种固体辅料。这些材料都非常讲究。"

"师父说的,比书上明白多了。"

"炮制可以转变药性,你能具体说说吗,启玉?"

"这个,我从书上看到过。记得好像是为了适应医疗的要求,可以通过炮制来转变某些药物的药性。何首乌这个药,性质和大黄一样,生何首乌是用来泻下通便解毒的,用量很少。但是制何首乌的用量却很大,在饮片厂可以切片,也可以切块。《药典》规定,制何首乌的炮制方法,是用黑豆汁浸泡完了之后再上锅蒸,最少蒸24小时。北京的制法和山东的基本一样,用黑豆汁还要用黄酒,浸泡24小时后再蒸12小时,浸泡的24小时已经把黄酒浸泡进何首乌里了。所以,生何首乌泻下,炙何首乌滋补肝肾、健脑。生何首乌和炙何首乌的疗效是不一样的。外国人说何首乌有毒,是因为他们用的是生何首乌,而我们用的是炙何首乌。"

"你看了不少书啊……"金老先生还要往下说。

我觉得金老先生说话的时间太长了,就自作主张打断了他的话,使劲憋回了我的求知欲,想让他休息一下,因为他毕竟是近九十岁的人了!我紧紧地攥着他的手,感觉他有些颤巍巍的,看来他是真的累了。直到这时我才发现,他的额头渗出了一层细密的汗珠。我给他敬上了一杯热茶,顺便坐在了他的身边。

"累吗?"我轻轻地问道。

"为了中医药的事,不累!"金老先生说话铿锵有力。

"我要保护好您的身体。"

"哈哈哈……"金老先生指着我说道,"人家都说,女儿是母亲的小棉袄。在我看来,我的爱徒孙启玉,简直就是我的贴身小棉袄哇! 这几天我受到的关照,胜过平常的好几倍呀! 就像于文明先生说的那样,岜山村这么一个偏僻的地方,为啥就能引得名医胡大一、隋邦森等,从北京跑到这里来工作呢? 就是因为孙启玉是个尊重知识、尊重人才的人。读书人的软肋就是别人的尊重。什么功名利禄,统统都是过眼烟云。但是,只要别人尊重你,你就会豁上命地去干!"

"金老,您过奖了!"

"不,我这个人从来没有溢美之词!"

"我特别崇拜有学问的人,特别是像你们这样的人,更是让我崇拜得五体投地。能为你们做点什么,就是我一生的荣幸! 只是我做得还很不够,还望您多提意见!"

"我说得恰如其分! 你已经做得够好的了!"

"不行,我还得努力……"

"刚才你说完了吗?"师父问我。

"我怕您累,还没说完呢! 还有,那就是生地黄和熟地黄的问题。生地黄是个微寒的药物,清热凉血、滋阴,所以《千金方》里有个方子叫犀角地黄汤,以地黄为主,治疗热伤出血症,是清热凉血的。这个药经过黄酒浸泡制成熟地黄是宋朝的事,后来就叫熟地黄了,属于生精补血药,比如六味地黄丸用的就是熟地黄。六味地黄丸的前身是《金匮要略》中的肾气丸。但是北宋时期的药学名著《小儿药证直诀》中是把肾气丸改了处方的。行迟、齿迟、发迟,都是一种营养不良的病,必须得补。汉代处方中的肾气丸是补药,但是小孩纯阳必须得用热药补,所以把生地黄改成熟地黄了,成纯补药了。现在的六味地黄丸,已经成为中医补阴的代表了。所以,这个生地黄和熟地黄绝不一样。熟地黄是先把生地黄切成片加黄酒浸泡,100斤生地黄用3斤黄酒。北京的方法是浸泡12小时,蒸24小时。南方用木桶蒸,北方用笼屉,用黄酒蒸,今天用蜜蜂罐子蒸。熟地黄尽量用个大的,大的补性大。小生地黄是另一种药,现在规格都没有了。有些地方用小生地做熟地黄用是不对的,得用大生地。小生地也叫细生地,可以作为另一味药,是滋阴、润大便的。所以,并不是现在的中药不管用了,而是中药生产制造的各个环节出现了混乱。师父,我说完了!"

"嗯,你知道的还真不少。"师父点了点头。

"一点皮毛罢了!"

"别心急,慢慢来嘛!"师父宽厚地笑了笑。

"师父,您知道得太多了,就和别人说的那样,您的脑子简直就是一部中药药典。可是,我在看书的时候,往往是一看就明白,但是一合上书就忘了很多。这么多中药知识,包括药名、炮制工艺、用量、药性等,您是咋记住的?我这六十多岁往七十岁上数的人了,记忆是个大问题了!"

"启玉,中药理论就是枯燥的。学习中医药,没有什么捷径可走,一是要刻苦勤奋;二是要融会贯通;这第三嘛,就是要死记硬背!要不,古人怎么说'书山有路勤为径,学海无涯苦作舟'呢?"

"有没有增强记忆的好方法呀?"

"作为辅助,你可以多看些有关中药的故事。"

"中药故事?古代的那些传说?"

"是的!"

"那些东西可信吗?"

"它们只是故事,所以我才让你作为辅助嘛!不过因为它们生动可感,所以能够刺激记忆,对记些药名、药性啥的,还是有一些帮助的。真要学习中医药知识,还是看教科书比较靠谱。"

"劳驾师父举个例子吧!"

"你翻开典籍看看,这样的故事太多了!就以丁香为例吧!丁香又叫'鸡舌香',在古代,它可是治疗口臭的好药呢!相传在武则天掌权的时候,著名宫廷诗人宋之问任文学侍从。让他苦恼的是,尽管他长得一表人才,又满腹文章,但是武则天就是对他避而不见。为了得到武则天的垂青,他调动所有才气,写了一首自己认为最好的诗献给了她。谁知武则天看了诗之后,在大呼'好诗'的同时,却悄悄地对近臣说:'宋卿哪方面都好,诗更是写得不错,就是不知道自己有口臭的毛病。'此事传到了宋之问那里,他羞愧难言,只好每天口含丁香以解口臭。所以,有人称丁香为'古代的口香糖'。丁香作为一种古老的中药,因为形状像钉子,又有浓烈的香味,故被称作丁香。在马王堆汉墓里,人们发现里面的女尸手中就握着丁香。丁香有公母之分,未开放的花蕾为'公丁香',成熟了的果实为'母丁香'。二者的用法与用量基本相同。你看,这种有关中药的故事多有趣! 它们可以辅助你记忆,但是切不可作为用药的依据。此外,还有断肠草哇,刘寄奴哇,浮萍啊,故事多了去了!"

"嘿嘿,这还真是个办法呢!"

"接着你刚才说的,通过炮制改变药性的例子还有很多呢! 只要你喜欢听,我就说给你听。比如,南星科植物和半夏一样有毒。天南星性温有毒,用法基本和清半夏的用法一样,先漂去毒,水煮加白矾,煮完了进行切片。生南星有毒,若要变成胆南星那么药效就变了。南星面加牛胆汁制成胆南星后,性质变成苦凉,作用成了清热泻火,这就是通过炮制改变药性。有很多小儿用药比如'牛黄宝龙''五力回春''包元丹'等,在治疗高烧不退、大便干燥或感冒时效果很好,但是现在已经很少用了。"

"师父,据说通过炮制,能改变用药的趋向?"

"这要具体情况具体分析。有的能,有的不能,不能一概而论。疾病由于病因不同,表现症状也有所区别,有向上的如呕吐、呃逆,有向下的如泄下、泻痢、胃下垂、脱肛等,疾病是有这样的趋向的。经过炮制的药,也有转变趋向的作用。有些上升的药经过研制后能下行,比如砂仁是温中健胃的,用盐炒后就变成下行的了,能够治疗尿频、尿急。大黄的规格分为生大黄、酒炒大黄和大黄片。每 100 公斤大黄片用 20 公斤黄酒闷后,上锅炒,如此制成的酒炒大黄,治疗牙疼、眼疼、暴发火眼、牙龈肿痛等效果很好,能够引热下行,趋热下降了。"

"启玉,为什么有的药要求产地加工呢?"直到现在,我才明白过来,师父要在演讲之后单独和我相处一会儿,目的是要考我呀!这是在通过谈话的形式考我的基本知识呢!想到这里,我立即打起精神调动起我学过的所有知识,应答师父的提问。

"师父,我觉得是这样的,您听听对不对。产地加工,过去有固定的品种,现在也有固定的品种。不过,现在有的产地加工药材很不好,不符合我们药用的要求。但这些不是我们的责任,也不是饮片厂的责任。比如土茯苓、乌药等硬度大的药,之前我们都是在饮片厂切。夏天天气热、水热,一般得泡二十多天,这样也未必能泡透。后期把这些切片的任务交给产地,让药农加工,那时候已有简单的机器了,切片既方便也好。土茯苓和萆薢,先前容易搞混了。土茯苓的特点是皮长,色粉红,片面上有亮晶星,放在水里发黏;萆薢发白,放在水里不黏。同时,萆薢大,土茯苓小。乌药是樟科的灌木,就用根入药。过去工具落后很难切,需要趁鲜让药农帮助切割。一个乌药片都要讲道地药材。南方都生产乌药,就属浙江的最好。现在的土茯苓、乌药、萆薢都切得太厚了。饮片切制有一道硬规矩——少泡、多润。不能泡透了切,必须得淋水浸润切,这样切的饮片才好,才能保证疗效。如果一下泡透了,那么药的有效成分就泡没了。药物切片时越硬的需要切得越薄。现在很多不应该切的也都切了。

"还有,就是土茯苓、乌药、萆薢、莪术等,回头看看《药典》应该切得多薄,再看看《药典》里,产地加工是怎么处理的。现在,应该在饮片厂切的东西,很多都在产地切了。浙江出的黑郁金,是不要求在产地切的。但是,他们却在当地就切了,而且切得很厚。所以需要我们做的工作太多了,这些都影响临床疗效。还有那些木质类的东西,比如檀香、降香、松木等,过去都是磅药,现在很少了,都是劈,劈不要紧,可至少也要用木匠的刨子刨刨吧?檀香和降香都是木质心材,硬度很高,饮片厂发来后咱们得把好关,提出自己的意见来。"

"启玉呀!你学得不错,真是我的好徒弟呀!"

　　"师父,我还差得远呢!"

　　"刚才,我是有意考你,这也是我这次来的目的之一。你这么聪明,估计也发现了,我这次给你出的几道题,都是中药学中很重要的问题。你的回答很全面,还很有创造性,我很满意。尽管你嘴上谦虚,但是你瞒不了我,我知道你看的书太多了!"

　　"哈哈哈!"我们师徒俩一起大笑起来。

　　金老先生虽然学富五车,却虚怀若谷,所以他今天的讲座和与我的对答,既能由浅入深,又能深入浅出。在专业人士听来,这是一篇知识渊博的学术论文;在行业以外的人听来,却又是一篇生动风趣的科普文章。所以,听众和我的反响强烈是肯定的。

　　与师父的这次答对,让我激动了好长时间。师父对诸多问题的解释,使我如同拨云见日。说实话,每当我纠结于一个学术问题而不得其解的时候,就如同在黑暗的隧道里跋涉,似乎到处都是路,但每条路又都走不通,总是一次次地碰壁。而这时师父的点拨,就像隧道里的一束亮光,循着光线走过去,就是光明而平坦的出口。我终于体会到了宋代诗人陆游的那种"山重水复疑无路,柳暗花明又一村"由迷茫到明朗的心情变化。而我有关中药的学问,也是在迷茫——明朗——迷茫——明朗的无限循环中逐步积累起来的。

第二十九章　失踪：“治未病”的秘密

突然，有人说我失踪了！

也难怪，由于我在村里是公众人物，我的一言一行总是受到大家的关注。比如两个人抬杠，一个人眼看说不过对方了，忽然抛出一句“这是孙总说的”，对方马上就服了。还有人为了说明事情的重要程度，随口说一句“孙总也去了”，听者马上就觉得事情的确很重要了。我知道这是乡亲们对我高看一眼，也是对我这么多年来所付出的努力的认可，但是我从来不把这些当成自己骄傲的资本。这只是从一个方面说明了大家对我的关注，对我的在乎，对我的关心。

消息似乎是从医院里传出来的。

大家都知道，我有个习惯，就是每天早晨早早地起来，独自把村里的所有单位仔细地转一遍。等别人上班的时候，我已经转完了。所以，晨会上，我关于企业的发言都是最新的一手材料，这是谁也无法否认的。如果我出发，除了和班子里的人说，我还和重点企业的负责人打个招呼。谁知道，这次的问题就出在这里！

这次，我是谁也没打招呼，突然就不见了！先是几个医院的负责人发现早晨我不过去了，后来企业的负责人也意识到好几天没看见我了。然后他们互相打听，谁也不知道我去哪里了。至此，关于我“失踪”的消息也就传开了。其实,我哪里也没去,就在我自己的书房里！我没有出发,和他们打什么招呼?

事情的原委是这样的。

自从拜了金世元老先生为师之后,不但师父对我的功课抓得很紧,我自己也抓得紧上加紧。因为我的中药"膏剂"申请国家专利之后,已经转入了正常生产,在这方面费脑筋的事少了,所以我那个活动特别快的大脑,又开始想其他的事了。这时,我又想起了那个不时出现在我脑海中的问题——上医治未病。自从古人提出这个问题之后,有多少代中医都在试图尝试解决。他们有的涉猎比较浅,有的探讨比较深;有的从正面大胆突破,有的从侧面小心迂回。目的只有一个,就是让人们不生病或者少生病。虽然他们最终都没有攻克,但是他们坚持不懈的尝试,前赴后继的研究,都为这个命题的解决铺了路,只等着我们这些后来者继续走下去。

我钻进书房,就是想解决这个问题。

当然我知道自己能力有限,但是在研究"治未病"方面,哪怕是向前迈出一毫米的步子,对人类的健康来说,也是前进了一大步。再说,就算失败了,也能让后人接受我的教训,少走弯路。这就是我当时的全部想法！

于是,我按轻重缓急安排好了各个方面的工作,又从图书馆和个人手里借了很多关于这方面的书籍,把自己关在书房里,开始认认真真地研究起来。

根据以往所读的医书,我自己对这个问题已经有了粗浅的认识:所谓的"治未病",就是通过"食"和"药"来调理身体,这就牵扯到了"药食同源"的问题。现代医学研究表明,医药在人的健康中只能起到8%的作用,而合理的膳食却能起到13%的作用。特别是对患有高脂血症的病人来说,合理的饮食治疗能起到47%的作用！所以,我琢磨的"岜山药膳"不是凭空想象的,用句时髦的话来说,现代医学的大数据还支持它呢!想到这里,我心中一阵高兴。之后,我又陷入了沉思:怎么才能把食疗上升到理论呢?怎么才能让它有"讲头"呢?

我又一头钻进那些书里去了。

我这个人喜欢夜读,因为白天读书的效率不高。于是,在这个普通平常的白天,我突发奇想,把所有的窗帘都拉上,打开书桌上的台灯,营造出一种黑夜的感觉。神奇的是,我竟然忘了时间,忘了吃饭,忘了睡觉,一口气地读读读……

由此,我知道了食物有"四性"和"五味"。

食物的"四性"又叫作"四气",也就是温、热、寒、凉。寒和凉的食物能够起到清热、泻火和解毒的作用。比如说夏季天热的时候,服用西瓜汤、荷叶粥、菊花茶、绿豆汤等,可以起到清热解暑、生津止渴等作用。热和温的食物,则有温中除寒的功效。如果在寒冷的冬季,有针对性地食用羊肉、葱、蒜等食物,就能够起到健脾和胃、除寒助阳以及补虚的作用。在我们日常食用的食物中,除了具备这四性的食物,还有姑且称之为"平性"的食物,比如麦、豆、米等。我们可以根据不同性质的疾病,选用不同性质的食物,有针对性地进行调养。

食物的"五味",也就是我们常说的辛、甘、酸、苦、咸。正是因为这五味的不同,它们对人体的作用有着明显的差异。辛味食物祛风散寒,舒筋活血,行气止痛。比如我们常作为调味品来用的生姜,不仅能发汗解表,还能健胃;大蒜能发表散寒;胡椒能暖肠胃,除寒湿;韭菜能温中利气等。而属于甘味食物的蜂蜜等,则有缓和痉挛、补养身体、调和性味等功效。像食醋等酸味食品,则有收敛固涩的作用。苦味的食物如苦瓜等,就有泻火坚阴的作用。咸味食物则能软坚散结,润下通便,比如我们经常吃的海带等。当然,世间万物,并不仅仅局限于这五味,如淡味等,可以渗湿利水。同时,食物还分阴阳,要按照治病的要求,选择不同的食物,把食物当作药品来对待。

为了搞清楚药食同源中的一些关键的技术性问题,我连续熬了几天几夜,虽然很累,但是心里异常兴奋。我还清楚地知道,如果真的要推出"岜山药膳",仅靠这些理论支撑是完全不够的。因为人们有年龄的差异,性别的差异,身体状况的差异……俗话说,"千人千脾气,万人万模样",不能一个方子吃药,更不能一个方子食补。从中医上来看,人们分九种体质,分别是平和体质、阳虚体质、阴虚体质、湿热体质、气虚体质、气郁体质、血瘀体质、痰湿体质和特禀体质。归纳起来,从生活表现上可以大体归为三类,即寒热证体质、实虚证体质和燥湿证体质。而且,同样的一种体质,又有性别、年龄以及身体状况的差异。随着我分析得越来越细,发现的问题越来越多,我觉得自己原来的想法真是太粗放。药膳虽然不是主要用来治病的,但是有时候也是一种辅助治疗,同样是人命关天的大事,必须慎之又慎,来不得半点马虎和粗心!

于是,我又开始找在我们中医药研究所工作的张贵君教授。正在忙着鉴定中药的张教授,连白大褂也没来得及脱,就一溜小跑地来到了我的办公室。看到我因为几天几夜没睡好而熬红的眼睛,张教授吃惊地问道:"你咋了,孙总?"

"我没咋啊! 你一惊一乍地做啥?"

"没咋?"张教授围着我转了一圈,将我浑身上下打量了一个遍,最后说,"你看你脸色蜡黄,两眼发红,整个人好像瘦了一圈。都说你'失踪'了,这几天你到底干啥去了? 村里没有你的人影,会上也没有你的动静。我还以为你又出差了呢! 你咋弄成这样了?"

"我闭门读了几天书。"

"你又在研究啥呢?"

"我在研究'岜山药膳'的事。"

"哦,我想起来了。我记得以前你和我说过这件事。药食同源,它们一开始就是分不开的。从有食物的那一天起就有了药,或者说从有药的那一天起就有了食物。我所知道的比较早的记录就是汉代的《神农本草经》,里面一共收录药物 365 种,其中药用食物就有 50 种左右。后来,唐代的名医孙思邈,在他的《备急千金要方》中,专门设立了'食治'专篇,共收录药用食物 164 种之多。大概是到了这个时候,利用药膳进行食疗已经成为专门的科学。他认为'凡欲治疗,先以食疗。既食疗不愈,后乃用药耳'。所以,他的弟子集前人之大成,编写了一本《食疗本草》,收录了 241 种食物,详细记载了食物的性味和保健功能,还特别写上了过食、偏食之后的副作用,还有独特的加工和烹饪方法。关于药膳和食疗再往后的发展,你知道吗?"

"我当然知道。到了宋元时期,我们的食疗药膳已经是全面发展了。那时候有本书里记载了药膳方剂 160 多个,可以治疗 28 种疾病。同时,那时的药膳竟然出现了饼、茶、粥等剂型。到了元代,太医忽思慧写了本书叫作《饮膳正要》,这本书成了我国最早的营养学著作。它超越了药膳和食疗的旧概念,提出了通过营养调节来预防疾病的观点。到了清代,这方面的著作就更多了。所有这方面的著作,大都涉及本草和药膳及食疗的关系。当时,药膳的制作水平和烹饪技术,也都达到了很高的水平。我们应该感谢《本草纲目》,因为它给中医的食疗提供了丰富的资料,仅谷、菜、果三部,就达到了 300 多种。但是,由于种种原因,现在药膳基本上退出了餐桌,食疗也差不多从医院里销声匿迹了。这是多么令人痛心的事啊!

"你是想马上就干吗?"张教授问道。

"哈哈哈!你不是知道邑山人的脾气吗?"

"好,我也算一个!你看合格不?"

"好哇!像你这样的大教授,我们求之不得呢!张教授,我是这样想的,咱们不干则已,干就要干得像模像样的。咱们中药历史上有很多关于药膳或者食疗的典籍,我们可以认真借鉴、虚心学习,但是我们在古为今用的基础上,还要推陈出新,充分利用我们博山的食材和烹饪方法,研究出有鲜明博山特色的邑山药膳来。"

"听说博山南部山区还是绿色蔬菜基地呢!"

"是啊!那里产的桔梗、茄子、芹菜、土豆、大葱、大蒜、佛手瓜等,都是纯绿色无污染的。特别是那里产的桔梗，本身就是一味很好的中药材，还出口好几个国家呢！据说韩国用的桔梗，大部分是我们博山出产的。用这些食材炒出来的菜，味道就是不一样！"

"你说的博山的烹饪方法咋讲？"

"你不知道博山菜吗？"

"吃着好吃，但是不明就里。"

"这就说来话长了！"

"作为一个外地人，我倒是很愿意听听。我也多多少少听别人说过博山菜的故事，特别是听说乾隆皇帝也吃过博山菜。这一阵住在你这里，天天吃博山菜，也觉得博山菜的确很有特点。我是这样想的，如果我们将来研究出来的'岜山药膳'是以博山菜为主的药膳，岂不有了别人无法比拟的地方特色？"

"哈哈！我就是这么想的！"

"这叫英雄所见略同啊！"张教授也笑了起来。

于是，我开始如数家珍地给他讲我所知道的博山菜的历史。博山是一个以煤炭、陶瓷、琉璃为主要产业的工业城市，一百多年前就进入了工业时代。由于煤矿工人下煤窑是"四块石头夹着一块肉"，过了今天不一定有明天，所以，很多人有及时行乐的想法。他们每次从煤窑里爬上来，都会自己炒上几个菜，烫上一壶酒，一是庆祝又活过了今天，二是用酒驱散常年在井下染的风寒，以利于身体健康。久而久之，他们就都会炒菜了。再就是常年对着陶瓷窑和琉璃炉子的"窑博士"们，整日里烟熏火烤，累得够呛。下午下班后，他们借着炉火炒几个小菜，来一壶小酒，放松一下筋骨，也算是休息一下。时间长了，他们也都成了炒菜的好手。所以，在外地，家里来了客人大多是女人炒菜；在博山，则都是男人炒菜。过去的博山城里，遇到婚丧嫁娶，几乎每个男人都能炒几桌菜。近来饮食界正在正本清源，研究博山菜是否是鲁菜的发源地之一。据说，做过"三部尚书"的博山人孙廷铨，还请皇帝吃过博山菜呢！大约在清末民初,博山的"苏家馆""聚乐村"等饭店相继开张,他们做的就是纯正的博山菜。当时,社会上流传着这样一句话:"吃了博山饭,围着天下转。"意思是说,转遍天下也找不到像博山饭这么好吃的饭。这话虽然说得有点绝对,却从另一个方面说明了博山菜在美食家们心中的地位。

我介绍到这里,张教授在频频点头的同时,眼睛已经开始发亮了。我接着说:"我们有绿色有机的食材,有享誉全国的烹饪技术,关键是还有像张教授你这样的闻名全国的药学专家,还有我这样的矢志不渝的热心人,我相信,我们的'岜山药膳'肯定会很快出现在我国的医疗健康界,而且很快就会被大家认可,进而为人民的健康发挥作用的!"

"主要是有孙总你呀!"张教授谦逊地道。

我说:"张教授,你别谦虚,你可是中药界的大家呀!我们搞'岜山药膳'是天时地利人和呀!咱们从今天就开始干吧!咱们一定能够搞出纵向有别于古代近代、横向有别于其他地区的独具特色的'岜山药膳'的!"

我们俩紧紧地握住了手。

我的"失踪"生活也从今天起结束了。

于是,我们兵分三路,开始了制作"岜山药膳"的准备工作。张贵君教授带领一路人马,在我们的药膳研究室里翻阅典籍,查找资料,为我们的药膳找理论根据,同时收集一些可以借鉴的制作方法。我带领一路人马,一头扎进博山的南部山区,也就是闻名全省的有机蔬菜生产基地,去考察各种各样的绿色食材,包括山里人常年食用的野生食材,摸清供应量和储存方法,建立迅速畅通的供货渠道。最后一路人马由我们村四星级宾馆的经理们负责,他们抽调专门的厨师,在宾馆的厨房里辟出专用的空间,准备好制作药膳的地方。在这期间,我们根据各自的准备情况,碰了几次头,调整了一下对接方式,直到大家达成一致意见。

那天,我们就像孕妇期盼着新生儿的第一声啼哭那样,聚集在餐厅的外边,等待着我们的第一桌食疗药膳。等到厨师开了门,向我们宣布可以品尝之后,我们都顾不得斯文,一起拥了进去。

谁知道,就在我们拥进去的一刹那,一股浓烈的中药味把我们都顶了出来。我们满心希望能闻到一股香气扑鼻的饭菜味,谁知道吸进肺里的却是刺鼻的中药汤的味道,一种失望至极的情绪一下子迎面扑来,顿时把我们淹没了!

不一会儿,大家都悄悄地溜走了,餐厅里只剩下我和张贵君教授。我望着满桌子的菜——这哪里是什么菜啊?分明就是一桌子炒和炖的中草药。炒的菜就像是药渣,炖的菜更像是药汤。

尽管这样,我还是招呼张教授坐下来,龇牙咧嘴地闻着和品尝着每一道菜。直到把餐桌上的菜都尝遍了,我们俩才放下了手中的筷子。我们俩互相看着对方被药味弄得伸舌头吧嗒嘴、五官移位的样子,忍不住苦笑起来。最后,还是张教授打破了沉默:"孙总,认输了吗?"

"张教授,认输不是我的性格!"

"接下来怎么办?"

"我们的'岜山药膳'这才进行了一个回合,怕什么?我们继续尝试,继续探索!"

"我不怕,但是我不知道该咋走了。"

"张教授,我有一事请教。"

"哪一方面的?"

"当然是关于食疗药膳的!"

"快快说来!"张贵君教授急切地说。

"对这次药膳制作的失败,我是这样看的。所谓食疗,是'食'在先'疗'在后。也就是说,我们首先应该考虑这道菜是'食',它是否可口,能否让人吃得下去,然后才能考虑'疗'的问题。如果像今天中午这样,让人大倒胃口,根本不想去吃,那么'疗'又何在呢?再说了,所谓药膳,它毕竟不是药品,而是膳食。也就是说,药膳还是以'膳'为主的。要不,干脆叫'药'算了,还加上这个'膳'字干什么?"

"有道理,继续说!"张教授眼里有了光泽。

"还有,就是我们应该正确地处理药物和药膳的关系,这样才能使我们的药膳名副其实。打个比方说,疾病就是一堵墙,我们想要推倒它。药物就像是铁锹、推土机,冲上去三下五除二就把墙弄倒了。而我们的药膳,就像是一场淅淅沥沥的春雨,慢慢地渗透,最后悄悄地把墙泡倒了。也就是说,药物是治病用的,它见效快,重点在'治'上。而我们的药膳呢,它是'随风潜入夜,润物细无声'的,它见效慢,重点在于滋养身体和防病上。所以,药膳是以'防'为主的。"

"孙总说得对!"张教授接过话头说,"也就是说,我们太心急了,我们治病救人的心太急切了!我们这次制作药膳失败的原因是落脚点错了。我们把'膳'当成了'药',把'防'当成了'治',所以才弄出了这么一桌子药不是药、菜不是菜的四不像的东西……"

"是啊!我们只强调了药的'君、臣、佐、使',却忽视了菜的'色、香、味、形'。真正成熟的药膳,不仅要配方适当,所含的成分也要齐全,而且还要和生活中的菜一样,做到色、香、味、形俱佳,能最大限度地激起人们的食欲。在这里,我们还要注意,千万不要单纯地把营养含量的多少作为食疗的标准,还要特别注意我们所选用的食材的不同性味和作用,就是用食材性味的细微差别,来调整人体的气血阴阳,以达到扶正祛邪的目的。还有一个问题,就是药物如果使用不当,身体会产生强烈的反应;而药膳含药量小,即使使用不当,身体也不会有强烈的反应。可就算反应不强烈,也会对身体有害,久而久之就会产生麻烦。这个问题向我们提出了新的挑战,就是作为食疗的药膳,也必须像用药那样谨慎和准确,来不得半点马虎。"

"对!食疗药膳也要和用中药一样,采用辨证施治的原则,像《黄帝内经》中说的那样,虚则补之,实则泻之,寒则温之,热则凉之。"张教授出口就引经据典,让人羡慕。

"今天,我们既然说到这里了,不妨把探讨的范围扩大一下。药膳具有很多作用:一能养生保健,二能丰富饮食,三能防病治病。我想我们应该遵循一定的原则去应用,决不能随便滥用。你看,我们俩是不是该对药膳做一下分类?"说到这里,我故意停了一下,看了看张贵君教授的表情。看到他还在赞许地点头,我又口若悬河地说了下去:"我看第一类是营养药膳。这是针对健康人群制作的药膳,目的就是增加营养,养生保健,预防疾病。第二类是根据人们的九种不同体质制作的调理药膳。即根据不同的体质,在不同的药膳中加入一定量的不同的药物,使食疗有更强的针对性和更明显的疗效。第三类,就是针对正在医院治疗疾病的患者,专门制作的辅助治疗药膳。我们要专门针对肿瘤科、心脑血管科、妇产科、消化道科等科室的治疗需求,选用相应的食材,搭配一定的药物制作出既香甜可口又有一定辅助治疗作用的药膳。中医讲究辨证施治,我们用药膳进行食疗,也要讲究'辨证施膳',科学地使用食疗。也就是说,人们不同的年龄阶段、不同的生理特点、不同的病理特点等,这些细微的差别我们都要考虑周全。这样,我们的食疗药膳就会涵盖各种人群,对全体老百姓的健康起到不可估量的作用。同时,我们还要把'岜山药膳'写成书出版,让更多的人学会药膳的做法,进行自我保健。"

"好!好一幅全民健康的图画!"

我自顾自地描绘着药膳的前景,竟没注意到张教授已经站到了我的跟前。没等我说完,他便紧紧抓住我的手,少见地抛开他的斯文,大声地说:"孙总,咱哥俩算是绑在一起了,不论遇到什么困难,不论遇到多少困难,我都会和你一起走下去,把我们的'岜山药膳'搞下去,搞出来,让全体老百姓得利!"

就这样,岜山药膳又开始往前走了。

终于,岜山药膳走上了康庄大道。

但是,激烈的争论却又来了。

就在我们一边探索制作药膳的方法,一边整理菜谱的过程中,突然冒出来一个学术问题,就是关于药膳如何定义、如何理解的问题,而且这成了一个绕不过去、必须解决的大问题。从北京中医药最高学府里的研究生，到我们村药膳厨房里的大师傅，都参加了这场争论。一方用经典说话，一方用炒瓢发言，各不相让，互不服气，看样子非要争出个高低输赢不可！

那天晚上，我在办公室里整理岜山药膳的菜谱，不知不觉天已经很晚了。我抬头看了看墙上的挂钟，知道自己必须回家了。因为如果超过了十二点，我夜里就睡不着觉了。我又仔细看了一遍当晚整理的笔记，恋恋不舍地合上笔记本，关上灯就准备出门。

突然，就在我关了灯屋里刚刚暗下来的时候，我听到有人在使劲地敲门。这么晚了，会是谁呢？过去有人找我，总会事先打个电话约一下。这次半夜三更突然到访，肯定是有急事。我只好又开开灯，打开门往外看。没想到，站在门外的竟是去年刚到我们中医药研究所工作、毕业于北京中医药大学的那个研究生。这个孩子基本功扎实，头脑灵活，又肯吃苦，是我们研究所里的中坚力量。

“孙总，我有事找您。”他急火火地说。

“天这么晚了，你还不休息？”

“问题搞不清，我睡不着。”

我客气地把他让了进来，原本想给他倒上杯水，让他慢慢地说。没想到他急得不行，屁股还没沾着沙发，就急急忙忙地向我发问了：“孙总，我是来向您请教的。您能告诉我药膳的定义是什么吗？”

“这很简单哪！你这个研究生还需要问我吗？”

“今天，我就是要听听您的解释。”

“简单解释还是复杂解释？”

“简单的，复杂的，我都要听！”

“好的。简单地说，药膳就是在中医理论的指导下，配上中药所做的菜肴或者食品。如果再说得细一些，就是将药物和食物放在一起，通过一定的烹饪方法或者制作工艺，制成一种新的食品。它的形是食品，性是药品。因此，药膳既有食物的调养作用，又有药物的治疗效果。这种双重的效果,就是药膳的魅力之所在,也是药膳的生命力之所在! 怎么样? 我这样回答你行吗? 你能给我打多少分?"

"我只能给你打一百分!"

"这么慷慨? 天不早了,到此为止吧?"

"我……还有个问题……"

"别不好意思,说吧!"

"药膳是'药'和'膳'的结合。那么,我们在解释药膳的时候,是应该以'药'为主呢,还是以'膳'为主?"

"说到底,药膳就是食品。"

"我认为您说得不对! 既然是食品,为什么把'药'字放到前边呢? 为什么不叫'膳药'呢? 我看,就是为了强调'药',才称之为'药膳'的。所以,药膳的重点应该在'药'上!"

看他脸红脖子粗一副不服输的模样,我禁不住在心里笑了起来。说实话,不论从哪一方面讲,他超乎寻常的认真态度,都彰显一种学术上的坚守,一种工作上的负责。我看了他一眼之后,边思考着边说:"药是以治病为主的,药膳呢,则是以调养为主的。我们的'岜山药膳',是有着严格的分类的:一是营养药膳,是为没有病的人营养身体的,目的是防病健身;二是调理药膳,是为不同体质的人调理身体,促进体内的阴阳平衡,扶正祛邪的;三是辅助治疗药膳,是辅助正在患病的人治疗的。所以,不论从哪个方面讲,药膳中'膳'的成分都是第一位的。"

"噢,那整理岜山药膳的任务就交给我吧!"

"哈哈哈! 你别开玩笑了! 打蚊子哪能用高射炮呢? 我们岜山的健康产业才刚刚开始,急需各种各样的高级人才。你们学历高,专业知识丰富,还是多做些研究性的工作吧! 像这种整理性的工作,抄抄写写的体力活,还是交给我这样的老头子吧! 要不,大马拉小车,造成人才浪费,可是我的罪过呀!"

我们越聊越兴奋,一起离开办公室时,已经是凌晨两点多了。看着医院静谧的窗口透出的微弱灯光,我知道,病人们都在康复之中睡去了;看着灯火通明的车间里那忙碌的身影,我知道,工人们正在不知疲倦地工作着;看着我们的中医药研究所的大楼上有十几扇窗口还亮着灯,我知道,这几年我们招聘的那些医学博士和硕士们,正在为人类的健康而苦苦地思索呢!

能和这么多人一起工作,是我的缘分。我内心对我身边的每一个人都充满了珍惜之情。

在克服了九九八十一难之后,我们精心研制的岜山药膳,终于堂而皇之地登席上桌了!

经过对几千名八九种体质的人的长期调理,经过医院里肿瘤科、妇产科、心脑血管科等五个科室的几千名患者的试用,经过近万名无病无灾的健康人的试吃,我们推出的营养类、调理类和辅助治疗类三种药膳,计584个品种的菜品,全部达到了预期目的。目前,在我们的医院和宾馆里,要求食用岜山药膳的人越来越多。但是,我们绝不'萝卜快了不洗泥',宁肯满足不了需要,也要严格坚持标准!我经常和员工们说:

"'膳'虽然不是'药',却也是和人命相关的大事!我们必须时刻绷紧这根弦。我记得北京的同仁堂门上有这样一副对联:'炮制虽繁必不敢省人工;品味虽贵必不敢减物力。'凭着这种认真执着、敬业为民的精神,同仁堂在凄风苦雨中三百年不倒,从一家家庭药铺,发展成了国药第一品牌。所以,人们治病健身的事,再小也是大事!只要我们这样认真执着地走下去,说不定多年以后,我们的岜山药膳也会成为健康营养领域里的一个大品牌!"

由我负责写作的《岜山药膳》正在修改之中,一旦出版,我们会将它无偿地赠予社会,使其成为人类健康的保护神。

时隔不久,中国药膳研究会认证标准专业委员会成立了。它成立的目的是,把标准化建设放在药膳发展的战略化位置,搭建药膳标准化的发展平台,整合国内外人才、资金、技术、管理、服务等,助力我国大健康事业的良性发展,并以提高药膳技术、产品和服务的品质和特色,规范药膳认证发展为己任,不断提升药膳行业的市场竞争力,为提高国民健康水平贡献力量。

最令我高兴的是,在中国药膳研究会认证标准专业委员会聘请的专家名单里,我的师父、国医大师金世元名列第一,人类九种体质学说的提出者、国医大师、北京中医药大学中药专业博士生导师王琦先生名列第二。我尤其应该感谢的是,在大家的一致举荐下,我也忝列中国药膳研究会认证标准专业委员会的委员之中。我想,只要我们努力,岂山药膳有可能成为中国药膳的标准之一。

关于食疗,我和马齿苋之间还有一个故事呢!

有一段时间,我总觉得肠道有些不适,用我们医院先进的派特(PET－CT)一检查,发现肠道有异常高代谢,把大夫吓了一跳,因为异常高代谢的同义词就是肿瘤或者炎症。大夫建议我马上做肠镜并准备手术,但我比较沉着,自作主张地自我诊断,认为是炎症的可能性比较大,便准备自开药方进行食疗。

当时,我从书里查到了马齿苋。它又名长命菜、九头狮子草。李时珍说它"其叶比并如马齿,而性滑利似苋,故名",其主要功效是清热解毒、利水祛湿、散血消肿、消炎止痛等。于是,我就让妻子吕翠珍去山上挖来马齿苋。时值夏日,山上的农田、菜园里,树下的小道旁,都长满了这种野菜,她一天就采回好几筐。这样,我先把马齿苋焯熟了,用捣碎的大蒜一拌,做成一种可口的菜品,中午吃一盘,晚上吃一盘。吃了一个月之后,那几位催促我做肠镜的大夫又为我做了一次派特,结果令他们大吃一惊:高代谢消失得无影无踪了!

中草药就是这么神奇,特别是食疗,更为神奇。都说耳听为虚、眼见为实,发生在我身上的这个故事,说明了大自然对人类的恩赐,马齿苋也真对得起它的名字——长命草!

接着,我开始了我和中医药的又一段奇缘。

第三十章　心中的雕像

当我提出关于雕像的问题时，引起了轩然大波！

当然，我与雕像结缘，也是和中医药有关系的。

记得小时候，村里有座小庙，叫作五圣堂。庙里面供奉着五位神仙，都塑得栩栩如生，或慈眉善目，或肃穆威严，或平静如水。

庙的门上有副对联："松风明月真佛事，仙露明珠好道场。"寥寥十几个字，一下子把小庙的境界提高了不少。那时候，小庙也没人管，似乎从来不关门。每当放了学，我就和同学钻进小庙，趴在供桌上做作业。作业做完后，我们就在小庙里外捉迷藏。玩累了，疯够了，同学就坐在佛龛边打盹，我则观察那些雕工有些粗糙却很顺眼的佛像。我发现，佛像的身上都画着大红大绿颜色很夸张的衣裳，衣裳的褶皱非常清楚，就连长长的飘带上的那些碎花，也画得一丝不苟。那时候的人穷，供桌上顶多也就摆着半块窝头、一个煎饼或者几个刚从山上采下来的山果。就是这点可怜的供品，还经常被嘴馋的孩子偷走，躲到后边的山上去偷偷享用。我看到那么多人来小庙里给这些雕像烧香磕头，心里就想，这些雕像是很神圣、很伟大的，起码对人们是有用的。

待年纪稍大，每当清明节，学校就组织我们去白石洞边的烈士陵园扫墓，也相当于春游。每次献花、宣誓、唱歌等仪式结束以后，我总是望着用花岗岩雕成的高高的墓碑发呆。我想,只有那些高尚的人,那些可以成为人们榜样的人,才可以享受这样的待遇。那年在天安门广场,人民英雄纪念碑也曾使我泪水涟涟、思绪万千。我想,只有那些高尚的人,那些英勇的人,那些纯粹的人,那些为民众做了好事的人,那些公而忘私的人,才配有受人敬仰的雕像!

从此,我心中有了雕像情结。

我要给我崇拜的人做最好的雕像!

最初的尝试,是二十多年前的 1996 年。在 1996 年之前的很多年,村里的五圣堂由于年久失修,已经破烂不堪,在风雨的侵蚀下只剩下断壁残垣了。后来,村里发展需要地皮,五圣堂的残砖破瓦也被清理了。村里的经济发展起来以后,老人们又怀念起大家祈福求祥的五圣堂来。为了给大家存个念想,我们准备在村北的大尖山上复建五圣堂。当时,岜山村已经成了全国闻名的富裕村,大家寻求平安的心十分急切,我就顺应民心,将五圣堂的名字改成了平安殿。改了名字,里边就不能再塑那五位神仙了,塑什么呢? 岜山人的创造力和想象力就在这里。酷爱中医药的我,那天晚上灵机一动,做出了这样的决定:大殿中央,放上巨大的观世音菩萨的雕像,然后是扁鹊、华佗、张仲景、皇甫谧、孙思邈、钱乙、王维一、李时珍、叶天士和王清任,他们是中国古代十大名医,一边五位,分列观世音菩萨两旁。我的想法是:我们不仅要用传统的方式向观世音菩萨求平安,更要用科学的方式,用我们的国医国药除病祛疾,保证身体的康健平安。大殿门口的立柱上,我专门找我们当地有名的书法家写了一副对联:

灵素阐真诠前贤于今享永祀,
岐黄玄妙蕴神农之后有传人。

这副对联,不仅体现了岜山人对神灵的敬畏,还表达了我们对中医药的信任和依赖,这对一个医疗产业和健康产业占绝大成分的村来说,当然有着超乎寻常的意义。我下班后,经常拖把椅子坐在大殿门前,端详着栩栩如生的古代十大名医的雕像,一坐就是一个小时。我心里想,他们为人类的健康做出了特殊的贡献,我们直到现在还在源源不断地享受着他们的恩惠,他们就是我们的平安之仙、健康之神,我们不敬奉,谁来敬奉呢?

不长时间之后,平安殿里就香烟袅袅,信众如潮,人们怀着各种各样的心情,来这里祈求平安。面对着我国古代十大名医的雕像,他们有的茫然,有的淡然,有的安然,有的释然……

谁知道,建完大殿不长时间就出事了!

当我们还浸沉在创造雕像的喜悦中的时候,有一天早晨忽然来了两个人,说是要检查我们平安殿的报批手续。直到这时我们才知道,即使是复建庙宇,也是要经过有关部门批准的。据来人说,要是我们的手续不全,不仅平安殿要扒掉,还要处分领头建庙的人呢!实在没办法,我只好硬着头皮,赔着笑脸,带他们爬上大尖山,去平安殿现场检查。进入大殿,在他们的要求下,我陪他们看了所有的雕像。他们非常认真,眼睛在每个塑像上都盯了几分钟。看完之后,他们撇开我,躲到大殿外边悄悄地嘀咕开了。嘀咕完,两个人又进了大殿,若有所思地向我走过来。其中一个人问我:"老孙,你这是座啥庙哇?"

"平安殿哪!"我笑了笑说。

"中间的雕像是观世音菩萨吧?"

"千真万确!"

"然后,观世音菩萨两边一边五个,一共十个神像。他们官不像官,民不像民,也不像文臣,又不像武将,一个个文绉绉的,是哪路神仙哪?我们咋在别的庙里从来没见过这些神仙哪? 你是从哪里捣鼓来的? 快和我们说说!"

"他们是我国古代十大名医。"

"什么？你再说一遍！"

"我国古代十大名医。"我又重复了一遍。

"噢！"

"这里面有大家比较熟悉的神医华佗和《本草纲目》的作者李时珍，还有一些大家可能比较生疏的，但他们都是悬壶济世、治病救人的大好人、大善人。他们亲口尝的草药，亲笔记录的药方，还有他们发明的'望、闻、问、切'的诊病方法和'君、臣、佐、使'的配药原理，我们现在都还用着呢！"

"那……你为啥把他们的雕像放在庙里？"

"凡是为人们做了好事的人，就是善人；凡是急人们之所急，帮人们之所需的人，就是好人。我们就是要给他们树碑立传，大力宣传他们的事迹，发扬光大他们的精神，让全社会的人都向他们学习。能给这些人建庙吗？"

"咋不能？做好事做善事的大好人，我们都可以给他们塑雕像！"

"照这么说，这庙还不能扒呢！"

"当然不能扒！我们还要好好宣传呢！"

后来，我们按照我国宗教管理的有关规定，完善了平安殿的有关手续。没想到，这次小试牛刀的成功，竟激起了我更大的梦想、更大的野心，以至于让有些人很不理解。

其实，我的想法也没有多么出格，更没有大逆不道。我只是想建一处蜡像馆，为我国古代的名医、现在的国医大师以及对万杰医院有重大贡献的当代名医们塑上蜡像，以寄托我们的崇拜和恭敬之情而已！

为此，我早已经做了大量准备工作。

起初，我想把我国名医的雕像搞成石雕。为此，我选定了我国著名的四大石窟，因为那里的石雕是非常出名的。安排好工作之后，我先去河南考察了洛阳的龙门石窟，又去甘肃考察了敦煌石窟，还去山西考察了大同石窟，最后又去甘肃考察了麦积山石窟。一个个石窟考察下来，我得出的结论是,它们虽然是我们国家的艺术瑰宝,但是保存不好就会被严重风化腐蚀,长久保存是一个问题。

怎么办呢?

正在我苦恼的时候,事情出现了转机。

为了进口美国的一台医疗设备,我带队去美国考察。考察、谈判、签约之后,预定的行程还剩了三天,大家提出再去华盛顿看一家医院,我就答应了。那天,我们走到了离福特大剧院不远的地方,合作方的陪同人员和我们说:"附近就是杜莎夫人蜡像馆。"

"杜莎夫人是谁?是干啥的?"

"她是世界闻名的雕塑家。"

"就是做雕像的吗?"我突然问道。

"是,她做的是蜡像。"

"蜡像馆在哪里?"我似乎有点迫不及待。

"远在天边,近在眼前!"陪同人员往身后一指。我看见街边有个小门头,当即决定进去看一看,同行的人更想去看看,因为他们每次和我一起出国考察,不论是引进设备还是引进人才,总是直奔目标而去,完成任务马上回国,从来不到景点去逛,他们早已经憋坏了。今天难得我有兴致,他们当然欢呼雀跃了。

进得门来,先是往地下走,等到了地下一层,我们的眼睛就不够用了。那是我们第一次见蜡像,而且是在世界著名的杜莎夫人蜡像馆。从政界到演艺界再到体育界的名人蜡像,或坐或站地放在那里,和真人几乎没有什么两样,连衣服和头发丝都那样纤毫毕现。我悄悄拉了一下陪同人员的袖子,轻轻地问:"制作蜡像的杜莎夫人是何方人士?"

"她是一个具有传奇色彩的人物。"

"快说给我听听。"

"杜莎夫人出生在法国,她的名字叫玛丽。父亲在一次战争中阵亡之后,她便随着母亲到了舅舅家。她的舅舅柯蒂斯是瑞士人,虽然是个医生,但是更迷恋制作医学解剖模型。后来,他制作医学模型越来越出名,便弃医从艺,走上了制作蜡像的专业道路。玛丽6岁的时候,和母亲一起跟随舅舅到了巴黎。舅舅在那里开起了蜡像作坊,并很快出了名。柯蒂斯最著名的作品是'睡美人'。但是,说起这个作品的来历,可真是让人有些毛骨悚然。据说法国大革命爆发之后,路易十五的情妇、著名的杜巴利伯爵夫人被处以死刑,临行前她不断嘶吼哀叫,歇斯底里,表情狰狞。为了以她为原型制作'睡美人'的蜡像,据说在一个黑夜里,柯蒂斯潜入了公墓,挖出了杜巴利伯爵夫人面目狰狞的头颅,用自己的拇指和食指挤捏她的面容,直到捏出了迷人的微笑为止。之后,他在墓地的草窝里倒上蜡油,将她的头颅在上面滚了一圈,留下了她的脸模,才有了后来这件不朽的作品。玛丽跟着舅舅,经常出入于作坊和太平间,她因制作蜡像的技艺也飞速提高。后来,她因制作了很多法国王室成员的蜡像,曾被怀疑同情王室,被公共安全委员会宣布处以极刑,要送上断头台。就在她被剃去头发等待受刑的时候,当局想利用她制作蜡像的技艺,于是又把她释放了,让她专门以此技艺为当局服务。1802年,杜莎夫人带着自己的作品赴英国展出,因为遇到了战争,便留了下来。后来,她在伦敦的贝克街建了第一个杜莎夫人蜡像馆……"

"我能问你个事吗?"我打断了陪同人员的话。

"什么事?我知道的就行。"

"杜莎夫人制作的蜡像能保存多长时间?"

"这个不大好说……"

"你就说说目前……"

"就目前来说,杜莎夫人的第一个蜡像馆,也就是伦敦贝克街的那个,距今已经差不多有两百年了,但那些蜡像还没有坏,依然和新的一样,就和你今天在这里看见的一样。当然,这期间需要经常维护和保养。"

"好!就这样做!"

我大喊一声,把右手握成拳,朝左手的掌心狠狠地击了下去。我太兴奋了! 为了寻找那些医学名家塑像的材料,我费了多少脑筋哪! 用花岗岩石料? 容易风化,难以长久保存。用目前流行的树脂材料? 不仅档次太低,而且容易毁坏。用生铁铸造? 容易生锈,也不好看。用青铜材料? 容易起绿锈,维护起来很麻烦。用不锈钢材料? 太过现代化,没有历史感和沧桑感……那到底用什么材料呢? 简直让我伤透了脑筋! 而今天,我终于有了答案!

蜡像! 就是蜡像了!

想到这里,我又问道:"世界上有多少蜡像馆?"

"我了解得不准确。"

"约摸就行啊!"

"我知道美国有,法国有,英国也有,比较著名的蜡像馆,如杜莎夫人蜡像馆、好莱坞蜡像馆、弗兰肯斯坦蜡像馆、赛伦蜡像馆等。我估计目前世界上能有几十家了吧! 有资料表明,还有很多国家正在建设呢! 比如中国,也在建设蜡像馆呢!"

"好,我心里有底了!"

我像是自言自语,又像是和陪同人员说话。

从美国回来之后,我对蜡像,从迷恋上升到了理性的研究,有时候是专门去考察,有时候是出发谈业务捎带着考察。不长时间,我就考察了十几个国家的几十个蜡像馆。那时,我不是"外行看热闹"了,早已经是"内行看门道"了。每到一处蜡像馆,看完之后,我总要和工作人员交谈,先是问他们蜡像的日常维护、保养,再就是问他们蜡像制作公司的一些相关信息。日积月累,我竟然对蜡像的制作、展览、维护和保养等基本知识了如指掌。

兴趣是最好的老师。自从我产生为中国的古今名医制作蜡像的想法以来,我对蜡像知识的掌握确实是突飞猛进的。我终于明白了蜡像是一门超级写实主义艺术,有"立体摄影"之称。它所塑造的人物栩栩如生,有很强的观赏性。所以,它有着还原历史人物真实面貌的独特功能。

随着时间的推移,蜡像制作技术慢慢传入我国。1919 年五四运动之后,我国的古代服装研究者程枕霞先生,就曾经用真人般大小的蜡像做模特,搞服装展出。20 世纪 30 年代,山东的孔庙里就有了孔子蜡像。1990 年,北京就有了规模还算可以的北京蜡像馆。再后来,杜莎夫人的蜡像馆也进来了,我们的蜡像制作技术进一步成熟起来。

这样,我的底气就更足了!

于是,我很快与蜡像制作公司达成了制作协议。同时,我们村的其他几项工作也在有序地进行:医养结合的老年养护院马上要投入使用,更大规模的养老综合楼也封顶;以神医扁鹊名字命名的扁鹊书院,正在筹备开工事宜;以弘扬国药文化为宗旨、中医药为主题的中医药博物馆,动工在须臾之间;以种植北方有代表性的中草药为主的百草园,正准备栽种药材……

一个人人意中有、语中无的中医药王国,就像清晨的太阳一样,已经在葱绿的摩天岭上冉冉升起了! 那祥和、温暖的阳光,将每时每刻普照在每一个人的身上。

那天,阳光也是这么明媚,大地也是这么温暖,空气也是这么澄明。我和蜡像制作公司的代表谈判结束后,本想请他们吃个便饭,顺便庆祝一下。但是,他们要急着回去拿方案没有答应,我便独自一人,沿着树荫下的小路往家走。当时,我满脑子里还是蜡像的事,嘴里还念念有词:

"华佗、张仲景、金世元、胡大一……"

"孙总,孙总……"

突然,一阵急促的声音从我身后传来。我回头一看,原来是我们集团办公室的工作人员。我想,马上就要吃饭了,她有什么急事找我呢? 再说,就是有急事,打个电话不就得了,何必跑得张口气喘呢? 正在我疑惑之际,她已经跑到了我的跟前:

"孙总,批……批……"

"别急，慢慢说。"

"孙总，批回来了！"

"什么批回来了？"

"我们的'中医药健康旅游基地'批回来了。"

"啊，真的？"

我心里禁不住一阵狂喜，甚至连声音都有些颤抖了。我镇静了一下，从她手里接过上级的批复文件，看到"岜山"两个字赫然在目，大大的公章鲜红耀眼，我的两眼一下子红了。我心里暗暗地想：我的中医药王国，终于有了名头了！

顿时，我觉得天特别蓝，蓝得深邃，蓝得悠远；云也特别白，白得干净，白得典雅……

没想到，从名医蜡像馆的具体构思到布置陈列的过程，却让我伤透了脑筋。

按照上海艺术设计公司原来的设计，近万平方米的背景天幕上是没有指定的图案的。但我通过查阅古籍，考证历史，觉得每尊蜡像对应的天幕上，应该有相应的故事来佐证。这样，既增添了文化传承的成分，又能最大限度地激发游客的兴趣，能取得事半功倍的效果。这样一改不要紧，原定几个星期就能创作完成的背景天幕，画了两个多月还没结束。

我从头至尾一直参与这项工作，每天从网络上或者书籍中查阅大量的资料，夜里构思成或简练或丰富的故事。第二天上午，再和上海的画家一起研究。这样，当天下午，故事就能画到天幕上了。因此，等中国历代名医蜡像馆的背景天幕全画下来，我等于把中医药的历史文化了解了一遍，虽说好几次累得头晕，但心里甜滋滋的。

我觉得，这也是我和中医药的一种缘分。

第三十一章　　择日不如撞日

光阴似箭，日月如梭。

日子过得真快，不知不觉中，我生命中又一个非常重要的日子来到了我的身边。

如果说以前我因为家学，对中医药只是爱好的话，自从拜金世元老先生为师之后，我就把研究中药当成自己责无旁贷的责任了，甚至当对一项研究入迷的时候，我还会将其当作生命中的唯一。从中草药的种植，到中草药的市场交易，再到中药饮片的加工，最后到中药的熬制……我仔细地研究着每一个环节，特别是看到同样的医生为同一个病人开了同样的药方，有时候管用有时候不管用时，我真的很惶惑、很无奈。经过一番苦思冥想之后，我最终想到了中药饮片的质量。于是，我就把目光投向了中药市场的交易和中药饮片的加工环节。为此，我着重读了很多这方面的书，有的是粗读，有的是细研。这些书中有张贵君教授编著的《中药鉴定学》和《中药商品学》。张教授提出的研究中药鉴定方法和质量标准的新概念、中药生物鉴定法等，都给了我很大的理论启发，并让我有了实践的冲动。于是，我收拾行装，叫上我们中医药研究所的同行和特聘教授们，多次深入我国的中药种植基地、有一定规模的中药材集散地以及有点名气的中药饮片加工基地，仔细访问，细心考察。

考察回来的当天晚上，我的心情久久难以平静。辗转反侧到午夜过后，我仍然没有一丝睡意。最后，我干脆披衣下床，开始伏案整理、书写我多次考察中药的心得体会。

"通过这几次全面的考察，结合过去阅读的中药典籍，我又明白了很多东西。中药行业有三大构成，就是中药材、中药饮片和中成药，真正用于治病的并不是原始的中药材，而是由中药材加工而成的中药饮片及中药制剂。我们的炮制过程，则是保证中药疗效的一个至关重要的环节。目前，在人们普遍认同中医药的情况下，中药饮片的加工成了一个热门行业。恰恰是它的火热，导致了从业者蜂拥而至、鱼龙混杂，最后造成了目前存在的许多问题。"

写到这里，我起身从旅行包里找出我去外地考察时带的本子，把我们边考察边讨论时的记录，在脑子里略加总结，又开始写了起来：

"第一个问题，便是在中药的种植环节。这几年，随着中药需求量的加大，越来越多的人开始种植中草药。为了提高产量，他们毫无节制地使用化肥和农药，往往会造成中药材中的重金属或者农药残留超标，从而影响药效。还有人为了提高中药材的卖相，竟然用硫黄熏制，又让中药材遭受了二次污染。再就是采收过于粗放。例如'亳菊''杭白菊'和'怀菊'本来是各有各的特点和药效的，但是采收者为了节省时间，提高产量，把它们混在了一起，导致中药品质严重下降。

"第二个问题存在于中草药的流通环节。首先是中药市场监管人员严重不足，往往是一个上万人经营的批发市场里只有两三个监管人员，面对一些商贩的掺杂使假、以次充好、以假乱真等恶劣行径，显得无能为力。其次是经营人员药学知识少得可怜，将中药材露天堆放，风刮雨淋虫蛀，严重影响了药材的质量。还有的将药材锁在屋里，不通风，不透气，导致某些药材冒了油。再者，有的药材市场管理不规范，想起来的时候就搞一个'质量管理月'，过去这一阵就刀枪入库、马放南山了，缺乏持之以恒的管理态度。

"第三个问题就出现在中药饮片的加工环节了。首先是原料采购时大而化之，不同产地、不同采收时间的原料混在一起，在第一个环节就造成了混乱。其次是生产工艺千差万别，造成饮片存在诸多问题：有的片块太大不利于煎熬，有的含灰土太多影响药效，有的不按规定去除非药用部分掺杂使假，有的不按规定炮制大大降低了药效，有的不按规定去除毛刺以致影响患者服用……"

在考察的过程中，很多有良心的中草药经营业户，还气愤地向我们诉说了个别无良商贩以次充好、掺杂使假的种种办法。我们听了之后气愤不已。

我越想越害怕。我们的北京中医医院淄博协作医院里，之所以患者人山人海，主要原因就是我给医院规定了严格的共计四个环节的诊疗流程：名医开方，精选良药，传统熬制，科学服用。如果第二个环节就出了问题，精选的良药变成了伪劣药材，第三、四两个环节也就名存实亡了。那么，患者的权益谁来保障？我简直不敢往下想了，只觉得脊梁骨上一阵阵地冒冷汗。

那么，我们应该怎么办呢？

目前，我根据祖传秘方熬制的中药膏剂，已经有六万多名患者服用，好评如潮。为了保证我们的膏剂的药力和质量，我们必须有高质量的药材和高质量的饮片。目前，要让我们马上就有自己的中药材种植基地，那还不现实，但是克服困难，建立起我们自己的中药饮片厂，却是力所能及也是迫在眉睫的事了。只要有了自己的饮片厂，就能在很大程度上防止假冒伪劣药材进来！

说干就干，我很快就安排好了建设饮片厂的事宜。

同时，在大量研读我国古代中医药典籍的时候，我突然对"煮散"这个词产生了兴趣。于是，在一段时间里，我开始重点研究中药炮制学里的煮散。当时我就想，虽然师父说我善于"知行合一"有偏爱的成分，但是我的确经常有学以致用的冲动，而且我还有别人没有的将理论应用于实践的得天独厚的条件。所以，和别人比起来，我对煮散的研究就多了些实用的心思。

在我的一个黑皮本子里，我是这样记载煮散的：就目前的资料来看，人们所见的最早关于中药煮散的记载，就是汉代张仲景的《伤寒论》。在他的《金匮要略》篇里，就记载了九个关于煮散的方剂。但是，真正规范地命名为"煮散"，还是在唐代孙思邈的《备急千金要方》一书中。到了唐朝后期及至五代时期，由于战乱频仍，民不聊生，导致药材奇缺，为了节约药材，煮散得到了推广。宋朝的时候，煮散盛极一时。宋朝之后，煮散便逐年减少，及至现代，煮散近乎凤毛麟角了。我经常想，如果我们能从古人的典籍中汲取智慧，再研究出煮散，那能节省多少中药材呀！又能为国家节约多少土地资源哪！同时，假若推广了中药煮散，就会大大降低每服药的价格，极大地减轻患者的经济负担，从而推动中医药的健康发展。这真是利国利民的大好事呀！

当时，我在本子上记下这些资料的目的，就是为我研究煮散做准备。在我的资料积累到一定程度之后，我便和我们中医药研究所的同事们披挂上阵，开始了对中药煮散的实践。真是天道酬勤，功夫不负有心人！首先，我们经过无数次的改造甚至是推倒重来，研究出了加工煮散的设备，又经过千辛万苦研究出了独具我们自己特色的煮散。同时，我们又采用了我的祖传秘方，将煮散熬成了膏剂。

我按捺不住激动的心情，带着我们的煮散找到了世界中医药学会联合会副主席兼秘书长桑滨生。他听了我的介绍后非常高兴，马上召集了专家对我们的煮散进行了鉴定。专家们一致认为，我们的煮散是原料药单味加工，据方调剂，因此和传统的中药汤剂没有区别，既能按照传统的中医理论辨证施治，随证加减，同时还保证了汤剂处方和群药共煎、共煮的特点，对主药的君、臣、佐、使和七情配伍原则也没有什么影响。此外，煮散熬药既符合中医的基本理论，又保持了汤剂的原来特点，对病证的疗效也是可以预期的。它不但节省了中药材，还因为缩短了煎熬时间，使那些易挥发的药材减少了挥发,保证了药效。

专家们的鉴定,更让我信心满满。

但是更大的喜讯还在后边呢!有一天,我正在饮片厂的建设工地上指挥建设,突然电话铃声响了,我接起来一听,心里那个乐呀!世界中医药学会联合会决定成立其下属的中药煮散研究委员会筹备小组,专家们一致推荐我当筹备组的组长!而且,中药煮散研究委员会这块含金量极高的大牌子,就准备挂在我们饮片厂!打电话的人还说,按照常规,如果没有特殊情况,现在的筹备小组组长就是将来的会长呢!放下电话,我干得更有劲了。

经过艰苦卓绝的奋斗,投资 2.3 亿元人民币,建筑面积2.4万平方米的淄博岜山中药饮片有限公司落成了。公司里面既有我们引进的最先进的中药饮片加工机械,又有我们经过多年钻研和试验研制成功的中药煮散加工生产设备。这个公司能年产中药饮片 3000 吨,是山东省最大的中药饮片生产企业。那天,就在我们的中药饮片厂即将竣工的时候,我正在现场设计道路的走向,基建负责人兴冲冲地跑到我的面前,满头大汗地问我:"老总,我们的公司什么时候开业?"

"你们什么时候完工,我们就什么时候开业!"

"不找个人看看黄道吉日?"

"我们一辈子与人为善,建饮片厂也是为老百姓解除病痛,驱魔造福。我们都是善人,饮片厂早一天建起来,早一天为百姓服务,每一天都是黄道吉日。说别的都没用,你就说什么时候能完工吧!"我不假思索地问他。

"这……"

"说吧!尽快!"

"下个月七八号就差不多。"

"那我们就九号开业!"

"就这么定了?"

"君子一言,驷马难追!"

就是这么干脆,就是这么简单,开业的日子说定就定下来了。令人喜出望外的是,金世元老先生听了我的汇报之后,毅然决定把"国医大师金世元中药炮制传承基地"的牌子赐给我们。也就是说,金世元老先生要以我们的饮片厂为载体,把他积累一生的中药炮制的宝贵经验传给我们,让我们好好地继承下去。得到了这样国宝级的中药炮制技艺,我们的饮片厂可就如虎添翼了。金世元老先生的无私传承,让我感激涕零。就在我告别金老先生准备出门的时候,师父突然叫住我,和蔼地对我说:"你拜师也三年多了。这三年期间,你不但读了那么多中医药理论著作,写了那么多的读书笔记,建立了规模巨大的中药饮片厂。你敢于创新,善于创新,在完善中药特色技术传承人才培养模式,推动中医药技术进步,解决中医药人才匮乏、继承和创新能力不强、产业化滞后等方面做了很多有益的探索。你不是单纯地探讨理论,而是知行合一,学以致用,我的工作室的同志们都在我的耳边吹风,说你可以作为我的标杆徒弟了。当然,你也确实达到出徒的标准了。"

师父的一通夸赞,把我弄了个脸红脖子粗。想想我拜师三年以来,虽说是夜以继日,焚膏继晷,但是离一个合格的中药炮制人才还是有距离的。师父给予我这么高的评价,不知道这是他中肯的评价,还是有客气的成分在里面。我在觉得无地自容的同时,一下子想起我不久前交给他的论文来。因为师父的徒弟要想出徒,必须要有一篇合格的能通过专家答辩的论文。

"师父,我的论文……"

"我看过了,也写了批语。"师父淡淡地说。

"啊?您……"

我真的语塞了,总觉得有满肚子的话想说,却不知道从何说起。这篇几乎倾注了我全部心血的论文,题目是《齐鲁本草整理及中药膏剂与岜山药膳创制》,我前后写了将近一年的时间,其间光大的改动和增删就有八九次，小的删改简直不计其数了。对九十二岁的师父来说，这篇55000字的文章，他在搞科研、带徒弟和讲课的同时，要花多长时间才能看完哪！需要耗费他多大的精力呀！我交论文的时候，心里想师父能让助手帮我看看就不错了，怎么也没想到他会亲自看！顿时，我只觉得心里暖烘烘的，当然，内心深处还有深深的歉疚，总感觉给师父添麻烦了。当时，我满心里只有一句话：

"师父，谢谢您！"

"不用谢，师父看徒弟的论文是应该的。不亲自批阅你的论文，岂不是我的失职？你的论文写得不错，成果丰富，观点新颖，论据充分，论证有力。关键是你的论文接地气，可操作性很强，是知行合一的典范。现在啊，有很多论文是从理论到理论，下笔万言，不知所云，而且空洞无物，怎么指导实践呢？启玉，你的论文彻底改变了这个现象，我喜欢！"

"师父，我还差得很远！"

"启玉哇！现在不是你谦虚的时候。我的观点只代表我自己，真正出徒，必须要有七名以上的专家做评委，由他们围绕你的论文提出问题，你进行答辩，然后评委们投票，评判你是否达到了出徒的水平。这些环节一个都不能少，尤其是我的徒弟，更应该一个程序不缺地走下来。"师父说最后这句话的时候，还特别强调了一下，把"我"字说得特别重，可见他的严以律己和心底的无私。由此，我也知道了社会上那句"金家师门不仅进门门槛高，出门的门槛更高"的传言是真实的。

我非常理解师父此时的心情，马上接上他的话头回答道："放心吧，师父，我论文中所写的，都是我经过无数次研究和实践得出的结果，都是我自己的东西、自己的观点，它们早已在我脑子里反复过过许多遍了。我只会给师父增光添彩，肯定不会给您老人家丢人的！"

"好！答辩时间就定在咱们传承基地揭牌的那天吧！我年龄大了，出一次京也不容易，咱们尽量节省时间。"

"好的！谢谢师父！"

　　回到家之后,我便开始就这几件事进行准备。我先是把桌子上大大的台历直接翻到"2018 年 7 月 9 日",然后对着这个日子端详起来。"9 日"的下面,是农历"五月二十六"。一看到这个日子,我的心头突然一震:这个日子怎么这么熟悉呢? 我在哪里见过这个日子? 由此,我开始在脑子里进行细密的搜索。由于"名医蜡像馆"工程正在如火如荼地进行,所以我记录的中国古代名医的生卒年月比较多。我马上打开我的笔记本,从头到尾地查找起来。慎重起见,我又查了很多资料,最后确定,这一天正是古代名医李时珍诞辰 500 周年纪念日。

　　这是巧合还是缘分? 怎么会这么巧呢?

　　这一天终于到来了!

　　7 月 8 日晚上,我的师父金世元大师和各位领导及专家都到了。由于我们的揭牌仪式是由中华中医药学会和岜山集团主办、淄博岜山中药饮片有限公司协办的,所以,今天的岜山真是高朋满座啊! 在欢迎晚宴上,我发表了热情洋溢的欢迎辞,还特地笑着提醒大家:根据气象台预报,明天上午可能有中雨,我们的揭牌仪式安排在露天场地,大家要有淋雨的准备。当时大家都很激动,谁也没有当回事。晚宴结束之后,我还是对第二天的现场不大放心,夜里十点左右,我又和司机赶到了即将于第二天开业的饮片厂。厂区偌大的院子中,南边是主席台,桌子上摆放着领导和来宾的桌签。主席台前面,整整齐齐地摆了一百多把塑料方凳。路灯散发着耀眼的光芒,越发衬出了院子里的空旷和寂静。我想,谁知道明天是雨是晴呢?

　　真是老天不帮忙!

　　7 月 9 日一大早,我陪来宾们吃自助餐的时候,天气阴沉得很,大片大片的黑云布满天空,好像一把能攥出雨来。早餐结束后,一场中雨如约而至。开业现场的工作人员打过电话来,说雨水这样大,室外的会恐怕无法开了。我马上告诉他们,会议必须开! 另外,给每人准备一把伞,以挡风遮雨;给每人准备一条毛巾,用来擦拭座位上的雨水。看时间差不多了,我开始招呼领导和专家们上车,准备冒雨赶往会场。

也真是奇怪了!等我们冒雨赶到会场的时候,大雨一下子变成似有似无的毛毛雨了。被大雨洗过之后,油松和侧柏泛出一片深绿,给人一种蓬勃向上、郁郁葱葱的感觉;漫山遍野的洋槐树,让暴雨浸出一片浅绿,树上褐色的槐豆角迎风飘扬着,像无声的风铃;会场边上那一片片无名的野花,或红或白,或紫或黄,星星点点地点缀在葱绿之中,让人看了心旷神怡,好像就是专门为了迎接会议的召开才匆匆开放的。

真是好兆头哇!

第三十二章　独有痴儿渐远志

连续几天的炎热,被一场突然而至的大雨冲得无影无踪了!会场上空,厚薄不一的彩云遮住了太阳,摩天岭下的会场里一片清凉。会场内外的水泥地,被大雨洗得干干净净,一尘不染。那些写着我们的豪迈理想和奋斗目标的喷绘标语牌,也被映衬得格外醒目。

尽管淄博崮山中药饮片有限公司刚刚投产,但是因为它有了"国医大师金世元中药炮制传承基地"的牌子,还是引起了业内人士的极大关注。所以今天主席台上下,真是群贤毕至、少长咸集呀!在这里,我丝毫没有挟领导专家教授以自重的意思,只是想把他们的名字记下来,为我们的传承基地做一个丰富、扎实的注脚,让他们为这个盛况做一个见证,让人们记住这些朋友对中医药的贡献。也许,在多年之后,这些人的回忆录里,也会出现今天这个宏大的场面,与我今天的记录相互印证。

他们是:国医大师金世元,国医大师尚德俊,国医大师王世民,国家中医药管理局原副局长、世界中医药学会联合会创会副主席兼秘书长李振吉,世界中医药学会联合会副主席兼秘书长桑滨生,世界中医药学会联合会副秘书长徐春波,中华中医药学会副会长李俊德,中华中医药学会副会长曹正逵,中华中医药学会期刊管理办公室副主任厍宇,国家中医药管理局人教司师承继教处主任曾兴水,首都医科大学中医药学院院长高彦彬,首都医科大学中医药学院原党委书记、教授王秀娟,首都医科大学中医药学院副教授罗容,中国商品学会副会长、中国商品学会中药分会会长张贵君,中国中医科学院博士生导师胡世林,沈阳药科大学教授王淑君,江西中医药大学教授、博士生导师龚千锋,北京中医药大学博士生导师李向日,中日友好医院主任药师鞠海,北京同仁堂高级技师于葆墀,北京积水潭医院药学部主任药师许保海,北京天坛医院副主任药师庄洁,北京中医药大学东方医院药学部主任、主任药师华国栋,山东中医药大学副校长张成博,齐鲁医药学院副校长杜敏,山东省卫生计生委中医药综合处副处长于凤华,山东中医药学会会长于淑芳,山东中医药学会副秘书长、办公室主任韩莉,科学出版社编辑室主任郭海燕,淄博市人大常委会副主任翟乃翠,淄博市政协副主席徐培栋,淄博市卫生计生委主任、中医药管理局局长宋晓东,淄博市卫生计生委党委委员、淄博市中医药管理局专职副局长李全营,淄博市食品药品监督管理局副局长安烈忠,淄博市卫生计生委中医药管理科科长冯绣云,博山区委副书记、区长聂玉彬,博山区政协主席刘承志,博山区人大常委会副主任司志荣,博山风景名胜区管委会副主任、博山区旅游局局长夏艳华,博山区卫生和计划生育局局长岳玲,博山区食品药品监督管理局局长孙丽鹏,博山经济开发区党工委委员、管委会副主任丁隆彪,博山健康医药产业园管理中心主任谢鲲鹏,岜山集团创始人孙启玉,岜山集团董事长、总裁孙正。当然,还有今天为我们主持会议的博山经济开发区的书记房杰。

现场气氛异常热烈。面对这么多的领导和嘉宾,岜山人激动了。是啊!多年来,各级领导和各行各业的专家,无私地支持和见证了岜山村的发展和崛起。不论是工业项目还是科技项目,不论是学校落成还是医院开诊,都浸透了领导和专家们的心血和汗水。有些北京大专家,为岜山村贡献了半辈子,退休了也不回北京,住在岜山村颐养天年呢!懂得感恩的岜山人,都有一种打心眼里迸发出的对他们的敬重。这不,岜山集团董事长孙正,代表村民们发表了热情洋溢的欢迎词:

　　"在国医大师金世元中药炮制传承基地揭牌暨淄博岜山中药饮片有限公司试生产之际,我谨代表岜山集团董事会、全体干部员工及岜山村全体村民,对各位领导、专家和社会各界朋友们的到来表示热烈的欢迎和诚挚的感谢!

　　"传承中医药文化,发展大健康产业,是岜山集团加快新旧动能转换、推进结构调整和转型升级的重要战略部署,并已取得了阶段性成果。目前集团已形成以医疗医药、健康养生、康复养护、化纤纺织为主导产业的发展新格局,致力于打造医养健康旅游全产业链,以'医＋'为核心,形成了'医＋研发''医＋制造''医＋展示''医＋疗养''医＋休闲''医＋旅游'产业体系,被中华中医药学会批准为'中药特色剂型传承创新推广基地',被山东省旅游发展委员会、山东省中医药管理局批准为'山东省首批中医药健康旅游示范基地创建单位',被山东省中医药管理局确定为'山东省第一批中药炮制技术传承示范基地'。

　　"淄博岜山中药饮片有限公司是继'玉正堂·药膳房'之后,岜山中医药健康旅游示范基地建成启用的第二个项目,总投资2.3亿元人民币,建筑面积2.4万平方米,可年产3000吨现代化中药饮片,是我省规模最大的中药饮片生产企业。项目的建成标志着集团中药炮制走向产业化、规模化、规范化发展轨道,为打造全国中药特色剂型传承创新推广基地与'国医大师金世元中药炮制传承基地'奠定了基础。

　　"金世元国医大师是国家级非物质文化遗产'中药炮制技术'代表性传承人,是国医大师中唯一的中药专业大师,被誉为当代药王。'国医大师金世元中药炮制传承基地'的启用,将有力推进基层中医药的技术传承、文化传承、人才培养和资源开发利用,为集团中医药产业发展起到积极的推动作用。与此同时,'国家中药特色剂型传承创新推广基地''世界中医药学会联合会中药煮散研究委员会科研基地''中国商品学会中药专业委员会研究基地''山东省中药炮制技术传承示范基地''岜山中医药研究所研究基地'的挂牌启用,为推动集团与国内外知名机构的交流与合作,带动地区中医药事业发展提供强有力的支持和示范作用。

"习总书记指出,中医药学凝聚着深邃的哲学智慧和中华民族几千年的健康养生理念及其实践经验,是中国古代科学的瑰宝,也是打开中华文明宝库的钥匙,岜山集团决心以基地启用为契机,以实施新旧动能转换工程为动力,进一步弘扬和传承中医国粹,宣传普及中医药文化,做好国医大师诊疗经验、学术思想传承工作,将中药炮制技术发扬光大,促进中医药学术和临床经验的传承与创新。同时大力研究和推广中医药科技成果,全力建设好、维护好、利用好这一优质品牌和宝贵资源,倾力打造中医药科研和教学平台,研究和推广中医药科技成果,带动人才培养与学科建设,为推动基层中医药传承与发展,服务全民健康事业做出更大贡献!"

清凉的风一阵阵吹过来,屋顶上浸透了雨水的彩旗随风轻轻摇动。轻风摩挲过摩天岭,山坡上的松树随着起伏产生一波波松涛。仪式还在按部就班地进行,人们都在激动地聆听着。但是,我的思绪又开始游走了。台下的饮片厂车间里,我专门做了两个展柜,里面就摆放着我们发明和熬制的被称为"中药炮制领域里一场革命"的中药膏剂,还陈列着用我们自己研制的机器加工的中药煮散。三年多来,我一边读书,一边进行这些科学试验。虽说是成功了,但是一次次的失败让我难以忘怀。虽然"失败是成功之母",但是失败的滋味真是太难受了!说实话,有时候真是想放弃,因为放弃了就没有烦恼了。但是,每当我看到患者那期待的目光,每当我看到质量参差不齐的中药材充斥于市场,我就像打足了气的皮球似的,又不顾一切地坚持了下来。我时刻记着毛泽东主席的那句话:"往往有这种情形,有利的情况和主动的恢复,产生于'再坚持一下'的努力之中。"就是因为有了这个"再坚持一下",才有了我们现在的成功。"坚持"这两个字,用于鼓舞别人的时候,两片嘴唇上下一碰就出来了,似乎很轻松。但是,当事者身体力行地去坚持的过程中所遇到的艰难困苦简直让人难以忍受。对深不可测的未来的恐惧,找不到前进方向的烦恼,陷入无法前行泥潭里的无奈,其中任何一项都足以让你望而生畏……

淄博市卫生计生委主任宋晓东的讲话,把我的思绪拉了回来:"国医大师金世元中药炮制传承基地是我市第一家专业化、规模化、现代化的中药炮制传承基地,对于带动我市中医药技术传承与发展、强化学科建设与人才培养具有积极的示范作用。我代表淄博市卫生计生委,向岜山集团表示热烈的祝贺! 向关心支持淄博市中医药事业发展的各级领导和各位专家表示诚挚的感谢!

"近年来,淄博卫生计生系统深入贯彻落实国家、省关于加强基层中医药工作的有关要求,围绕'打造卫生强市、建设健康淄博,绝不让一个人在追求健康的道路上掉队'的工作目标,全面实施《淄博市'十三五'卫生与健康规划》与《淄博市中医药发展'十三五'规划》,不断夯实中医药工作基础,发挥特色优势,更好地满足广大群众的中医药医疗保健需求;通过强化中医药师承教育、进一步壮大中医药服务队伍,提高基层中医药服务能力,使城乡居民能够享受到安全、有效、经济、便捷的中医药服务,为推进健康淄博建设和中医药事业发展做出了积极贡献。

"岜山集团是我市医疗卫生改革的生力军,也是我市中医药传承与发展的佼佼者。近年来,集团发挥医疗资源优势,传承和发展中医药文化,开展中医药技术研究与交流,推进中医药临床经验传承与推广,对我市中医药发展有积极的示范作用。国医大师金世元中药炮制传承基地在淄博落户,体现了上级主管部门对我市中医药事业的关怀与支持,必将有力推进我市基层中医药的技术传承、文化传承、人才培养和资源开发利用。这一举措对于带动我市基层中医药师承教育工作,提高中医药人才队伍素质,促进我市中医药健康持续发展具有深远的现实意义。

"希望岜山集团通过国医大师金世元中药炮制传承基地建设,充分发挥名老中医的宝贵经验和优势,带动人才培养与学科建设,加强基地各方面的建设与管理,提升软件、硬件方面的建设,完善中药特色技术传承人才培养模式,推动中医药技术进步,探索出解决基层中医药人才匮乏、继承创新能力不强、产业化滞后等问题的新路径。同时希望市区有关部门,大力支持传承基地建设,充分发挥国医大师的资源优势,带动基层中医药人才培养和学科建设,不断提高中医药人员的技术水平和服务能力,加强科研教学、技术创新,协同攻关,力争在重大疾病防治和关键问题上取得新突破,在中医药理论研究和临床实践上取得新成果,为推动健康淄博和我市中医药事业发展做出新贡献!"

听完宋晓东主任的讲话,德高望重的国医大师金世元老先生禁不住颔首称赞。作为参与者和身体力行者,他早已对我国中医药的发展历程烂熟于心。成绩在哪里,发展的瓶颈在哪里,努力的方向在哪里,他都一清二楚。记得在我刚刚拜他为师不久,有一次我带着很多问题去向他请教。我这人有个特点,就是凡事多替别人考虑,总是怕麻烦别人。面对大名鼎鼎的师父,尽管我拜他为师了,但是,还是在对他的尊重中渗透着些许客气,想着尽量少给他添麻烦。所以,我平日里很少打扰他,总是等在学习和实践中积累的问题多了,集中起来让他一次性解答。我想,这样总是会给他省下一些时间的。那一天,我向他请教完了中药炮制中的几个问题之后,就提出了我的疑问:

"师父,您怎样看待中西医之争?"

"我认为这种争论没有多少意义。"师父开宗明义。

"现在网上吵得热火朝天呢!"

"那是些外行人的狂欢!"

"看着他们引经据典的,很内行啊!"

"那都是些噱头!"

"为什么?"

"中西医都是科学,但是中西医产生的文化背景不同。尺有所短,寸有所长,片面地强调谁好谁不好,本身就是不科学的。如果非要分出个谁行谁不行来,那就有违科学精神了。西医在不断发展,我们中医也不能墨守成规。二者在发展中相互提高，在相互借鉴中各自丰富，这才是一条正确的道路。如果中西医老死不相往来，甚至相互诋毁，那将是人类的不幸！"

"徒弟明白了！"

"其实，"师父似乎意犹未尽，"要做成一件事，没有什么捷径可走，只有埋头苦干一条路。学问刚到半瓶子醋，就去卖弄，去显摆，甚至去贬低别人，抬高自己，那样做是十分浅薄的。不同的学科，不同的知识，都有其产生的历史背景和文化根源，而且都是在不断发展和完善的。为什么哲学上有否定之否定的规律？因为世界发展太快了，昨天还是先进的东西，说不定今天就是落后的了。"

听了师父的话，我若有所思，自言自语地说："记得年轻时读过郭沫若的一首诗，诗中赞美港口轮船的烟囱里冒出的黑烟像'黑色的牡丹'。那时，刚从农耕文明过渡到工业文明，工业的黑烟就代表着进步，代表着文明。可社会发展到今天，在人们提倡绿色环保的大背景下，再赞美黑烟就是件很可笑的事情了。在中医药的发展历史上，也曾有过科学难以解释的细枝末节。随着现代科学的发展，不是已经自愈了吗？这说明只要有了科学的态度，有了脚踏实地的行动……"

"哈……我徒上层次了！"还没等我说完，师父就大笑起来，"任何时候都不能以自己的长处去攻击别人的短处，不能以今天去否定历史，不能以此科学去攻击彼科学。这是一个学者必须秉持的态度！"

对于师父的这些话，当时我还没有太深的体会。但是随着我对中医药理论学习、研究的深入，随着我对中药炮制工艺的改革和创新，我越来越赞同师父的观点了。他那种气定神闲的态度，那种海纳百川的胸怀，那种谦虚认真的精神，使我的"三观"得到了一次高尚的洗礼。

这时，主持人邀请师父说几句话。他今天本来没打算讲话，但是，到了现场看了山东省最大的中药饮片厂，他感触很深，就情不自禁地说道：

"大家上午好！很高兴参加'国医大师金世元中药炮制传承基地'启

用揭牌仪式,在此我向为基地建设付出积极努力、给予支持与帮助的各级领导和广大同仁表示衷心的感谢!

"中医药是中华民族的伟大创造,也是古代科学的不朽瑰宝。中医药经过千百年的积淀,在防病治病、养生保健、治未病等方面发挥着不可替代的优势,为人类健康事业做出了卓越贡献。

"中药炮制技术是我国传统医学独有的宝贵遗产,也是世界非物质文化遗产。对传统炮制技术进行深入挖掘、整理、传承与发展,既是中医药文化持续发展的重要内容,也是建设健康中国的必然要求。加强中药炮制传承基地的建设,对于促进中药炮制技术传承与发展、培养中医药人才队伍具有重要的现实意义。

"道地药材是质量基础,依法炮制为功效核心。中药炮制技术是贯通中医与中药的桥梁,直接决定着药品的优劣与疗效的好坏。因此,研究和探索符合现代医药学理念、适应现代人生活节奏的中药炮制和煎煮方法,显得越来越重要。

"目前,中药炮制技术的传承与发展亟待加强,中药从业人员的素质亟须提高,特别是亟须对基层中药师进行系统化、规范化培训,从而确保临床用药的安全有效。中药炮制技术传承基地建设,将有力推进中医药的科技传承、文化传承、人才培养和资源开发利用,对于中药学科建设、人才培养、服务能力提升等具有积极作用。

"知子灵仙能益智,使君远志攀凌霄。我希望通过中药炮制传承基地的建设,进一步整理挖掘中药炮制经验、技术和理论,促进中药炮制技术的继承和推广,提高中药临方炮制能力,培养中药炮制人才,提升中医药服务水平,推动中医药文化的传播与发展。同时也适应企业转型和产业升级的需求,为企业转型发展注入新的活力。我相信,在各级政府部门的关心支持下,在大家的共同努力下,邑山村的中药炮制传承基地一定会越建越好,为推动中医药发展,助力全民健康事业做出更大贡献!"

金世元大师平常很少说话,不论是在公开场合还是在私下里,他的话总是很少。今天能说这么多话，确实十分难得。不熟悉他的人，总以为他不热情。其实，面对中医药的发展，面对中医药人才，他的内心时刻热得像一团火。他说话少，是因为不想说废话。谈到业务问题，他说得比任何人都多。

记得我第一次登门拜访的时候，他基本上不说客套话。两句话之后，他便不再开口，那感觉就像是把我晾在那里了。那种尴尬的气氛，让我一辈子也忘不了。但是，当我向他汇报起我们的中医药研究所的时候，他的两眼突然放出了热烈的光芒。当我们讨论起中药炮制中"先煎后下"的问题时，他就打开了话匣子。他不以权威自居，把我看成他的同事，平等地和我讨论、争论，和我谈他的体会。一说完这个话题，他就又双唇紧闭，好像是在思考问题了。今天，为了我们的中药饮片厂，为了中药炮制的传承问题，他竟然一口气说了这么多。他的讲话里，既有对我们饮片和煮散的热切期待，又有对中药炮制技艺传承的殷切期望，还包含着对我这个将要出徒的徒弟的认真叮嘱。记得昨天下午接他到宾馆之后，我向他汇报了中华中医药学会和世界中医药学会联合会对我们大力支持和热情帮助的事。师父听了一再嘱咐我说，中华中医药学会和世界中医药学会联合会是我们这些人的业务领导机构，我们这些活动，都要在中华中医药学会和世界中医药学会联合会的组织领导下进行。只有这样，才有权威性，才能名正言顺，我们干的事才会有成功的希望。

真是无巧不成书！我刚想到这里，中华中医药学会的副会长李俊德便开始讲话了："值此国医大师金世元中药炮制传承基地启用揭牌之际，我代表中华中医药学会向岜山集团表示热烈的祝贺！向关心支持基层中医药工作的各级政府部门领导和专家们表示衷心的感谢！

"中医药是中华民族的文化瑰宝和世界非物质文化遗产，蕴含着丰富的哲学思想和人文精神，同时也是富有潜力的经济资源、具有原创优势的科技资源、优秀的文化资源和重要的生态资源，在保障人民健康、防病治病中发挥着不可替代的重要作用。党的十八大以来，党和国家高度重视中医药事业,不断加强中医药改革发展的战略谋划和顶层设计,把中医药发展列为国家战略,相继出台了一系列政策,特别是《中华人民共和国中医药法》《中医药发展战略规划纲要(2016—2030 年)》等法律法规的实施,有力地推动了中医药事业发展,促使我国中医药步入了新的战略格局。

"中华中医药学会是我国成立最早、规模最大的全国性中医药学术团体,致力于弘扬中华民族医药文化,促进中医药文化的繁荣和发展,推动中医药科学技术的普及与推广;围绕中医药及相关学科领域,开展各种形式的学术交流与合作,组织重点学术课题的研究,开发和推广中医药科技成果,推动中医药传承与发展。

"我们之所以与岜山集团成为战略合作伙伴,是因为他们能够站在全球的高度上,发展中医药文化,整合优秀医疗资源,推进中医药文化的传承与传播,成为集医、药、教、研和学术交流为一体的现代化产业基地,以中医药养生保健为主的健康旅游、康复休闲基地,中医药文化展示基地,是我会批准的'中药特色剂型传承创新推广基地'。

"岜山集团发展中医药的成功实践,在于他们牢牢把握中医药发展的本质规律和历史经验,因地制宜、因时制宜地走出一条特色化道路。中医药起源于基层、发展于基层、服务于基层,基层是中医药天然的沃土。中医药'简、便、验、廉'的特色和优势在基层最容易得到发挥,能够满足广大群众养生保健、防病治病,特别是慢性病、老年病的防治需求,在基层有着广阔的发展空间。国医大师传承教育能够从最高学术殿堂走进基层落户,惠及农村群众,这是中医药新常态的内在要求,也是医疗改革的必然趋势,有利于中医药文化的普及与弘扬,有利于促进中医药学术思想和临床经验的传承与创新,有利于振奋中医药行业精神、凝聚行业力量,营造全社会关心支持中医药事业发展的良好环境,对于推动中医药文化传承与发展具有积极的示范引领作用。

"希望岜山集团继续抓好传承基地建设,传承国医大师的宝贵经验,带动人才培养与学科建设，推动中医药技术进步，为解决目前中医药人才匮乏、产业化滞后等问题探索新的路径。同时希望各级政府主管部门一如既往地支持基层中医药的发展，加强基层中医药人才队伍建设，不断提高中医药事业发展质量和效益，为推动中医药发展、增进人类福祉、建设健康中国做出更大贡献！预祝国医大师金世元中药炮制传承基地早出成果！"

在我刚刚喜欢上中医药的时候，我就知道中华中医药学会了。有一次，我看到有一家医院的墙上，用红漆写着两句话，内容是"团结中西医，面向工农兵"，后面写着"中华中医药学会"几个字。从那时起，我就注意到中华中医药学会了。后来我全身心从事了中医药工作，才知道它是中国成立最早、规模最大的中医药学术团体，是党和政府联系中医药科学技术工作者的纽带，是发展我国中医药科技事业的重要社会力量。那里面的人都是这方面的顶级专家和教授，他们的任务很多，工作也很重，是中医药工作者的引领和依靠。我们岜山村的中医医院和中药研究所很多方面的事情，也是在他们的支持下做成的。

我还记得第一次见中华中医药学会副会长李俊德时的场景，那时他还是中华中医药学会秘书长。虽然是第一次见面，但双方都是实在人，因而说话也就有些单刀直入了。见面之后，两句客气话还没说完，李俊德就开门见山地问我："孙总，听说你是著名企业家、教育家、慈善家，你为什么突然喜欢上了中药呢？个中原因我不甚明白，你能否明示一二？"

"原因有两个。"我恭恭敬敬地回答道，"一是因为家学，我的姥娘、母亲都是乡村医生，特别是母亲向我传授过很多中医药知识。我们熬制中药膏剂的秘方，就是母亲亲手传给我的。二是这些年来我办了好几家医院，先后引进过许多世界一流的高科技医疗设备。比如治疗肿瘤的质子刀，我们已经引进十几年了，目前还是我国唯一的一台。但是，当所有的高科技药品和医疗设备用上之后，还是有些病人极不情愿地走了。那时，我又想起了我们祖传的中医药……"

"在当前许多人心态浮躁、急功近利的背景下,选择从事中药研究,就是选择寂寞。与过去你干企业时的灯红酒绿、众星捧月、力争第一相比,你选择研究中药后将是青灯荧荧,形影相吊,与以前的热闹生活会有很大的反差啊。"

"我这辈子经历得多了,我从来不怕寂寞。因为在我看来,热闹会使人浮躁,会使人迷失方向。而寂寞呢?在我看来,寂寞就是一种不追风潮的定力,是一种不凑热闹的沉稳,是一种不赶时髦的安静。如果把寂寞当成痛苦去宣扬,当成迷茫去叫嚣,说穿了还是一种浮躁。我想,只有耐得住寂寞,才有思考问题的氛围,才能最后到达理想的境界。"

"你有这种想法,就等于成功了一半了。"

"放心吧!有你的支持,我会成功的。"

主持人房杰又开始讲话了:"下面,请世界中医药学会联合会副主席兼秘书长桑滨生同志讲话!"

随着主持人的宣布,桑滨生副主席开始讲话。他那洪亮的男中音,顿时回响在摩天岭东麓的上空。

"中医药作为我国独具优势的卫生资源、经济资源、科技资源、文化资源和生态资源,几千年来以其特有的疗效与作用,为人类的健康事业做出了重要贡献。随着社会经济的迅猛发展和医疗改革的不断深化,国家对发展中医药越来越重视,支持力度不断加强,中医药事业在深化医改、保障民生、文化交流与对外开放等领域发挥着重要作用。

"世界中医药学会联合会是经国务院批准、民政部登记注册的非营利性国际性学术组织,有 257 个团体会员,159 个分支机构,分布于 67 个国家和地区,总部设在北京。我会自成立以来,始终致力于推动中医药学的国际交流、传播和发展,保护和弘扬中医药文化,提高中医药执业水平,促进中医药学与世界各种医药学的对话与合作,推动中医药现代化和国际化发展进程,为全人类的健康事业做出了积极贡献。

"近年来,岜山集团立足于现代化小康城、医疗城建设,投入巨资发展大健康产业,推进中医药技术传承与创新,中医药事业取得了可喜进展。目前,集团已具备了良好的中医药文化基础,在弘扬中医药文化、传承中医药技术、培养中医药人才、发展中医药产业等方面积累了丰富经验,并取得了阶段性成果。我相信,随着今天'国医大师金世元中药炮制传承基地'的启用,以及'世界中医药学会联合会中药煮散研究委员会科研基地''中药特色剂型传承创新推广基地''中国商品学会中药专业委员会研究基地''山东省中药炮制技术传承示范基地''岜山中医药研究所研究基地'建设的深入推进,必将有力推进基层中医药的技术传承、文化传承、人才培养、学科建设和学术交流,在岜山集团乃至地方中医药传承与发展中起到积极的示范作用。

　　"希望广大同仁不忘初心,深入挖掘整理国医大师的中药炮制理论和经验,不断提升中药炮制技术,加大中药文化宣传和技术传承,培养中药人才队伍,开展中药科学研究和学术交流,构建具有民族特色的中药材炮制技术体系,促进中药炮制技术的传承与发展。同时也期待地方政府部门在产业政策、相关建设及人才科技支撑等方面给予大力支持,努力实现中医药产业的创造性转化、创新性发展,合力打造中医药科研、教学和交流平台,研究和推广中医药科技成果,带动人才培养与学科建设,全面提升中医药服务水平,为弘扬祖国传统医药学、推动人类健康事业做出更大贡献!"

　　突然,一阵喳喳的鸟叫声,从摩天岭的洋槐树上传了过来。在原本静谧的会场上空,声音显得格外清脆。我寻声望去,发现树丛中有多只羽毛黑白相间的喜鹊。只见它们或在树枝上跳来跳去,或在树丛里飞出飞进,或相互梳理着羽毛;它们清脆的叫声时急时缓,时密时疏;有时像雄浑的合唱,有时如嘹亮的独唱……我从小就听母亲说,喜鹊还有个名字叫报喜鸟,如果早上听到喜鹊的叫声,就是有喜事要发生了。今天,有这么多含金量极高的牌子要颁发给我们刚开业的中药饮片厂,这不是天大的喜事吗?

我还记得,母亲给我讲的一个关于喜鹊的励志故事呢!

喜鹊正在忙碌地筑巢,一只杜鹃鸟飞来和它说,你看你多累呀,像我这样,没有窝巢不也活得很舒服吗?喜鹊没有搭理它,独自整理着衔来的树枝。有一天,突然刮起了大风,喜鹊还没垒完的窝巢被刮得七零八乱,喜鹊伤心极了。这时,杜鹃又飞过来说,俗话说天有不测风云,大风说刮就刮,你何必这么辛苦呢?喜鹊心里想,我不能因为遇到了困难,就马上放弃努力,这样永远也不会成功。它看了看杜鹃,一句话也没说,又飞到远处衔树枝去了。

记得母亲说完这个故事之后,还殷切地叮嘱说:天底下没有容易的事,如果遇到困难就退缩,一辈子也干不成一件事。那时候,这句话对我触动很大。这么多年来,每当遇到困难,我就会想起母亲讲的这个故事。我想,我不就是那只喜鹊吗?我垒的"窝巢"不也遇到过几次大的"风雨",当时坚持着挺过来,不又是一片蓝天吗?

最后,淄博市人大常委会副主任翟乃翠代表东道主对各位领导和专家教授的到来表示了欢迎,还对岜山村在中医药事业上取得如此辉煌的成绩表示了祝贺。她说:

"近年来,我市中医药事业得到了迅猛发展,市政府把推进中医药传承创新发展纳入《淄博市'十三五'卫生与健康规划》,旨在加强中医药文化传承与发展,在全行业倡导'大医精诚'理念,以中医药文化深化工作内涵,彰显特色优势;在全社会弘扬普及中医药健康养生文化,提升全民中医药健康素养。同时,加强中药资源保护和产业化开发,拓宽中医药服务领域,提升基层中医药服务能力;实施'治未病'健康工程,大力推广中医养生保健技术与方法,不断满足群众多层次、多样化的健康服务需求。

"岜山集团发挥医疗资源优势,传承和发展中医药文化、开展中医药技术研究与交流、推进中医药临床经验传承与推广,对我市中医药发展有积极的示范作用。'国医大师金世元中药炮制传承基地'的启用,标志着国医大师从最高学术殿堂走进基层医院，惠及广大群众，是促进中医药文化传承与创新的重要举措，体现了上级主管部门对我市中医药事业的支持与帮助。这一举措有利于促进中医药学术思想和临床经验的传承，有利于振奋中医药行业精神、凝聚行业力量，对于推动我市中医药师承教育工作，提高中医药人员队伍素质，促进我市中医药事业持续健康发展具有深远意义。

"按照《淄博市人民政府关于加快中医药事业发展的意见》要求，我市将大力推进中医药继承与创新，提高中医药防病治病能力，强化中医药继续教育，加快中医药人才队伍建设，改善中医药人才结构，提高中医药学术水平和防病治病能力。希望岜山集团充分发挥医疗资源优势，切实把传承基地建设好、发展好、利用好，带动我市中医药人才培养和学科建设。同时，希望我市有关部门大力支持基地的建设与发展，加强中医药学术研究、继承和创新，提高中医药防病治病能力，促进中医药学术思想和临床经验的传承与推广，为推进我市中医药事业发展、建设健康淄博发挥积极作用！"

当国家中医药管理局原副局长、世界中医药学会联合会创会副主席兼秘书长李振吉和淄博市人大常委会副主任翟乃翠走上前，为"国医大师金世元中药炮制传承基地"揭牌的时候，天忽然开始放晴了。随着两人揭下那抹明亮的红绸，灿烂的阳光从云缝里照射下来，有一束阳光直直地射在了那块牌匾上，牌匾上的那行大字，一下子清晰起来，灵动起来，让人的心也跟着扑扑跳动起来。

仪式一结束，刚才有些晴朗的天空上，四周的云彩又慢慢地飘了过来，还飘起了毛毛细雨。在场的人都感到非常奇怪，难道是老天为了让我们开会才调走了云彩？当然，我知道这只是一种巧合。但这种让人愉快的巧合，给我们带来了愉快的心情。一闻到我们中药饮片厂车间里浓浓的中药味，我一下子想起了我的母亲。当年，她进山采药，早晨顶着露水去，晚上顶着星星回来，整整一天的时间，才采回一篮子草药来。晒干择净之后，更是少得可怜。要是她能活到今天，看到我们的中药饮片厂一下子进了这么多药，她该多么高兴啊！突然，我心里马上跳出了年轻时看闲书看到的一副关于中药的对联：

独有痴儿渐远志，
更无慈母望当归。

我本来想和大家一起，去车间的展柜里看看我们的中药膏剂和中药煮散等科研成果，听听大家的评价，琢磨琢磨如何改进。但是，我瞟了一眼手机上的时间，马上意识到来不及了。我要尽快赶到宾馆的会议室，参加出徒论文答辩！只有答辩通过了，我才能正式出徒。读了三年的书，写了三年的作业，研究了三年的中药膏剂、中药煮散，奔波考察和写作了三年《齐鲁本草》，研制和写作了三年《岜山药膳》，能否出徒，就看今天能否通过论文答辩了。

我知道，关键的时刻到来了。

第三十三章　胸有成竹的论文答辩

　　等我匆匆忙忙赶到会议室的时候，一切都已准备好了。我在这个会议室里开了无数次会，甚至连墙上那些木雕的花纹我都记得清清楚楚。但是，今天进来以后，我环视了一下周围，感觉会议室里和平常有点不一样。会议室布置得很庄严，里面气氛凝重，让人隐隐约约有一种压抑的感觉。这么多年来，我受过党和国家领导人的几次接见，无数次接待国内外各个行业顶尖级的专家，让我觉得有些许紧张的，这还是第一次。这些专家，有几个还是我认识的。过去见到他们，他们都是笑容满面，一脸的谦和，但今天他们却一反常态，脸上的笑容不知道哪里去了。人人都是一副高高在上、公事公办的样子，让我觉得陌生。

　　会议室正面的墙上，挂着红底白字的会标，上面醒目地写着"国医大师金世元弟子孙启玉出徒论文答辩会"一行大字。会标的下面的椅子上端庄地坐着评审小组的七位专家，他们都是我国中医药界赫赫有名的翘楚。评审委员会主任是中国中医科学院学术委员会委员、中药研究所原所长、研究员、博士生导师胡世林；评审委员有北京中医药大学教授、博士生导师、中药生药系原主任张贵君，山东中医药大学副校长、教授、博士生导师张成博，江西中医药大学教授、博士生导师、中药系主任、中药研究所所长龚千锋，首都医科大学教授、博士生导师、中医药学院原党委书记王秀娟，沈阳药科大学药学院药剂系药剂教研室教授王淑君，北京中医药大学教授、博士生导师、饮片应用室主任李向日。一看这阵势，就知道规格极高。他们一个个正襟危坐，不苟言笑，神情严肃地等待我的到来。在每一位评委面前，端端正正地放着他们几天前拿到的我的论文。有的还在论文旁边放着小纸片，上面记着他们将要向我提问的问题。

而和我坐在一边的，只有我的师父金世元，还有负责记录的首都医科大学中医药学院的副教授罗容同志。虽然气氛紧张，但只要有师父坐镇，我就觉得有了主心骨，觉得腰杆子硬了不少，心里就踏实多了。我侧脸一看，师父微笑着向我点了点头，目光里充满赞许和鼓励。我顿时觉得浑身的精气神聚在了一起，再也没有压抑的感觉了。

我的论文是《齐鲁本草整理及中药膏剂与岜山药膳创制》，共55000 字左右，由三部分内容组成：一是继承齐鲁传统中药理论，初步整理和挖掘了齐鲁本草精华；二是继承发扬了中药煮散和膏剂的传统制备工艺，提出了中药膏剂药效组分质量评价标准（草案）；三是系统地整理和考证了齐鲁本草和养生文化，继承鲁菜起源——博山菜的特色和技术精华，创制了岜山药膳。我想，只要专家教授的发问与我的研究相关，我正确回答是不成问题的。想到这里，我心里的底气更足了。我的底气足，不是盲目的乐观，而是有着充分根据的。记得我大学本科毕业时也有一场论文答辩。那时，我创立的万杰集团是国务院公布的中国 120 家试点企业集团之一，我们村的经济发展也正是风生水起的时候，"岜山现象"正在全国被效仿。我的那篇论文是关于经济发展速度和质量及规律的。省委党校的几位教授为了弄清"岜山现象"的来龙去脉，大范围地质疑，一个问题深过一个问题地提问，问题像海浪一样一波强过一波地向我袭来。由于准备充分，我对许多问题了然于胸。加上有些问题国内外的记者早已问过我无数次了，所以我对答如流。从马克思主义政治经济学的规律，到中国特色社会主义改革开放的政策,从中国经济发展的规律到岜山村敢为人先的实践,我引经据典、应对自如,彻底征服了那些教授。事后有位教授和我说:"你是实践中的理论家,理论界的实干家。"

我说:"我说的都是我干过的,或者正在干的,所以熟悉。"

"你谦虚啦……"

"事实如此!"

所以,虽说这几天忙于几个会议的筹备工作,没时间也没精力为论文答辩做更多的准备,但是,我心中仍然是十分踏实的。因为,我的论文是从我的实践中得来的,是对实践的总结和升华。我只说我为什么干、怎样干、如何干好就可以了。因此,我对论文答辩信心满满,我的乐观和自信,并不是凭空而来的。

按照论文答辩的程序,第一项是由我对论文做一个简要的汇报。为了方便评委们把握论文,我把汇报内容制作成了幻灯片,一边播放一边解说。

我是从以下五个方面汇报的:一是我拜师的宗旨,就是"悬壶济世,服务健康",指导思想是"传承不泥古,创新不离宗";二是关于论文的技术线路,首先是《齐鲁本草》的编撰,其次是膏剂的药效组分研究,再次是岜山药膳的创制;三是关于传承的内容,这其中包括《齐鲁本草》的调研及文献整理,万杰中药膏剂的研制与开发,岜山药膳的创制;四是结果和结论;五是论文中的创新点。

在我汇报的过程中,我看到评委们都频频点头。我知道对于我的汇报,他们是满意的。因此,我的底气更足了。当我扭头看到师父金世元的表情时,我心里那种踏实就和坐在自己家里一样。因为,师父的表情只有一个,那就是微笑;师父的目光里只透露出一个意思,那就是赞许;师父的动作只有一个,那就是时不时用他宽厚的手掌拍拍我的手……

就在我汇报完毕还未坐稳的时候,胡世林教授已迫不及待地向我发问了:"请问山东的道地药中包括阿胶和齐州半夏吗?"我一听就高兴了,心想这个问题似乎是给我送分的。因为在我的著作《齐鲁本草》中,我对山东 130 多种常用的道地药都做了详细的调查、描述和解释,这些内容我早已经背得滚瓜烂熟了。我随口回答了两个字:"包括。"胡世林教授听了微微一笑之后说道:"对,《神农本草经》中就记载了阿胶,作为研究中药材的山东人来说,一定要研究好、研究透山东第一位的道地药——阿胶。"

胡教授的话音刚落,张成博教授又接上了:"膏剂发明是从宋代的煮散发源而来,所用砂锅包括以前的陶锅,应该做一个思考:博山是陶瓷之都,我们所有的剂型改良都与容器有重大关系,所以建议你所写的关于膏剂展示的提纲的每个环节都要在展馆里涉及容器问题。另外山东人才济济,我们是否可以展现出齐鲁,特别是齐国的中药文化特色?山东这个地方人杰地灵,是儒家思想的发源地,药膳怎么实现和《论语》中儒家的'食不厌精,脍不厌细'这些文化元素更高层次的对接?"

"我们博山是千年陶瓷之都,所以不论做中药膏剂还是中药煮散,在熬制的容器方面我们都有得天独厚的条件。刚开始时我们找到了做砂锅的老艺人,全部用砂锅熬制。但是,后来发现砂锅的使用寿命太短,破损率太高,我们又开始研究试用陶锅熬制。经过药力化验,发现二者的效果是一样的。"回答到这里,我稍微停了一下,又继续回答教授的第二个问题,"其实,齐鲁文化是互补的,鲁文化的杰出代表孔子不但提出了'食不厌精,脍不厌细',为后人所称道,而且他来齐国游学时,听了齐国的《韶乐》,一时间觉得这种音乐美得不得了,还说美得他'三月不知肉味'呢!所以,正如教授所说,更高层次的对接,就是文化元素的体现和传统文化的继承。这些问题在我们创制的邑山药膳中得到了很好的解决。"

这时,龚千锋教授一边翻动着论文,一边问道:"饮片是疗效的核心,我们要把重点放在饮片上面。在传承创新方面,建议真正做到原汁原味的非物质文化遗产的传承。既要有文化传承,又要有技术传承、人才传承、应用传承。要落到实地，要接地气，做到薪火相传，后继有人。你们在药膳研究创制方面是如何因人、因地、因时制宜的？"

我回答说："我们的中药文化融于技术细微之中，技术又存在于文化的纹理之内，二者是有机的结合，是须臾不可分离的。传承是一个大的文化概念，从哲学的高度讲，在传承中有发展，在发展中坚持传承，这才是正确的方式方法。培养出传承的人才，使用正确的工艺，又充分发挥中药的作用，这才是非物质文化遗产的正确传承方式。所有这些必须落到实处，必须有实实在在的产品，必须让患者得到实惠。如果从论文到论文，从理论到理论，毫无实践，传承就会成为一句空话。"由于说得太快，我忽然觉得有点气短。我喝了口水，镇定了一下，继续往下说，"至于你问到的关于药膳的问题，我们按照中医讲的九种不同体质，创制了营养药膳、调理药膳和辅助治疗药膳等，共计三个大类 584 种。我们不但因人而异，而且还因体质而异，彻底改变'千人一方'的大而化之的问题。我的回答完毕。"

李向日教授说："饮片的质量决定了临床的疗效。总的方面提三个建议：一是对于齐鲁文化、齐鲁本草的研究，从炮制来说，金老是中医炮制的专家、权威，希望在文化交流方面，更加深层深入；二是特色煮散，改变了传统饮片形式，一方面是运用到医院患者辅助治疗，另一方面是全国范围内的供应，我们可以对这种形式做更深入的研究，目前从饮片标准形式来说，有很大的工作值得去做；三是饮片中有很多半成品、成品，实际上中成药来源于这些，都可经开发后作为医药使用。"

"谢谢李教授！"说完这句话，我心里想，谢天谢地，李教授只是提了几个很好的极具建设性的建议，没有再问我什么问题。不间断的思考，连续的回答，已经让我有点力不从心了，我急需休息。可是，也就是喝杯水的工夫过后，特别讲究效率的王淑君教授又开始提问了："短短三年间，实现了比较完美的结合：理论与实践相结合，传统与现代科技相结合，传承与创新相结合。从你身上看见了中国的企业家精神，一是执着的实干精神,二是精益求精的工匠精神,三是创新意识、创新精神所体现出来的价值。下一步你在岜山中医药健康产业方面还有什么其他设想吗?"

王淑君教授提的这个问题比较简单,正是我目前正在日夜推进的项目,所以我回答起来比较轻松:"目前,我们正在全力以赴推进,要在这里建设一个中医药健康旅游基地,并且是国家级的示范基地。估计明年就基本建成了。到时候,还要请各位专家莅临指导呢!"

"谈到你个人,有两方面值得肯定。一是继承了齐鲁特色、岜山特色,二是师父领进门之后刻苦修行,从原来的状态到今天的成就,渐入佳境,也为今后的一些学子树立了榜样。在徒弟之间如何更好地交流,怎样更好地继承金老的学术思想和经验方面,也树立了榜样。你在齐鲁本草的整理过程中做了很多工作,在炮制方面,能否在北京炮制法的基础之上,形成山东的炮制特色?希望从我们这里起步,进而推广,扩大影响。煮散在发挥疗效方面非常有意义,希望做更深入的研究,推向全国。"王秀娟教授对我所做的工作以及今后需要努力完善的工作提出了明确的要求。然后她提问道:"关于膏剂,通常我们都说良药苦口,那么膏剂与传统膏方有什么区别,比如在服药上、工艺上有什么区别?"

我回答说:"主要的不同之处是在服用上。就膏方来说,加入了一些木糖醇、阿胶、蜂蜜什么的,做到了良药不苦口。而我们膏剂的特点,就是量少而且经过化验药力不减。一服膏剂也就二三十毫升,冲入水后也就 60 毫升左右,只需一口就能服下,既方便,又没有了服中药汤剂的痛苦……"

"性价比呢?跟汤药相比性价比怎样?"王秀娟教授接着问道。

"性价比方面呢,根据对服用膏剂的六万人的调查,因为简洁方便,服用简单,他们不愿再喝汤剂了。特别是现在的慢性病、老年病、疑难病等患者,长期服用汤药很难,年轻人也不接受。汤剂携带和保质也受限制,而浓缩后的膏剂不腻口,有利于年轻人接受,并长期服用。再就是,"一带一路"的发展,为中药走出中国提供了便利。现在有很多常年出差的公职人员,都带着我们的膏剂出国,不论是携带还是服用,都非常方便。"

"比如说七服中药,用传统煎制方法熬成汤剂后,每服大约 300 毫升,七服一共有 2100 毫升,带起来是有些不方便。那么,如果浓缩成你所说的膏剂呢?"王秀娟教授非常认真。

"一服 40～60 毫升,加起来就很少了。"我说。

最后,王秀娟教授总结说:"岜山药膳中有很多文化和中医的内涵。建议能够更好地发掘,在中医药结合、文化结合这些方面更好地去推广,形成产业化,走向全国,走向全世界。最后作为工作室的要求,在我们这里建立国医大师工作站,希望能够将资料全部存到工作室,作为向国家汇报、与同行交流的资料。"

答辩会进行到这里,评委们互相对视了一眼,便由评委会主任胡世林教授宣布答辩结束。然后他召集评委们一起,商量对我的答辩的评价,并撰写出《出徒答辩委员会决议》。说实话,这时候我心里有点惴惴不安。刚才的答辩过程中,我实际是怎么做的就怎么说,按着论文的逻辑和思路进行答辩。现在,他们要闭门对我的答辩进行评价了,满意还是不满意?通过还是不通过?我心里真没底。忐忑,纠结,也是情有可原的。

这时,我的师父金世元大师轻轻拍了一下我的肩膀,慈祥地望着我,轻轻地说:"启玉,你回答得真棒!"

"师父,您说我能通过吗?"

"当然了!"

"我怎么觉得我回答得不好呢?"

"你这个人哪!我说过你很多次,你总是对自己要求太严,给自己定的目标太高。我带了这么多徒弟,大家都评价说你是我的'标杆徒弟'。

什么是标杆？标杆就是榜样，就是楷模。我知道，谦虚是一种美德，但是过度的谦虚是什么？我就不说了！"

"感谢师父栽培！"我还能说什么呢？

这时，答辩会进入了评委投票环节，采用的是无记名投票方式。当然，和我参加了多次的全国人民代表大会一样，票面上有三个选项：同意，不同意，弃权；或赞成，反对，弃权。经过一阵严肃得令人窒息的探讨之后，论文答辩委员会主任胡世林宣布："评委七人，同意七票，反对零票。"

听到这个结果，我心里真是有些激动了。这时，师父又把他的手放在我的手背上，使劲往下压了几下。我立刻感觉到，那种师道尊严的严肃，那种慈父的爱怜，那种长者对幼者般的关爱，像一阵暖流一样透过我的心房。顿时，我的心绪静了下来，我知道我今后应该怎么做了。

评委会的专家教授们认真评议以后，先后删改了好几次，关于我的《出徒答辩委员会决议》才定稿，并在上面签了字。然后，为了便于大家监督，他们当场把决议投影在了会议室的屏幕上。就在那一刹那，我和师父的眼睛紧紧地盯在了大屏幕上。为了记录这段历史，我把它抄录在了这里。

出徒答辩委员会决议

2018年7月9日，孙启玉出徒考核答辩会在山东邑山村举行。会上首先由孙启玉的师父国医大师金世元教授介绍弟子孙启玉的业绩情况，接着由孙启玉做传承学习报告，对从师三年来取得的业绩做了汇报，要点如下：

1. 继承齐鲁传统中药理论，初步整理和挖掘了齐鲁本草精华。撰成《齐鲁本草》（科学出版社）一书。书中系统整理了386种中药材，包括130余种齐鲁道地药材和食材。此外，提出了依据自然环境将山东省地产中药材资源区，分为四个区系（鲁西北平原区、鲁西南平原区、鲁中南山地丘陵区、鲁东丘陵区)。

为了实现齐鲁道地药材产业化,设计并投资建立了年产三千吨以上产业规模的岜山中药饮片有限公司。同时建立了六个基地,其中四个国家级专业学会生产研发基地和两个省市级炮制研究基地。

2. 继承发扬了中药煮散和膏剂的传统制备工艺,提出了中药膏剂药效组分质量评价标准(草案)。

3. 岜山药膳的创制。较系统地整理考证了齐鲁本草和养生文化,继承了鲁菜系博山菜的特色和技术精华,撰成了《岜山药膳》(科学出版社)。创制了营养药膳、调理药膳和病人住院期间所用的辅助治疗药膳共 584 种。

4. 学会任职。中国药膳协会药膳标准委员会常务委员;世界中医药学会联合会中药煮散研究专业委员会筹备组组长。

5. 出版学术著作。主编、独撰各一部,副主编一部,学术论文六篇,其中第一作者一篇。

6. 学术获奖。《经方甘草汤与其膏剂药效组分相关性研究》获中国商品学学会 2017 年度优秀论文一等奖。

7. 创建中药、药膳技术平台和企业十二个。

答辩委员会委员针对孙启玉的汇报进行提问,孙启玉在答辩中思路清晰,回答准确,表达能力很强。答辩委员会一致认为出徒报告具有较强的理论性、实践性和创新性,达到了出徒的要求。答辩委员会特别指出,孙启玉很好地传承了国医大师金世元的学术思想,在齐鲁道地药材和中药饮片的产业化方面,做出了突出贡献,是一位理论与实践密切结合的、企业家类型的优秀国医弟子。

经答辩委员会七位专家无记名投票,七人七票,全票通过,同意出徒。

专家委员会：

张贵君、张成博、龚千锋、王秀娟、王淑君、李向日

主任委员：胡世林

2018 年 7 月 9 日

读完了我的《出徒答辩委员会决议》之后，专家教授们分别和我握手，表示祝贺。握手的时间有长有短，握手的力度有浅有深，但是那一份份真挚的感情，我有深深的感受。最后，我的师父金世元大师紧紧地握着我的手，没想到他九十二岁的人了，两只手还是那么有力。他紧紧地握着我的手，两只明亮的大眼睛慈祥地看着我，虽然连半句话也没有，但是，我分明感觉到他在心里深深地说："启玉，我的好徒弟，你终于要出徒了！"

"师父，您怎么看待关于我论文的决议？"

"怎么看？还能怎么看？在我所带的四十多个徒弟中，你的出徒仪式是最正规的，程序是最严格的，评委们写的决议也是褒扬词汇用得最多的。你的确用你的严谨打动了他们，用你的行动感化了他们，用你的探索精神鼓舞了他们。"

"我总觉得我还有很多事情要做。"

"你学徒三年，不仅学习了理论，传承了技艺，还发明了膏剂，发掘了煮散，写作了《齐鲁本草》和《岜山药膳》两本书，还建设了山东最大的中药饮片厂，还有名医蜡像馆、中药膏剂馆、玉正堂药膳坊……在我的徒弟中，你已经很突出了！"

"都是师父栽培得好！"

"师父领进门，修行在个人。"师父说。

"自从入了金门，我就想为您争光！"

"哈……"师父大声地笑了。

笑声消失之后,我沉默了。

三年多的时间,一千多个日日夜夜呀!我是怎么过来的?鲁迅先生说过,他是把别人喝咖啡的时间都用在了做学问上。而我呢?有多少个夜晚,忙了一天回到家里,妻子吕翠珍等不到我,早已经进入了梦乡,而我又打开台灯,翻开那些或陌生或熟悉的书籍,硬着头皮往下读。读不懂的地方就记到笔记本上,积累多了,就趁出差的机会去济南或者北京请教专家。一个近七十岁的人了,忘性比记性还大。有时候读完了,理解了,回头又忘记了,只好再从头读一遍。我知道笨鸟先飞的道理,我知道"石上坐三年,冷石也变暖"的韧性,我更明白"铁杵磨成针"的道理。我没有半途而废,我坚持下来了。因为我明白,只要坚持,就有可能成功。

我笑了,我的笑里带着泪水。

第三十四章　我的两部著作出版了

唐朝诗人元稹曾经说，"曾经沧海难为水，除却巫山不是云"，这话一点不假。

孔子说"五十而知天命"，而我年近七十，所以什么都看明白了，也能做到宠辱不惊了。但是，当科学出版社的编辑室主任郭海燕把我著的205万字的《齐鲁本草》和50万字的《岜山药膳》样书郑重地递到我的手中的时候，闻着那散发着油墨清香的书籍，我的心里还是有些许激动。我的激动并非完全来自两本著作的出版，我的喜悦如庄稼人经历了春天播种的艰辛，履行了夏天管理的劳累，终于收获了金灿灿的秋天一样，是发自内心的喜悦！

的确，著书立说太累了！

特别是这种牵扯人命关天的大事的医药学术著作，每一句话都要有科学根据，每一个学术观点都要有出处，甚至每一项创新都要有试验数据来支撑。就像《岜山药膳》里的584种药膳，每一种都不是简单的药材和菜品的搭配，其配伍都要考虑药、药量和烹饪技艺。像《齐鲁本草》里的每一种中药材的照片，我要求必须是在药材生长地现场拍摄的，绝不允许使用别人拍摄的或者已有典籍中的照片。仅这一环节，我们所受的辛苦不亚于神农尝百草的艰辛。山野里的奔波之苦，厨房里的烘烤之苦,台灯下的笔耕之苦,翻阅浩如烟海资料的寻觅之苦,这些艰苦叠加在一起,真是一种折磨。说实话,这三年多,我真不知道自己是怎么撑过来的。但是,为了我钟爱的中药,为了患者的康复,我还是撑过来了。这两本书,就像我生的两个孩子,从十月怀胎,到呱呱坠地,其中的酸甜苦辣只有我自己知道。正如清代袁枚所说:"爱好由来落笔难,一诗千改始心安。"用这句诗来形容我的著书过程,那是再恰当不过了。

所以,当科学出版社的领导提出要为我所著的《齐鲁本草》和《岜山药膳》举行发布会的时候,一向低调的我竟然一口答应了。我并不是为了扬名,而是为了给自己一点安慰。

当科学出版社的领导征求我的意见,问我《齐鲁本草》和《岜山药膳》两本书的发布会安排在哪一天合适的时候,我不假思索地说出了"7月9日"。因为这天是专家们为我举行出徒论文答辩的日子,也是我的师父金世元来到岜山村的日子。之所以选在这一天,我一是想让师父亲自见证这个场面,二是为了让师父少跑一趟,虽说他身体健壮,但毕竟是九十二岁的老人了!最重要的一点,还是因为这天是李时珍的诞辰500周年纪念日。记得"文革"时期我在街上捡了一本旧书,最后经我的大舅、古代文学专家赵蔚芝鉴定,说是李时珍的《本草纲目》。那年去李时珍纪念馆的时候,我又见到了各种版本的《本草纲目》。如今,我不自量力,以浅薄的学问和执着的精神写出了《齐鲁本草》,难道这也是缘分吗?

发布会由我的师姐、首都医科大学中医药学院副教授罗容主持。尽管罗容比我小三十岁,但我还是要恭恭敬敬地喊她师姐,因为她入金门比我早,按照我们中医药界的传承规矩,她无疑是我的师姐。

罗容首先简要地向大家介绍了我和科学出版社:"岜山集团创始人、著名企业家、慈善家孙启玉先生多年来结缘中医药,师承国医大师金世元先生,在弘扬和传承中医药方面做出了突出的成就。今天,孙启玉先生的又一硕果——《齐鲁本草》《岜山药膳》两本著作即将与大家见面。我们有幸相聚在这里,隆重举行孙启玉先生著作发布会。

"《齐鲁本草》《岜山药膳》两书由科学出版社出版。科学出版社是中国最大的综合性科技出版机构,于1954年8月成立。1993年,科学出版社荣获国家首批'全国优秀出版社'称号。"

罗容做完简单的介绍之后,又隆重介绍了科学出版社的编辑室主任郭海燕女士。她说郭主任拿到这两部书稿之后非常重视,并认为这两部书是她所经手的书稿中少之又少的精品力作,一定要精选细编,把它打造成中医药和养生领域里的扛鼎之作。罗容的话音刚落,郭主任便急匆匆地向大家介绍起我的书来。她的态度诚恳,讲话的速度也不算快,似乎每一句话都经过了深思熟虑。特别是关于我的两部书的评价,她更是小心谨慎,几乎是边思考边说下来的。

就在我望着主席台深思的时候,郭海燕主任的讲话声传进了我的耳朵:"在孙启玉先生师从国医大师金世元出徒之际,由孙启玉先生创作的'传承齐鲁五千年医药文化,弘扬中医药科学文化遗产'的《齐鲁本草》,与'药食同源,寓药于膳',以'防'为主,以'养生'为道的《岜山药膳》经过前期创作、整理,后期编纂、校对等工作,于今天正式出版面世。《齐鲁本草》是孙启玉先生师从金世元先生完成的中药学力作,是齐鲁中药材专著之首创。此书既有中医药传统基因,首次在中药临床基原的框架下,从实际应用出发,阐释了中药基原的五大要素,揭示了中药质量的本质是疗效,道地药材就是符合质量要求的药品原料等独特理念;又有地方本草特色,《齐鲁本草》根据自然环境划分四个地产中药材资源区,系统整理了齐鲁传统道地中药材130余种,并赋予道地药材与临床疗效相吻合的概念,具有重要的传承价值和实用价值。

"同时,在考察过程中,孙启玉先生深受中医药'温和、调理、养生'等特色优势启发,再度领航药膳传承,采用道地食材调料,讲究营养、调理和特膳结合,采用了鲁菜之源——博山菜及'四四席'的烹调技艺,创立了岜山药膳菜系。并历经三年之久,系统整理了齐鲁饮食文化和鲁菜烹饪技艺,博采众长、反复实践,著成《岜山药膳》一书,旨在以'治未病、保健强身、延年益寿'之初心,以健康养生之宗旨,造福大众,打造'齐鲁药膳之精技在博山,博山药膳之盛首推岜山'的良心药膳品牌。

"《齐鲁本草》《岜山药膳》的出版,可谓匠心独具,内容丰富且深入浅出,是各界人士传承齐鲁中医药文化、中华药膳养生文化之借鉴精品。在此向大家力推举荐,望社会各界人士品读、鉴赏!"

一阵热烈的掌声在大厅里响起,郭海燕主任结束了她的讲话,我也跟着鼓起掌来。就在掌声即将结束的时候,郭海燕主任手捧着我所著的《齐鲁本草》和《岜山药膳》的样书,一步步向我走来。我赶紧快走几步,就像当年从党和国家领导人手中接过授予我的全国劳动模范奖章一样,郑重地从郭海燕主任手中接过了我两本著作的样书。捧着这两本沉甸甸的样书,我顿时心潮澎湃,热泪盈眶,激动得不能自已。著书立说时的一场场一幕幕,写作修改时的一桩桩一件件,一下子涌上了我的心头。

那是一个雷雨交加的夜里,我突然想到村里刚挖的地槽有可能积水,于是马上起来给工程负责人打电话叮嘱。打完电话之后,竟然一点睡意也没有了,我索性坐在桌前,翻开我正在修改的《齐鲁本草》的草稿,逐字逐句地琢磨起来。当我看到山东道地药"莱阳沙参"的时候,我的目光一下子锁定在那里。看完图片下的一大段文字之后,我又觉得好像哪本书上说的和这里说的有些细微的差别。我顿时就出了一身冷汗。药材关涉人命,如果解释错了,轻者不对病症,影响疗效,重者就难说了……苦思冥想了半天后,我终于想起了那本书在我的办公室里。当时我毫不犹豫地拿上雨伞,迅速下楼冲进了大雨中。那天夜里的风雨特别大,借着耀眼的闪电看去,许多很粗的大树都被刮得弯了腰,偌大的树冠几乎匍匐在了地上,并且随着风力的强弱不停地摇晃着。刚出楼门,雨伞就被刮了个底朝天。夜间值班的门卫抓住我的伞柄,连人带伞把我拖了进去。门卫想打电话让司机和我一起去办公室。我当即制止了他,司机整天跟着我没日没夜地跑,成天累得够呛,这时也许才刚刚进入梦乡,还是不要再打扰他了。办公室也不算远,我便自己开车往那儿赶。雨打在车上,发出啪啪的响声。两只雨刮器拼命地忙活,还是跟不上下雨的速度,整个前挡风玻璃被雨水遮住,眼睛只能看出两三米远。就这样,我以比步行快不了多少的速度,用了近半个小时才赶到办公室。进了办公室,我根本顾不得湿透的衣服和鞋袜,打开灯,便扑到书架上去寻找那本书。找到之后,我一下子就翻到了"莱阳沙参"那一页。匆匆看过之后,我又用塑料袋把书里三层外三层地包好,接着便急匆匆地往家赶。待我蹿进单元门的时候,妻子吕翠珍一脸焦急地站在那里,正要打着伞出门找我呢!原来,暴风雨惊醒了她,她马上起来看看有没有忘了关的窗户。当她发现我的床上空着的时候,直觉告诉她我又去了办公室,她便出来给我送伞了。进得门来,我没工夫听妻子的埋怨,便迅速从塑料袋里拿出一点也没被雨淋着的书,校对起《齐鲁本草》的草稿来。

等我终于寻找到满意的答案时,雨早已经停了,风也住了,东方也早就露出了鱼肚白。也是从那天夜里开始,我感冒了,连打针带吃药,差不多一星期才痊愈。虽然妻子因心疼而埋怨我,但是因为订正了初稿中的一处谬误,我开心了好几天。

收回思绪,我把沉甸甸的样书放在桌子上,就在这时张贵君先生开始讲话了。

他说:"今天,在这个仪式上,我感慨良多。中药是中华民族几千年来中医临床实践传承的成熟药品,是一个药效组分。它具有原之有种、生之有境、产之有地、采之有时、炮之有度、配之有法、制之有型、用之有症、疗效有据的科学内涵。中医药是传统的科学技术,中医药要继续发展下去,必须回到两千年前,从传统的中医药理论和临床实践中寻找答案。在对中药临床定位和认真梳理了齐鲁五千年医药文化的基础上,为了弘扬中医药科学文化遗产,秉承'传承创新,合作发展'的理念,本人协助孙启玉先生共同编著了《齐鲁本草》这一著作。本书的撰成是在考证了大量的齐鲁中医药科学文化典籍的基础上,历经数年的整理探究,花费了三年多时间在山东境内进行实地考察和调研之后写成的,撰成之后,三易其稿。该书图文并茂,内容翔实,绝大部分内容来自第一手资料,是齐鲁中药材专著之首创。

"《齐鲁本草》所载内容既有中医药传统基因又有地方本草的特色,阐述了中药基原的本质。本书有三大特色:一是根据自然环境将山东省地产中药材资源区划分为四个区系,即鲁西北平原区、鲁西南平原区、鲁中南山地丘陵区、鲁东丘陵区;二是系统整理了齐鲁道地中药材 130 余种,并赋予了道地药材与临床疗效相吻合的概念;三是从实际应用出发,阐释了中药基原的五大要素,即临床传承性,生物物种与生境的对应性,药用部位与产地、采收时间、加工技术、贮藏时间的对应性,药材炮制方法与饮片的对应性,饮片与配方、功能的对应性。

"本书是孙启玉师从金世元先生完成的中药学力作,涵盖了中药基原学、中药鉴定学、中药炮制学、中药商品学、中药质量学、中药方剂学、中药资源学等学科的知识和内容,全书百万字有余,彩图近两千幅,实属地方本草的杰作,他为中药基原的再认识开辟了新的科学发展观。本书首次在中药临床基原的框架下,科学整理了齐鲁传统道地药材,揭示了中药质量的本质是疗效,道地药材就是符合质量要求的药品原料,具有重要的传承价值和实用价值。本书的出版为中华中医药芳苑又增添了浓墨重彩的一笔,可喜可贺。"

说到这里,张贵君先生放下手中的《齐鲁本草》,不紧不慢地喝了几口茶水之后,又拿起了桌上的《岜山药膳》。然后,他一边轻轻地翻动着书页,似乎是在思考着什么,一边拿起笔来勾画了几个地方,好像在记录着什么"要点"。然后他把眼镜戴上,又重新开始了他的演讲:

"《岜山药膳》也是一本极具特色的,兼有学术价值和使用价值的不可多得的精品。药膳是颐养生命之根。药食同源,寓药于膳,是养生之道的科学内涵。膳有营养重在烹饪,食有温凉重在因人调配。人因寒暑无常而疾,膳因人体偏颇而调补,此乃'人以食为天'也。药膳的崛起,乃中华传统养生之道的传承所向。淄博万杰中医药研究所名誉所长、中国药膳标准委员会常务委员孙启玉先生,致力于人类健康事业的发展几十年,于花甲之年拜国医大师金世元为师,励志深究齐鲁本草和养生文化。拜师之时我曾赋诗赞其崮山精神:'五岳泰山始为尊,诸子孔学铸圣魂,悬壶精承崮山愿,世元大道启后人。'孙启玉字世元,因统领万杰创业功勋卓著,被尊称为孙总。孙启玉先生古稀之年再度领航药膳传承,历经三年多的时间,系统整理了齐鲁饮食文化和鲁菜烹饪技艺,博采众长、反复实践,著成《崮山药膳》一书。

"鲁菜是中华养生菜系之首,历史悠久,齐鲁药膳厨祖首推伊尹,后有管仲、孔子等美食圣人。齐鲁药膳之精技在博山,博山药膳之盛首推崮山。据可考文字记载,历代御厨不乏博山工匠。孙启玉先生承继前人药膳厨艺精华,弘扬博山烹调之绝技,秉健康养生之宗旨,创立了崮山药膳菜系。崮山药膳的特色是营养、调理和特膳结合,食材调料讲究道地,菜品讲究形、色、香、味、皿,食用讲究精准营养。《崮山药膳》一书的出版,是中华养生文化传承的又一丰硕成果,同时也是孙启玉出徒之佳作,可谓出徒有名、悬壶济世后继有人。让我们再次以热烈的掌声向孙启玉先生表示祝贺!"

谁也没想到,张贵君教授激动之余说了这么多!我觉得他对我的评价太高了,我实在是受之有愧。我只是觉得写这两本书不容易,至于书的学术价值,当时并没有过多考虑。那时候我心里只有一个信念,写好《齐鲁本草》,把山东的常用道地药做一个总结,让山东的中医药工作者用起来方便一些;写好《崮山药膳》,让那些"胡吃海塞"的人吃得更科学一些,更健康一些,让那些所谓的"养生大师"不敢再出于商业目的去忽悠人。这才是我写这两本书的初衷。写这样的学术著作,需要翻阅很多古代典籍。由于我古代汉语的底子有限,阅读古籍的时候,那些"之乎者也矣焉哉"的语句,那些使动用法和意动用法等词类活用,有时候真是令我味同嚼蜡,就是硬着头皮也读不下去。但是,为了既定的目标我必须坚定不移地走下去。记得有一次读《黄帝内经》的时候,有一个句子我怎么也弄不明白，最后急得满头大汗，本想睡一觉第二天再说，但是心里有事又睡不着，我便起来给一个懂古代汉语的老朋友打了电话。等朋友旁征博引地给我解释完之后，我看了看墙上的钟表，已经是夜里两点了。

这时，主持发布会的罗容副教授又开始讲话了。她说："金世元大师非常关心得意门生孙启玉先生的学术活动。得知孙启玉创制了岜山药膳并为之著书立说后，金老先生不顾九十多岁的高龄，热情地为《岜山药膳》一书写了序言。应在座的各位专家教授的要求，在这里，我宣读一下金老先生的序言，以飨大家！"

一阵掌声之后，罗容女士字正腔圆地读了起来：

"随着社会进步和经济发展，我们从过去的'吃得饱'发展为'吃得好'，又发展至今日的'吃得健康'。如何才能吃得健康呢？自古以来，安身之本在于饮食。《千金食治》载：人体平和，惟须好将养，勿妄服药。药势偏有所助，令人脏气不平，易受外患。夫含气之类，未有不资食以存生，而不知食之有成败；百姓日用而不知，水火至近而难识。饮食为安身立命之本，其有温凉平性之分。故要想吃得健康，须择食有节、饮食有度，方能颐养天年。

"除了'吃得健康'，饮食还能为我们身体带来别的影响吗？《神农本草经》载：中药上品一百二十种为君，主养命以应天，无毒，多服、久服不伤人。欲轻身益气、不老延年者，本上经。可见最初的'中药之上品'大多药食同源。药膳乃寓食于药，既能发挥生命的营养之功，又可收到人体偏颇的调理之效。正如《千金食治》所载：食能排邪而安脏腑，悦神爽志，以资血气。若能用食平疴，释情遣疾者，可谓良工。长年饵老之奇法，极养生之术也。药膳实为食品，乃养生之基础物质。

"吾徒启玉，深悟药膳之源、精研养生之道、践行养生之法、承继本家先师技艺之精华，博采众家之长，在张贵君教授和同门师兄弟的协助下，撰成《岜山药膳》一书，可谓学有所成、成有所用、徒之榜样。

"启玉入门之时，我曾寄语于他要'热爱中药事业、恪守职业道德、继承传统文化、发扬优秀精华'。《峚山药膳》一书的出版说明他不负所望，可喜可贺。

"《峚山药膳》可谓独具匠心、内容丰富，既有博山饮食养生文化之传承，又有药膳技艺和养生理念的升华，整体构架合理、图文并茂，实属难得的创作。此书的出版为药膳技术、理论、文化的传承发展增添了浓墨靓彩。本书即将付梓，欣然为序。"

师父对我的著作评价这么高，我却没有任何高兴的意思，心里满满的都是惭愧。古人说师徒如父子，说的是感情上的亲近，我认为也有偏爱的意思。师父给我的评价这么高，有没有鼓励的成分在里面？我搬着沉甸甸的样书往回走，心里却七上八下不是滋味。因为我的写作过程并不是一帆风顺的，我也多次有过放弃的念头，甚至有过当逃兵的想法。现在想起这些事来，心里还很不好意思呢！特别是在《峚山药膳》的创制和写作过程中，遇到的困难数不胜数，有几次我差一点就不想干了。在创研和写作调理药膳和辅助治疗药膳这两大类的时候，真是难上加难！这里边不但牵扯中药材，还牵扯药食两用的材料。要不要加？加多少？怎么往里加？什么时候往里加？我翻阅了所有能找到的古籍，访遍了我所能拜访到的业内人士。但是他们的说法不一，有的甚至观点相悖，莫衷一是，这让我越来越困惑了。就像大雾天被困在山坳里一样，只有一次次"山重水复疑无路"的困惑，却从来找不到"柳暗花明又一村"的感觉。

有一次，憋了几天，就在我想放弃的时候，我从书架上随便抽出一本书，准备消遣消遣。说啥也没想到，我随手翻开的那一页，竟然是写药王孙思邈用食疗的方法治疗脚气病的故事。故事里说，早在唐代的时候，就有了脚气病之说。特别是在天气溽热的夏天，这种病四处泛滥，上到王公贵族，下至平民百姓，很多人被这种病折磨得心烦意乱。有一天，孙思邈的好朋友严太守及其家丁也得了这种病，只是严太守的病比家丁的轻一些，于是严太守派人请孙思邈来诊治。为了彻底治好这种病，孙思邈直接住进了严府,孙思邈在严府住了十几天,采取了各种办法,还是查不出他们得病的原因,找不到治病的办法。夜里,孙思邈只好翻着医学典籍唉声叹气,甚至想一走了之。后来他说服自己再做最后一次尝试,孙思邈走进严太守的厨房,和厨师交谈起来。厨师说,太守不喜欢大鱼大肉,但是他对粮食的食用特别讲究,总是派人将米反复加工多次之后才肯食用。孙思邈听了之后若有所思,念念有词地走了。第二天,他叫厨师用粗粮糙米制作太守和家丁们的面食,并让他们将麸皮和细谷糠煎水后当稀饭喝。半个月之后,他们的病竟然好了,他们大呼孙思邈为神医。孙思邈治脚气病,并没有使用什么名贵的中药,仅仅是用了食疗的方法。所以,在他的《千金要方》中,列举了果实、蔬菜、谷米、鸟兽等154种食物的性味、功能及主治病症,为后来的食疗奠定了基础。

人家孙思邈是鼎鼎大名的药王,不也有困惑不解的时候吗?人家为什么能成功?原因之一就是他坚持下来了!我遇到这么点小困难,就想打退堂鼓,和古人比比,我真应该感到羞愧!再说,我在办企业、办医院、办学校的时候,公司上市的时候,公司重组的时候,企业转型的时候,什么时候不是迎着困难上?从来没有怕过什么困难哪!不行!作为一个共产党员,我必须继续往前冲,直到取得胜利!也许,"柳暗花明又一村",成功就在前边等着我呢!

于是,我坚持下来了。我知道,我不可能成为另一个孙思邈或者李时珍,但是,为了人民的身体康健,为了患者能尽快康复,按着先贤的思路,做一点有益人们身体健康的事,我还是可以办到的!

晚上,我很晚才回家。走在村里的街道上,斑驳的树影落在地上,浓淡不一,让人有种走在森林里的感觉。喧闹了一天的村子静下来了,街道上没有一点声音。街道两旁,只有几家医院的窗口还亮着灯。

天这么晚了,本来我以为妻子吕翠珍早已经睡觉了。谁知我回家一看,她竟然很精神地坐在椅子上等着我呢!让我惊奇的是,等我一进门,她二话没说就把我拉到了书房里,并一再让我看看书房里有什么变化。

我看了一圈,并没有发现什么不同。这时,她向我指了指中间那个书橱。我仔细看了看才发现,最中间那个书橱的最显眼的那一格,被她清理得干干净净,并用抹布擦得锃光瓦亮。我不解地问:"你这是干什么?"

"你猜猜吧!"

"打扫卫生?"

"不是!"

"那块搁板坏了?"

"不是!"

"你快告诉我吧!"

"放你写的那书哇!"

"我写的书?"我愣了。

"是啊!你写的两本书。"

这时,我才明白她的用意。其实,对这两本书,她比我还用心呢!写书的整整三年时间里,她为我改善生活、调理身体、疏导情绪,默默无私奉献着。可以说,凡是能想到的,她都为我做了,就差亲自操刀替我写作了。

我顺手把书递给她,她把书放在桌子上,轻轻地摩挲着封面,又一次次地翻动着书页。因为,这书也浸透着她的心血!翻来覆去看了几遍之后,她才踩着凳子,恋恋不舍地把书放在她早已整理好的书橱里。然后,她又站在那里,换着角度瞅那两本书。眼看天色已晚,我催促她道:"快睡吧!天不早了。"

"我再看一会儿……"她说。

多年来,我只顾着忙事业,只知道朝前走,竟忘了妻子喜欢读书这茬了。吕翠珍原来也是个热血青年,村里的许多活动都少不了她。自从嫁入孙家,先是操持孩子,孩子还没长大,父亲又因病卧床不起。这一切,全都压在了她的身上。每天做饭洗衣打发孩子上学之后,又开始给父亲喂饭、换衣服、洗褥子、洗衣服、洗床单,还要一天几次为父亲翻身、擦身子。一天下来,她身子都快散架了,头一沾枕头就会睡着,哪里还有读书的时间和兴趣呢?就是个铁人也会疲劳的。即使这样,一旦发现孩子的课本上有好文章,她还是会一口气读完的。偶尔带回几本企业管理的书籍,只要有点时间,她还是会一丝不苟地读下去的。

所以,尽管已经很晚了,但我还是选择不打扰她的兴致,让她多看一会儿。因为在我写这两本书的时候,特别是关于食疗的话题,她还提过不少好点子呢!

第三十五章　我终于出徒了

我连做梦都在期盼的这一天终于到来了！

那天，雨霁之后的天空蓝得透亮，天空中飘浮着大片大片的白云，有的像船帆，有的像巨大的花朵，有的像奇形怪状的瑞鸟，有的像张牙舞爪的祥兽……它们在天幕上追逐着，变幻着，给人们以无限的遐想。

芭山村会议室布置得窗明几净，主席台上方的屏幕上镶嵌着 16 个红色的大字：国医大师金世元弟子孙启玉出徒仪式。主席台的正中摆着一张条山几，前边一张方桌，桌子两边各放一把太师椅，左边又放了两把皇宫椅，右边也放了一把皇宫椅。左边的两把椅子是为师父和我准备的，右边的三把椅子是为见证人准备的。现场的气氛庄严肃穆，人们都安静地等待着这个庄严的时刻。没有喧哗，没人走动，似乎是一根针掉到地上都能听见声音。

罗容副教授的声音打破了会议室的宁静：

"2015 年被中医药界尊为'国药泰斗''活药典'的国医大师金世元先生，与著名企业家、慈善家孙启玉结为师徒，谱写了一曲当代杏林佳话。三年来，大医精诚、济世利民的共同理想与追求让他们师生之缘日益深厚。在金老的口传心授、悉心教导下，弟子孙启玉经过三年的刻苦钻研、努力学习，通过了严格的考核答辩，今天正式出徒了。同时，今天也是我国著名医药学家李时珍诞辰 500 周年纪念日。在这个值得纪念的日子里，让我们共同见证这一庄严的时刻。首先，我受各位领导、嘉宾委托，向今天的这对师徒表示最深切的祝福，向孙启玉先生表示最衷心的祝贺！

"出席今天仪式的有来自国家、省市中医药管理局、中华中医药学会、世界中医药学会联合会、市区政府、人大、政协、卫生计生系统的领导和专家，还有来自新闻界的朋友。

"让我们以热烈的掌声对各位领导和嘉宾的到来表示欢迎和衷心的感谢。下面我宣布'国医大师金世元弟子孙启玉出徒仪式'正式开始。"

宁静的会议室里，突然爆发出一阵热烈的掌声。雷鸣般的掌声响了很长时间才停下来，罗容接着说："首先，有请尊敬的国医大师金世元和弟子孙启玉上台就座！"

罗容的话音刚落，师父就迫不及待地站起来了。我赶忙走上前去，搀起他的胳膊向台上走，边走边在心里感慨着：这短短的十几步的距离，凝聚了我们的多少艰辛哪！期间的辛苦和劳累，又有多少人能知道呢？特别是师父，在这三年多的时间里，有时电话释疑，有时当面解惑，耗费了他多少心血呀！

"下面请见证出徒仪式的领导上场！"罗容的声音又响起来了，"有请国家中医药管理局原副局长、世界中医药学会联合会创会主席兼秘书长李振吉，中华中医药学会副会长曹正逵，中国商品学会副会长张贵君上台就座！"

待他们三位一一落座之后，主持人首先请出了出徒答辩委员会主任、中国中医科学院博士生导师胡世林先生，请他代表答辩委员会当众宣读答辩委员会的决议。胡世林先生宣读完毕之后，又是一阵热烈的掌声。就在大家热烈鼓掌的时候，师父转过身慈祥地看了看我，使劲握了握我的手。尽管他一句话也没有说，但是我知道，"此时无声胜有声"，千言万语，千嘱咐万叮咛，都在这用力的"一握"之中了！

接着，主持人又宣布由师父向我颁发出徒证书。师父双手捧起证书，郑重其事地递到我的手里，轻轻地对我说："祝贺！启玉！我的好徒弟！"我双手接过证书，从心底里涌出一句话："谢谢师父的培育之恩。"我紧紧地握了握师父的手，然后又搀着师父坐下。我打开证书迅速瞥了一眼，只见在"国医大师金世元学术经验传承工作继承人出徒证书"下面写着几行小字：

"经中华中医药学会和中国商品学会中药专业委员会推荐，国医大师金世元学术经验工作继承人孙启玉同志，于2015年至2018年师从国医大师金世元学习，现已修业期满，经专家委员会考评合格，师父国医大师金世元同意，准予出徒。"

在这段话的下面，是金世元的亲笔签名，还盖了他的私人印章。证书下方还有两个学会鲜红的公章和三位见证人的亲笔签名以及三个鲜红的手印。捧着这份沉甸甸的证书，我的眼眶湿润了。三年多的辛苦，三年多的拼搏，三年多的苦读，三年多的煎熬……值！太值了！就在我沉浸在对往事的回忆中的时候，罗容的话音又响起来了：

"俗话说'名师出高徒'，在师父的悉心帮助下，经过数载的艰苦磨炼，今天孙启玉终于圆满出徒，在他接过出徒证书的那一刻，我们看到师徒二人灿烂的笑容，但同时也能体会到孙启玉在完成学业过程中的艰辛和刚毅。现在进行第三项：请岜山集团创始人、金世元教授弟子孙启玉宣读《谢师帖》，有请。"

听到罗容的话，我马上双手捧起《谢师帖》，缓缓地展开，慢慢地走向主席台的中央。这份《谢师帖》虽然只有220余字，却耗费了我整整三个晚上才写成！既要向师父汇报我的学习和试验情况，又要表达我对师父传道授业解惑的感激之情，还要说明我今后为中医药发展努力的决心。把这么多内容浓缩到这么少的字数中，真是让我绞尽脑汁！因为我知道，师道是中国传统文化的核心之一。还是在我读闲书的时候，我就多次看过唐代的大学问家韩愈的名篇——《师说》。文章中，他开宗明义地写道："古之学者必有师。师者，所以传道受业解惑也。"在人生的旅途中，如果遇到一位良师就会少走很多弯路，少受很多痛苦，就会离成功更近一些。我在中学时期遇到了大舅赵蔚芝，让我知道了知识的重要性；我在学习中医药的道路上遇到了师父金世元老先生，让我在中药炮制、中医养生的领域里走得更快了一些，走得更远了一些。在《谢师帖》的卷轴完全打开之后，我开始满怀深情、一字一句地读了起来：

"金世元先生大启师尊道鉴：弟子孙启玉于乙未年九月拜于恩师门下，谨遵先生'热爱中药事业，恪守职业道德，继承传统文化，发掘中药精华'之嘱，寒暑三载，不敢懈怠，自认恭敬勤学，团结同道。倾力承先生之术功，全心扬先生之德礼；尽意悟中药之真谛，全情承中药之魂脉，精心扬中药之文化。经寒历暑以勤勉，戊戌年中即满师，承蒙恩师传道大乘、诲人不倦、耳提面命、点拨解惑，使我如承雨露，如沐阳光，披肝沥胆，细心研学。恩师大德，弟子永记心间；恩师厚学，弟子终生探究。师满有时，悟道无尽。学徒有期，师情无疆。师生之情永记，感恩之情常存！承具名帖，躬行谢师大礼！"

我郑重地、一字一句地念完《谢师帖》之后，虽然不能说是泣不成声，但也已经是泪眼婆娑了。师父双手接过我的《谢师帖》之后，欲抬手帮我擦眼泪。我慌忙攥住了师父将要抬起的手。我当时心里想，这可万万使不得！师父为使我的学业能够每日精进，已经是呕心沥血了，这样的小事，怎么能劳他的大驾呢！我趁着大家准备下一项议程的时候，用餐巾纸擦了一下双眼。这时，罗容那京腔京韵又响了起来："下面，请弟子孙启玉向师父行鞠躬礼。一鞠躬，感谢师父的辛勤指导，无私奉献！"

随着罗容的声音，我给师父深深地鞠了一躬。

"二鞠躬，祝师徒携手并进，今后共创佳绩！"我又深深地向师父鞠了一躬。

"三鞠躬，祝福师父他老人家身体健康，万事如意！"

这一次，我几乎一躬到底，几乎听到了脊椎发出的咔吧咔吧声。

之后，到了我为师父赠送礼物的环节。我为师父赠送的礼物有两件。第一件就是博山出产的鸡肝石琉璃瓶。琉璃是博山的特产，我今天送给师父的鸡肝石琉璃瓶，是博山鸡肝石琉璃的第三代传人、中国玻璃艺术大师张晓森的作品。我之所以送鸡肝石琉璃瓶，有两个寓意：一是表达自己诚心诚意，肝胆相照；二是希望师父平平安安，平安无事。我送给师父的第二件礼物，就是我刚刚出版的《齐鲁本草》和《岜山药膳》两本著作。我总觉得，土地对农民的回报，就是丰收的庄稼；徒弟对师父的回报，就是自己学业上的精进，学术上的建树，知行合一的成果。我的这两件礼物，一件是祝福师父，寄托了我的美好愿望；一件是学业汇报，是我拜师三年来的总结。师父先后接过这两件礼物之后，先是在手里捧了一会儿，然后轻轻地放在了身边的八仙桌上。他使劲清了清嗓咙之后，说道："今天为止，启玉拜我为师已经三年了，今天的出徒仪式是件大喜事，承蒙各位专家来参加！这几年孙启玉通过辛勤学习，已经有了长足进步，答辩过程中，切合实际，取得的一系列成果，受到大家一致好评。评委会、答辩会的各位专家都给予了很高评价，同意出徒。根据我的要求，他一直以来艰苦努力地学习，已经近七十岁的人了有这种精神实在是难能可贵，符合我多年来带徒的要求。从 20 世纪 90 年代我开始带徒到现在已经收徒七八十人，我对每个徒弟的要求都一样，就是要继承传统文化，发扬优秀精华，热爱中药事业，恪守职业道德。这几年来，他的表现完全符合这些要求，同意其出徒。"

师父的话音刚落，罗容又让我发表出徒感言。说实话，在这个中医药界名人云集、群贤毕至的盛会上，我是带着耳朵来听的，来学习的，根本没想到还有我发言的份。由于我没有什么准备，又加上当时十分激动，也没有时间遣词造句，就把心里想的如实说了：

"我今天特别激动，拜师三年来，真是应了古人说的'三更灯火五更鸡，正是男儿读书时'，每日每夜都在苦读；'纸上得来终觉浅，绝知此事要躬行'，每日每夜都在实践。能有今天的成绩，一靠师父传道授业解惑的教诲,二靠各位真心无私全面的支持,二者缺一不可。三年的学习生涯结束了,十分感谢各位专家领导前来见证。中医药是我们中华民族的骄傲,习近平总书记也曾对我们的中医药做过重要论述。目前,将中医药的传承和队伍建设纳入法制轨道的《中华人民共和国中医药法》也颁发了,同时,《中医药发展战略规划纲要(2016—2030 年)》也已经颁发。可以说,我们中医药传承发展的春天到来了! 没有中华中医药学会、中国商品学会,就没有我的今天。三年多来,在师父的支持鼓励以及师姐罗容和师兄弟的帮助下,在岜山村尤其是岜山集团各单位的支持下,我做了一点我应该做的事。在此,我表示衷心的感谢。

　　"另外,我要感谢我的老母亲为我留下的宝贵的中医药财富,感谢我的夫人吕翠珍女士对我的支持和帮助,还要感谢在座各位专家领导和新闻界的朋友们及各位同仁对我的支持。

　　"古人云'一日为师终身为父',我的师父就是我的父亲,我在今后的日子里一定孝顺父亲,以优异的成绩将中医药事业发扬光大,为中华民族及全人类做自己应做的事。"

　　"下面,由见证人、中华中医药学会副会长曹正逵同志讲话!"随着主持人的宣布,曹正逵开始了他的讲话:

　　"非常荣幸今天有机会和大家齐聚于此,参加这个会议,共同见证孙启玉的出徒。现在我的心情非常激动,借此机会,我对金老和孙启玉表示祝贺,对为这次出徒仪式的举办提供帮助的各位致以崇高敬意。在此我说下自己的感受,即'三高、三师、三真'。

　　"三高。第一点是高龄。金老九十多岁,孙启玉同志在学生里也属高龄。这体现了一种传承精神,我们都应该向他们学习,为中医药事业做出更多的贡献,奋斗不息学习不止。第二点是高度。金老在医药方面属于泰斗和翘楚,这是无可争议的;孙启玉同志为健康产业发展也做出过重大贡献,将两千余人的小山村建成了城市的规模,生机勃勃。第三点是高成就,学习的成就、教学的成绩。孙启玉同志在理论方面不断提升,在实践方面不断探索,在医药健康方面做出了很多成绩,不仅把金老的想法变为现实,也把自己的想法付诸现实。

"三师。一是师德,二是师责,三是对学生的呵护和信任。金老和孙启玉身上有种责任感,对中医药事业发展负责,对学生负责。

"三真。第一是真心拜师和收徒。一日为师终身为父,这种感情大家都应该学习。孙启玉同志多次登门后才拜师成功,诚意十足。第二是真心做学问,在金老的支持下,硕果累累。第三是真心做事业,在糖尿病诊断治疗等方面取得了较大成果。最后,再次祝贺孙启玉出徒,祝岜山集团蒸蒸日上,希望今后为中医药事业发展做出更大贡献。"

最后,主持人罗容兴奋地宣布:"下面,让我们以热烈的掌声,请国家中医药管理局原副局长、世界中医药学会联合会创会副主席兼秘书长李振吉同志讲话!"

李振吉的讲话朴实无华,他语重心长地说:"借此机会,我谨代表于处长对金老、孙启玉表示祝贺,并表达我三个方面的感受。此次出徒有三个特点。一是师父、徒弟年龄都很大。我曾参加过多次出徒拜师、答辩会,年龄最大的就是他们。二是徒弟不是一般的徒弟,师父不是一般的师父。孙启玉是成功的企业家、慈善家,金老则是国内鼎鼎有名的大专家,二十年前我在做局长的时候就曾请金老指导工作。三是三年跟师转化效率最高。三年中取得七项成果不是能轻易做到的。比如中药饮片厂的建立,三个亿的投资,三千吨的产量,现在就要启动,三年期间把老师的经验落到实处,实属不易,值得大家学习。

"此次出徒对我有三点启示。一是中医药学博大精深,像孙启玉同志这样的企业家能把自己的经历和工作方向转到中医药、大健康产业上来,精神可贵。二是中国企业家富有奉献精神。三是国家目前对中医药发展好的政策环境支持。

"另外,还有两点希望。希望师徒二人出徒不出站。师徒今后继续切磋,继续讨论,继续发展,继续深化。希望将中医药传承创新作为永恒的主题,传承创新中医药事业,将其发扬光大,为中医药学术发展、事业发展、国际化发展做出更大贡献。"

张贵君先生是中国商品学会副会长、中国商品学会中药分会的会长,他和我一起研究中药的炮制三年多了,和我一起经历了《齐鲁本草》《岜山药膳》创制和编写过程中的风风雨雨,并见证了我撰写论文和研究中药膏剂的全过程。刚才,在其他人还在讲话的时候,他已经在修改他专门为这个仪式写的对联了。今天,我能顺利出徒,他也非常激动,早已经按捺不住要说几句的冲动了。只见他离开太师椅,三步并作两步走到了主席台的中央,用他那激动得有点颤抖的声音开始讲演:

"非常高兴今天参加孙启玉先生的出徒仪式,我作为孙启玉先生拜师、出徒的见证人,只有一个感受,在我四十年的教学经历中,从传承中医药方面来讲,孙启玉先生是我见过的最优秀的学生。我也希望山东今后在传承教育方面,以金老的徒弟为龙头,来引领中医药的发展!今天感慨很多,我就用一副对联来表达对孙启玉先生出徒的祝贺:师父耄耋秉神农本经传雷敩匠艺真乃今世缘,徒弟古稀承伊尹膳道师悬壶沿术实为荪奇遇。"

张贵君先生虽然是药学教授,却有着深厚的国学功底。要不是这几年我读了很多古代版本的药学著作,我还真被他这副对联难住了呢!他上联中所说的雷敩是南朝宋时的著名药学家,其代表作《炮炙论》共有三卷,记载了炙、炒、煅、曝等十七种制药方法。有些制药方法,至今仍被我们采用。可惜的是,他的《炮炙论》原书已经失传,原书的部分内容被历代本草收录保留,流传至今。他下联中说的伊尹是夏末商初的著名政治家、思想家。相传他不但发明了中药的汤液,还发明了五味调和说和火候论,因而他在烹调技术和烹饪理论方面独树一帜,被称为中国厨祖。直到现在在新加坡和中国的香港、台湾等地区,中国的厨师们还都奉伊尹为"厨圣"。

夜已经很深了,我还是翻来覆去地睡不着。想想白天的一幕幕,我还是十分激动。我悄悄地起床,来到了书房。我打开笔记本,轻轻地握住钢笔,很想写点什么。传承家学、拜师苦读、终于出徒等过往的经历在我心头反复交融几次之后,一首《七律·出徒》落在了纸上:

为继家学皈杏林,
三生有幸入金门。
焚膏继晷学徒苦,
耳提面命师父心。
君臣佐使思虑远,
寒热温凉胆气沉。
师徒三载共明月,
百年流水百年春。

那个夜里,我失眠了。我想了很多很多,我想了很远很远。姥娘和母亲的面容在我脑海里交替出现,欧阳嘉木和那个女中医的形象轮流明灭。我在想,中医药的传承,有没有其他形式呢?可否创办一所中医药传承大学?

原本以为名医蜡像馆初步建好之后,我会高兴得不得了。但是,现实和理想比起来,总是有很大的差距。万万没想到,从蜡像文化馆建好的那一天起,我竟然陷入了无穷无尽的惶惑之中。本来我是非常自信的,现在却有点困惑了。我在蜡像文化馆里来回地踱着步,一走就是大半天。有时候我甚至让施工人员把门挡起来,把自己关在里面不吃不喝也不说话,自己一个人在里面苦思冥想。此时,我脑子里想得最多的和最大的问题只有一个:这些蜡像从模样、服饰,到姿势、神态等等方面,与他们所处的时代环境和职业特点相符吗?

有一天,我在蜡像馆的黑暗中踱着步,突然想起了为了塑像问题,我到曲阜的孔府里去膜拜孔子时和有关人员的交谈。去之前我已经查阅了大量关于孔子的资料,孔子在中国几乎是一个家喻户晓的人物。新中国成立前,几乎每个村里都有文庙,里边都供着孔子。几乎所有的私塾里,都有孔子的画像。学生入学第一天,都要面对孔子的画像拜上几拜。但是,每个文庙里的塑像却各不相同,几乎每张孔子的画像都不一样,给人一种非常杂乱的感觉。那么,真正的孔子长什么样呢?有没有一个大家都接受的孔子呢?虽然说"一千个读者眼中就会有一千个哈姆雷特",但是我认为这种说法说的是一种精神境界,总是有客观标准的。作为大家顶礼膜拜的圣人孔子,应该有一个大家所接受的标准画像。多少年来,我一直盼望着这个画像的诞生,至于这个画像应该是什么模样,我自己心里也没有数。

所幸的是在孔子诞辰 2557 年纪念日之前,中国孔子基金会在孔子的故乡——山东曲阜,正式发布了孔子的标准像。尽管专家介绍说,这个标准像是在尊重历史依据,尊重约定俗成的形象的前提下,依照唐代吴道子所绘的行教像画就的,最大限度地吸收了历代孔子画像的优秀元素,力求形神统一。但是,画像一发布就在社会上引起了强烈反响,因为孔子在每个人的心目中都有不同的形象,在有的人心中是伟大的思想家的形象,在有的人心中是伟大的教育家的形象,在有的人心中是儒学创始者的形象。所以褒之者有之,贬之者亦有之,一时莫衷一是。

试想,那么多专家参与论证,那么多画家参与创作,那么多学者参与审查把关的孔子像,尚且被人提出了无数的商榷之处,更何况我和上海几个画家创作的中外名医的蜡像呢?

那几天,我心里想得最多的是,我们做的中外名医蜡像能不能被专家接受呢?我想,这样把自己关起来惴惴不安也不是个办法,得请专家来评论。如果有小的不满意,我可以马上修改;如果有大的不满意,我可以推倒重来!既然做了,我就要做到最好!主意一定,我便向全国这方面的专家发出了邀请。没想到大家的热情非常高,专家们来参加中外名医蜡像论证会的那天,我吃惊了。来的都是这方面学有所成、名震一方的专家,其中有中华中医药学会副会长、秘书长王国辰,中华中医药学会文化原分会会长、华夏出版社书记高文柱,中医药文化分会秘书长温长路,中华中医药学会期刊信息部主任厍宇,中国医科学院临床所书记、副所长王燕平,中国中医科学院信息所副所长张华敏。

这些人对博大精深的中医药文化都有相当深的了解,他们早已经不同程度地阅读过这方面的许多资料。在接到我的邀请之后,他们又深入研究,广泛比对,对中国古代历代名医的形象已经形成了相对一致的看法。到达岜山村之后,他们便迫不及待地走进了蜡像馆。他们不听讲解员的讲解,也没有按照我的提示进行参观,而是徜徉在一尊尊蜡像前,或若有所思地端详,或小声地交谈,或翻阅手中的资料进行严格的比对,本来预定了一个小时的参观时间,可几个小时过去了,他们还没有罢休的意思。看着他们认真的态度,我出汗了。时间,在大家的紧张中快速地流逝着……

论证会,这个关键的时刻终于到来了。

会上,各位专家畅所欲言,充分发表了对岜山村名医蜡像文化馆的意见和建议。偶尔有些许细小的争论,也都在询问和解释中化解了。最后,会议推举出一名专家根据大家的意见撰写《岜山名医蜡像文化馆名医蜡像论证意见》。初稿写出来之后,专家们又一遍一遍地讨论,一字一句地修改,最后定稿的时候,已经过了吃饭的时间。

为了说明我们岜山村名医蜡像文化馆的权威性,我有必要把经过专家们修改的《岜山名医蜡像文化馆名医蜡像论证意见》列在下面:

应岜山集团申请,中华中医药学会组织专家于2019年5月11日,对岜山名医蜡像文化馆中的伏羲、炎帝、岐伯、黄帝、尧帝、舜帝、彭祖、伊尹、扁鹊、费长房、华佗、张仲景、王叔和、皇甫谧、董奉、葛洪、雷敩、陶弘景、孙思邈、巢元方、鉴真、宇妥。元丹贡布、王唯一、钱乙、成无己、刘河间、张元素、张从正、李杲、宋慈、朱丹溪、忽思慧、李时珍、吴又可、叶天士、黄元御、王清任等三十八位古代名医的蜡像及其他医家的蜡像进行了现场考察、分析、论证，形成意见如下：

邑山名医蜡像文化馆的创建，符合习近平总书记关于中医药发展的系列重要指示精神，是中医药传承创新的有益探索。

1.由邑山集团创始人孙启玉教授主持，由邑山集团建设的邑山名医蜡像馆在国内为首家。

2.对各位古代名医的姓名、学术地位、在中医药发展史中的贡献描述与历史资料基本相符；所塑名医蜡像的容貌、体态、服饰基本符合相关时代特征，具有一定的创新性，未发现与历史资料相冲突之处，可为同类作品提供参照。个别不完善的地方，可按照专家组所提出的修改意见进行完善。

3.蜡像馆中的西医名人蜡像、部分国医大师蜡像和其他对地方医疗做出贡献的名医蜡像艺术性较高，对弘扬"大医精诚"精神和推动中西医结合有积极的引领作用。

4.专家建议，进一步整合优势资源，完善顶层设计，充分利用现代技术优势，让中医药展陈活起来，为传播中医药文化、普及中医药知识发挥更大作用。

在这份文件的最后，六位专家郑重地签上了自己的大名。直到这时，我心里的一块石头才落了地。我的几十年的蜡像梦终于梦想成真了，我和蜡像艺术家们倾注了五年的心血，终于被专家们认可了。曹雪芹谈到《红楼梦》的写作时说"十年辛苦不寻常"，而眼前的名医蜡像对我来说，可不是"十年辛苦"就能概括得了的。其中的曲折，个中的辛苦，无法用笔墨来形容。

晚上，我睡得很晚。不是因为专家的肯定而激动，而是基于哲学层面对我追求的思考。我与中医药的缘分，从我姥娘那一代算起，至今已经百年有余了。一脉相承这么多年，除了梦想和追求以外，难道不是源于缘分的浸润和融合吗？

夜，已经很深了。

第三十六章   探寻扁鹊迷踪(上)

人的有些发明创造,往往来源于电光石火般稍纵即逝的灵感,这是有一定道理的。

还是在我创作名医蜡像馆的时候,为了让每个人物的介绍翔实准确,我查阅了无数的资料。有中国的,有外国的;有古代的,有现代的。其中为了写好古代名医扁鹊的事迹介绍,我首先查阅了关于扁鹊的最权威资料——司马迁《史记》里的《扁鹊仓公列传》一篇。对于这一篇,我反反复复地看了多遍。在我终于编写完关于扁鹊的说明文之后,文章中的一句话牢牢地印在了我的脑子里:"扁鹊者,渤海郡,郑人也,姓秦氏,名越人。"

就是这简单的一句话,折腾得我茶饭不思、夜不能寐。现在,有人说扁鹊是河北任丘人,有人说他是山东长清人,而这个"渤海郡,郑人也"说的是什么呢? 这个"郑"字指的是哪里呢? 古齐国不就是在渤海边吗? 那么这个"郑"会是哪里? 会不会在齐国故都临淄附近? 为此,我先后翻阅了前后近三十年的《管子学刊》,还看了几本《文史哲》期刊和近百本其他各种杂志,以及许多关于这方面的论文。结果是越看越糊涂。因此,我决定寻访有关学者,解开这个学术上的疙瘩。这时,业内人士给我介绍了著名历史学家孙敬明先生。孙先生是潍坊市博物馆的研究室主任,同时还是中国先秦史学会理事,中国殷商文化学会理事,还兼着山东大学教授呢!

联系好的第二天,我就驱车前往潍坊孙敬明先生那里拜访。板凳还没坐热,也没等孙先生倒上茶水,我便迫不及待地说明了来意。我们两个简直是相见恨晚,一开口就就《史记》中的"扁鹊者,渤海郡,郑人也,姓秦氏,名越人"之事探讨起来。交谈了半天后,孙先生拿出了他的论文《陈璋壶与郑阳》,言之凿凿地告诉我:"扁鹊就是临淄人!"

"何以见得?"我问。

"你先看看我的论文,持这个学术观点的大有人在!二十多年前,就有人在权威刊物上发表文章,提出了这个观点。"

把孙敬明先生撂在一边,我开始读起了他的论文。好在论文不算长,写得也不算艰涩,我一会儿就看完了。然后,我把其中重要的地方又看了一遍,仔细地考虑了一阵后,说:"你的文章资料翔实,论证也很有力,由此看来,扁鹊的里籍在临淄,应该无疑。尽管在扁鹊之前有过许多中医药方面的大家,但是,扁鹊的望闻问切却成为中医理论的主体。他发明的砭石、针灸到现在还流行,那么,能否说他创造了中医药理论,临淄也是中医药理论的主要起源地呢?"

"这……"孙敬明先生琢磨了好长时间,又认真地翻阅了书架上的几本书和几篇文章,然后一字一句地说,"你考虑的很有道理,我认为可以这么说。"

"那样的话,我想组织部分国内外的中医药专家及中医药史专家,论证临淄是扁鹊的里籍,并且是我国中医药理论的起源地,你看如何?"说完这句话,我两眼紧紧地盯在孙敬明先生的脸上,看看他有什么反应。

"我觉得可以试试。"他思考了一阵才说。

"好,我再征求一下其他专家的意见。如果大部分人认为我的建议可行,那就不妨试一下。"然后,我们又交流了一会儿,便互相告别了。

时隔不久,扁圣书院组织了论证扁鹊里籍的研讨会,我以中华中医药学会理事的身份,满怀热情地出席了研讨会。与会的专家们引经据典,各抒己见,讨论得十分热烈。

对此,我十分高兴。

日子一天天地过去,我那个再组织一次规模更大的论证会的念头,也像六月的杂草一样疯长。在此期间,我一边翻阅各种杂志和书籍,比对着各种资料和信息;一边利用各种机会和中医药组织联系,给他们吹风,试图再组织一次论证研讨会。

有一天,我与淄博市卫生健康委员会主任宋晓东巧遇。三五句寒暄之后,我们又聊起了关于扁鹊里籍的问题。我们谈了上一次的论证,又谈到了今后的问题,还谈到了如何将上次的研讨继续下去,再提升一步,以便得出更加明确的结论。宋主任突然郑重其事地问我:"孙总,你对这事感兴趣吗?"

"什么事?"我一下没反应过来。

"就是论证扁鹊里籍等问题。"

"我当然感兴趣了！这是淄博市的一件大事！"

"你能担起这个担子来吗?"

"我……"

"你就说句痛快话吧!"

我仔细想了一下,就说了一个字:"能!"

"那就看你的了!"

宋主任说完,和我使劲握了握手,就去开会了。我马不停蹄地赶回来,一路上想了又想,越想越觉得事情重大,必须下大力气搞好。于是,第二天我就驱车去了北京,找到世界中医药学会联合会的副会长兼秘书长桑滨生先生。因为我们是老朋友了,所以我也没客套,直奔主题。没想到,桑会长听完,说大力支持我们的活动,并说需要他们做什么,他们一定会尽力。从北京回来之后,我又和宋晓东主任沟通了几次,事情就大体定下来了。我们把研讨会名字定为"探寻世界中医药学起源地·扁鹊故里——中国淄博国际交流研讨会"，并确定会议由世界中医药学会联合会主办，淄博市人民政府为支持单位，市卫生健康委、市文化和旅游局、临淄区政府、博山区政府进行指导，岜山集团有限公司为承办单位，扁圣书院为协办单位，然后筹备工作有条不紊地展开了。

2019年8月19日，研讨会开始了。

为了说明这次会议的学术权威性和代表人群的广泛性，我觉得有必要把主要的参会专家重述一下。会议主持人是世界中医药学会联合会国际联络部主任王晶女士，她在大会上宣布的与会专家有：

世界中医药学会联合会副主席兼秘书长桑滨生先生，中华中医药学会副会长李俊德先生，国医大师金世元先生，国医大师张大宁先生，国医大师唐祖宣先生，国医大师王世民先生，澳大利亚昆士兰大学医学院资深研究员刘新先生，韩国庆熙大学校韩医科大学本草学教室主任教授金熩哲先生，美国国际中医药研究院院长及美国世界健康大学创办人王守东先生全权代表李蓬青女士，中华自然医学教育学会健康促进教研中心主任自然医学杂志社社长何永庆先生，中华自然医学教育学会健康促进教研中心执行长吴启裕先生，扁鹊中医文化艺术国际研究院院长兼艺术总监黎惠兰女士，中华中医药学会学术顾问、国家中医药管理局中医药文化建设与科学普及委员会专家温长路先生，中国中医科学院中国医史文献研究所所长、博士生导师、研究员胡晓峰先生，世界中医药学会联合会高级顾问、中国中医药促进会医养分会会长卢祥之先生，中国商品学会副会长兼中药专业委员会会长、北京中医药大学中药学院资深教授、博士生导师张贵君先生，北京中医药大学中医文化学教授、硕士生导师段晓华女士，天津中草药杂志社资深编辑、中药商品学会中药专业委员会副会长李红珠女士，中华中医药学会信息部兼期刊管理办公室主任库宇女士，世界中医药学会联合会中药煮散研究专业委员会会长、中华中医药学会理事、文化委员会常务理事孙启玉先生，首都医科大学中医药学院副教授、硕士研究生导师罗容女士，山东省潍坊市博物馆研究室主任、研究馆员、中国先秦史学会理事、中国殷商文化学会理事孙敬明先生，淄博齐文化研究院院长任传斗先生，淄博市卫生健康委员会主任宋晓东先生，淄博市文化广电新闻出版局原局长、国学专家曹庆文先生，山东省考古学会理事、淄博市文物局原局长刘忠进先生，扁圣书院执行院长路世勇先生。

桑滨生先生首先致辞。他认为，中医药的发展史，就是中医名家学者事迹的流传史。挖掘整理古代名医、名家的事迹，考证他们的故里，对继承他们的思想，传播他们的医术，有着重要作用。他认为，这次国际研讨会，聚集了七八个国家和地区的中医药专家，有着广泛的国际性和代表性，岜山集团办了这样一件事，是对我国中医药事业的巨大贡献。接着，宋晓东主任和我都致了欢迎词。

会议一开始，孙敬明先生和刘忠进先生两位史学专家引用大量的繁杂的历史资料，翔实地对扁鹊故里等命题进行了考证，最后得出了扁鹊故里在临淄、淄博为中医药理论重要起源地的结论。由于资料纷繁，加之专业性太强，这里不再一一列举。

两位专家的话音刚落，中国商品学会副会长兼中药专业委员会会长、北京中医药大学的博士生导师张贵君先生开始发言了："实质上，我始终坚持这样一个观点：我们先抛开'扁鹊是什么地方的人'这个问题，从最早的、大家公认的齐医药文化的代表是扁鹊这方面入手来进行讨论。然后再说说扁鹊的故里是不是在齐国。事实上，最早记载这个问题的就是《史记》，《史记》以前的论著没有记载的后来所发生的一些争论，从考古的角度，就我个人的观点来说，应该是不可信的。《史记》记载'扁鹊齐人'，已经定了扁鹊是齐国人。'渤海秦越人也，家在于郑'，后来争论的焦点在于扁鹊是不是郑人，齐国有没有郑这个地方。刚才孙敬明先生通过考古已经证实了齐国有郑这个地方，那么这个问题没悬念了。所以我们对于这样一个历史事实应该进行一个肯定，不要再去争论一些没异议的问题。那么今天，就能得出'扁鹊就是齐国人，家住临淄郑阳这个地方'的结论。另一方面，我们应该肯定的是扁鹊是齐医学派的一代宗师，这是没有疑问的，当时的齐医学派实际上就是中医学派。"

接着张贵君先生的话音，李红珠女士开始发言：

"我今晚从四个方面汇报。第一个方面就是扁鹊（秦越人）的籍贯在齐国，这个是确定无疑的。第二个方面是扁鹊开创了齐派医学。第三个方面是扁鹊对中国医学的贡献。再有就是致敬何爱华老师。

"扁鹊秦越人的籍贯在齐国，最早发表在《管子学刊》1991年第3期上，作者是我国著名中医史学家何爱华老师。他采用了内证和外证的方法，最主要的依据还是司马迁的《史记·扁鹊传》。还有孙敬明老师刚才说的，就是出土的陈璋方壶，是个证据。这个图片是唐代的汉画像石，上面的文字明确说扁鹊是春秋战国时期的齐国人，这得到了山东博物馆专家的认可。

"下面根据文献，我把秦越人对中国医学的贡献总结了一下。他把阴阳五行学说引入了中医理论，还包括对疾病的认识，开创了齐派医学。同时，他还创造了针灸、砭石等治疗方法。他在长桑君那里受业，然后又向自己的弟子传授这些，这是生生不息的一个团队。他们的活动范围不限于齐国，还到过别的国家，为百姓治病，但主要在齐国。

"在病因方面，他运用阴阳学说，在辨证方法上也是辨证论治整体治疗。诊断方法上有切诊、望诊、闻诊等四诊合参。治疗方法上也很丰富，整体来说他的医术比较全面，而且兼顾了外科、妇科、儿科、五官科。所以司马迁在《史记》里给扁鹊一个很高的评价。扁鹊与西方的希波克拉底基本上是同年代的，他的贡献可以说是超过了西方医学之父希波克拉底。所以我们不管是从中国历史的范围还是从世界历史范围来谈，扁鹊都是成就卓著的医者。"

尽管李红珠女士因路途奔波身体有所不适，但她还是给大家展示了自己反复修改后做好的课件，图文并茂地向大家宣讲自己的观点。同时，她还把她的老师，著名中医史学家二十八年前发表在《管子学刊》上的文章《秦越人里籍与齐派医学考》展示出来,以铁的证据和有力的推理,对会议主题予以充分肯定。她讲完之后,与会人员禁不住点头称是。

　　会议进行至此,会场里的声音还比较一致,接下来,可就有点不是那么回事了。温长路先生是中华中医药学会的学术顾问,同时也是国家中医药管理局中医药文化建设与科学普及委员会专家。他的知识十分丰富,讲话善于旁征博引,而且讲话非常精彩,特别能调动听众的情绪:"探索扁鹊的里籍及医学理论,对于理清中医的历史有非常重要的意义。现在,我们把《黄帝内经》说成是中医的祖本。那么《黄帝内经》之前,有没有医学?那是肯定有的。扁鹊的时代肯定是早于《黄帝内经》的,这是没有争议的。那么,扁鹊跟山东的关系,从文化学方面、从哲学方面、从现代考古方面,刚才的几位专家说了一些观点,拿出了一些例证。我个人认为,要论证这个问题,还需要形成一个证据链。间接论证可以构成一个整体的证据链的话,也能证明这件事情是成立的。因此我个人认为,从方法上来讲,仅仅从考古学方面来佐证是不够的。要把考古学的意义放到时代中去,和当时的文化学意义、历史学意义、地理学意义联系起来,用考古学来说明扁鹊是这个时代的人,这样我们的结论才有说服力。现在各地都在争文化名人。我们今天晚上下个结论,把扁鹊定在这里,我们要对全世界、对全国负责任,这是个很重的担子。所以,要联系起来考虑。我个人认为从文化学意义上来讲,齐鲁文化是我国重要文化的发祥地和代表。那么,从地理学意义上来讲,齐鲁一带出了很多有名的思想家、文学家。扁鹊所处时代的状态是百家争鸣、学术争鸣。那么整体的学术争鸣,一定会带动医学的争鸣。所以,我们说扁鹊是这里的人,和当时的文化背景是吻合的,和当时的历史背景是吻合的,和当时的政治背景是吻合的。"

　　温长路教授不愧为大学问家,动辄就是"文化意义、哲学意义、历史意义"的,让大家深思。正在大家用崇拜的目光看着他的时候,他一下子收住了话头,端起杯子,不紧不慢地喝了几口水,沉思了一会儿。当大家正急于"且听下回分解"时,他环顾了一下在场的人,微微笑了一下,又开始了他一板一眼的演讲:"另外,就是地理环境,考古证明'渤海''渤海郡'离淄博是近的。齐桓公的故事,也是发生在齐国,肯定是没问题的。将文化因素、地理因素、历史因素和司马迁著作中论述的故事结合起来,加上我们现在考古研究出来的证据,把证据链形成,这样,地理因素就可以确定了,因为证据在这里。齐桓公的故事决定了这个事情发生在齐国,甚至还有继续研究和延续的必要和可能。扁鹊治齐桓公的病,后来逃走了。齐桓公不容他,所以当时做学术交流的大气氛和扁鹊在齐国不好生存这个环境,也迫使他去周游列国了。今天晚上的专家,有的站在医学的角度考虑问题,有的站在考古学角度上。我认为,要把文化学意义、历史学意义、哲学意义、地理学意义和考古学意义结合起来,和《史记》中记载的史料结合起来来论证这个问题。我个人对于扁鹊是淄博人是持支持态度的,但我认为这个证据链还有待完善,还有许多工作需要继续做。"

温长路先生的讲话,分量挺重。现场,许多专家的心都提到了嗓子眼上。但是,我却非常平静。因为我知道,对于学术问题持不同观点,这是很正常的。别说是不同观点,就是脸红心跳的争论,又有什么可奇怪的呢?因为我看了太多的学术著作和杂志,里面我和你"商榷",你和他"辩析",都太常见了,有时候还弄得惊天动地呢!在我国学术界,因为观点不同而打得不可开交,甚至老死不相往来的多了去了,所以我们也就见怪不怪了。俗话说,'话不说不明,理不辩不正',不就是这个道理吗?因此,我还是秉持一颗平常心,侧耳细听温长路先生的发言。

接下来,他的话更让有的人觉得石破天惊:"今天来了四位国医大师,来了国内外方方面面的这么多专家和学者,将来人家说'桑会长,你这个证据链是啥?你直接证明扁鹊里籍是临淄人的是哪一条?'一定要把周围的事情给说圆了,形成一个大的证据链,才能说话,这是我说的第一点。第二个,关于中医药理论发源地的问题,我提出来推敲。为啥这样说？现在说《黄帝内经》是祖本，大家马上就提出看法，说扁鹊在《黄帝内经》之前就存在，如果《黄帝内经》叫祖本，那么扁鹊的叫什么？扁鹊以前有没有这方面的研究？我们敢不敢说扁鹊之前就没有医学？据考据我们国家医书有三万多种，现在图书馆可以看到的只有一万多种，还有接近两万种大家现在还没看见，可能还在各地或者说还在地下没被发掘，这个研究还在继续。所以对'起源地'这个名词，我建议再讨论。扁鹊故里这个事情我是肯定的，但是'起源地'是否该给出一个更合适的定义。我觉得这里可以作为'起源地之一'，算一个有代表性的地方。"

温长路先生讲完了，会场上一片沉寂。原定准备接着发言的人，觉得自己接不上话了，也便沉默了。这时，有人开始走出会场，走到放水果和点心的几案旁边，开始随意地吃起来。因为时间已经是晚上十点多了，五点多吃的晚饭，现在已经过去五个小时了。主持会议的中华中医药学会副会长李俊德先生看了看我的师父、九十三岁的国医大师金世元先生。金先生尽管九十三岁了，但是耳不聋眼不花，思维也特别活跃。他会意地说道："我来说两句。"

一听金先生要发言，大家便静下来聆听。

"本人知识非常浅薄，谈这个实在是我的弱项。我就直接谈谈我自己的体会吧！关于扁鹊，他可以说是我们中医基础理论的奠基人之一，我认为可以这么讲。关于扁鹊的出生地，就是他的籍贯，是有争议的。论证是一件好事，争议都辩论清楚了，对于继承扁鹊的一些思想还是有好处的。那么我们现在重点还应该讨论讨论扁鹊的贡献。不管是什么资料记载的，都要认真研究。我记得我曾经看过一段资料，说是在春秋战国时期，巫医与中医是并行的。巫医看病就是借助神灵、烧香许愿等种种的神化，所以巫术根本就不能称医。所以对于巫，扁鹊是非常反对的，认为不能有巫。扁鹊有一个信条，'信巫不信医者，不治'，这是有资料记载的。另外，扁鹊还提出'形羸不能服药者，不治'。很多医者对于病入膏肓的人，都不再诊治。而扁鹊对于羸弱的人也区分对待，身体虚弱到不能服药的人他才不再诊治；虽然身体虚弱，但是能够服药的扁鹊依然进行治疗。这就体现出了扁鹊的高尚医德，这是需要我们学习的。对于急症，扁鹊认为主要是观察寸脉。至今，寸脉也一直在沿用。再来说一下扁鹊的贡献，'命门''三焦'都是扁鹊提出来的，这些不多做解释，大家应该都非常熟悉。我也没多做准备，今天就说这几点吧。"

一向严谨的金世元大师的话戛然而止。

第三十七章　探寻扁鹊迷踪(下)

　　金世元先生说完之后,会场上的气氛缓和了许多,又有几位专家接着他的话茬往下说了。他们旁征博引也好,侃侃而谈也罢,大都透露出两个意思。一个是大部分人对会议主题都认可和肯定,一个是觉得资料不够充分,里籍、起源地提法是否合适,有待商榷。其实,这些话尽管是一提而过,但确实有着风向标的作用。他们说完之后,会议的风向似乎又乱了。有的专家开始边喝水边沉思;有的专家走出会议室,给同事或者学生打电话,再次确认他讲话中的观点;有的专家拿出随身携带的书籍,认真地翻阅着;有的专家低下头,专心修改自己的讲话稿。

　　这时,主持会议的中华中医药学会副会长李俊德先生端着杯子一个劲地喝水,甚至用笔一个个地点着主持词中的专家的名字。过了一阵儿,他慢慢抬起头,目光向我看了过来,我知道,他是想让我发言了。因为他刚来报到的时候,我在向他请教的同时,谈了我对这事的看法。他听了后认为我看的资料很多,看法很有说服力。于是,我便开始了我的发言:

　　"我们今天会议的主题,是研究论证古代名医扁鹊的里籍和中医药学的起源地。

　　"首先,关于扁鹊里籍问题,通过研究许多历史资料,特别是刚才孙敬明教授及淄博的考古专家的交流，我们又明白了很多。过去，我们大多是从医史上研究来研究去，都没离开医史古籍。说白了，就是从理论到理论，从论文到论文。我们所利用的，都是专家们的文献资料。真正通过出土文物上的铭文、陶文等实物资料去研究的还不多。直到今天，孙敬明教授和我们一起，用现存于美国和南京的陈璋圆壶、陈璋方壶去研究，才有了强有力的实物证明。因为，两种壶上都明明白白地写着29个甲骨文字，而且都明确地写着'郑阳'。刚才大师们都讲了，'扁鹊秦越人，渤海郡郑人也'，这是史籍上的一种说法。另一种说法，就是'齐，秦越人，家在于郑阳'，并且有《韩诗外传》《说苑》《史记》这三个文献做证。从文献的年代来看，《史记》以前是《韩诗外传》，《史记》以后还有《说苑》，这三部典籍当中统一起来的就是'秦越人'，他就是'齐，渤海，郑人也'。没有那个'郡'字，因为当时齐国没有设郡。这三个典籍当中大部分记载都是没有'郡'的，只有第一句当中有'郡'。这个'郡'是怎么写上去的，怎么传下来的，我们不得而知。它是汉朝之后才出现的。这一点，孙敬明先生及许多史学家或者中医药史专家们已经写了许多论文，在此我不再重复。同时，孙敬明先生、何爱华先生，一位是考古专家，一位是中医史学家，他们同时证明'郑'就是'郑阳'，而'郑阳'则在齐国城西北二十余里处。因为秦越人就是'齐国郑人'，就定了秦越人就在齐国国都附近这个事实。第二，关于之前说齐国没有郑阳，现在考古证明确实存在，有了明证，无可辩驳。

"所以说，我认为扁鹊就是出生在齐国，就是现在的临淄人，实实在在通过考古，通过铭文、陶文的各种证据的相互印证，这不就是证据的系统性吗？还有比这更直接、更有力的证明吗？没有了。"

说到这里，我停了一下，心里似乎有种委屈，一下子涌了上来。为了扁鹊这个几千年前的和我毫不相干的人，我在这里劳神费力地读书，去研究文物，去不遗余力地论证，何必呢？他是哪里人，他干了些什么，和我们村的发展有什么干系呢？这时，我对接下这个活来，不禁产生了一点小小的后悔。但是转念又一想,为了对宋晓东主任的那一句承诺,我必须尽力办好哇! 为了在乡间行医一生的姥娘和母亲的愿望,为了从欧阳嘉木老人到姥娘,再到母亲及至我的一脉相传的膏剂秘方,我有责任把这件事做好哇! 为了拜金世元大师为师仪式上心底里那一句誓言——从此效忠祖国的中医药事业,我有义务把这件事情进行到底。想到这里,我心里释然了,又继续讲了下去:

"其次,关于中医药学的起源地问题,这里说的是中医药学,而不是中医药,虽然只有一字之差,却相差万里。如果说中医那就早了。从伏羲开始,他是我们中医的鼻祖,那时阴阳八卦都发展起来了。但是我们不能称之为中医药学。一直到炎帝,这是药祖,他贯通了四气五味,还尝百草,日遇七十毒,最后自己被毒死了。他虽然是药祖,但是他还不是中医药学的祖师。岐黄——岐伯、黄帝,才是我们的医祖,但是说他们是中医药学的祖师,这还不准确。尧帝发明了酒,他是酒剂的祖师。然后到商代的伊尹,伊尹发明了汤剂。他是汤剂祖师,也不能说他是中医药学的祖师。因为以上各位先贤都是某一个领域里的杰出代表,但都不是整个中医药学的代表。

"一直到战国时代的齐国,出了一个扁鹊。我觉着他是集大成者,因为他把前人的研究都综合起来了,之后他又发明了脉诊。扁鹊发明脉诊后,又集前面的望闻问切,再处方,再利用君臣佐使配药,这些都是扁鹊的功劳。我觉着从扁鹊开始,完善了各个学科,内、外、妇、儿、五官各科,包括一些杂症,他在这方面是最全面的。直到那个时候,中医药学全科这个理论才有了。中医药分两翼,第一翼是方剂,老祖宗传下来的;第二翼是针灸、砭石、刮痧、按摩等等,这些大部分是扁鹊发明的。现在国际上一百多个国家都承认。

"有关资料证明,第一个使用针灸治病的人是扁鹊,砭石也是扁鹊发明的。所以,脉诊也好,脉经也好,望闻问切也好,君臣佐使也好,扁鹊把这些综合治疗办法形成了一个学科,一门学问,这才是中医药学。

"再说,扁鹊的中医药学有着绵长的传承关系,而且这种传承从未间断,形成了一个闭合的链条。他的师父长桑君的医术医籍都传给了他,扁鹊学会之后,又教了十个徒弟。据史料记载,这十个徒弟中,除了虢太子之外,其他都在临淄、淄川一带,也就是现在的淄博一带。这些徒弟形成了一个团体,从长桑君到扁鹊再到他的徒弟,传承的时间加起来有二百五十年左右,这在中医药史专家何爱华先生的著作中就已有明确的论述。之后的传承者是淳于意,他的师父是公孙光,公孙光就是淄川人。其后,公孙光又将淳于意推荐给了公乘阳庆。这两位老师把二十四本书籍都给了他。淳于意发明了医案,我们现在的病例就是按照医案来的,包括治病后的回访。公乘阳庆在晚年的时候才收徒淳于意,以及他的七个徒弟也全是淄博人,也就是在临淄、淄川这一带。他的上下又是二百五十年左右。总之,大约五百年的时间,在齐国这片大地上,在一脉不断的传承中,中医药学逐渐丰富起来了。

"从两千多年前形成理论直到现在,我们还用着扁鹊的中医药学理论以及治疗方法。所以,如果说中医药学不是扁鹊首创又经过其弟子丰富起来的,如果说起源地不是在淄博,岂不怪哉?

"到现在为止,有谁突破了扁鹊的望闻问切呢?有谁不用传统中医诊断、治疗办法?谁不是用君臣佐使来配药?所以,我的结论是扁鹊里籍就是临淄,淄博就是我国中医药学的起源地。"

我讲完之后,会场又一下子没了声音。大概沉默了两分多钟的时间,坐在我对面的国医大师张大宁,朝我笑了笑,又伸了伸大拇指。

张大宁大师学问深厚,曾经主编了我国第一部《实用中医肾病学》,还去过美国、英国、法国、德国等国家讲学。他的论文,曾被译成英文、日文、韩文发表。同时,经国际天文联合会批准,把中国科学院发现的8311号小行星,命名为"张大宁星",这是世界上第一颗以医学家名字命名的小行星。

张大宁谦虚地讲了起来:

"我不搞历史,在现场这么多大腕和专家面前,我只是一个临床大夫。但是,我知道司马迁在《史记》中写的《扁鹊仓公列传》,应该是很严谨的,这是公认的。司马迁讲扁鹊这个人是齐人,是因为关于扁鹊的好多故事都发生在齐国,那这就是一个固定的范围了。然后具体地点是'郑',刚才孙教授所说也很重要,就是'宁阳'也简化为'宁','郑阳'也简化为'郑',这就非常明白了。将扁鹊确立在这里,但也不排除他到过别的地方,因为他周游哇!他在别的地方住过,行过医,也留下好多东西,这并不矛盾。我倒同意扁鹊在齐,渤海郡,郑人。我认为这个事成立,把他丰满了。

"第二,关于世界中医药学的起源地的问题。自从有了中国人,便有了中医药活动,但不等于有中医药学。正如孙启玉先生说的,中医药活动不等于中医药学,我肩膀疼我戳两下也叫中医活动,叫按摩呀,但是它不等于是中医学,中医学的形成标志是四部经典的产生,就像一位老农民,认识一种药,但他不是医生,他也不是药师。而金老为什么叫大师,因为他完整地掌握了这门学科了,他是掌握了一门学问,不是一点雕虫小技。换句话说,加个'学'字,可不简单,中医药活动发展到中医药学,这是一个飞跃。"

张大宁刚刚说完,国医大师唐祖宣又接上了。

国医大师唐祖宣先生,因为家境贫寒,小学刚毕业就踏入了社会。后来遇到著名老中医周连三先生,便拜师入行。由于他潜心中医药事业,只问耕耘,不问收获,很快便崭露头角,后来成为国医大师。他曾任三届全国人大代表,写了300多件建议或提案,其中106件是关于中医药的。此次来开会之前,他在百忙之中,经过认真研究,细致分析,专门写成了长篇的书面发言稿。所以,他的讲话条分缕析,纵横捭阖,很有说服力:"今天召开这个会议,非常有必要,说明孙启玉先生高瞻远瞩。我们寻觅中医药学的起源,探讨扁鹊故里,传承发扬中医药学文化,这是破解打开中医药学文化文明宝库的密码,让数千年智慧造福当代百姓。扁鹊医学作为中国第一个完整的医学体系,为中医学奠定了基础。我们知道,现在中医大多还是按照扁鹊的医学体系来望闻问切。所以这四诊构成了他的理论,确立了我们中医很多的治疗方法,例如针灸、砭石、按摩等中医疗法,几乎涵盖了古典中医针灸理论及其治疗的全部要素。不了解扁鹊医学,就看不清中医的脉络,特别是古典针灸理论体系形成的发展脉络。扁鹊医学作为传承完善古代中医药理论与实践集大成之医学体系,影响力逐渐辐射至全国,成为撼动中外医坛的一个利器。从扁鹊的师徒,到仓公的师徒,上下五百年集中在齐国的都城——现在淄博临淄周围,创造出了中医学的四诊,尤其是它的治疗方法,经久不衰,至今仍在传承应用,是现在中医学的基础。于我们而言,扁鹊是中医药学的师祖,世界中医药的起源地为中国的淄博,一些铭文、陶文类的考古层面的证据,大家都已经讲了,中外医史古籍文献里,'所在于齐,渤海秦越人也','家在于郑',郑就是郑阳。郑阳在战国时期齐国的国都临淄城北,扁鹊故里在淄博临淄,与中外古籍文献《韩诗外传》《史记》《说苑》中的'齐,渤海秦越人也,家在于郑'的记载相吻合。"

说到这里,唐祖宣先生把手中的书本举了一下继续说道:"中医药发展最需要突破的就是保护传承,中医药学作为中华优秀文化之一,当下很多人对中医药学文化的价值意义认识不足,往往把中医药学仅仅当成一种医疗技术,看不到其中的哲学智慧,不理解中医药学健康文化的意义,更不理解其作为打开中华文明宝库的钥匙的作用。所以探寻中医药学文化的起源地,寻根扁鹊故里,对于传承古代医学的智慧,对于弘扬中医药学文化,助力健康中国,造福百姓健康,有着至关重要的作用。"

接下来,中国中医科学院中国医史文献研究所所长、博士生导师胡晓峰进行了发言:

"我本人是历史文献研究所的研究员,做了一些这方面的研究,但是对扁鹊的出生地真没有进行深入的研究,今天也是抱着学习的态度来的。

"1984年的时候,我在《中华医史杂志》上发表过一篇文章,题目是"医学起源之我见"。我认为,关于起源的论证是一个很复杂的事情,观点也很多,所以我建议要慎重来提。

"至于扁鹊故里,很多地方有不同的观点。当然,我们研究这个问题,都以司马迁的《扁鹊仓公列传》为最主要的文献。我们可以通过其他文献的佐证,还有一些文物的考古,来证明扁鹊的确切出生地。刚才各位专家的观点很明确,齐国是扁鹊的一个重要活动场所,应该没问题。其出生地、工作活动地,总的来说更偏重于淄博。"

世界中医药学会联合会高级顾问、中国中医药促进会医养分会会长卢祥之先生说:

"第一个问题,从中医史学上、中药学上、考古学上、社会学上、东方文明史上来讲,很多定语不要讲。为什么这么说,中医药学的重要起源地在齐国没有问题。东西方有两个文明轴,中国本身就是世界的一个轴心、思想的一个起源地。我们本身就在北纬20°到30°之间,这就是一个文明带,而文明带本身来讲大多以河流为依托。山东正是黄河流域的重要起源地。中国文化有一个特点,就是医学与文化是并行的,刚才一位先生讲的恩格斯的一句话是对的,本身人类发展起源就产生医学的萌芽,我们说中医药的重要起源地之一,在齐国是没有问题的,这在中国,在两河流域,在黄河流域,更没问题,它是重要的起源地之一。

"我们讲扁鹊故里这个问题,从现有的资料上来说,我和唐先生的故乡也有扁鹊庙。中国文化史上有一个特点,多处都有名人的遗迹,可能在赵国,也可能在齐国。那个时候的国家不像现在,赵国、齐国离得很近,人们可以游走很多地方。所以说,完全把扁鹊故里限定在齐国,我觉得没有问题。

这时,已经是深夜十一点多了。

但是,发言的专家非常踊跃,往往是一个人话音还没落,另一个人又接上了。有时,还出现了几个人相互争论的状况。甚至,发生争论的人,为了不妨碍大家发言，便走出会场，等取得相同意见之后再回来。那么多到会的专家、学者，不但每人都发了言，有的人还说了好几次。但是，还是有些专家觉得意犹未尽。至此，我终于知道什么是"百花齐放、百家争鸣"了。

看时间已经不早，主持会议的李俊德先生差人离开会场，综合大家的意见，起草了一份《探寻世界中医药学起源地·扁鹊故里——中国淄博国际交流研讨会专家意见》。《意见》起草好之后，李俊德先生读了一遍。还没等他读完第一条，大家又开始议论纷纷了。你说东，他说西，有的要求这样改，有的要求那样写。最后，李俊德先生索性让工作人员将《意见》投到墙上的大屏幕上，由一个人念，一个人综合大家的意见当场进行修改。怎么修改，大屏幕上显示得一清二楚。《意见》一共四条，只有短短几百字。但是，由于大家态度非常严肃，措辞非常严谨，对表述的要求相当高，当修改完最后一条时，时间已经是零点了。

下一个程序，就是专家签字了。

与会的每一位专家，都知道手中这支签字笔的分量。说实话，很多专家都是为自己的观点活着的。观点相同，在一起；观点相左，分手！所以，越看重自己的观点，就越看重签名的重要性。正当我在忐忑的时候，没想到专家们自觉地排起了长队，一个个在桌前的《意见》上签上了名字。然而，最后一名专家却站在远离签字桌的地方踟蹰不前，一副若有所思的样子。

"快点吧！先生。"我催促道。

"容我再思考一会儿。"他说。

"时间已经快到一点了。"

"时间服从于真理。"他严肃地说。

"你可以继续考虑。"

那位专家放下手中的签字笔，没和任何人打招呼，径自离开了会场。对身边惊异的目光、吃惊的疑问，他都视而不见，而且越走越快，直奔他的房间。尽管我心中有一点小小的不快，但是我还是佩服他严肃的科学精神。

第二天早晨吃早餐的时候，这位专家最后一个出现了。只见他两眼发红，头发蓬乱，一副疲惫的样子。进了餐厅，他冲我快步而来，满脸都是笑容。

"昨晚没睡好？"我关切地问。

"岂止是没睡好？"他说。

"咋了？"

"根本就是一夜没睡！"

"为什么？"

"昨晚回到房间时，已经是夜里一点多了。我打电话叫起了我在北京的两位研究生，让他们起来从电脑上查关于扁鹊的资料。同时，我也打开房间的电脑，从司马迁的《史记》开始，重新查阅了所有能看到的资料。夜里四点多的时候，我们三个人开了一个电话会，相互交流了一下看法。最终取得一致意见的时候，已经是早晨六点多了。这不，我洗洗脸就过来了。"

"那……你快吃饭吧！"我有点心疼地说。

"不急着吃饭，你快让人找来那份《意见》，我要签字。"

直到我派人去办公室取来昨夜专家们签字的那份《意见》，他坐在餐桌前郑重地签上自己的名字，才满意地笑了。

早餐后，市卫生健康委主任宋晓东主持了新闻发布会，中华中医药学会副会长李俊德先生宣读了各位专家一致签字同意的《意见》。市政府副秘书长王希森发表了热情洋溢的讲话。会前，市委常委、宣传部部长毕荣青还代表市委、市政府来看望了与会的各位专家，并对会议表示了热烈的祝贺。为了立此存照，我特意把《意见》抄录在这里，以示郑重。

探寻世界中医药学起源地·扁鹊故里
——中国淄博国际交流研讨会专家意见

应邑山集团有限公司邀请,世界中医药学会联合会主办的"探寻世界中医药学起源地·扁鹊故里——中国淄博国际交流研讨会"在中华中医药学会、淄博市人民政府的支持下,于2019年8月19日至20日在淄博市邑山集团万杰国际大酒店举行。

会议期间,海内外近三十位中医学家、中医史学家、文物考古专家学者,就"探寻世界中医药学起源地·扁鹊故里"进行了交流研讨,一致达成如下共识:

一、本次会议是遵照中国国家主席习近平关于中医药发展的系列重要指示精神,在世界卫生组织重视传统医学、中医药大发展的大好形势下召开的。世界中医药学会联合会举办此次会议,为中医药学的海内外国际交流发展创造了条件,搭建了平台,为中医药走向世界做出了贡献。

二、本次会议的召开,符合健康中国、健康人类的战略要求,对中医药走出中国国门,造福"一带一路"各国人民,造福"人类命运共同体"有重要的意义。

三、与会专家一致认为:两千多年前的医学家扁鹊(秦越人)发明脉法,将阴阳理论引入中医理论,完善"望、闻、问、切"四诊理论,擅长"内、外、妇、儿、五官"临证各科,以及针灸、砭石、熨贴、按摩等多种疗法。其学从扁鹊师徒到仓公淳于意师徒绵延数百年,集中在齐国都城临淄及其周围,形成扁鹊医学学派。

四、关于扁鹊故里的研究,中国著名考古专家孙敬明、刘忠进、张光明就出土文物《陈璋方壶》《陈璋圆壶》铭文以及战国时期齐国陶文、玺印进行研究,依据铭文、陶文、玺印与有关文献记载,认为:"齐,渤海秦越人也,家在于郑","郑"即"郑阳","郑阳"在战国时期齐都临淄城北近郊,扁鹊(秦越人)的故里是中国淄博的临淄。

　　与会专家形成共识:扁鹊(秦越人)是中医药学的重要奠基人,中国淄博是中医药学的主要起源地。

　　本次会议虽然时间短,但取得了重要的研讨成果。建议世界中医药学会联合会多次召开相关会议,更加深入研究中医药学,为发展中医药,为人类的健康做出更大贡献。

现在的媒体太发达了。我们的会议刚刚结束,新浪网、网易网、大众网及淄博市的主流媒体,便向社会发布了这一重大新闻,而且点击率不断地上升。

几个月后,由我揣摩并做了 38 次修改的扁鹊铜像的草图,终于定稿了。用不了多长时间,在我们村东的摩天岭上,58 米高的扁鹊铜像将耸立在那里。铜像的南面,规模宏大、古香古色的扁鹊书院也将建成。扁鹊,将成为山东省中医药健康旅游示范基地的标志,成为人们心目中的健康之神。

这时,我想到这些年来一次次的过关夺隘,想到这些年来一场场的风刀霜剑,还是过五关斩六将的时候多,走麦城的时候少。顿时,我的眼眶湿润了。

尾 声

又是一个阳光明媚的冬天。

这个冬天来得比较晚,而且和以前的冬天有些不大一样。时令已经到冬至了,苍茫的天空中还没见半片雪花。太阳按时早起晚落,照得大地暖烘烘的。大尖山阳坡上的草芽,有的还隐隐透着绿意呢!老人们说,这是暖冬来了。

那是一个平常得不能再平常的上午。

我正在中医药研究所里,和大家一起试验着"二号调膏料"。为了获得一个大家都能认可的数据,我们不厌其烦地一次次试验着。那口用来试验的砂锅,已经烧得锅底发出轻微的爆裂声了。当我正在用木勺全神贯注地搅拌的时候,一个研究生说:"中药的名字要改革了!"

"不是'路边社'的消息吧?"我举着木勺问。

"嘿嘿!是网站上的消息。"

"主流网站还是小网站?"

"当然是主流网站了!"

"你说详细一点。"我盯着他说。

"据说国家食品药品监督管理总局刚刚下发了文件,文件名好像是《中成药通用名称命名技术指导原则(征求意见稿)》,说是好几千种中成药要改名字呢！刚才我们还在议论，这样改名范围是不是太大了？"

"好几千种要改名？"

"是啊！这样会不会造成认知混乱呢？"

"我看也是！"

说完这句话，我放下手中的木勺，脱下白大褂，独自向办公室走去。到了办公室，我连忙打开电脑，迅速找到了他们说的文件，仔仔细细地研读起来。忽然，我觉得我的眼睛和脑子分离了。虽然眼睛还是一丝不苟地盯着屏幕上的文件，但是，脑子却回到了多年前日本京都的那个晚上。想到在那个小酒馆里，我和武南先生守着两杯清茶，我对中成药的名字发表的那一通议论。那次，尽管我是有感而发，但是事后想了想，确实有点不知天高地厚。好在不是在公开的学术场合，也不会有人吹毛求疵。没想到，多年之后，国家有关部门，竟然以文件的形式，肯定了我的大部分意见。

按说，我应该高兴才是，高兴我看问题看得高远，高兴我对事物的发展有先见之明，高兴我对中医药造诣之深……但是，不知道为什么，我却无论如何也高兴不起来，而且心里还隐隐生发出一丝担忧。这是为什么呢？我搞不清楚，我也不想去搞清楚。不一会儿，我的脑子里就成了一团乱麻，就像宋代词人李清照说的"剪不断，理还乱"那样。没办法，我只好往椅子背上一仰，闭上眼睛，想清净片刻，或者是理一理思绪。

为什么要改名呢？中药的名字太好听了！

像茅莓、岩陀、知母、茵陈……像八月札、半枝莲、金钱草、无花果……像水灯笼草、金盏银盘、杉树寄生、黄瓜仁草……像白毛鸡矢藤、仙人对坐草、大叶双龙眼、白花苦灯笼……两个字的，三个字的，四个字的，五个字的……

当然，我知道，有关部门要求改名的主要是中成药，据说大约有5000种之多呢！这么多，咋改呢？人们早已经把很多中成药当成生活中的一部分了，一下子把名字改了，第二天他们睁眼醒来，面对着那么多不认识的药,会不会无所适从呢? 对于夸大疗效甚至吹嘘疗效骗人的,对于用语不雅的,对于重复命名的,改名是势在必行的,而且要下定决心必须改。据说,仅在名字里含"灵"字的已经达 2000 种之多! 其他的呢? 比如云南白药,我看过这样的资料,美国的《巴伦周刊》已经把它列在了美国人必须知道的十个中国品牌中了,一旦改名,中国人和美国人都无所适从了。还有很多其他的名字,不论用人名或者地名命名的,千百年传下来,早已经成为文化的重要一部分了。如果改名,就会造成文化断裂,那不就得不偿失了?

想到这里,我一个激灵坐起来,展纸援笔,开始奋笔疾书起来。我写的是,既要规范中成药的名字,又要十分注意对中医药文化的传承;既要统一相同成分的标准,更要讲究中医药的"道地性";既要使其符合时代的发展变化,更要照顾千百年来人们形成的传统习惯……我要找张贵君,我要找王琦教授,甚至我还要找我的师父"活药典"金世元,为这次中药改名尽我的绵薄之力。

"知我者谓我心忧,不知者谓我何求。"我之所以绞尽脑汁、引经据典地写这封信,原因只有三个:一是为了中医药,二是为了中医药,三还是为了中医药……

补记:

在有 200 余名中医药专家、著名学者、资深教授、新闻记者参加的世界中医药学会联合会中药煮散研究专业委员会成立大会上,专家教授们对我发掘研制的中药煮散加工工艺及产品给予了极高的评价,认为其对"促进中药煮散技术向理论化、规范化、标准化方向发展,传承与发展传统中医药理论具有重要意义"。为此,我全票当选为世界中医药学会联合会中药煮散研究专业委员会会长。

甘苦寸心知（代跋）

写作这本书,纯粹是缘分使然。

当我终于决定要写这本书的时候,心里还是很踌躇的;当我真正提起笔来写这本书的时候,心里更是忐忑不安。因为我总认为写作是"笼天地于形内,挫万物于笔端"的大事难事,我是无法参与的。是传承几代的中医药家学对我的浸润,是我多少年来对中医药的挚爱,是我的师父——国医大师金世元对我的殷切鼓励,才促使我坚定不移地写了下去。

在我的前半生中,我办过企业,使我们的企业——万杰集团和邑山集团扬名海内外;我办过医院,使我们的万杰肿瘤医院、胡大一心血管病医院、淄博万杰糖尿病医院等五家医院和四个医药研究所蜚声业界;我办过学校,使我们的万杰朝阳学校、万杰医学院等成为教育界的佳话。虽然多少年来我写过无数的讲话稿、上市公司报告、汇报材料等,"文革"期间写的通讯还在《人民日报》上刊登过,但是真正提起笔来写带有文学性的东西,对我来说还是第一次。

过去我读过大量企业管理、哲学、政治经济学方面的著作,这使我在企业的创办和管理中如鱼得水;我也读过大量关于中医药的医学理论和实践著作,这使我在创办医院和中药炮制方面做出过不俗的业绩。相比起来,我就是文艺理论著作读得比较少。上学和辍学期间读过的数不胜数的中外名著,已经随着时间的流逝忘得差不多了。但是,我一直相信杜甫"读书破万卷,下笔如有神"的诗句,所以为了写好《缘来是缘》这本书,在繁忙的工作之余我又开始涉猎一些关于文艺创作、文艺理论的书籍,往往是一边工作,一边回忆,一边读书,一边写作。这两年多的时间,就是在这种时空交叉、工作与写作交叉中度过的。

等我真正开始写作了才知道,写作是一件非常痛苦的事情,但也是一件苦中有甜的事情。当回看已经写完的章节,自己感到很满意的时候,其中的愉悦是外人难以体会到的。当我在布局谋篇苦苦找不到一个合适的衔接或者比较自然的过渡的时候,那种"上穷碧落下黄泉"的痛苦追寻,让我真正体会到了古人所说的做学问的第一种境界"昨夜西风凋碧树,独上高楼,望尽天涯路"。当我为了一个具体的情节或者一句关键性的话语,反反复复写了又删删了又写,如此折腾多遍还是很难让自己满意,但仍执意要写下去的时候,我又体会到了古人所说的做学问的第二种境界"衣带渐宽终不悔,为伊消得人憔悴"。当我经过苦思冥想、寻幽索微,终于写出自己满意的段落或者章节并且自己击案叫好的时候,我又体会到了古人做学问的第三种境界"众里寻他千百度,蓦然回首,那人却在,灯火阑珊处"。当然,这三种体验我在办企业的时候、办医院的时候、研究改良中药炮制的时候,也都有过不同程度的感受,只不过这一次更加强烈罢了。

写作这本书的过程的确是非常琐碎和艰苦的,有时候因为忙其他的事情放下了笔,当再提起笔来时大脑一片空白。有时候拿起笔苦思冥想一晚上,眼前的白纸上还是没有一个字。有时候下笔洋洋千言,再修改时又不得不删掉,那种揪心的不舍和锥心的可惜更让人纠结。但是,我最终坚持下来了。促使我坚持下来的有三种力量。第一种力量便是我要搞清楚家族里中医药家学历史的冲动。从母亲口中得知我的姥娘是一位有口皆碑的乡村医生,她抢救解放军伤员、为穷苦人家治病、以行善为乐的事迹，一直影响了几代人，我经常闭上眼睛想象她挪动着小脚匆匆移动的身影，想象她挎着小包袱走街串户为人们驱病魔解病痛的表情。母亲继承了姥娘的衣钵，以她有限的医学知识和能力，毫无私心、不计私利地为乡亲们看了一辈子病。特别是姥娘搭救的那个白胡子老头，以及我在飞机上遇到的那个清丽华贵的女中医，还有江南水乡里为我治疗喉疾的少妇，他们之间到底有怎样的关联？是什么缘分把他们关联在了一起？他们之间到底有没有血脉关系……直到今天，这些人一直萦绕在我脑海中。虽然时光荏苒、岁月如梭，但是我要把他们写出来的冲动丝毫没有减弱。支撑我写下去的第二种力量，便是我对中医药的爱好。以前忙企业的事情、忙村里的事情，我对中医药只是业余爱好。但是从工作岗位上退下来之后，我便把全部的精力投入到了中医药的研究上。我利用所学的中医药理论，结合我的家学，又挖掘出了我家祖传的关于中药炮制的秘方，经过反复实验熬制出了中药膏剂。中药膏剂的问世，极大地解决了患者服用中药时的困难，被权威专家们称为"中药炮制领域的一场革命"。我也很想把这些东西写出来，与同行们分享，为传统文化做贡献。支撑我写作的第三种力量，便是我拜"国医大师""国药泰斗"金世元为师之后，师父对我的言传身教和耳提面命。金世元大师是我学医的师父、为人的楷模、做事的榜样，我对他的崇拜敬仰之情无以复加。当师父知道我要写这本书的时候，他非常高兴。他说，我们不能妄自菲薄，要提高民族自信心，要为祖国的传统医学鼓与呼，让我们的中医药事业得到更大的发展。师父的一席话，在我的胸中鼓荡了很多天，让我浑身有了使不完的力量。有这三种力量的支撑，我面前的困难再多再大，我也似乎感觉不到了；脚下的路再崎岖，我也不觉难走了。就这样，白天有空白天写，晚上有暇晚上写，拖拖拉拉两年多时间竟然写完了这本书。当然，关于中医药，我还在持续不断地研究中。其间，在我和我的师父、我的同事、我的师兄师弟师姐师妹们之间发生了很多感人肺腑的故事。我需要写的还有很多很多……

　　我写过关于中药炮制的论文,写过关于中草药的专著,但是这种文学作品我是第一次写。唐代诗人杜甫说过"文章千古事,得失寸心知"。虽说隔行如隔山,但是丑媳妇总得见公婆。关于这本书的优劣高下,只好等待读者们去评判了。

孙启玉

2019 年 10 月 28 日